U0140771

浙江省博物馆典藏大系

长夜破晓

浙江古籍出版社

《浙江省博物馆典藏大系》编辑委员会

《长夜破晓》

主　　编：倪　毅　晏　东
撰　　文：倪　毅　晏　东　熊　彤　丛　嶷
摄　　影：高　玲

序

浙江省博物馆创建于1929年，初名“浙江省西湖博物馆”，是中国最早成立的博物馆之一。经过近八十年的发展，如今已成为集收藏、研究、展示、教育和休闲于一体的综合性人文科学博物馆。多个馆区分布于杭州城市中心，包括西子湖畔的孤山馆区、大运河边的武林馆区、老和山旁的文保科研基地、栖霞岭下的黄宾虹纪念室和昭庆寺东的沙孟海旧居等，展示着浙江自古迄今优秀的传统文化，彰显着一种开拓进取、历久弥新的浙江精神。

自建馆以来，经过几代人锲而不舍的努力及社会各界的支持，藏品总数已近十万件。其中，以稻作文化为基础的河姆渡文化的遗物，实证文明起源的良渚文化玉器，“春秋五霸”之一的越国文化遗存，支撑“瓷器之国”的越窑青瓷、龙泉窑青瓷，装点“东南佛国”的五代两宋的佛教文物，以及南宋时期的金银货币，汉代会稽镜，宋代湖州镜，古代漆木器等，不仅具有明显的区域特色，而且还具有颇高的学术价值和文化意义。此外，历代名家书画、玺印，现代革命文物等，也都是影响浙江乃至中国历史，推进文明进程的宝贵遗物。

为发挥藏品的作用，本馆除了在省内举办各种陈列、展览外，还曾在全国各地和德国、日本、新加坡、法国、瑞士、澳大利亚等国家以及我国香港、澳门、台湾地区展出具有浙江特色的文物艺术品，引起了世人的广泛关注和兴趣。与此同时，各种反映本馆藏品的专著和图录亦陆续出版，对繁荣文化事业、推动学术研究起到了积极的无可替代的作用。然而，陈列展览不仅内容有限，而且难以与人朝夕相伴，既往的出版物又未能全面、系统展示本馆藏品的基本面貌，所以，在信息化的新世纪，我们以图书为载体，将本馆收藏的具有代表性的藏品编辑成《浙江省博物馆典藏大系》十二种出版发行，以冀使更多的人了解浙江的历史与文化，准确地掌握本馆藏品的基本信息，促进展览交流、学术研究、艺术鉴赏，为文明社会的发展作出贡献。

历史文化遗产，是人类在征服自然、改造自然和推动社会发展过程中知识和精神的累积，是全人类的共同财富。作为历史文化遗产重要组成部分的文物艺术品，是人类智慧的结晶，蕴涵着无穷无尽的生命力，不仅是逝去时代各种信息的载体，而且对当今社会的进步也具有显而易见的现实意义。展示历史文化遗产，发掘其固有的历史、科学、艺术价值，弘扬和传承民族优秀文化传统，促进文化交流、经济发展和社会进步，是浙江省博物馆义不容辞的责任，《浙江省博物馆典藏大系》的出版，意义正在于此。

浙江省博物馆常务副馆长

陈浩

目　录

综　　述

□晏　东

在如林的世界民族里，勤劳、智慧的中华民族曾经创造过光辉灿烂的古代文明，为人类社会的发展作出过杰出的贡献。然而到了近代，这个曾经拥有"强汉盛唐"、"康乾盛世"的泱泱大国，在领世界风骚数千年之后，开始逐渐衰落。

1840年鸦片战争之后，中国由一个主权独立、中央集权封建专制的国家逐步沦为半殖民地半封建国家。山河破碎、民不聊生，中华民族经历了长达110年屈辱、多难的历史。从1840年到1949年的110年，是决定中华民族生死存亡的110年，是中国从极度衰败、备受屈辱到能够重新站立起来的一个重大的转折时期。这段历史在中国历史长河中虽然短暂，却是中国社会发生沧桑巨变的历史时期。无论从经济基础到上层建筑，从社会习俗到民族心理，从国内生活到对外关系，中国开始从漫长的封建社会迈进近代文明。曾经有多少豪杰志士站在时代的前列，为了国家的前途、民族的命运奋力拼搏，他们的光辉业绩激励着一代代人奋勇前进。这也正是中华民族虽屡遭外敌入侵，但仍能屹立于世界的重要原因。"以古为镜，可以知兴替。"(1) 历史是一面镜子，回眸这段历史，将使人们对中国近代历史有更加深刻的认识，从而能够深刻地理解现在和正确地走向未来。

一、西方的侵略与中华民族的觉醒

1840年，对于中华民族来说，是一个特殊的时刻。鸦片战争的炮声震撼了中国，也震撼了亚洲。对于中国来说，这场战争是中国历史的一个巨大转折。鸦片战争是中西之间的武力较量和竞争。对于那个素不相识而且文化根本相异的西方世界，中国人有了最初的认识，那就是西方人的船坚炮利。不可否认，清军武器的极端低劣是导致失败的重要原因，但是武器低劣的背后是清廷政治的腐败，政治腐败的背后是封建社会的极端落后。鸦片战争不仅是英国对中国的胜利，而且是西方先进的工业文明对古老王朝传统农业文明的胜利。

鸦片战争对中国社会的影响是深远的，尽管这一过程起初表现得非常缓慢。英国人凭借"合法"的条约获得觊觎已久的权利（割地、赔款、五口通商、关税协定、领事裁判、租地造屋、传教自由）。国门洞开之后，是领土的被蚕食和主权、利权的沦丧。清朝官员董宗远在上奏道光皇帝的奏折中写道："国威自此损矣，国脉自此伤矣，乱民自此生心矣，边境自此多事矣。"(2)

《南京条约》之后，西方列强不断入侵，中国被迫与列强签订了一个又一个不平等条约。通过这些条约，中国社会一步步地沦为半殖民地半封建社会。半殖民地是相对于完全殖民地而言的，它是指形式上有自己的独立主权，实际上在政治、经济等社会各方面都受到外国殖民主义的控制和奴役；半封建是相对于完全的封建社会而言的，它是指形式上仍是封建统治和自然经济占主导，实际上社会已逐渐近代化，资本主义经济、政治、思想文化等因素在不断发展壮大。这是一个量变的过程。从第二次鸦片战争失败后签订的《天津条约》、《北京条约》，到甲午战争失败后签订的《马关条约》，中国半殖民地半封建社会的程度逐渐深化。而庚子事变后签订的《辛丑条约》则给中国社会带来了质的变化。半殖民地的深化在这里表现为半殖民地制度的确立。这集中体现在《辛丑条约》的12款和19个附件之中。赔款数量之巨（赔款多达白银4.5亿两，加上39年期限中应付的年息，总数在9.8223亿两以上），主权丧失之大（外国取得在中国合法驻兵的权利，总理各国事务衙门班列六部之首），民族耻辱之深（列强指名严惩一批朝廷重臣）[3]，为此前所未有。而慈禧对列强表达的“量中华之物力，结与国之欢心”[4]，更体现了一个没落王朝抵抗意识的全部丧失。不平等条约像一条条屈辱的绳索，使得中国的政治、军事被控制，大量的财富被掠夺，人民遭受巨大的苦难。这些严重地阻碍了中国社会的发展。

西方列强的入侵在给中国带来巨大灾难的同时，也带给了中国人一个完全陌生的新世界。对这个新世界，中国人并非毫无觉悟。一次次抵御外侮战争的失败，领土的蚕食，主权的沦丧，使得一批批先进的中国人开始认识到中西方存在的巨大差异，中华民族开始了艰难的觉醒历程。近代中华民族的觉醒既是指近代中华民族摆脱小农文明、夜郎自大的状态，重新认识世界和重新认识自己的过程，又是指中国人民为争取独立、自主、富强、进步而进行艰难探索的过程。在鸦片战争后，能否认清中国传统式的农业文明与日新月异的西方资本主义工业文明之间的差异和差距以及如何尽快缩短二者之间的差距，实现国家的近代化，是实现民族觉醒的关键所在。

在不同的历史阶段，民族觉醒的状态与程度是不一样的。1922年，梁启超在《五十年中国进化概论》中对此进行了深刻的总结：中国人认识到中西方的差距，最先是“从器物上感觉不足”，而后是“从制度上感觉不足”，最后是“从文化根本上感觉不足”[5]。梁启超的概括，从内容上深刻揭示了近代中华民族觉醒的三个层次。

中华民族觉醒的第一个层次首先是从器物上认识到不足，而后有了学习西方先进技术的进步。早在鸦片战争中，林则徐、魏源等少数开明官员从时局中有所醒悟，开始冷静地观察和了解外面的世界，认真思索国家和民族的出路。魏源在《海国图志》中更是系统阐明了“师夷长技以制夷”[6]的思想。遗憾的是这些思想没有改变清朝统治者的愚昧和虚骄。鸦片战争的炮声，并没有唤醒昏聩的统治者。中国在炮声沉寂后又昏昏睡去，丧失了20年宝贵的光阴。

20年后，持续四年之久的第二次鸦片战争带给统治者的是更加震撼的巨痛。面对“数千年未有之变局”[7]，产生了中国最早的洋务派，掀起了一场持续三十余年的洋务运动。林则徐、魏源提出的“师夷长技”的思想这时才真正上升到实践层面。洋务派经过三十余年的苦心经营，不仅引进了西方的机器生产，兴建了一批近代军事工业和民用工业，创建了新式的近代海军，而且适应军事工业的需要创办了一批近代科技、文化、教育设施。所有这些，给古老的中华大地带来了星星点点的近代文明。而作为资本主义先进生产方式的机器生产的引进，更是成为民族觉醒的重要指标和重要见证。

然而囿于历史条件和民族整体的认识水平，从鸦片战争到洋务运动，民族觉醒只能说是蹒跚起步。首先从民族觉醒的主体来看，承认中西方差距的主要是封建统治集团内部的很小部分开明官僚。大部分的顽固派仍然浑浑噩噩，做着“天朝上国”的迷梦。不仅如此，他们更是百般阻挠洋务派有限地向西方学习的机会。对西方先进机器和技术的引进，可谓步履维艰。其次，从民族觉醒的内容来看，对中西方差距的认识也是有限的。李鸿章在洋务运动之初就说：“中国文武制度，事事远出西人之上，独火器万不能及。”[8]洋务派主张“以中国之伦常名教为原本，辅以诸国富强之术”[9]来达到图强御侮的目的。这一思想后来发展为“中学为体，西学为用”[10]。因此，洋务派对西方的学习，还只是停留在文化表层，即以坚船利炮为核心的西方物质文明。尽管这迈出了民族觉醒的艰难一步，然而这种枝枝节节的改革，“遗其体效其用，所以事多扞格，难臻富强”[11]。

中华民族觉醒的第二个层次是从制度上认识到自己的不足，而后有了政治制度上的革新。甲午中日战争是中国近代史上的一个重要转折点。如梁启超所说：“唤起吾国四千年之大梦，实自甲午一役始也。”[12]巨大的战争创伤，苛刻的议和条款，深重的民族灾难，亡国灭种的危机，促使中华民族开始猛醒。甲午一战，日本以彻底的西学打败了中国不彻底的西学。于是，强敌成为榜样。维新派开始突破洋务派“中体西用”的框架，要求“变器变道”，主张兴民权、设议院，变君主专制为君主立宪，实行资本主义的政治制度。

戊戌变法是资产阶级维新派改革封建政体的一次勇敢的尝试，它力图将中国建设为君主立宪制的国家，全面推行资本主义近代化。尽管戊戌变法仅存在了103天，它所取得的实际成果也很有限，但是它变革封建君主专制制度的要求，无疑在中华民族觉醒史上具有里程碑的意义。自此以后，封建君主专制的光环暗淡了，封建伦常名教的权威动摇了，中国人的思想得到了极大的解放。变法虽然失败了，但是思想解放后迸发出来的能量是无限的，中国社会变革的步伐像飞驰的列车，势不可当。

当愚昧腐朽的清朝统治者在西方列强的步步紧逼面前屡屡丧失了振兴国家和民族的机会时，推翻腐朽的清王朝就成了新一代仁人志士谋求救亡图存的新的道路。以孙中山为旗帜的资产阶级革命派经过浴血奋战，终于在1911年的辛亥革命中推翻了清王朝的统治，结束了两千多年的封建君主专制制度，建立了中国历史上第一个资产阶级共和国。在一个延续两千多年的封建君主专制的国家里毅然建立起民主共和政体，充分保障民权，这是中华民族具有深远影响的觉醒。

改良和革命作为制度革新的两条道路，一条是和平的渐进的道路，一条是暴力的激进的道路。当改良的道路走不通的时候，革命成为一种必然的选择。但是，无论是君主立宪还是民主共和，都是对洋务运动和“中体西用”的否定和发展。他们把学习西方从文化的表面层推入了中间层，即非物质形式的社会意识形态以及与之相适应的社会制度和组织形式。这既是中华民族觉醒在前一层次的继续，同时更是前一层次的深化和发展，从而开辟了中华民族觉醒的新的阶段。

中华民族觉醒的第三个层次是从文化上认识到自己的不足，而后有了对整个民族文化心理的反思。辛亥革命后，清朝皇帝虽然退位了，但是民主共和制度却并没有“顺其自然”地登基。袁世凯称帝和张勋复辟虽未得逞，但是封建专制仍然以另外一种方式延续，政治形势背离人意，甚至连中华民国的招牌都有不保之势。中国人向西方学习了几十年，由器物（科学技术）到制度（君主立宪和民主共和），国家贫弱落后的面貌仍然没有大的改变，民族的危机依然深重。其中的根由何在？鲁迅在小说《药》中所描绘的普通民众对革命的冷漠以及麻木，用蘸了辛亥革命烈士鲜血的馒头当药，反映出国民心理的病态，这是用药难以疗治的。黑暗的社会现实，使中国的先进分子终于认识到“没有多数国民的民主觉悟，没有一种能赋予民主制度以真实生命力的广泛的心理基础，是不可能真正建设和组织起‘西洋式的社会’、‘西洋式的国家’的”[13]。

正是在总结辛亥革命失败教训的基础上，以陈独秀、李大钊为代表的一批先进知识分子高举民主和科学的大旗，对中国传统的封建纲常名教进行了猛烈的批判，掀起了一场波澜壮阔的新文化运动。新文化运动既破旧，又立新。破的是封建专制制度、旧道德、封建迷信，立的是民主政治、新道德、科学思想。其目的就在于唤起国民“伦理的觉悟”[14]，培养国民独立自主的人格和自由平等的权利意识，根除人们头脑中根深蒂固的封建伦理思想，从而为民主政治提供深厚的动力，奠定中国近代化的坚实基础。

近代中国先进分子在认识中西差距，探求救亡图存的民族觉醒过程中，从器物层面到制度层面，进而到民族文化心理层面，逐渐深化并有了质的飞跃。如果说科学技术是文化的表层，即物质层面的部分，制度是文化的中间层，是上层建筑的部分，那么心理层面则是文化的最深层，是社会经济生活、风俗习惯、地理环境等长期累积而形成并体现文化质的规定性的因素。新文化运动把中国近代学习西方的理论与实践，引到了文化的最深层——心理层，从而触及了中西文化差距的核心因素。新文化运动对旧礼教的批判，对新思想的宣传，对个性解放的张扬，促使中国人从以儒家为轴心的传统文化的束缚下挣脱出来，从封建大家庭的桎梏中冲决出来。而这种前所未有的思想大解放，促成了广大国民彻底的觉醒，尤其是一代青年，开始从实践中改变传统的行为模式，追求平等自由的权利，探求救国救民的出路。新文化运动对民族文化心理的反思和重构，是民族觉醒的最高层次。只有此种意义上的觉醒，才有真正意义上的近代中国和中国人，也才有以后的五四运动，才有以后的马克思列宁主义在中国的传播和胜利。

二、社会主义思潮的兴起与马克思主义在中国的胜利

由于新文化运动开启的前所未有的思想革命，在短短的几年之内，各色各样的“主义”蜂拥而入中国。“从新实在论到尼采主义、国家主义，从柏格森、倭铿、杜里舒以及康德的先验主义到马赫、孔德以及英美经验主义、实验主义，从资产阶级启蒙时代的民主主义、自由主义、个人主义、人文主义到旨在救治资本主义社会弊端的社会主义学

说……”[15] 各色各样的“主义”寄托着各种各样的信仰，使成千上万的中国人在探求救国救民真理的同时也促进了各种新思想的传播，从而形成了百家竞起、异说争鸣的局面。

经历了五四运动的中国先进分子，随着公理战胜强权观念的幻灭，由此产生了对资本主义文明的怀疑。而第一次世界大战对西方各国的巨大破坏使资本主义制度的种种弊端暴露无遗。在血淋淋的事实面前，急于寻求“改造社会”方法的大多数先进知识分子将目光转向了正在西欧各国风起云涌的社会主义。五四运动的参加者瞿秋白在1920年赴俄时曾说过：“当时爱国运动的意义，绝不能望文生义的去解释他。中国民族几十年受剥削，到今日才感受殖民地化的况味。帝国主义压迫的彻骨的痛苦，触醒了空泛的民主主义的噩梦。学生运动的引子，山东问题，本来就包括在这里。工业先进国的现代问题是资本主义，在殖民地上就是帝国主义，所以学生运动倏然一变而倾向于社会主义，就是这个原因。”[16]

如果说社会主义思潮在五四运动前只是大海中的几朵浪花，那么，五四运动后，社会主义思潮则是汹涌巨浪，猛烈地冲击着人们的思想。数以百计的刊物大量地刊载介绍和宣传社会主义的文章。许多人在文章中把社会主义誉为“人类的福星”，认为中国“没有建设则已，如果有建设必定要依着社会主义的原则”[17]。当时在中国传播的社会主义非常庞杂，除了马克思主义，还有基尔特社会主义、无政府主义、修正主义、新村主义、泛劳动主义、工读主义、合作主义等，这些都统括在社会主义的名号之下。名目繁多的社会主义思想使当时的进步青年眼花缭乱，人们一时还分不清科学社会主义与其他社会主义流派的界限。

广大的青年对各种各样的社会主义思想不仅如饥似渴地吸收着，大胆地议论着，而且还立即组成各种社团，尝试着用社会主义改造旧社会，构建一个理想社会。1919年底在北京成立的“工读互助团”是当时比较突出的空想社会主义的实验。

北京“工读互助团”的成立，受到思想、教育界的广泛支持。列名为募款发起人的，包括顾兆熊、李大钊、蔡元培、陈独秀、胡适、周作人、高一涵、王光祈等，达17人之多。王光祈在《工读互助团》一文中，开宗明义就点出其宗旨：“工读互助团是新社会的胎儿，是实行我们理想社会的第一步……若是工读互助团果然成功，逐渐推广，我们‘各尽所能，各取所需’的理想社会逐渐实现，那么，这次工读互助团的运动，便可以叫做‘平和的经济革命’。”[18]“工读互助团”的实践曾经激起过许多热血青年的希望和憧憬，但从第二年秋天开始，由于经济上的困难和人心涣散，这种和平改造社会的实验就在内外交困中一步一步溃散了。当时这种空想社会主义的设想和实验不独此一种，其他还有新村主义的实验等，然而最后都以失败而告终。

空想社会主义实验的破产，使先进的青年知识分子认识到用和平渐进的方法改造社会是不可能的，要改造社会，只能用急进的激烈的方法，从根本上谋全体之改造。施存统说：“（一）要改造社会，须从根本上谋全体的改造，枝枝节节的一部分的改造是不中用的。（二）社会没有根本改造以前，不能试验新生活，不论工读互助团和新村。”[19]

怎样谋全体之改造呢？那就是走俄国人的路。俄国十月革命的胜利，使正处在苦闷和黑暗中的中国人民看到新的出路和光明前景，更给予为民族独立和人民解放而苦斗的先进分子以新的革命方法的启示。毛泽东对此作过精辟的论述：“十月革命一声炮响，给我们送来了马克思列宁主义。十月革命帮助了全世界的也帮助了中国的先进分子，用无产阶级的宇宙观作为观察国家命运的工具，重新考虑自己的问题。”[20] 十月革命的胜利极大地震动了中国的思想界，中国的先进分子开始将目光转向了新生的苏维埃共和国。

不仅如此，这个新生的社会主义国家对华的友好态度更是与西方列强形成鲜明的反差。1919年7月25日，苏俄政府发表第一次对华宣言，宣布废弃沙俄在中国的一切特权。“这个宣言于1920年三四月间冲破反动派的新闻封锁由《东方杂志》等刊物发表出来。长期饱受资本主义列强欺凌的中国人民得知宣言的内容后，‘无任欢喜’。”[21] 这与巴黎和会上西方列强将德国在中国山东的权益转让给日本形成鲜明的反差。苏俄对华的友好态度，使中国人在情感上更易接受马克思主义。

因空想社会主义的失败而痛苦、困惑、彷徨的热血青年从俄国革命的胜利中看到了科学社会主义的强大生命力。不仅新文化运动的领袖陈独秀、李大钊等人，还有深受新文化运动影响的一代青年如毛泽东、蔡和森、瞿秋白、恽代英、林育南等，也都迅速地接受了马克思主义，成为了马克思主义者。尽管他们有着不同的经历，但经过自己的深思熟虑和反复比较，共同走上了马克思主义的道路。中国的先进分子接受马克思主义，有情感因素，然而更多是经过理性思考作出的选择。

中国先进分子接受马克思主义，一开始就不是从学理上进行探讨，而是把它作为观察国家命运和改造社会的工具，从而在中国实现社会主义的理想社会。然而改造中国旧的社会，离不开现实的国情的限制。对于20世纪二三十年代的中国来说，资产阶级革命并没有丧失其历史的进步意义。国民革命就是共产党与国民党合作推翻旧秩序的一次尝试。它在另一种历史条件下继续了辛亥革命没有完成的事业。北伐战争推翻了北洋军阀，但是国共两党的政治理念根本不同，北伐胜利进行中又潜伏着深刻的危机。曾以民族资产阶级代表面貌出现的蒋介石最终叛变了革命，发动了四一二政变，大肆屠杀共产党人和革命群众。国民革命的失败，反映了中国社会各种不同的力量对历史发展的制约。蒋介石建立的南京国民政府，维护的是大地主大资产阶级的利益，实行的是一党专制的统治，中国资产阶级民主革命的任务仍然没有完成。

共产党在蒋介石的“围剿”下遭受了严重的挫折，但并没有放弃革命的理想。在总结经验的基础上，共产党把马克思主义与中国革命具体实际结合起来，开辟了一条有中国特色的革命道路。当然，要使纯粹产生于欧洲发达国家的马克思主义适应经济上极为落后的中国革命实际，绝不是一件轻而易举的事情。由于缺乏对国情和中国革命实际的正确认识，中国共产党只能依赖于马克思主义书本上那些现成的结论和俄国革命的那些现成经验，加上共产国际对中国革命作出的脱离中国实际的错误指导。共产党内从1927年底到1934年出现了三次严重的“左”倾错误，特别是1931年党的六届四中全会后，开始了以王明为代表的“左倾教条主义”在党内长达四年的统治。这些脱离中国实际的“左”的错误，使中国革命遭受了惨重的失败。

共产党希冀通过城市武装暴动来夺取政权的道路失败后，一部分武装开始了在农村的发展。同城市相比，农村是落后的。但农村包围城市的道路却历史地成为中国民主革命走向胜利之路。因为，强大的统治势力长期占据中心城市，而农村是他们的薄弱环节。“白色政权间的长期的分裂和战争”，“使一小块或若干小块的共产党领导的红色区域，能够在四围白色政权包围的中间发生和坚持下来”[22]。自给自足的农村经济又可以提供红军武装割据的物质基础。这样，处于统治阶级矛盾间隙的农村就成为了革命首先胜利的地方。共产党在敌人统治力量薄弱的农村发动群众，实行土地革命，获得了农民阶级前所未有的支持，革命力量得到迅速恢复与发展，农村革命根据地呈星火燎原之势。由于共产党能够采取比较正确的战略战术，战胜了国民党军队和地方军阀势力对革命根据地的多次“围剿”。“围剿”与“反围剿”的长期反复，贯穿于农村革命根据地斗争的全过程。红军和革命根据地就是在反抗国民党“围剿”的斗争中发展壮大起来的。1933—1934年，蒋介石对中央苏区发动第五次“围剿”。在“左”倾中央错误军事路线的指导下，红军虽然经过一年浴血奋战，仍然未能打破国民党军队的“围剿”，被迫进行长征。农村包围城市的革命道路是中国革命胜利的必然之路，因此，即使经历濒临绝境的万里长征之后，共产党和红军仍然能够顽强地在贫瘠的陕北生存与发展。

从九一八事变到七七事变，中日民族矛盾逐渐上升为中国社会的主要矛盾。当日本帝国主义的侵略使中国面临亡国灭种的危机时，不同的党派、阶层发出了“停止内战、一致抗日”的共同呼声。国难当头，“兄弟阋于墙，外御其务”[23]，国共两党再度合作，开始了伟大的抗日民族解放战争。中华民族空前的大团结和抗日民族统一战线的形成，使中国能够进行统一持久的抗日战争。国共两党合作，是抗日民族统一战线的基础。

国共两党在如何抗日的问题上一开始就存在严重的分歧，形成了两条截然不同的抗战路线。国民党为了使抗战的进行不致损害其统治地位，实行片面抗战路线，即坚持国民党一党专政，实行单纯政府和军队的抗战，不给人们以抗日所必需的民主自由权利，不改善工农大众的生活，防止人民力量在抗战中发展。与此相对的，共产党实行全面抗战路线，在抗战中充分发挥人民的力量抵御强敌。共产党坚持要求在全国进行必要的政治经济改革，废除国民党的一党专政，给人民以充分的抗日民主权利，充分动员、组织和武装民众抗战，使抗日战争成为真正的人民战争。这两条截然不同的路线，必然会发生矛盾和冲突，并且贯穿在抗日战争的全过程中。

中国人民经过八年浴血抗战，终于取得了民族解放战争的胜利。这是一百多年来中国人民反抗资本主义、帝国主义侵略第一次取得完全胜利的民族解放战争。中国抗日战争的胜利，是全国各族人民在经过了极其艰苦的斗争，付出了极大的代价后取得的。在这场民族解放战争中，国共两党都作出了巨大牺牲，胜利洒满了鲜血，和平来之不易。然而抗战胜利不久，国共内战再度爆发。共产党在抗战胜利后主张废止国民党的独裁统治，实行民主改革，争取和平建国的方针，而国民党则要继续维持大地主大资产阶级的统治，坚持独裁和内战的方针。这是两种中国命运的决战。

历经十年国内战争和八年抗日战争，中国共产党已经日益成熟。共产党这时已能比较完全地掌握中国民主革命发展的规律，已能纯熟而恰当地处理中国革命中遇到的种种复杂问题。在政治上和思想上，共产党破除了将马克思主义和苏联革命经验教条化的束缚，不依赖苏联的发号施令，能够独立地科学地总结自己的历史经验，走自己的革命道路。在理论上，共产党坚持马克思列宁主义同中国革命的具体实际相结合，形成了有中国特色的新民主主义革命的理论。这一理论延续了旧民主主义革命反帝反封建未竟的事业。同时，它赋予资产阶级性质的民主革命以社会主义的未来前途。共产党日益成熟，它能够根据具体的历史条件制定出正确的路线、方针和政策。这些为共产党赢得最后的胜利奠定了坚实的基础。

国民党坚持独裁、内战的政策，背离了人民要求和平、民主的强烈愿望。内战爆发后，国民党统治区经济凋敝，政治腐败，物价飞涨，人民生存维艰。当共产党军队在内战中取得重大胜利的同时，国民党统治区人民掀起了声势浩大的爱国民主运动，逐步形成配合人民解放战争的第二条战线。内战中，国民党虽然得到了美国的大力支持，但是共产党赢得了人心，获得了最后的胜利。

共产党在解放战争中的胜利，不仅是中国资产阶级民主革命的胜利，而且是马克思主义在中国的胜利。马克思主义诞生于西方，本为处境恶劣的工人阶级与资产阶级斗争的理论武器。马克思主义超越了资本主义文明，提出了建立一个废除资产阶级私人所有制，实现全人类解放的共产主义社会，阐明了实现这样一个理想社会的原则与方法，形成了一套完整的革命理论。这对于一个几千年追求“大同”理想社会的民族来说无疑具有巨大的吸引力。中国人在不懈探求后找到了马克思主义这个实现民族独立、人民解放的理论武器。在这一理论指导下，中国共产党浴血奋战，历经艰辛，终于领导中国人民取得了民主革命的伟大胜利。西方无产阶级最先进的思想理论，在东方文明古国生根、开花，结出硕果，这不仅开辟了中国历史的新纪元，而且在人类发展历史上同样有着不可估量的意义。

三、近代文物的价值与功能

什么是近代文物？这是首先要弄清楚的问题。新中国成立以来很长一段时间，文博界只有革命文物的概念，没有近代文物的概念。新中国成立后，各地相继修建了一些革命博物馆、纪念馆，保护了一些革命遗址，收藏和陈列了大量相关文物。在这一过程中形成了革命文物的概念，革命文物受到了日益广泛的重视。这种局面的出现，根源于当时现实政治的需要和人们对中国近代历史的认识。由于深受为现实政治服务的影响，一部中国近代史被简化为一部中国近代政治史，甚至是一部中国近代革命史。

改革开放以后，思想的解放和政治环境的相对宽松，促使中国近代史的研究取得了突破性的进展。越来越多的学者开始突破以革命为中心的中国近代史的研究范式，重新构建中国近代史的研究体系。特别是现代化视角的引入，从更深层次上揭示了近代中国历史发展的本质与主题，在更加广阔的范围上揭示了近代中国历史发展的基本内容。人们逐渐深刻地认识到革命史只是中国近代史的组成部分，除此之外，中国近代史还包含着经济、文化、社会生活等丰富多彩的内容。关于中国近代史的分期也引起了学者们热烈的讨论。许多学者主张改变过去的中国近代史的划分范围，即把以往划定的自鸦片战争到五四运动，更改为自鸦片战争到中华人民共和国成立，而1949年中华人民共和国成立以来的历史，是中国的现代史。现在，这一看法在史学界基本上得到了统一的认识。[24]

史学研究的深入必然会影响到对近代文物的界定与重新认识。传统的革命文物的概念并不能涵盖整个近代历史文物，而且事实上原来史学界所界定的一些革命运动、事件在今天得到了重新评价。因此，使用近代文物的概念统称整个近代历史时期的文物就更具科学性。根据中国近代史新的划分范围，近代文物是指1840—1949年这段历史时期的文物。1949年以来的历史文物为现代文物。无疑近代文物包含了革命文物，同时近代文物概念的运用又有助于更全面、科学地反映整个中国近代社会的全貌。

相对于古代文物精美的造型，精湛的工艺，优美的纹饰，近代文物总体上来说显得是那么的普通，以致人们往往不将其作为文物看待。然而质朴甚至粗陋的外形，并不能掩盖它们本身所固有的价值。一般认为，文物具有历史价值、艺术价值和科学价值。近代文物也无例外地具有这三种价值。

文物是“有文之物”，上面铭刻、蕴含着丰富的历史信息，有利于人们认识和研究历史。这就是文物的历史价值。在古代，留存下来的文字记载很少，考古出土文物对人们了解与研究过去久远年代的历史往往起着关键性的作用。古代文物，多为出土文物，而近代文物，则多为传世文物。由于近代资料保存较多且距离现今时代较近，近代文物对考证历史或填补空白的作用不像古代文物那样显著，但它们的历史价值仍不可低估。如浙江省博物馆收藏的太平天国的官印、令旗、公据、门牌、执照、牙帖等，是研究太平天国政治、军事、经济制度的重要实物资料。其中，田凭、预知由单、完银串票清晰地反映了太平天国在浙江地区的土地制度与赋税政策，实行的仍是旧有的封建地主土地所有制和“照旧交粮纳税”的赋税政策。这些对全面认识太平天国的政权性质有重要的作用。又如馆藏辛亥革命时期的《苏报案纪事》、《浙案纪略》是相关亲历者的真实记载，是研究当时革命党人斗争活动的最原始记录，具有重要的历史价值。

文物的艺术价值是指文物所具有的艺术风格和欣赏性。古代文物的艺术价值，主要见之于书法、绘画、佛像、壁画以及精美的青铜器、金银器、陶瓷器、玉器、漆器等。这些文物往往造型精美、质地优良，具有很高的艺术价值。近代文物中的书法、绘画、雕塑等艺术品往往与著名的历史人物或重大的历史事件相联系，不仅具有重大的历史价值，而且由于其特有的艺术风格和意境而具有较高的艺术价值。如馆藏清末陶焘所作《蛟川奏凯图》和《蛟门奏凯图》，是纪念浙江镇海中法战役胜利的作品，具有很高的历史价值，同时，这两幅作品又是陶焘山水画中的代表作，画风苍劲，用笔沉着，加上众多名人题名、题跋，因此具有很高的艺术价值。又如馆藏周恩来为曹天风先生书行书诗联，是周恩来1939年3月视察浙江抗战时为《战旗》杂志主编曹天风所书，字体浑朴凝重、圆润遒劲，表达了“中华终竟属炎黄”的抗战必胜信念，既有较高的历史价值，又有较高的艺术价值。除了书法、绘画、雕塑等艺术品外，近代工艺品的艺术价值现在越来越受到重视，如石雕、根雕、木雕、木刻、泥塑等，这些工艺品种类繁多、数量巨大，在材料、技法、工艺等方面有了很大的发展，具有较高的艺术欣赏价值。

文物的科学价值是指文物所反映的科学、技术水平。各种文物都是人们利用当时所能得到的材料和所掌握的技术制作出来的，它们从不同的侧面反映了所处时代的生产力水平和科学技术水平。中国近代社会处于从传统农业社会向现代工业社会转型时期，由手工业生产到引进西方的机器工业生产，是生产力上的重大进步。如我国旧式手工棉织机是一种全木结构的简陋工具，工作效率非常低下。“1900年日本的手拉机传入我国，手拉机在原有投梭机的织纬结构上安装滑车、梭盒、拉绳等件，‘拉机一人一日，约能织布四五十尺’”，工作效率大为提高。“1905年以后又有日本铁轮织布机的输入”，工作“效率倍增”，并很快便被仿造成铁木织机，在江浙一带普遍使用。[25] 2007年，浙江省博物馆就从江苏南通征集了一台20世纪30年代的铁木织机。近代纺织工具的革新充分体现了近代中国社会生产力的进步和科技水平的提高。不仅如此，凝结在机器工业生产中的产品往往也具有较高的科学价值。这些产品遗存下来成为文物，对于研究当时的生产工艺、技术水平具有较大的价值。

往往有论者将文物的价值与作用或功能混为一谈。严格地区分，文物的价值体现的是文物固有的属性，而文物的功能则是文物价值的体现，所反映的是文物的作用与用途。由物到文物的过程中，文物原有的用途往往发生改变。如革命斗争中的武器，近代历史上作为一种战争工具，但是成为文物之后，一般就不再具有原来的用途，而成为进行历史教育的工具。近代文物的功能，最突出地体现在其具有的精神性功能上。

其一，近代文物是进行爱国主义教育的生动教材。爱国是中华民族的传统美德，是千百年来沉淀下来的对祖国的一种最深厚的感情。中华民族有着深厚的爱国主义传统，这是中国各族人民风雨同舟、自强不息的强大精神支柱。反抗外国侵略，救亡图存，是近代爱国主义的核心内容和根本目标。在民族危机非常严重的中国近代，中国人民在历次反抗外敌的斗争中所表现出的不畏强暴、杀身成仁的民族气节，一致对外、共御外侮的民族凝聚力，都显示了不可战胜的精神力量。许多近代文物突出反映了中国人民的这种民族气节和爱国情怀。真实的历史文物，饱含着崇高的思想情愫，同时极具直观性、生动性和感染力，是对公众进行爱国主义教育的生动教材。如馆藏《血战大渔岛》连环图画，通过漫画的形式，生动地展现了新四军浙东游击纵队海防大队一中队官兵与日军在大鱼山岛英勇战斗的壮烈场面。在这次浴血战斗中，六十余名新四军指战员，抗击了八倍于己且装备精良的敌人，共击毙（伤）日伪军八十多人，新四军42位壮士壮烈牺牲，唱出了一曲中华民族的浩然正气之歌。当今天浏览这本英雄画册时，日军的凶残与新四军英勇抗敌的精神将使人们的心灵得到升华，内化为强烈的民族情感和爱国情怀。

其二，近代文物是缅怀革命先烈，弘扬革命精神的重要载体。革命是“用暴力打碎陈旧的政治上层建筑，即打碎那由于和新的生产关系发生矛盾而到一定的时机就要瓦解的上层建筑”[26]。封建制度是近代中国社会进步的最大障碍，而帝国主义往往又与腐朽的封建统治者相勾结，共同阻碍中国社会的发展。近代爱国主义思想的发展，必然导致反帝反封建的革命运动。在中国近代革命斗争中形成的革命文物，蕴含着坚定的理想信念，凝聚着大义凛然、英勇牺牲的英雄气概，承载着可歌可泣的革命事迹。这些文物，既是革命志士革命斗争活动的真实写照，也是人们缅怀他们的丰功伟绩和弘扬革命精神的重要载体。2007年浙江省博物馆征集的林辉山中共七大代表证就能充分体现这一点。林辉山是浙江的革命老前辈，1939年在浙江省委第一次代表大会上被选为浙江省出席中共七大的正式代表。1939年9月，林辉山等代表从丽水出发，跋山涉水，穿过日伪军的多道封锁线，辗转一年多才到达延安，一路上的艰辛是难以想象的。中共七大后，林辉山一直珍藏着这张代表证，无论是在几千里的行军中，还是在无数次的战斗中，林辉山视它为生命。这张代表证可以说是林辉山一生革命奋斗历程的见证，从中可以看到他一生的崇高价值追求和道德风范，因此这件文物具有很好的革命教育意义与纪念意义。

其三，近代文物是弘扬民主与科学精神的有力工具。民主和科学不是中国传统社会所固有的东西，而是近代西方的舶来品。民主与科学是欧洲在资本主义发生和发展的基础上兴起的，是西方先进资本主义文明的主要特征。鸦片战争以后，为了救亡图存，中国的先进分子开始了对民主与科学的不懈追求。从林则徐、魏源的“师夷长技”到洋务派的对西方科学技术的引进，再到对西方科学精神和思想的接受和信仰；从维新派的君主立宪到革命派的民主共和，再到中国共产党的人民民主专政，民主与科学艰难地在古老的中华大地生根、发芽。一部中国近代历史，也可以看成是中国人民对民主与科学不懈追求的历史。许多近代文物，既是中国的先进分子追求民主与科学的见证，同时也是今天弘扬民主与科学精神的有力工具。如馆藏陈虬著的《治平通议》、宋恕著的《六斋卑议》、谭嗣同著的《仁学》，集中体现了资产阶级维新思想家揭露清朝统治的腐朽，主张学习西方民主制度的变法图强的思想。秋瑾在上海创办的《中国女报》以通俗易懂的文字批判纲常名教，宣扬妇女解放，主张男女平权，反对包办婚姻和缠足，传播的也是民主和科学的思想。对于一个具有几千年封建专制主义传统与封建迷信、愚昧思想盛行的民族来讲，今天中国社会在民主与科学发展上取得了巨大的进步，这正是几代中国人不懈奋斗的结果。同时，中国在民主建设与科学发展上仍然存在着许多问题，需要不断努力加以突破。这些传播民主与科学思想的近代文物，既体现了近代中国民主与科学发展的轨迹，同时对于今天的民主建设与科学精神的弘扬同样具有巨大的激励作用。

中国的近代是一个急剧变化的时代，在外敌步步紧逼入侵下，国内政治局势风云变幻，国家饱受屈辱，人民历经磨难。在短短的110年中，中国完成了由古代向近代社会的转型，实现了民族的独立与人民的解放。作为中国近代历史的产物，近代文物客观地反映了中国近代社会政治、经济、文化、科学、艺术等方面的发展，是中国近代社会历史性巨变的真实写照，凝聚着先辈们反抗强暴、自强不息、励精图治的伟大精神，是中华民族一笔宝贵的遗产和精神财富。当今世界，文化在促进社会发展中的作用更加显著，成为与经济、政治相互交融、相互影响、相互促进的重要因素。文化的力量，总是“润物细无声”地融入经济、政治、社会的力量中，成为经济发展的“助推器”、政治文明的“导航灯”、社会和谐的“黏合剂”。近代文物作为中华民族历史文化遗产的重要组成部分，必将在促进文化交流、经济发展与社会进步中发挥重要的作用。

四、馆藏近代文物概况

今人称谓的“文物”在民国时期多指古物、古器物或古代文化遗存。博物馆和民间收藏以此类物品为主。浙江省博物馆创建于1929年，初名为浙江省西湖博物馆。民国时期，浙江省西湖博物馆收藏的藏品主要包括两大类，一是古物类，有骨片、碑拓、书画、铜器、铁器、陶瓷器、明器、服饰、美术雕刻、经像以及古文献等；二是各种动植物标本。

新中国成立后，国家对旧有的博物馆进行接收和社会主义改造。为了对广大群众进行革命爱国主义教育，通过博物馆让群众了解革命历史，提高政治觉悟，近代文物开始纳入到博物馆征集与陈列展览的范围内，而主要是征集与展览近代史上中国人民反抗外来侵略和封建压迫的斗争中，尤其是中国共产党领导人民进行的革命斗争中形成的革命文物。在这一历史背景下，浙江省博物馆开始重视对革命文物的征集工作。20世纪50年代，浙江省文化局、浙江省文物管理委员会、浙江省博物馆组成革命文物征集小组，或以发文的形式，动员地方广泛搜集、捐献革命文物，或深入地方，调查走访，广泛征集革命文物。其中浙江省文物管理委员会征集与保管的革命文物后来全部移交到浙江省博物馆。浙江省博物馆馆藏近代文物主要是这一时期征集的。

在社会各界的大力支持下，经过几代博物馆人的辛勤努力，浙江省博物馆的近代文物收藏取得了显著成绩。作为浙江省最大的综合性博物馆，馆藏近代文物具有以下几个鲜明的特点：

其一，馆藏近代文物数量巨大，种类繁多。经过几十年的累积，馆藏近代文物已达九千三百余件，其中珍贵文物六千三百余件，一般文物三千余件。这在省内是首屈一指的。馆藏近代文物的种类，有报刊、图书、文告、文件、传单、标语、手稿、题字、信件、钱币、纸券、票据、证件、印章、徽章、地图、各种武器、烈士遗像和遗物等。这么多的种类，是近代文物和古代文物的重要区别之一，同时也体现了近代历史的纷繁复杂和丰富多彩。

在众多类别中，馆藏近代图书报刊、货币、各类武器占有相当大的比例。

近代中国社会，各类图书报刊如雨后春笋般大量地涌现。这首先得益于西方先进印刷技术的传入，为中国近代出版业的兴盛奠定了技术基础；而为挽救民族危亡，宣传“西学”与革新思想，各政党、团体更是十分重视报刊、图书的启蒙与宣传鼓动作用。馆藏年代最早的报刊是清末的《京报》。《京报》由“邸报”、“邸钞”演化而来，主要印载朝廷政事、谕旨、奏折、各部文书等。《京报》可谓中国近代报刊的雏形，馆藏共有18册。资产阶级改良派和革命派出版、创办的图书报刊在浙江省博物馆亦多有收藏，如《仁学》、《三民主义》、《浙江潮》、《民报》、《民立报》等。中国共产党成立后，高举反帝、反封建、反军阀的旗帜，出版发行了大量宣传马克思主义和无产阶级革命思想的图书报刊。浙江省博物馆收藏有大量的领袖著作、共产党文件和政策的汇编以及《新青年》、《向导》、《解放》、《群众》、《金萧报》、《新浙东报》、《浙南周报》、《四明简讯》等大批的共产党创办发行的报刊。

中国近代的货币是在古代货币制度的基础上，受资本主义国家货币制度的影响，逐步向近代化方向发展的。清末至民国时期，中国社会流通的货币异常混乱，从货币形态来讲，有银两、银元、铜元、纸币并行流通；从发行机构来讲，民间、中央政府、地方政府、国外发行的都有流通。馆藏大量的近代货币中，主要有以下几类：（1）清末农民起义政权所铸铜钱，有太平天国货币“太平天国圣宝”、天地会领袖李文茂攻占广西后所铸“平靖胜宝”、浙江平阳金钱会首领赵启所铸“义记金钱”；（2）清政府发行的纸币，有咸丰年间户部管票、咸丰年间宝钞、大清户部银行兑换券、大清银行兑换券及各地官钱局纸币；（3）民间票号和私营商业银行发行的纸币，有北京聚丰银号、万义串银号银票，中国通商银行、中南银行、浙江兴业银行、上海四明银行、中国垦业银行等众多私营商业银行发行的纸币；（4）中华民国国家银行和地方银行发行的货币，有中国民国开国纪念币，广州政府中央银行临时兑换券，国民政府中国银行、中央银行、交通银行、中国农民银行发行的纸币，浙江地方银行、湖北省银行、湖南省银行、福建省银行等各地方银行发行的纸币；（5）共产党领导的根据地和解放区发行的纸币，这部分数量较多，包括土地革命战争时期苏维埃政权、抗日战争时期抗日根据地政权、解放战争时期各解放区政权发行的纸币，有江西中央苏维埃国家银行、鄂豫皖苏区银行、赣东北苏区银行、闽浙赣苏区银行、北海银行、浙东银行、华中银行、东北银行、西北农民银行、中州农民银行、关东银行、中国人民银行等发行的纸币；（6）伪政权发行的货币，包括伪满洲国、汪伪政府、伪中华民国临时政府等在其统治区域内发行的纸币，有中国联合准备银行、中央储备银行、华兴商业银行、伪满洲中央银行、蒙疆银行、冀南银行发行的纸币；（7）外国货币，有美国花旗银行、英国汇丰银行等外资银行在华发行的纸币以及俄国卢布、德国马克、"北朝鲜"中央银行纸币、日本侵华期间使用的军用券和纸币。

近代中国激荡于前所未有的时代巨变中，阶级矛盾和民族矛盾异常尖锐，表现为频繁的民族战争和阶级战争。馆藏近代武器，充分体现了近代中国的硝烟弥漫与血雨腥风。馆藏近代武器数量较多，主要有以下几类：（1）清军武器，有清末浙江海防前膛炮，象山清军沉舰上打捞起来的炮弹、步枪子弹、手枪子弹；（2）新民主主义革命时期共产党领导的浙江各地的武装斗争中使用的武器，这部分武器占馆藏武器的绝大多数，从形态上讲，有大刀、腰刀、菜刀、匕首、梭镖头、土枪、土铳、土步枪、牛角火药筒、松树大炮、檀树大炮、手榴弹等，总体来说，在国民党统治力量强大的浙江地区，革命力量的武器装备相当落后，这从另一方面体现了共产党领导的革命斗争是非常艰苦卓绝的；（3）革命武装缴获的敌军武器，有从国民党军队、日军、伪军缴获的刺刀、指挥刀、宝剑、步枪、手枪等。

其二，许多馆藏近代文物具有重要的价值。如前所述，近代文物的价值体现在其具有的历史价值、艺术价值和科学价值上。在馆藏六千三百余件近代珍贵文物中，有一级文物48件。这48件近代一级文物是馆藏近代文物中的精华，就个体而言，每一件都具有重要的历史价值，有些具有重要的艺术价值。其中，太平天国的一级文物有17件，历史价值极高。馆藏的太平天国的文物数量较多，总共有一千一百余件，涉及太平天国的官制、土地政策、赋税政策、婚姻制度等诸多领域，可以说是研究太平天国史的丰富的实物资料。这17件太平天国的一级文物，一方面同样的文物较为稀少，另一方面具有很强的代表性。如李大明柴大妹合挥，是太平天国时期的结婚证书，馆藏仅此一件；太平天国宝天义黄呈忠进天义范汝增致英法水师照会，内载浙江太平军驳斥英法水师统将要挟拆除城外炮台和城上大炮，回绝列强提出退出宁波的无理要求，是太平军反抗列强侵略的实物见证；太平天国东阳县南门卒长汪文明所管门牌册底，内载136块门牌，每块载明户主姓名、年龄、配偶及家庭其他成员，是研究太平天国门牌制度的重要史料。同样，馆藏其他近代一级文物的历史价值也很高，如《中华国货维持会致台州救国协会函》反映了浙江台州积极响应五四爱国运动的姿态；中国共产党浙南红军第十三军第三团朱文印则是研究浙南红军第十三军历史的重要实物资料；《浙东敌后临时行政委员会施政纲领》则是研究浙东抗日根据地政权建设的重要文献。馆藏48件近代一级文物中，周恩来为曹天风先生书行书诗联、章太炎手书终制、章太炎自题墓碑字轴是难得的书法作品，而陶焘所作《蛟川奏凯图》、秦岐农所作《西泠悲秋图》则是具有重要纪念意义的书画作品，这些一级文物都具有较高的艺术价值。除了馆藏近代一级文物外，许多馆藏近代二级文物、三级文物和一般文物也具有重要的价值，后面将有进一步介绍，在此不再一一阐述。

其三，馆藏近代文物具有浓郁的浙江地域特色。馆藏近代文物中，除了少数部分是其他地区的近代文物外，绝大多数都是浙江近代文物。鸦片战争以后，浙江逐渐沦为半殖民地半封建社会。面对列强的侵略和统治者专制、腐朽的统治，浙江人民不畏强暴，勇于抗争，奏响了一曲曲救亡图存的英雄乐章。馆藏近代文物中，有鸦片战争中葛云飞《增辑两浙海洋图》摹本，有太平军进军浙江时期的官印、令旗、公据、门牌、执照、牙帖等，有镇海抗法战争中清军守备吴杰的铜盔和铠甲，有浙江辛亥革命志士的手稿、文献等，有反映浙江人民英勇抗战的书刊、布告、文件、证章、武器等，有反映中国共产党领导浙江革命斗争的标语、宣言、布告、烈士遗像及遗物、各类武器等，这些文物充分展现了鸦片战争以来浙江人民英勇斗争的历史，是浙江人民抵御外来侵略、反抗专制统治的实物见证。西方列强的侵略，一方面给浙江人民带来了深重的灾难，另一方面使浙江地区迈入近代文明。马克思和恩格斯说过，资产阶级的商品的低廉价格，“是它用来摧毁一切万里长城、征服野蛮人最顽强的仇外心理的重炮”[27]。封建自然经济的解体，西方资产阶级在华兴办企业的刺激，促使了浙江地区近代工商业的萌芽。馆藏近代文物中，有杭州通益公纺织厂公文套，有宁波通久源纱厂经理严渔三与和丰纱厂经理顾元琮合同草约，有宁波和丰纺织公司股票以及和丰纱厂开股东常会纪事等，这些文物反映19世纪末20世纪初浙江地区民族资本主义的产生和发展，从经济角度展示了近代浙江社会发展方向。近代浙江处于中西文化碰撞、交流的前沿，思想往往开风气之先，成为近代中国新思潮活跃的中心地区。馆藏近代文物中，有龚自珍诗卷，有维新思想家陈虬著的《治平通议》、宋恕著的《六斋卑议》、孙诒让著的《温州办学纪稿》，有资产阶级革命家章炳麟著的《訄书》、秋瑾著的《精卫石》弹词手稿、徐锡麟为从速举事致秋瑾函、孙中山的演讲唱片等，有反映浙江新文化运动的《浙江新潮》、《教育潮》、《钱江评论》等，有传播马克思主义的刊物《新青年》、《向导》、《星期评论》等，这些文物既反映了浙江近代社会思潮的演进脉络，同时也揭示出中国社会的整体发展趋势。

文物收藏作为博物馆的一项基本职责，其目的之一就在于通过保护、展览文物，让实物来见证历史的发展和社会的前进，传承中华文明。近代中国，社会结构处于从传统社会向近代社会逐步转型的过程。在中华民族几千年的文明史上，这是一段光辉灿烂的历史。从文明史的角度来看，近代文物与古代文物具有同样的历史地位。因此，“厚古薄今”就是一种不应该有的态度。所幸的是，从新中国成立以来，浙江省博物馆就非常重视近代文物事业。正是几代博物馆人的筚路蓝缕与锲而不舍的努力，才有今天蔚为大观的馆藏近代文物，留下了一笔宝贵的精神财富。

胡锦涛总书记在十七大报告中提出，“要坚持社会主义先进文化前进方向，兴起社会主义文化建设新高潮”，“使人民基本文化权益得到更好保障，使社会文化生活更加丰富多彩，使人民精神风貌更加昂扬向上”[28]。如何做到这些，对博物馆工作提出了更高的要求。充分利用馆藏近代文物，发挥其在建设社会主义先进文化中的应有作用，这是我们努力的方向。浙江革命历史纪念馆的建设将为我们充分利用馆藏近代文物，发挥其作用提供一个更高更广阔的平台。纪念馆建成后，一大批馆藏近代文物将得到陈列展示，许多将是第一次陈列展出。这对展示浙江人民波澜壮阔的革命斗争历史，对广大群众进行爱国主义和历史教育将起到十分重要的作用。编撰馆藏近代文物图集，是我们充分利用馆藏近代文物的又一种有效方式。相对于史学家的论著来说，近代文物作为历史的见证，更能客观、直接、形象地反映中国近代历史的发展，其对公众的激励与教育作用尤为突出。因此，编撰一本反映中国近代历史发展脉络的文物图集，其意义是不言而喻的。这也是我们编撰浙江省博物馆近代文物典藏的目的之所在。

一本理想的近代文物图集，应该完整地展现中国近代历史政治、经济、文化、社会生活发展的全貌。遗憾的是，尽管近代离我们并不遥远，但是许多重要的历史实物和资料都没有保存下来。这往往给编撰文物图集的编者们带来很多困难和遗憾。本书的编撰也同样遇到这样的问题。由于馆藏文物有限，特别是缺乏反映中国近代经济、文化、社会发展的文物，因此，我们只能就反帝反封建这条主线简单勾勒出中国近代历史发展的脉络，并尽可能利用馆藏近代文物，展现中国近代思想文化和社会生活领域。

我们从众多的馆藏近代文物中，精选了其中具有代表性的、有价值的文物三百余件，以时间先后为序，以重大历史事件为中心将其拾掇起来，编撰了这本馆藏近代文物图集。所选文物大部分是浙江近代历史文物，因此，本书又可看作一部反映近代浙江历史发展和浙江人民为救亡图存进行英勇斗争历史的文物图集。本书共分五章，分别为风雷激荡、世纪曙光、星火燎原、抗日烽烟、走向解放。每章即为一个历史阶段，从章名中编者试图概括出这一历史阶段的主旨。章的下面分为节，每节或为一个重大历史事件，或概括一个历史主题，将与之相关的文物涵盖在内。限于编者的水平和能力，观点与内容有不妥之处，敬请读者批评指正。如果本书能够对读者学习、研究中国近代史有所裨益，我们将不胜欣慰。

参考资料

（1）〔唐〕吴兢编著，王贵标点《贞观政要》，岳麓书社2006年版，第38页。

（2）中国近代史资料丛刊《鸦片战争》第6册，神州国光社1954年版，第77页。

（3）陈旭麓《近代中国社会的新陈代谢》，上海社会科学院出版社2006年版，第217—221页。

（4）国家档案局明清档案馆编《义和团档案史料》下册，中华书局1959年版，第946页。

（5）童秉国选编《梁启超作品精选》，长江文艺出版社2005年版，第231—232页。

（6）魏源《海国图志》，中州古籍出版社1999年版，第67页。

（7）中国近代史资料丛刊《洋务运动》第6册，上海人民出版社1961年版，第351页。

（8）《筹办夷务始末》（同治朝）卷25，中华书局1979年版，第9页。

（9）冯桂芬《采西学议》，《校邠庐抗议》，中州古籍出版社1998年版，第211页。

（10）张之洞在《劝学篇》中系统地提出了“中学为体、西学为用”的思想，他指出：“四书五经、中国史事、政书、地图为旧学，西政、西艺、西史为新学。旧学为体，新学为用，不可偏废。”

（11）郑观应《南游日记》，《郑观应集》上册，夏东元编，上海人民出版社1982年版，第967页。

（12）梁启超《戊戌政变记》，《饮冰室合集》专集一，中华书局1989年影印本，第113页。

（13）陈旭麓《近代中国社会的新陈代谢》，上海社会科学院出版社2006年版，第406页。

（14）陈独秀《吾人最后之觉悟》，《新青年》第一卷第六号，1916年2月15日。

（15）陈旭麓《近代中国社会的新陈代谢》，上海社会科学院出版社2006年版，第408页。

（16）瞿秋白《五四前后中国社会思想的变动》，《五四运动回忆录》上册，中国社会科学出版社1979年版，第79页。

（17）张东荪《我们为什么要讲社会主义？》，《解放与改造》，第一卷第一号，1919年12月。

（18）王光祈《工读互助团》，《少年中国》第一卷第七期，1920年1月15日。

（19）施存统《“工读互助团”底实验和教训》，《五四时期的社团》（二），三联书店1979年版，第439页。

（20）《毛泽东选集》第4卷，人民出版社1993年版，第1471页。

（21）胡绳主编《中国共产党的七十年》，中共党史出版社1991年版，第16页。

（22）《毛泽东选集》第1卷，人民出版社1993年版，第48—49页。

（23）崔富章主编，周明初等注释《诗经》，浙江古籍出社1998年版，第104页。

（24）张海鹏、龚云著《中国近代史研究》，福建人民出版社2005年版，第1—10页。

（25）彭南生《传统工业的发展与中国近代工业化道路选择》，《华中师范大学学报》（人文社会科学版），2002年3月，第81页。

（26）列宁《社会民主党在民主革命中的两种策略》，《列宁选集》第1卷，人民出版社1972年版，第616页。

（27）《共产党宣言》，《马克思恩格斯选集》第1卷，人民出版社1995年版，第276页。

（28）《人民日报》2007年10月25日，第1版。

浙江潮

每月一次定期陰歷二十日發行

癸卯年第一期

风雷激荡

从1840年的鸦片战争到1919年的五四新文化运动，是中国社会风雷激荡的80年。西欧诸国以雷霆万钧之势东来，强行打破了闭关自守的清帝国的大门，中华民族面临前所未有的冲击与生存危机。中华民族的先进分子为了挽救民族危亡，投身于民族独立与振兴大业，进行了艰难曲折的探求与实践：风起云涌的农民起义，地主阶级改革派领导的自强运动，资产阶级改良派掀起的维新变法运动，资产阶级革命党人发动的民主革命风暴等。虽然这些努力未能改变国家积贫积弱的面貌，但是使中国开始迈入近代文明，中华民族已经觉醒，中国社会内部孕育着新的社会发展力量。

地处中国东南沿海的浙江历来是封建统治赋税的重要来源地。鸦片战争后，浙江又是最早和最频繁地遭受西方列强入侵的省份之一。从鸦片战争开始，浙江人民就奋起反抗西方列强的侵略与封建专制的腐朽统治。鸦片战争中，浙东军民同英国侵略军进行了浴血奋战。太平天国时期，浙江居于重要的战略地位，在太平天国后期，浙江是太平军重要的根据地，清军作战的主战场之一。中法战争中，镇海之战沉重地打击了法国侵略者的嚣张气焰。19世纪90年代，浙江出现了一批维新思想家，他们著书立说，揭露时弊，倡导变革，从而在浙江形成了维新思潮。在戊戌维新期间，浙江维新派人士用不同的方式投入这场运动，推动了运动的发展。20世纪初，浙江资本主义经济有了初步发展，浙江社会出现新的经济因素，而腐朽的清王朝已是日暮途穷，资产阶级革命风暴席卷南方各省。蔡元培、章太炎、陶成章、徐锡麟、秋瑾等众多著名的浙江籍资产阶级革命党人有力地推动了各地革命运动的蓬勃发展，为辛亥革命的胜利作出了重要的贡献。

林则徐家书

张宗祥先生家属捐赠
纵29.7厘米　横17厘米

林则徐（1785—1850），字少穆，福建侯官人，杰出的政治家和民族英雄。《林文忠公家书》内载林则徐充军伊犁途中及至伊犁戍所后所作寄至陕西西安的家书五通。时间为道光二十二年（1842）至道光二十四年（1844）之间。市面上的《林则徐家书》有1925年上海共和书局版、1944年伪满洲国艺文书房版等。馆藏的这本书末载张宗祥先生1924年题跋：“道光十八年因鸦片一役文忠公谪戍伊犁，二十五年起用，此五书皆获谴时家书也。诚恳细致，无粉饰之语，读之令人怆然。甲子夏海宁张宗祥跋。”

第一號安信由郴州官封寄回第二號由陸廣豐之僕帶回諒俱到矣兹十六日到平涼之白水驛接到十二夜寄來書信知是夜亥刻得舉孫男可喜之至並知將養順事庶後平安尤深欣慰計兩三年來惟此一事令人開顏耳此後一切仍當加意小心為要查八字五行俱全命名自以現在韶景為是現於至平涼地方閱此書信擬取平度二字並祝軍務作速平定而此二字應避之度平波因想崆峒山為此地最著名之處黃帝訪道於廣成自是古今勝境杜詩防身一長劍將欲倚崆峒文崆峒小麥熟可以休王師明李夢陽以崆峒自號是峒字亦可取書信之來舉家稱賀余於崆峒得之宜取崆峒二字為名並寫一江華旁田可照此名為是但先桌上龕位時即貼在但先旁可也

千古蛟門險，山形卧虎蹲。從來天作塹，未許敵窺藩。疏鑿扶桑島，軍容細柳屯。披圖供一覽，餘烈至今存。

我羨登壇將，旗開靖海氛。雷轟聲動地，電掣氣吞雲。凱唱三軍奏，奇勳九陛聞。領兵膺懋賞，寵字煥祥雲。

光緒乙未仲春之月，時有都門之役，道手毓卿仁兄軍門大人屬題，倚裝匆促，草草塞責，工拙不計也。竹樵弟吳筠孫漫題

烽火東南傳警年，將軍神智運方圓。陣前韜略子奇貢，釜底魚魂百沸煎。橫海樓船雄洋國，嚴城鼓角肅霜天。功名待畫凌煙閣，不數冠裁進賢。

猶記蘭西入寇年，鯨魚跋浪浪花圓。扃將鎖鑰論閫內，圖繞畫艎海水煎。似奪崑崙兵此夜，直將丁甲降諸天。破竟試聽鐃歌唱，合許論功冀武賢。

乙未長夏二十六七壹歲事旋為 毓卿仁兄軍門大人屬照 鄭□□初稿

海國方多事，中原出異才。漫天噓蜃霧，動地走蛟雷。虎豹當關卧，鯨鯢跋浪回。蠻夷群懾服，雄氣自崔嵬。

海水群飛日，風雲變晦瞑。山河存壯氣，江漢孕英靈。浩劫餘灰白，奇勳照汗青。披圖懷大績，恍讀燕然銘。

丙寅六月為 君坦仁兄題其 先德毓卿軍門蛟川奏凱圖 東唐高振魁初稿

乙丑八月中旬為 君坦宗□英題其 先德毓卿軍門蛟川奏凱圖後 □□初稿

三過蛟門海不波，桅樓巍峨擁龜鼉。追思前輩英聲在，海若低頭避凱歌。佛郎機礮礌礌横海，蕃船折下風。今日披圖成一嘅，龍驤家法令君雄。

丙寅中秋為 君坦大兄題 先德毓卿先生蛟川奏凱圖 金天羽

中華民國辛未重陽節 寶山袁希濤拜觀

中華民國二十四年六月三日 □□江恒源敬觀

□年八月 上海林□保拜觀

《蛟川奏凯图》

纵40.9厘米　横259.4厘米

光绪十三年（1887）陶焘为纪念中法镇海之役绘制。意笔设色山水，画出在重峦叠嶂、波涛汹涌的甬江口，威远城森严壁垒、旌旗招展的胜利景象。欧阳利见题首。陶焘（1825—1900），字诒孙，江苏昆山周庄人。善画山水，学董其昌，苍莽浑厚，不落恒蹊。

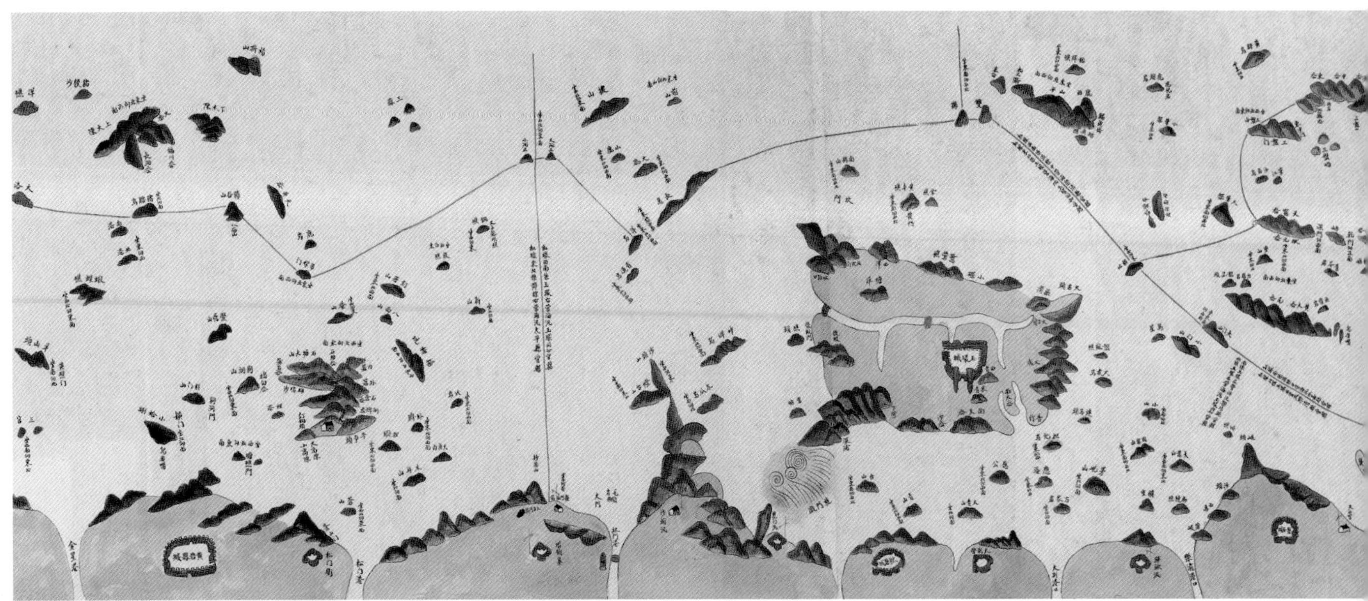

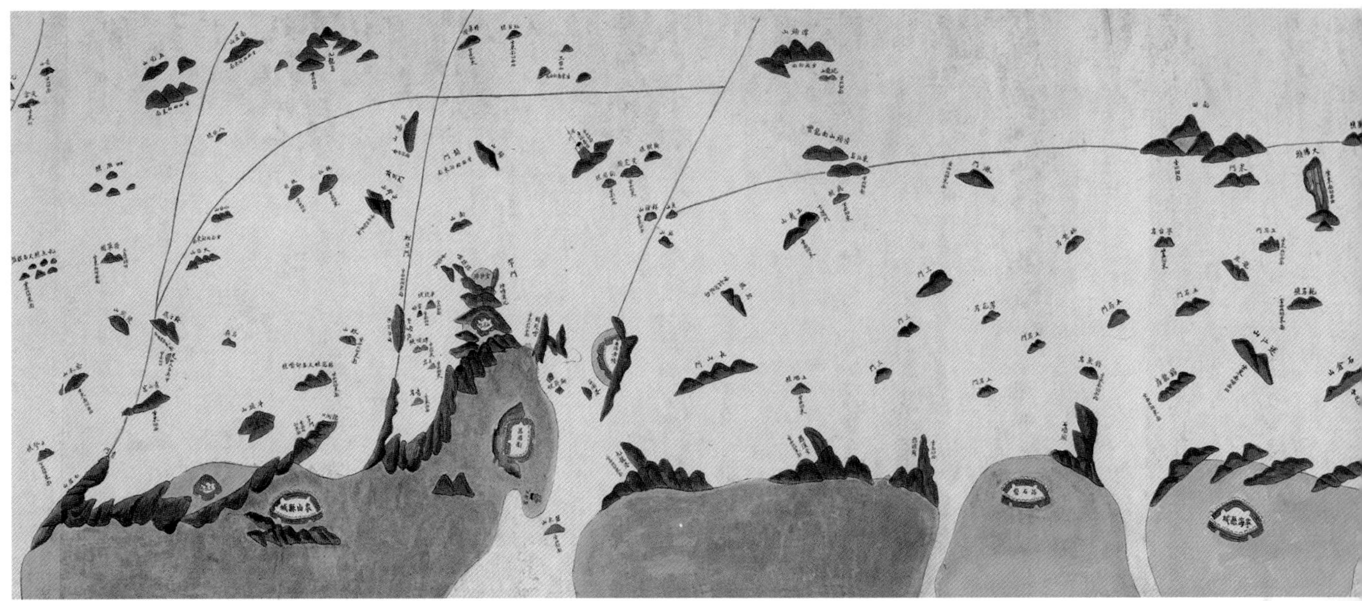

葛云飞《增辑两浙海洋图》摹本

纵43.9厘米 横591.53厘米

葛云飞（1789—1841），字鹏起，浙江山阴（今绍兴）人，浙江定海镇总兵。1840年至1841年间，葛云飞镇守浙江镇海与定海时，按明代戚继光所绘之图，详勘增删而成《增辑两浙海洋图》，图幅南起浙江平阳县，北至浙江平湖县（今改为市）乍浦，定海区域的测绘尤为详密。此图系光绪十年（1884）摹本。

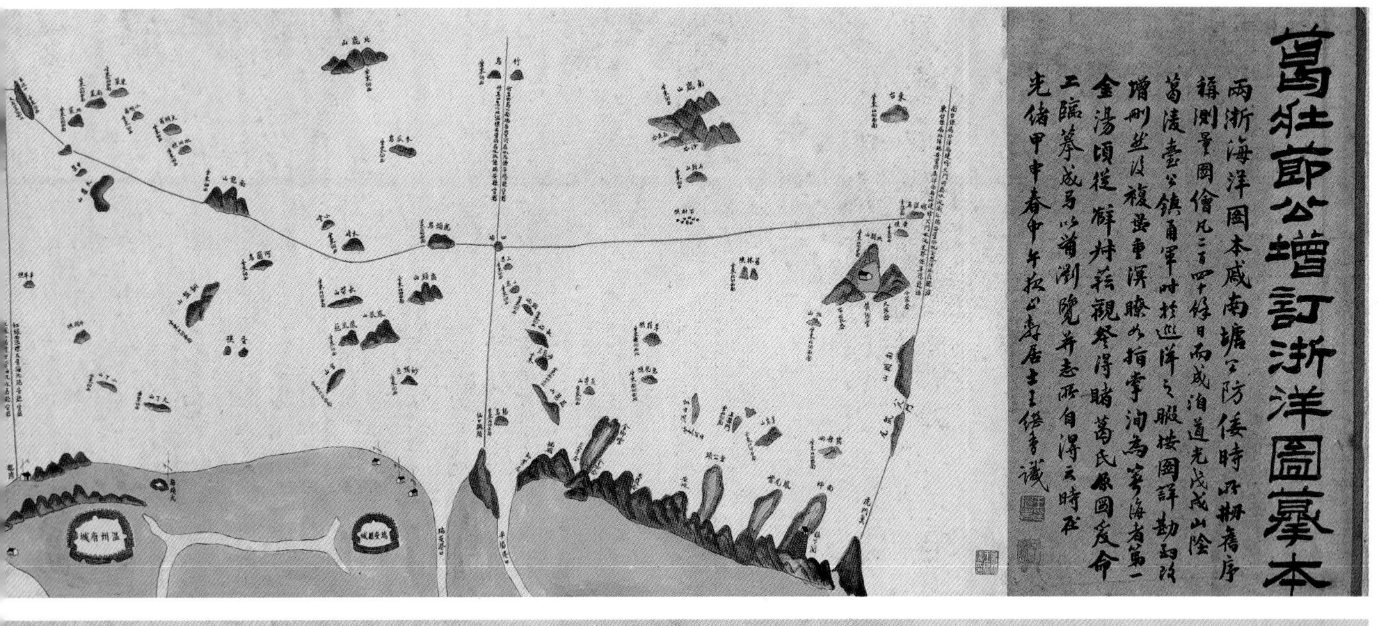
葛壯節公增訂浙洋圖摹本
兩浙海洋圖本咸南塘公防倭時所刱舊序
稱測量圖繪凡二百四十餘日而成洎道光戊戌山陰
葛淩臺公鎮甬軍時於巡洋之暇按圖詳勘而改
增删並復親歷重溟瞭如指掌洵為言海者第一
金湯頃從猷材藝觀齋得睹葛氏原圖爰命
工臨摹成另以備測覽并志所自得云時在
光緒甲申春中午拉公寄居士王僅識

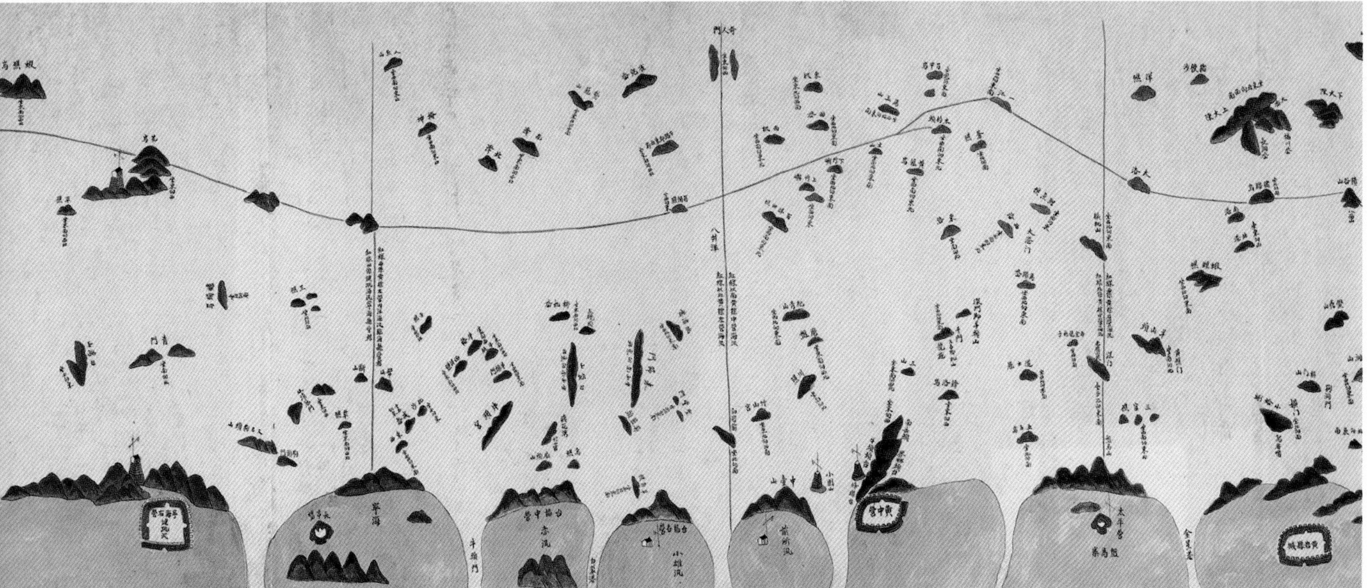

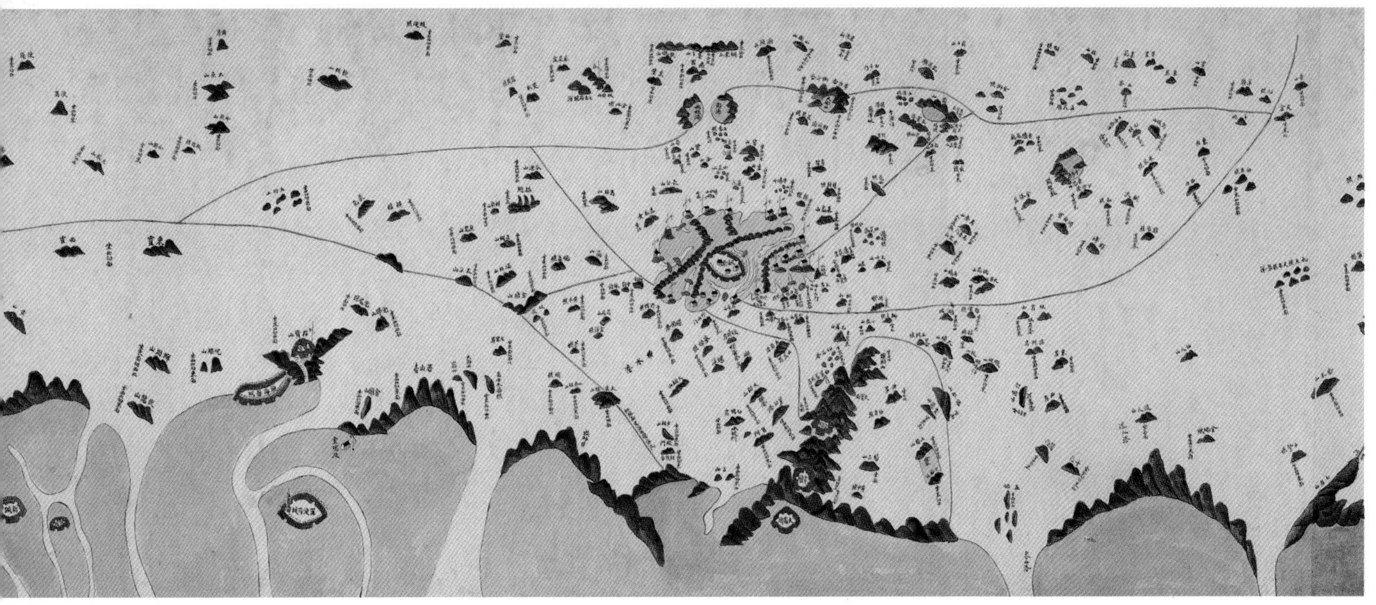

蛟川奏凱圖

乙酉歲江東把浙平靖帥為[illegible]
鼐卿鎮軍於鎮衡前山[illegible]以往事繪成此幀
為題詩以紀[illegible]不文之言率[illegible]
粲正也

為國之幹斯圖其籍矣也 光緒十四年冬十月無錫薛福成跋

橫海樓船孰主持，邊氛蔓及甬江湄。關山險絕如蹲虎（古人稱蛟門爲蹲天設之險），烽火叢中見老羆。光祿試卿能了賊，長房驅鬼豈無師。爭功一笑憑渾濟，自有篇章作口碑。

鑒非軍門仁兄大人以蛟川之捷推美於費鼐卿總戎爲圖紀事，綴以佳章，即率筆奉和，即希大吟壇郢政。弟黃體芳未定草

馬口迂緩失戎機，工駛蛟門敵艦飛。手擊霓輪齏粉揉，將才爭頌費文樟。甬東保障老元戎（謂歐陽軍門），遜謙並收指臂功。任爾樓船橫海渡，鐵山難撼兩英雄。諒山大戰臺灣守，頌贊功吏乃君知是長房鈇。厈鬼滄溟萬里歸，越山自昔屯軍處，留得鴻匹入畫圖。今日海天清似鏡，鯨鯢遺塹小橫棚。

鼐卿軍門大人正 七疊甲寅題奉 弟龐慶麟未定草

金雞山下屯營處，十萬樓船不敢前。[illegible]文偉圖暮於方效[illegible]大堅壁無孫遺紀功，今付丹青手筆。凱奏歌詠[illegible]奏日勢名垂竹帛，蛟川一役總垂川。

鼐卿軍門大人正之 弟潘霨 題詩

金雞招寶勢雄吞，前有蛟門對虎蹲。此日登臺機弩備（昨曾往視敵壘各工），曩時捍敵陣軍屯。島夷膽懾銷兵氣，上將勛高荅主恩（謂軍門歐陽公）。我羨文韓籌勝算，飆輪擊退海潮奔。

龍州塞外分功過，馬尾江頭遺恨羞。戰事南疆棋局誤，威聲東浙畫圖留。重重鎖鑰天成塹，急急烽煙鐵汲舟。麟閣標名他日事，更教勳業稱封侯。

鼐卿仁兄大人屬題即求粲正 己丑夏弟吳引孫呈稿

兄弟吳中夙擅名，韓刀首怕氣縱橫。金閶草綠春盤馬，玉帳鐙紅夜論兵。久已嘗聞同臥虎，忽思入海傳長鯨。知人我愧非來歙，相對棊枰憶戰爭。

自昔妖氛翦東遂，教名將策奇功。短簫齊奏軍中樂，長劍猶鳴澥上風。君信可人能辦賊（用司馬光奏祥傳中語），我來作郡已和戎（予抵甬時和議已成）。披圖指點當年壘，都在波光島影中。

鼐卿仁兄鎮軍大人屬題即求教正 弟胡元潔

[illegible]江一役數無功，警見烽煙到浙東。館向蛟川推大纛，將軍此舉是英雄。如今海水又生波，[illegible]何如得樓船重奏凱，旨龍驤者能鏡歌。書生愧未接雄談，奇捷欣傳一月之。他日紛名紀麟閣，費龍驤與費征南。

費蛟哲龍驤將軍並見[illegible]

鼐卿軍門仁兄大人雅屬即正 曲園俞樾時年七十一

儒雅負豐望，風雲屬將門。從戎無懷憚，事努力答天恩。談笑無倚舉，飛騰有弟昆。甬東碑日在，鴻雪尚留痕。當年摧敵出奇兵，英雄氣海天風黑沖宵焰火紅。蛟川誰紀麒麟閣，待錄功勛健將如此。抗槍一掃空。

鼐卿軍門大兄大人屬題 光緒壬寅春二月 晚學汪鳴鑾初稿

君恒先生

見將軍鼐卿先生守蛟川[illegible]

沈沈層霧建江黑，獵獵龍旗蓋海紅。疊浪似山檣似蓼，披圖想見舊雄風。棘門霸上真兒戲，賴有翁洲細柳營。鎖鑰乃公三兩輩，長鯨碧海敢縱橫。溟渤淮提揭蒯緬，釣鰲巨手信無倫。回首再獻天池凱，始識中原大有人。

鼐卿軍門大人屬題即希郢正 水楨葛雲麟未定稿

萬里鯨魚掀浪來，天風吹水聲聞雷。越海外樓船付劫灰，誰能鎮南關外清烽煙，又聞滄桑廿四年。終是先皇全盛日，至今遺事說開天。老去將軍還覽鏡，江湖小許作樵漁。昆明習戰須新令，[illegible]

鼐卿軍門大人出示[illegible]

鼐卿仁丈軍門出示此卷蓋紀光緒甲午中蛟川戰事也 先君子時知寧波府事 [illegible]

踏浪長鯨敢覬覦，蛟門一戰走艫艫。奇兵手扼金雞壘，上將霄懸玉帀符。橫海勛名三捷奏，平戎氣概萬人呼。頑君努力儲韜畧，待補麒麟閣上圖。

毓卿大兄軍門大人屬題　蹇齋吳大澂初稿

自閩入浙海門開，一戰能教敵膽摧。回憶鑾坡方待漏，欣聞西上捷書來。（乙酉春余在原籍，觀在都）

偶爾分猷到浙東，將軍戰績在吳中。長虜一脉家聲遠，想見輕裘緩帶風。

天險東南百丈傾，曾經校閱駐行旌。怒濤駭浪奔騰裏，猶帶當年戰鼓聲。

毓卿大兄大人屬題　辛卯三月　菘駿初稿

一戰蛟川勝，傳聞已七霜。今看好圖畫，應念此金湯。君子爲猿鶴，將軍制犬羊。笑談能退敵，終見賞成鄉。正德機手啓，何鼇奏議先。（佛郎機於明正德中據滿剌加地，逐其王於巴封，貢御史何鼇奏稱此夷不可許，勢慎法人）吾鄉有忠孫，陽代一流連。待屬懷前事，（時余官司業，屢陳戰守事宜）同君賦短篇。我皇自神武，長見太平年。

毓卿大兄大人屬題　辛卯四月潘衍桐

民國廿三年五月廿七日拜觀　江右杉……

1884年法国发动中法战争，次年进犯镇海。浙江巡抚刘秉璋、宁绍台道薛福成和浙江提督欧阳利见统筹备战，亲临镇海第一线指挥战斗。镇海炮台守军在守备吴杰率领下奋起御敌，与法舰对峙103天，取得重大胜利。这场战役是鸦片战争以来我国首次获得全胜的一次重要战役，在中国近代军事史尤其是海防史上具有重要地位。

清代守备吴杰的铠甲

吴杰（1837—1910），字吉人，安徽歙县人。中法战争镇海之役主要将领。仪服，以绸缎为表，金银线拷图案，制作精工华丽。

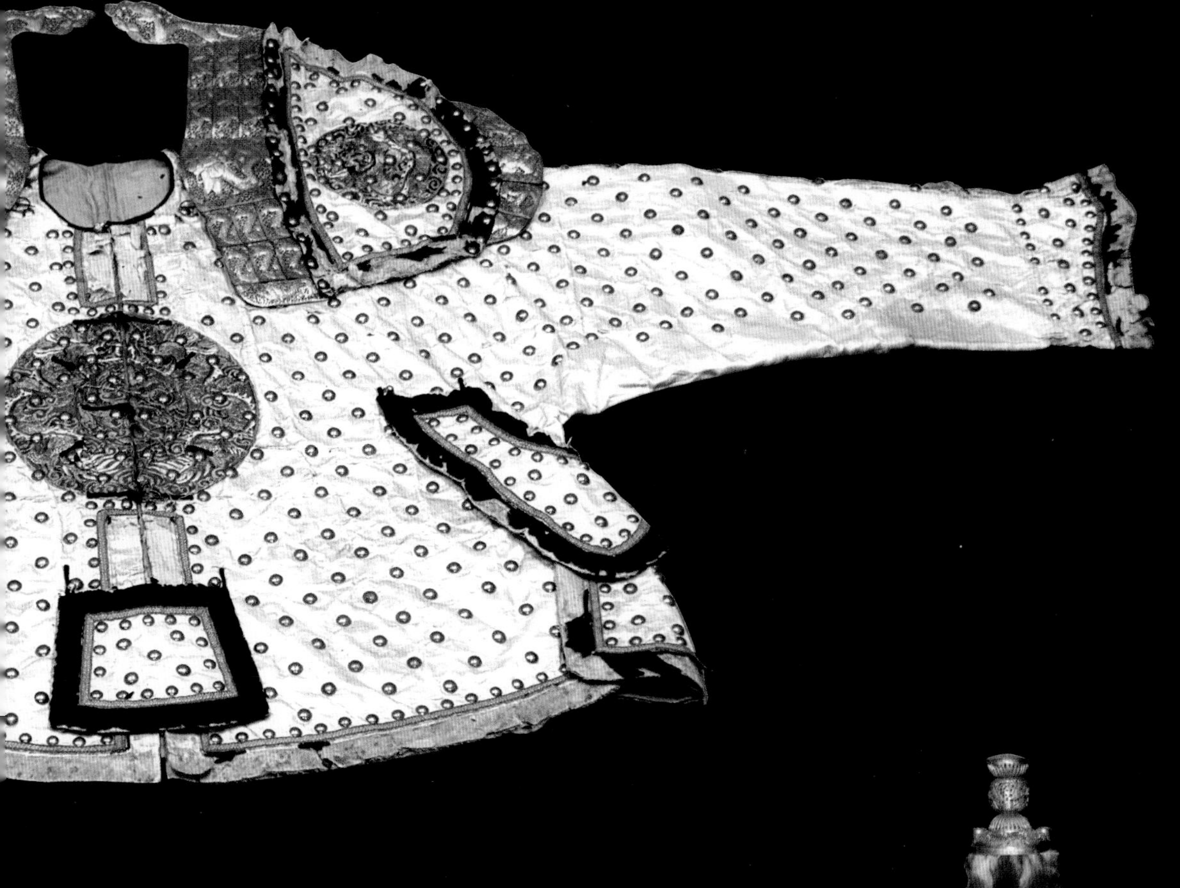

清代守备吴杰的铜盔

通高55厘米　底径20厘米

这顶铜盔为清代职官胄，管柱上垂獭尾胄饰。铜质帽身，由胄帽、遮眉、舞擎、护领等构件组成。

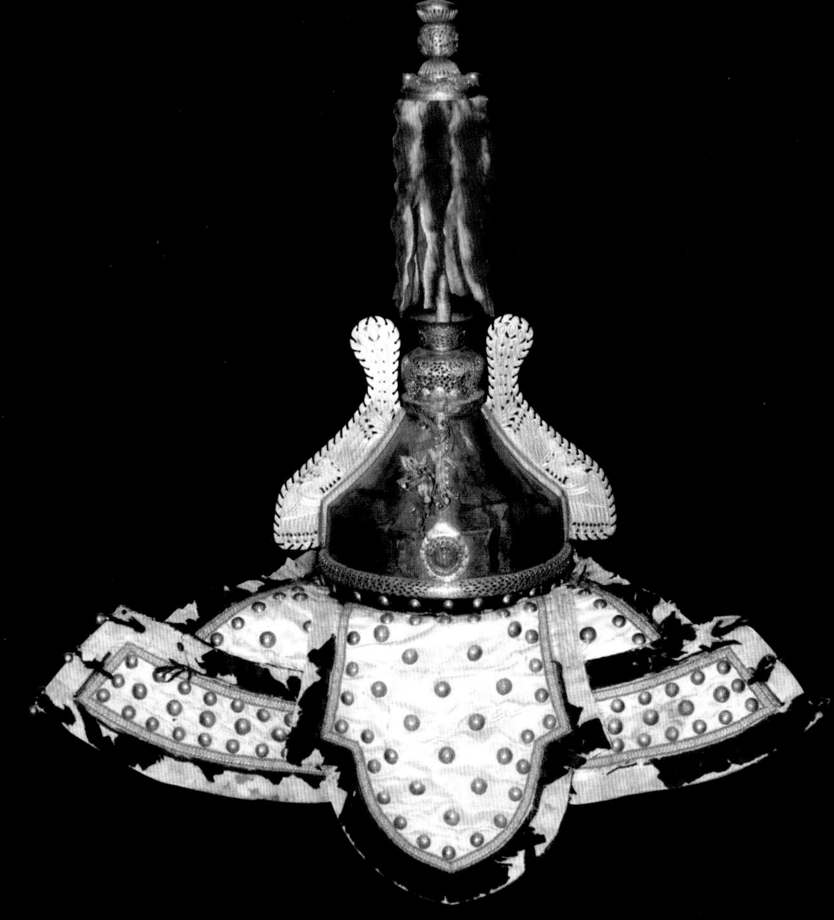

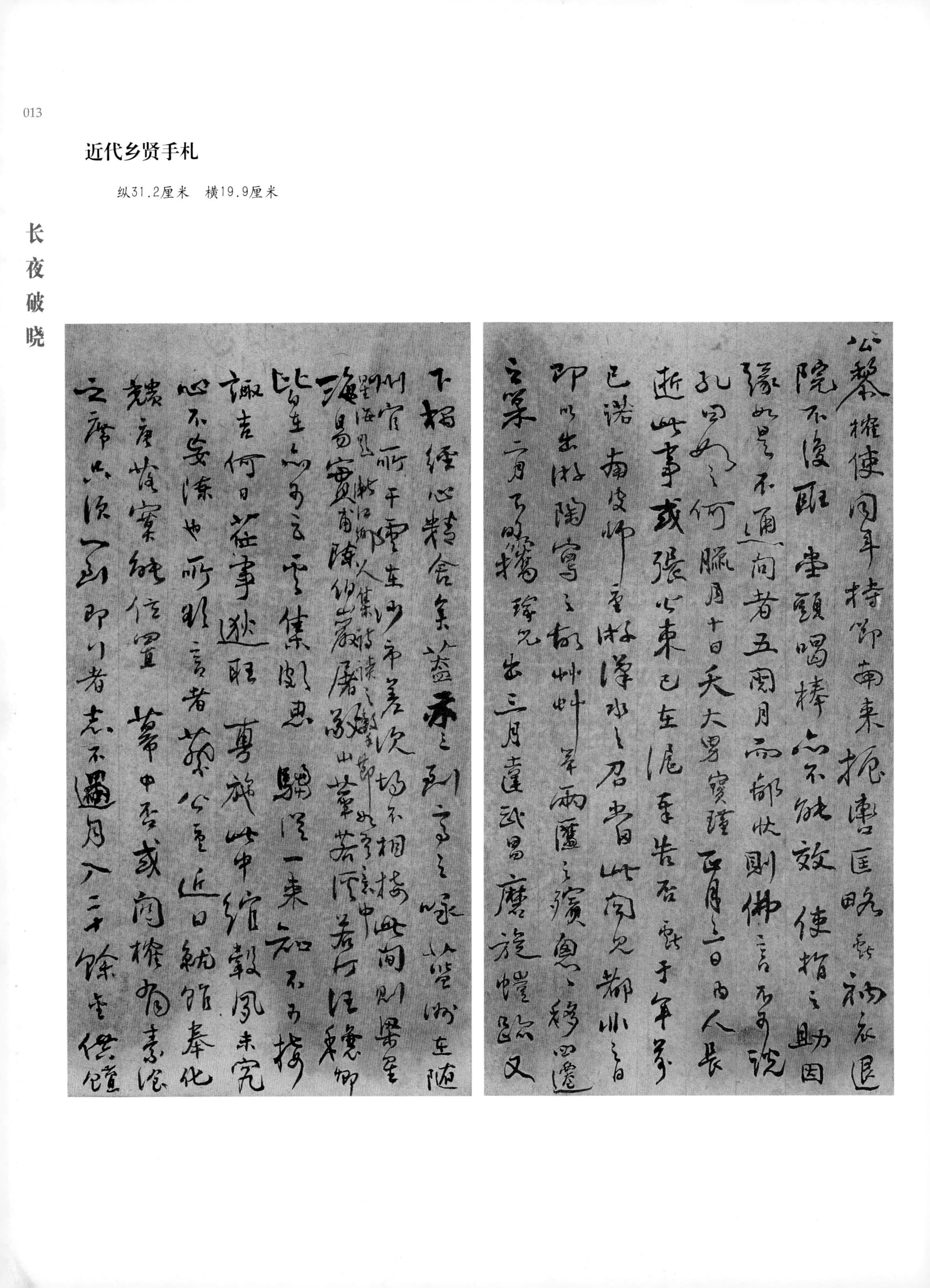

近代乡贤手札

纵31.2厘米　横19.9厘米

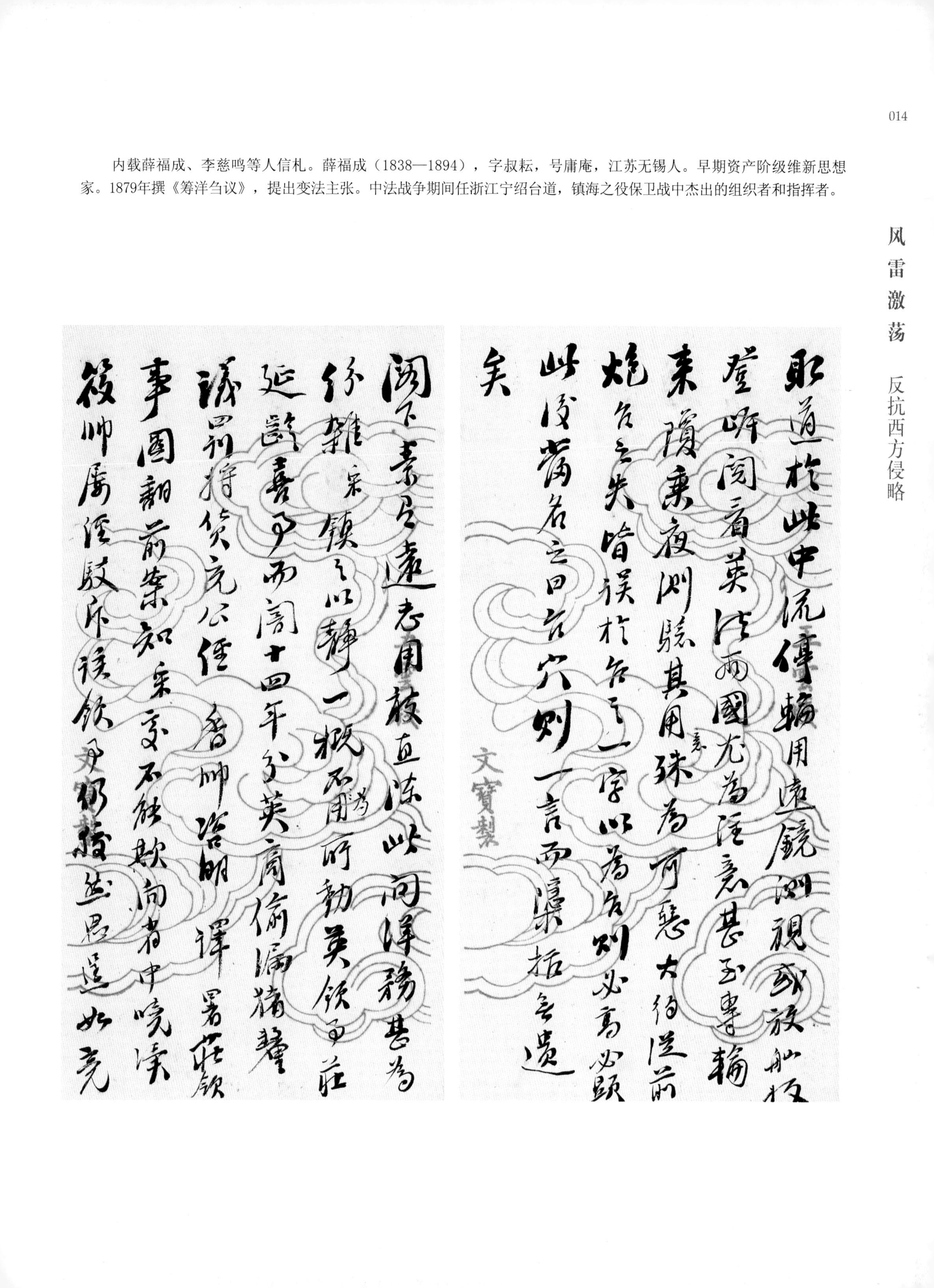

内载薛福成、李慈鸣等人信札。薛福成（1838—1894），字叔耘，号庸庵，江苏无锡人。早期资产阶级维新思想家。1879年撰《筹洋刍议》，提出变法主张。中法战争期间任浙江宁绍台道，镇海之役保卫战中杰出的组织者和指挥者。

太平天国天朝恩赏将军木印（右页）

林明川捐赠
高15.9厘米　宽7.8厘米　厚2.7厘米

国家一级文物。木印边饰双龙戏珠，下作立水纹，中间框内刻宋体朱文“太平天国天朝恩赏将军”十字。太平天国上自天王下至两司马，各级官员皆有象征权柄符信的官印。天官丞相用银印，以下各官皆用木印。太平天国前期各印均有尺寸规定，且自丞相以下仅刻衔不刻姓名，后期因封赏泛滥，尺寸规格有所变化。此印系林秉钧官印。林秉钧（？—1900），原名崇友，浙江太平县（今温岭）人。1861年，侍王李世贤由江西入浙，林秉钧起而响应，投奔太平军，曾向太平天国“贡献马匹、洋银，恳求安抚”，太平天国授予“太平天国天朝恩赏将军”衔。

太平天国象山县监军令旗

郑莲芝捐赠
高73厘米　宽74.5厘米

国家一级文物。绸质，中心为黄绸，四周镶紫红色绸边。上端墨笔横书“天朝”两字，中心墨书“令”字，上盖“太平天国天朝九门御林象山县监军”双龙纹朱印（高13.4厘米，宽7.3厘米）。太平天国朝制完备，大小官员均有专旗发号施令。令旗是乡官在所辖区内执行地方政务时的权力象征。监军是太平天国带兵官的官阶名称，其职位低于总制，高于军帅，作战时派往某军任指挥官。太平天国后期，在其辖区内，监军则变为州县地方官，一般由乡官担任。

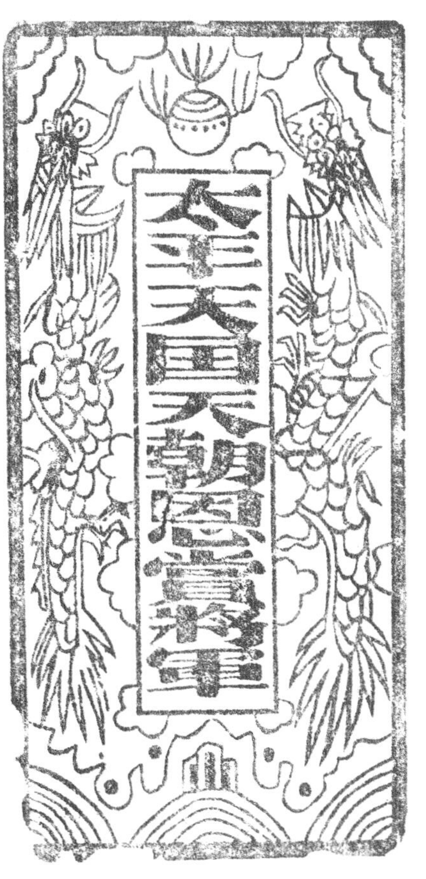

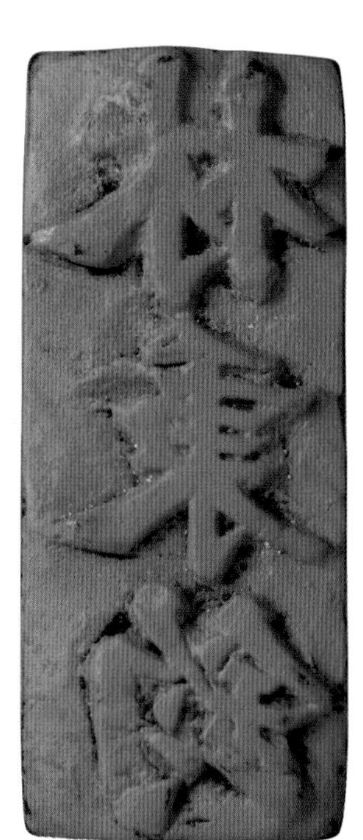

太平天国林秉钧木印

1956年林明川捐赠
高5.6厘米　宽2.3厘米　厚3.4厘米

太平天国失败后，林秉钧一直受到百姓保护，1900年病故。他将侍王李世贤“劝浙江太平子民各知效顺谆谕”和“太平天国天朝恩赏将军”、“林秉钧”两颗木印秘密私藏，代代相传。

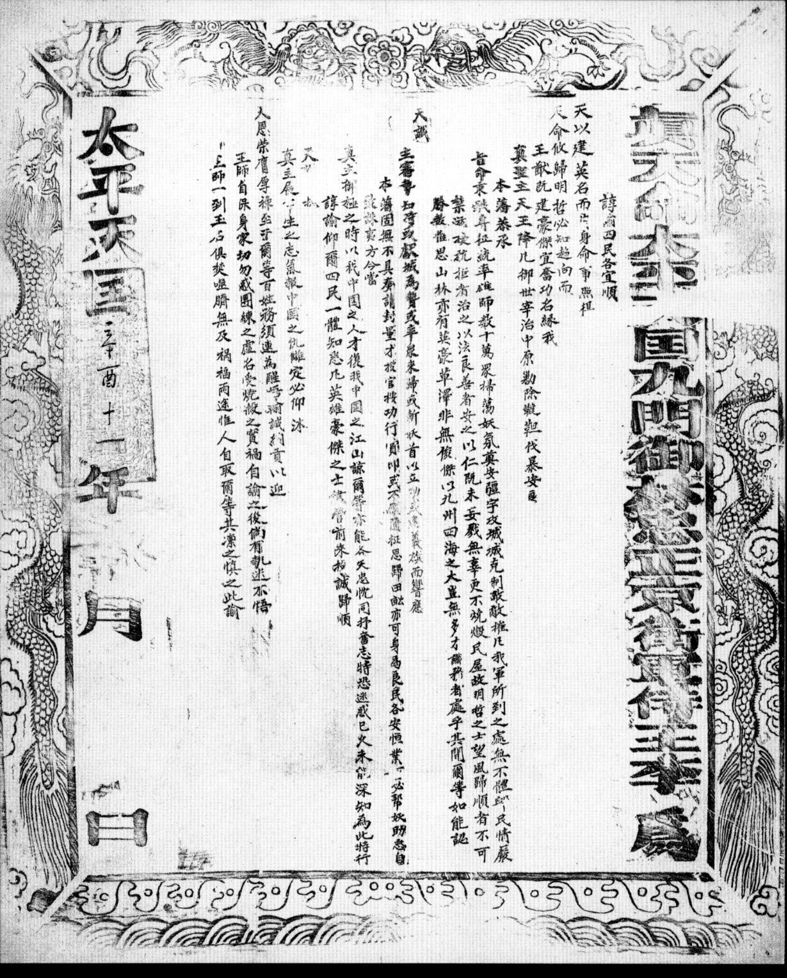

太平天国侍王李世贤劝四民投诚归顺谆谕

高109.8厘米　宽93.1厘米

国家一级文物。木板墨制，边框左右作云龙纹，上端为双狮戏球，下端饰海潮纹。“辛酉十一”四字为墨笔填写，上盖“太平天国九门御林忠正京卫军侍王李世贤”双龙纹朱印。此谆谕于1958年由浦江县壶源区供销社职工在收购废纸时发现，从所署年份（1861）和发现的地点判断是侍王李世贤在浙江发布的谆谕。李世贤（1834—1865），广西藤县人。1851年加入太平军，曾配合陈玉成、李秀成打垮清军江北、江南大营。1859年被封为侍王，爵称“天国九门御林忠正京卫军侍王”。

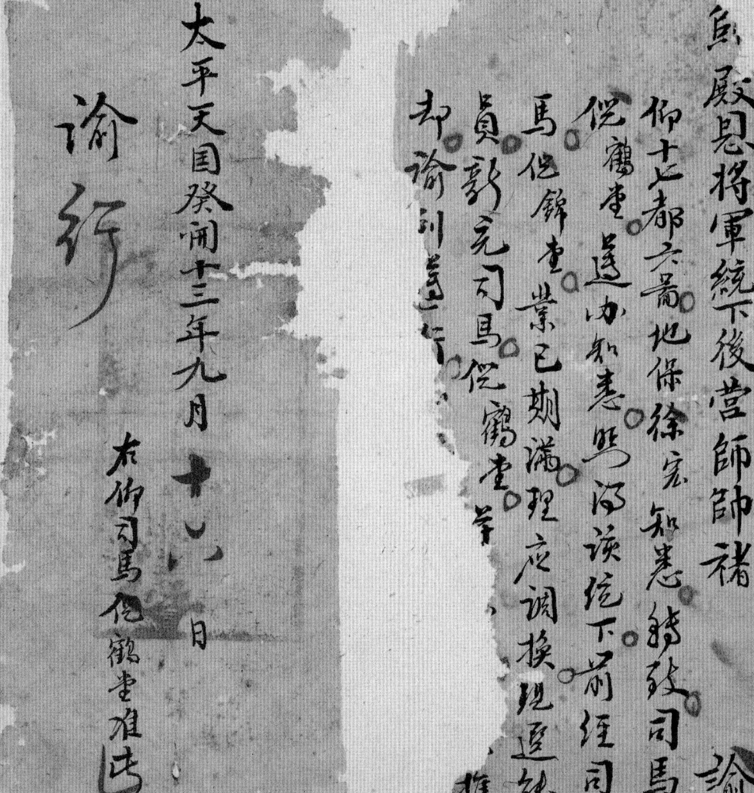

太平天国后营师帅褚给石门县地保徐宏转致司马倪鹤堂谕

纵23.2厘米　横22.4厘米

国家一级文物。毛边纸墨刷，朱笔圈乙，日期“十六”和末行“行”字朱书，年月处钤双龙纹朱印。太平天国在浙江普遍推行乡官制度，在太平天国地方基层政权中，设立军帅、师帅、旅帅、卒长、两司马、伍长等官职，全由本乡人充任，以料理民事。这是太平天国时期石门县司马一职的任免公文。

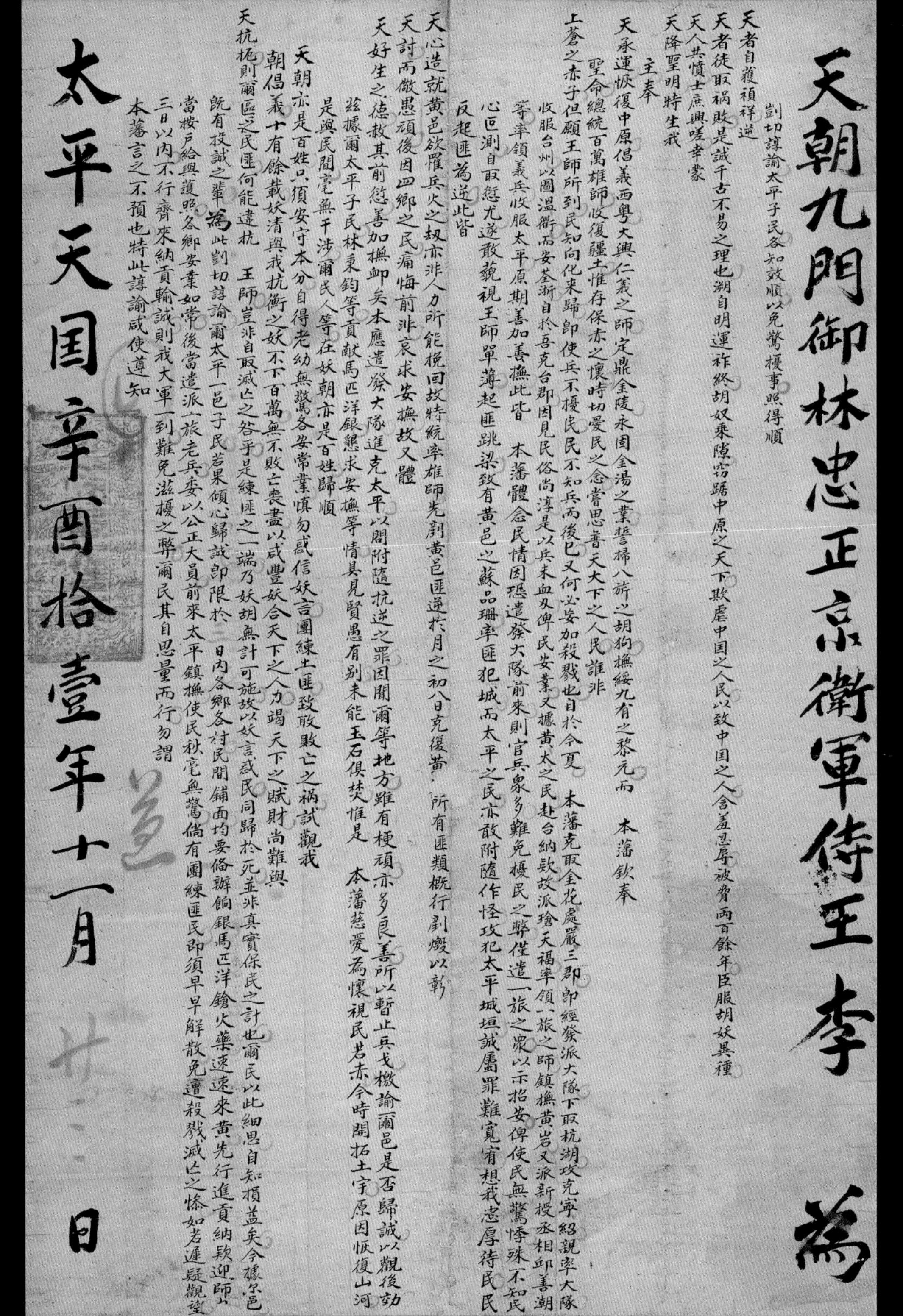

太平天国侍王李世贤劝浙江太平子民各知效顺谆谕

林明川捐赠

高128.5厘米　宽85.7厘米

国家一级文物。高门纸墨书。上盖“太平天国九门御林忠正京卫军侍王李世贤”双龙纹朱印。内容为号召浙江百姓“各知效顺，以免惊扰”。

太平天国自建都天京后不久创设门牌制度，1860年前后推行到天京以外的地区。门牌是太平天国的户籍凭证，太平军每攻克一地，即设官编查户口，发放门牌，以便稽查而杜奸宄、免滋扰。门牌开列直系三代人和旁系近亲姓名、年龄、与户主关系。个别门牌还载明有“奴”“婢”“雇工”等，反映太平天国后期允许剥削现象存在。门牌最初为手抄，随着运用的广泛，出现统一的印刷门牌，以下馆藏的浙江地区的门牌多为印刷门牌。

太平天国东阳县南门卒长汪文明所管门牌册底

纵11.2厘米　横18.4厘米

国家一级文物。毛边纸墨书，共66页，丝线装订。封面“卒长”两字下钤“汪文明记”朱文印，册中楷书缮写，记载：季房名册、大分名册、德义名册、三重门册、人寿门册、人和门册（司马朝配），“通共门册一百三十四块”。每块载明户主及家庭其他成员的关系、姓名、年龄等概况，太平天国壬戌十二年（1862）制作。

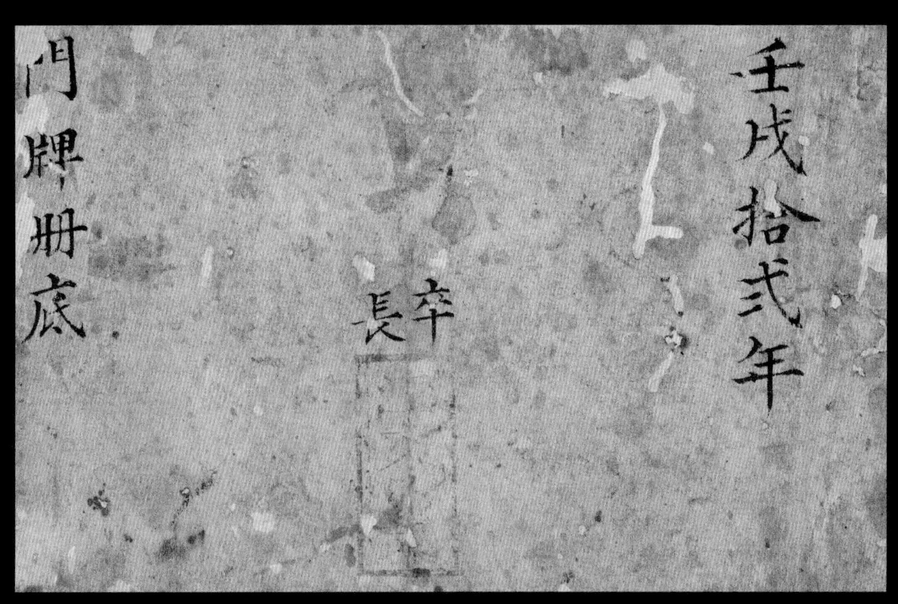

季房名册

汪乾淵 年廿六歲
妻吴氏 年廿六
子三
女一

汪熙衆 年六十八歲
子朝桂
媳許陸氏
侄女一

汪開廣 年十八歲
母許氏
弟開典

太平天国妥天福佐镇石邑军民事务滕记发发给石门县胡圣揆门牌

纵42厘米　横38.5厘米

毛边纸墨刷，墨笔填写，"门牌"两字中间墨书"十二月二十"，并盖朱戳，年月上钤盖"太平天国天朝九门御林真忠报国妥天福滕记发"双龙纹朱印。门牌记载"嘉兴郡石门县东十四乡"中营军帅、师帅等统下胡圣揆、"天字第一百九十号"。太平天国辛酉十一年（1861）颁发。

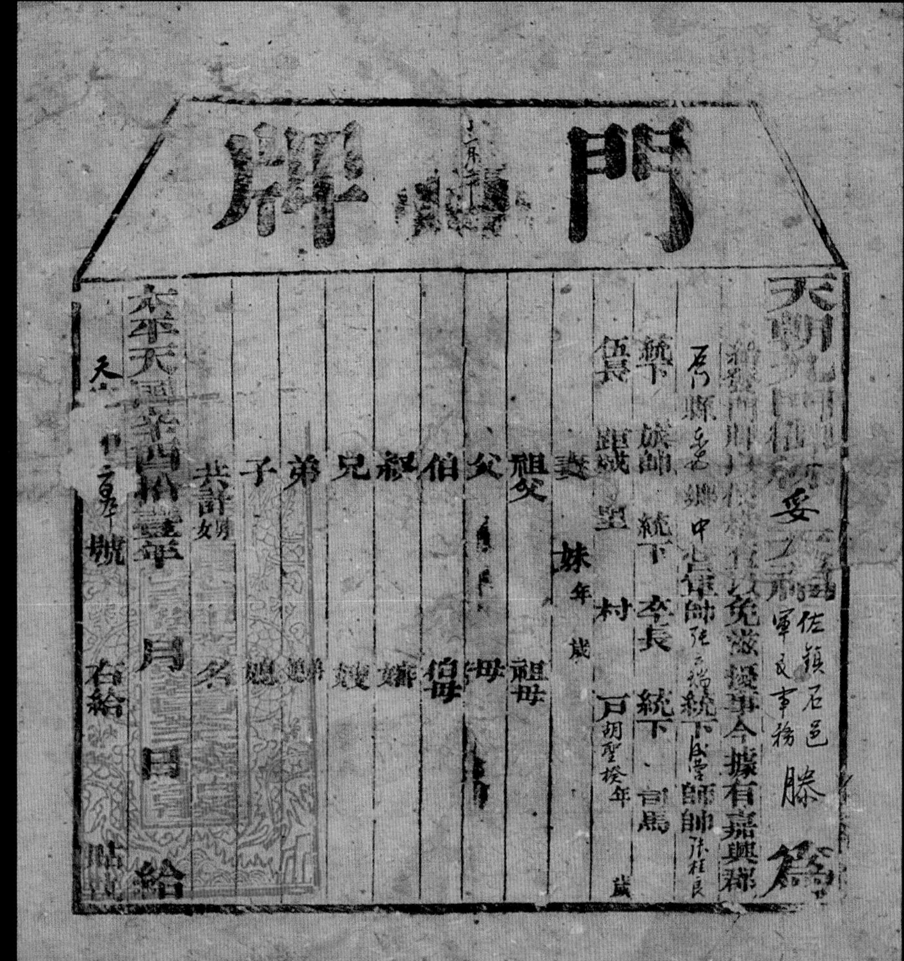

門牌

天朝九門御林真忠報國妥天福佐鎮石邑軍民事務滕　給

給發門牌以便稽查以免滋擾事今據有嘉興郡

石門縣東十四鄉中營軍帥　統下中營師帥　統下　旅帥　統下　卒長　統下　司馬

伍長　距城　里　村　戶胡聖揆年　歲

妻　妹　年　歲

祖父　祖母

父　母

伯　伯母

叔　嬸

兄　嫂

弟　弟媳

子　媳

共計男　婦　名

太平天國辛酉拾壹年　月　日　給

天字第一百九十號　右給　貼執

太平天国妥天福佐镇石门军民事务滕记发所发石门县会谷村门牌

纵39.2厘米　横43.6厘米

毛边纸墨刷，墨笔填写。年月上盖"太平天国天朝九门御林真忠报国妥天燕滕记发"双龙纹朱印（高21.4厘米，宽10.7厘米），中部墨书的"廿四日"三字上盖"李记查过"有框宋体朱文印，表明该门牌发放后，已按规定进行稽查。

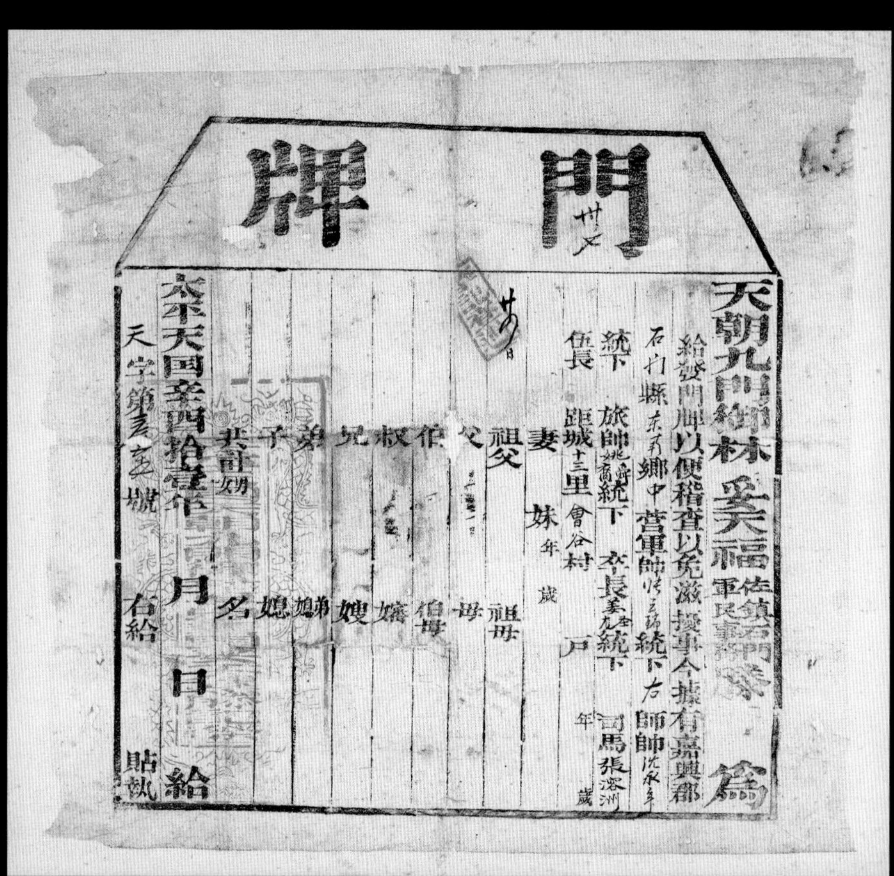

門牌

天朝九門御林妥天福佐鎮石門軍民事務滕　給

給發門牌以便稽查以免滋擾事今據有嘉興郡

石門縣東　鄉中營軍帥　統下右師帥　統下　旅帥　統下　卒長　統下　司馬

伍長　距城　里　會谷村　戶　年　歲

妻　妹　年　歲

祖父　祖母

父　母

伯　伯母

叔　嬸

兄　嫂

弟　弟媳

子　媳

共計男　婦　名

太平天國辛酉拾壹年　月　日　給

天字第　號　右給　貼執

太平天国运动提出平分土地的革命纲领，但在实际操作中，这种分田制度并未实行，而是“照旧交粮纳税”，馆藏大量与土地有关的文书，展示了太平天国的土地政策及纳税政策。

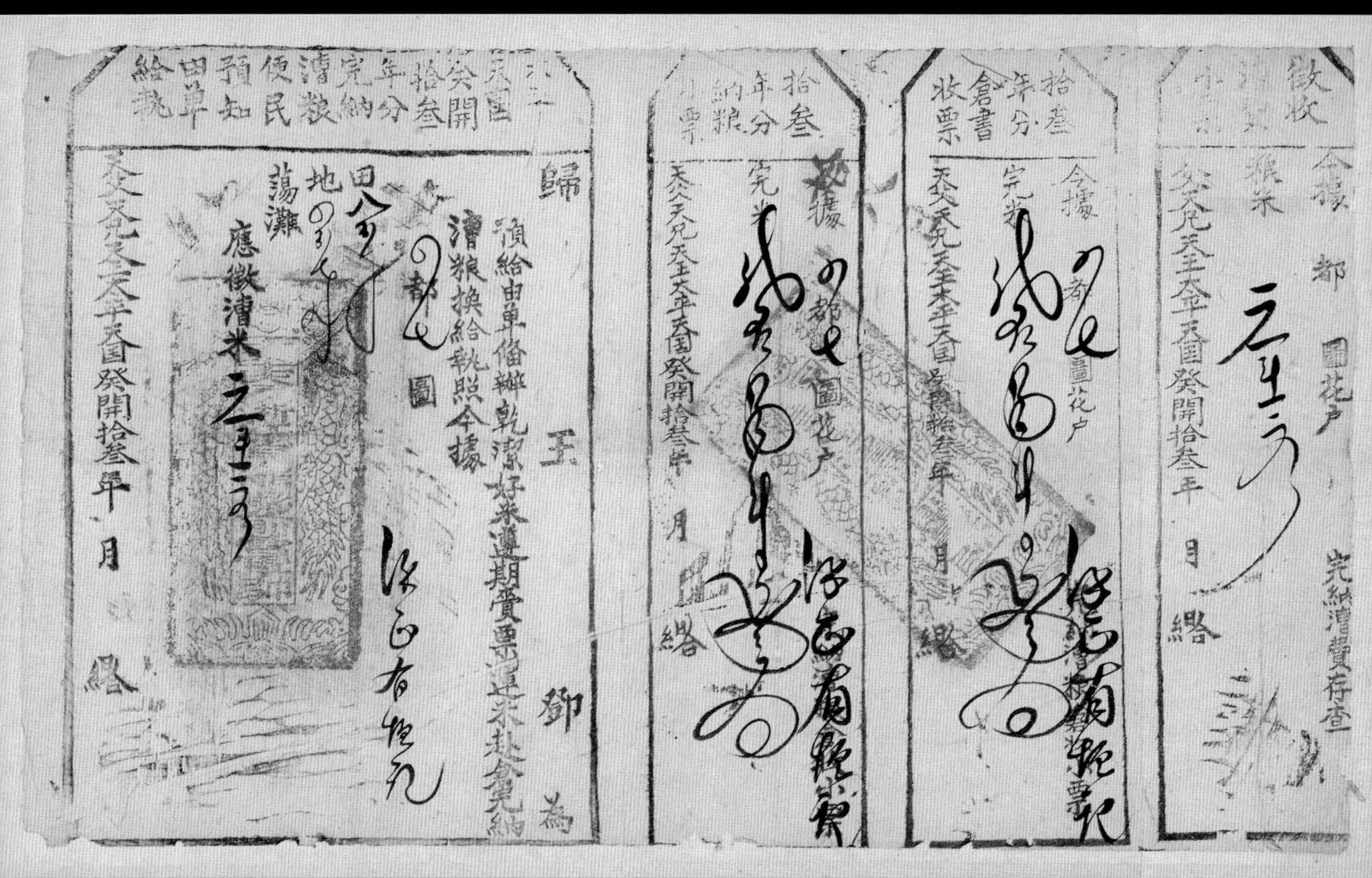

太平天国归王邓光明发给石门县花户徐正有恒记预知由单

高24.7厘米　宽42.2厘米

国家一级文物。毛边纸墨制，墨笔填写。应征漕米数上盖“太平天国浙江省石门县前营军帅”双龙纹朱印和“十八日”朱文楷书条戳。预知由单是太平天国发给纳粮农民的征粮通知单，内容简单，填有每户田地亩数，应纳银、米数量。

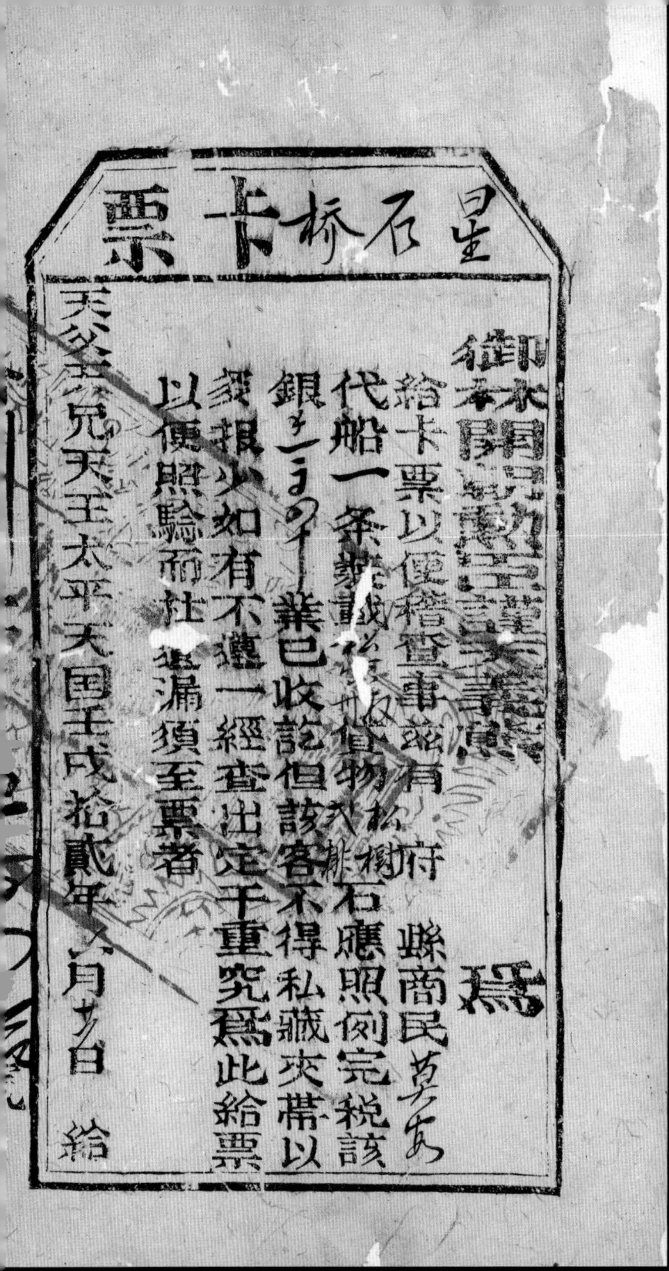

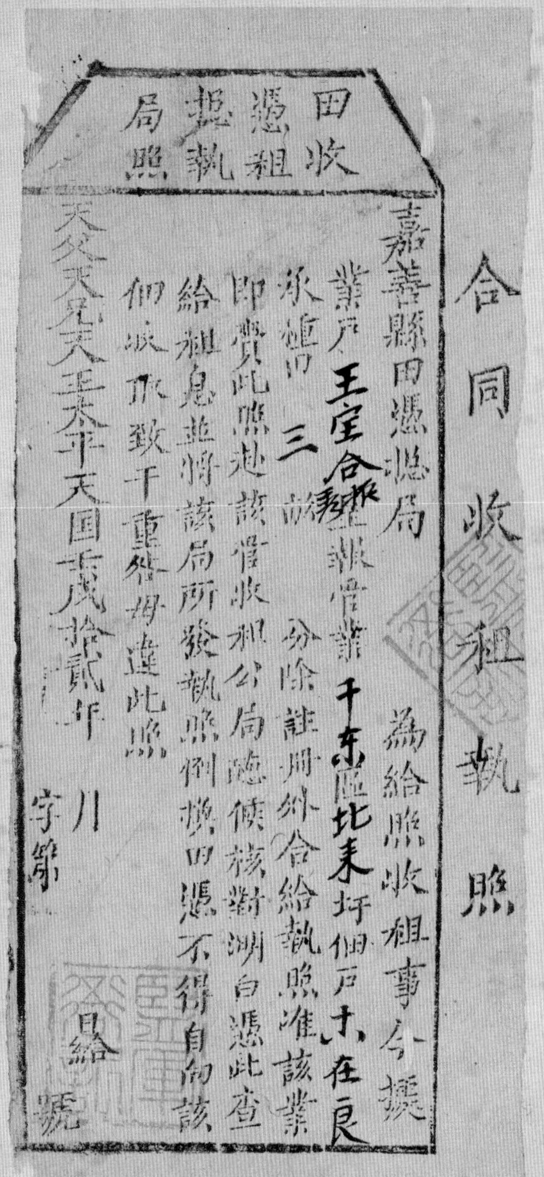

田凴總局收租執照

合同收租執照

嘉善縣田凴總局　為給照收租事今據
業戶王宝合振秀報管業千東匝北来圩佃戶　在良
承種田三畝　分除註冊外合給執照准該業
即賫此照赴該管收租公局隨使核對湖白凴此查
給租息並將該局所發執照倒換田凴不得自向該
佃戶收取致干重咎毋違此照
天父天兄天王太平天国壬戌拾貳年　月　日給
字第　號

太平天国谨天义熊万荃发给商民莫客星石桥卡票

纵31厘米　横16.7厘米

国家一级文物。粗细双框，毛边纸墨刷，墨笔填写。骑缝上盖“……开朝勋臣谨天义熊万荃”双龙纹朱印。卡票是行商缴纳税款的收据。星石桥，清代属石门县，现在桐乡市境内。

太平天国嘉善县田凭总局发给业户王宝合振秀收租执照

纵23.8厘米　横10.7厘米

国家一级文物。骑缝上和左下角均盖“监军衙记”有框朱文篆书印。太平天国在田政方面，设立“局”、“总局”之类的机构管理相关事务。这是嘉善县田凭总局的收租执照。

太平天国宿卫天军主将谭绍光发给乌程县子民胡信诚船凭

残纵23.1厘米　横32.2厘米

国家一级文物。毛边纸墨刷，墨笔填写。年月上盖“太平天国天朝九门御林健天义右贰武经政司”双龙纹朱印。船凭是太平天国境内船只往来的通行证，也是船民合法拥有船只和纳税的凭据。

門御林宿衛天軍主將譚
給發船憑以免阻滯事茲有浙江省湖
州郡烏程縣子民 胡信誠 船壹条業
已遵
完貢以助軍需凡過沿途把卡官員兄
弟人等驗憑放行毋得阻攔生端滋事
致干稟究須至憑者
右給縣户胡信誠收執

太平天国殿前扶朝天军浙江大佐将总理钱塘县民务汪发给珊墩恒兴号腌腊店店凭

纵35.5厘米　横42厘米

国家一级文物，年月上盖“天父天兄天王太平天国殿前扶朝天军浙江大佐将总理钱塘县民务汪”双龙纹朱印。店凭是太平天国的营业许可证。太平天国为了加强市场管理，对开铺营业者发给营业执照，并收取一定的费用。

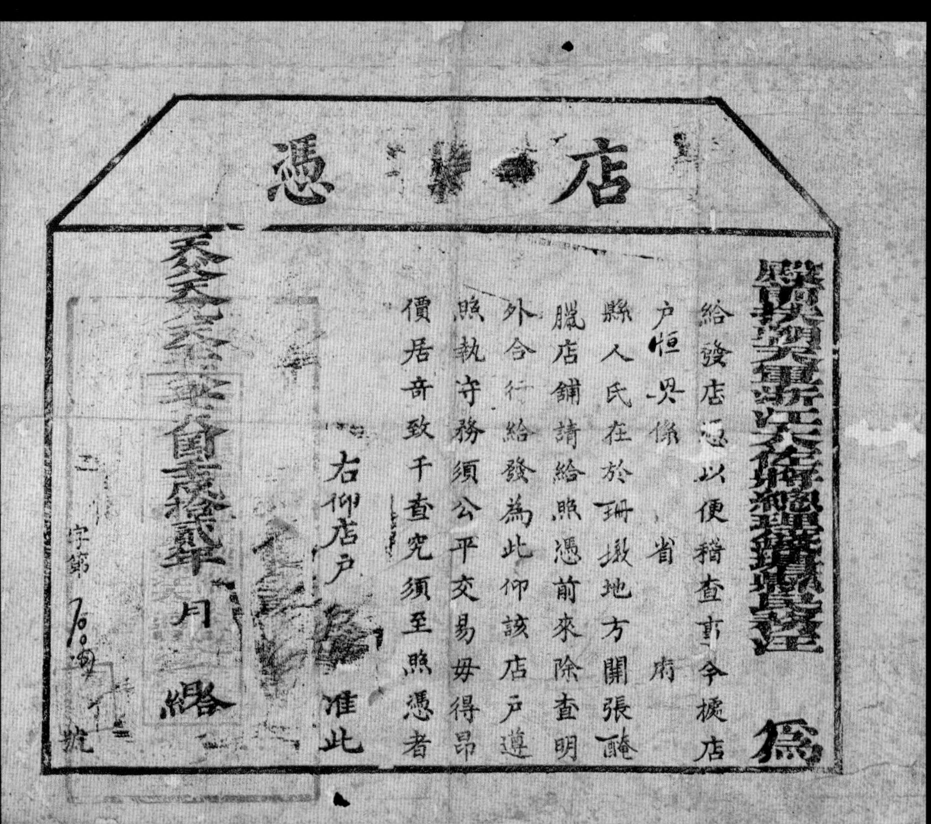
店　憑
殿前扶朝天軍浙江大佐將總理錢塘縣民務汪
給發店憑以便稽查事今據店
户恒興係　省　府
縣人氏在於珊墩地方開張醃
臘店鋪請給照憑前來除查明
外合行給發為此仰該店户遵
照執守務須公平交易毋得昂
價居奇致干查究須至照憑者
右仰店户　准此
字第　號

太平天国符天福钟发给桐乡县高涌盛喜记烟叶行牙帖

纵48厘米　横40厘米

国家一级文物。毛边纸，雕版墨刷，墨笔填写，年月处钤盖“天父天兄太平天国开朝勋臣符天福钟良桐”双龙纹朱印，和“太平天国……师帅”双龙纹朱印，并盖“糊涂”朱文印，太平天国辛酉十一年（1861）七月十七日颁发。牙帖，是太平天国时期批准牙行代客买卖货物，并对商品交易进行监督的营业执照。

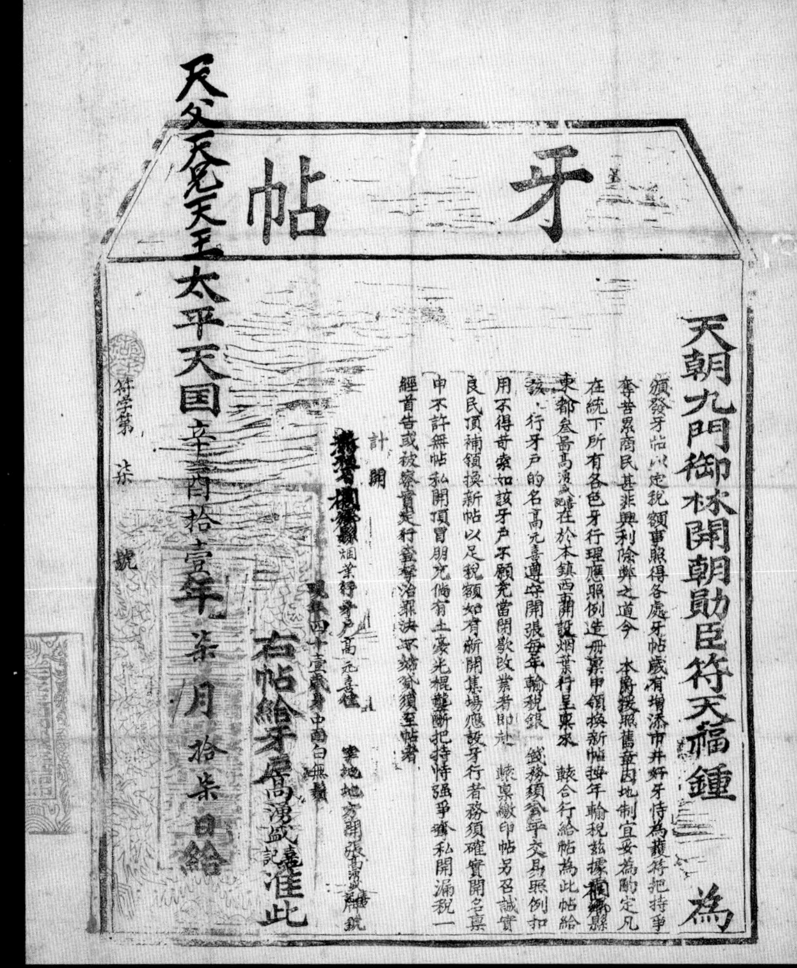

牙帖

天朝九門御林開朝勛臣符天福鍾　為
頒發牙帖以定稅額事照得各處牙帖歲有增添市井奸牙恃為護符把持爭
奪苦累商民甚非興利除弊之道今　本爵按照舊章因地制宜妥為酌定凡
在統下所有各色牙行理應照例造冊禀申領換新帖按年輸稅茲據桐鄉縣
東都叁啚高湧盛喜在於本鎮西南開設烟葉行呈稟求　轅合行給帖為此帖給
該　行牙户的名高元喜遵守開張每年輸稅銀　錢務須公平交易照例扣
用不得苛索如該牙户不願充當開歇改業者即赴　轅禀繳印帖另召誠實
良民頂補領換新帖以足稅額如有新開集場應設牙行者務須確實開名禀
申不許無帖私開頂冒朋充倘有土豪光棍壟斷把持恃強爭奪私開漏稅一
經首告或被察實定行查拏治罪決不姑貸須至帖者

計開

烟葉行牙户高元喜

右帖給牙户高湧盛喜記　准此

天父天兄天王太平天国辛酉拾壹年柒月拾柒日給

李大明柴大妹合挥

纵29厘米　横13.7厘米

国家一级文物。合挥是涉及婚事方面的太平天国证明文书，它是太平天国有关单位按照规定颁发给太平军低级官员及相应人员，准许他们索取并携带配妻随军的证明文书。1854年太平天国取消男女分馆，恢复家庭制度，并专设婚娶官，主管婚嫁事务。“男女配合，须由本队主禀明婚娶官，给龙凤合挥方准”，合挥一式两份，分别由主管部门和结婚当事人保存，以备对勘。这份合挥是现已发现的两份合挥中的一件。合挥上文字，均系墨笔楷书。上盖“太平天国……”双龙纹朱印，现存左边一半，上载两人姓名、年龄、籍贯等。但女性有姓无名，“大妹”取义于“天下多女子，尽是姊妹之群”，非名。

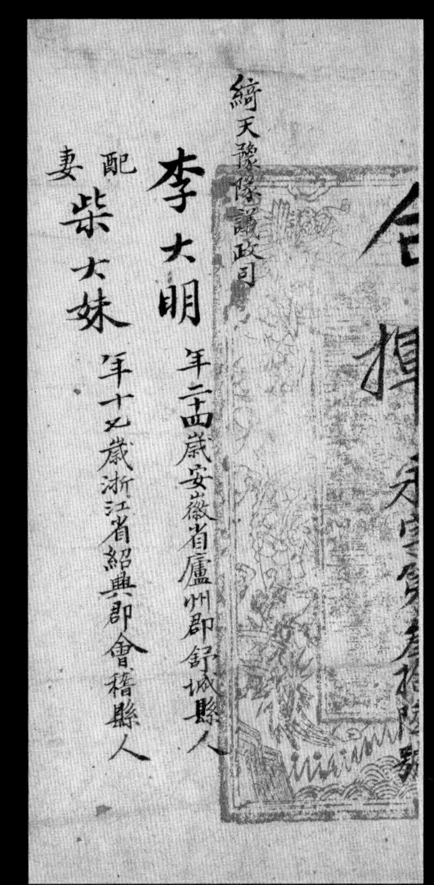

綺天豫除朝政司

李大明　年二十四歲安徽省廬州郡舒城縣人

配妻　柴大妹　年十七歲浙江省紹興郡會稽縣人

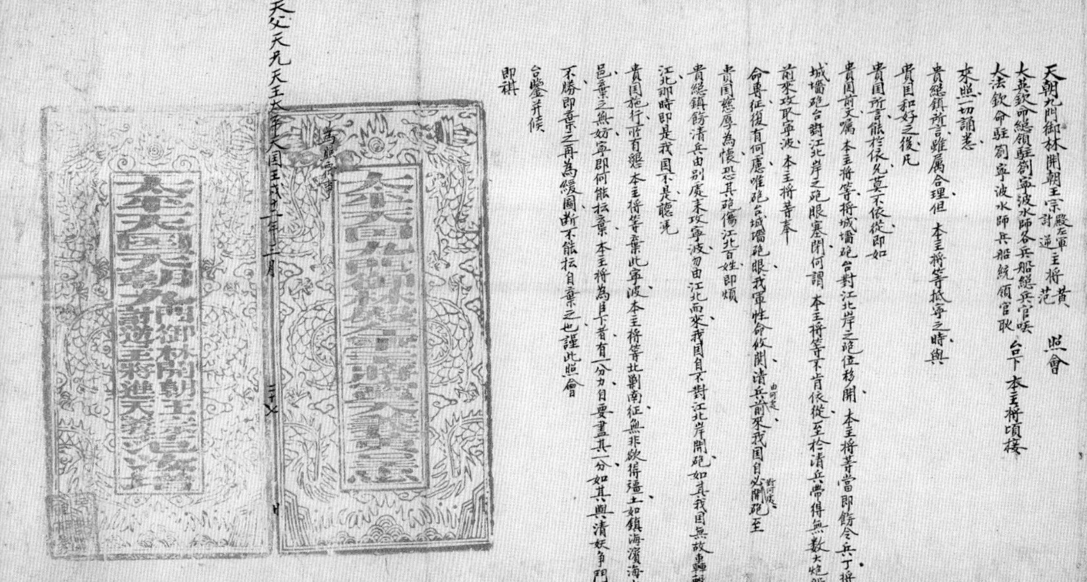

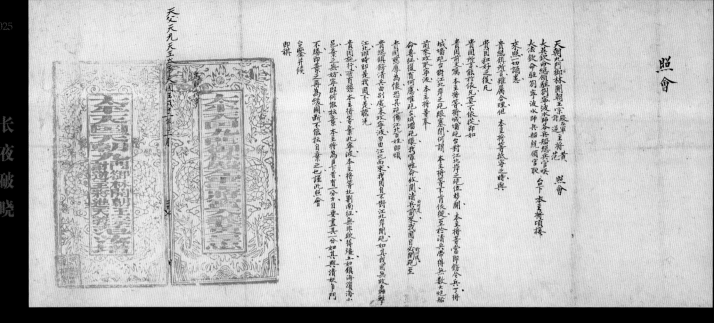

太平天国宝天义黄呈忠、进天义范汝增致英法水师照会

纵31.3厘米　横76.8厘米

国家一级文物。墨笔楷书。原为经折装，折面上有“照会”两字。内容为驳斥英法水师统将要挟拆除城外炮台和城上大炮，回绝列强提出退出宁波的无理要求。1862年春，外国列强计划进攻宁波。英法海军统帅联名向太平军发出警告，在声称保持中立的同时又禁止太平军对前来进攻的清军开炮还击。太平军主将黄、范二人遂照会英法水师，正告列强不要干涉中国内政。

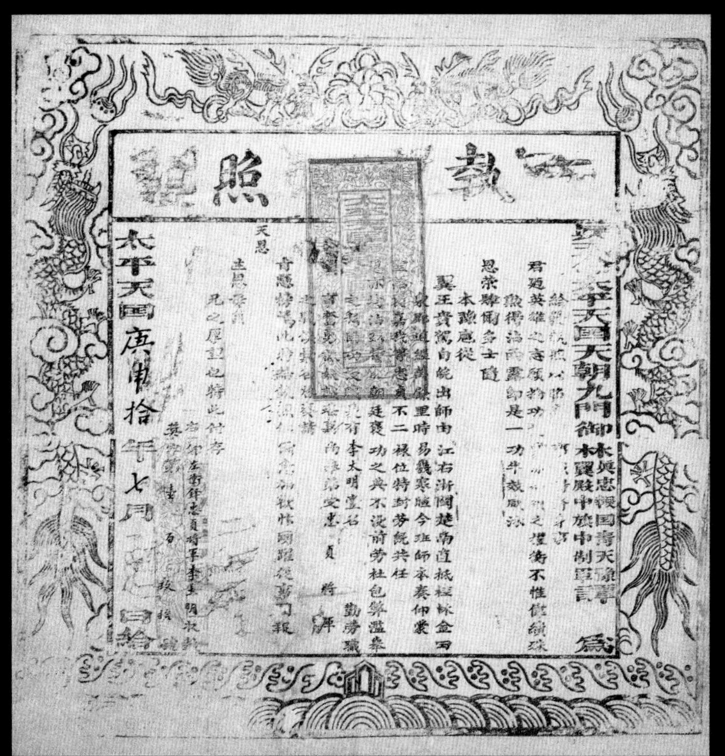

太平天国青天豫谭体元发给忠贞将军李大明奖功执照

纵66.4厘米　横64厘米

国家一级文物。白纸墨刷，墨笔填写，外框左右两边为单龙戏珠，上端为双麒麟，下端为海潮纹。内框上端有“执照”两字，中央钤“太平天国真忠报国青天豫谭体元”双龙纹朱印，左下角右侧“左冲锋忠贞将军李大明”收执和奖字第“一百九十”号字样上钤“太平天国青天福”双龙纹骑缝朱印。

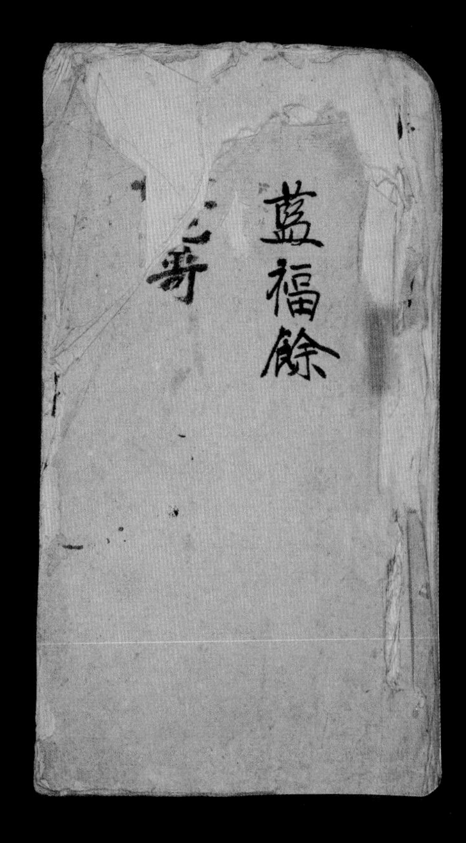

清云和县蓝三满编《长毛歌》墨迹本

纵21.1厘米　横11.8厘米

国家一级文物。墨迹本，每页对折，近书脊处用两处纸捻装订成册。封面左上部书“长毛歌”三字，其右墨书“蓝福馀”。蓝三满，浙江云和人，同治年间口头创作了《长毛歌》；至光绪年间，蓝福馀根据传唱笔录成书。歌本共62页，墨书，楷字，共280行，两千余字。《长毛歌》以歌词形式表达畲族人民对清王朝的强烈不满，热情讴歌了太平天国。

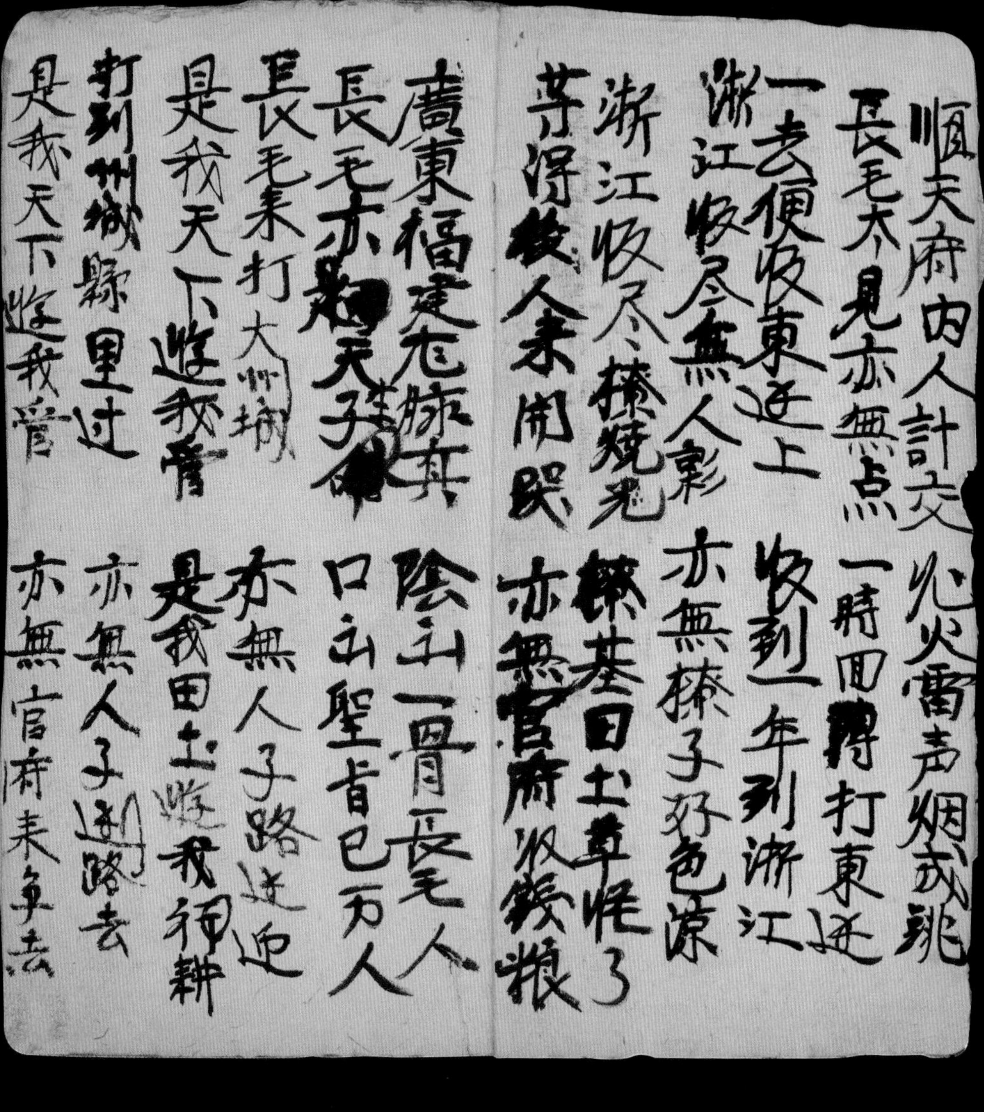

太平天国瓦当

上：通长16厘米　通高9厘米　最宽16.5厘米
下：通长15厘米　通高9厘米　最宽17.5厘米

太平天国时期建筑所用的瓦当，模印烧制，前为滴水，后接板瓦，在回字纹框内有“太平天国”四字。

太平天国铜锣

直径49厘米　高6.8厘米

太平天国时期的军号锣，是太平军传达号令的工具。

太平天国藤牌

直径103.7厘米

藤质，中心外凸，内置上下两藤环，可容手臂挽入，并有横木，便于执持。作战时用于防护。

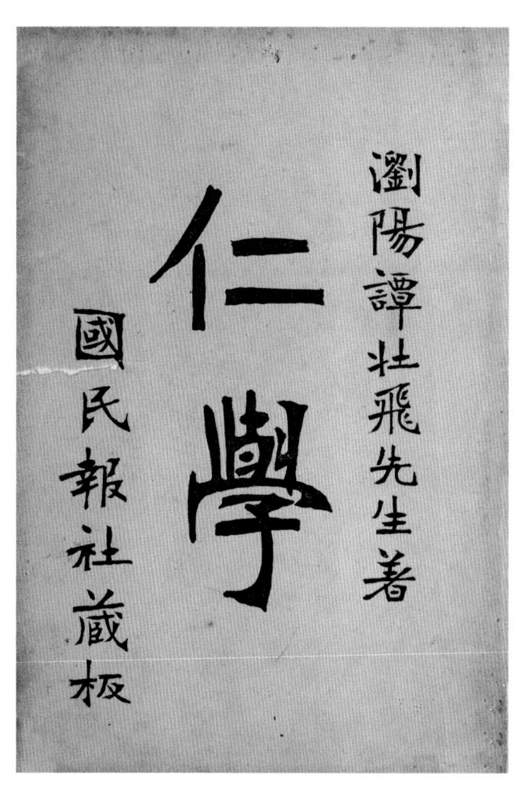

谭嗣同《仁学》

纵22厘米　横15厘米　厚7厘米

谭嗣同（1865—1898），湖南浏阳人。清末杰出的维新派志士。著名的“戊戌六君子”之一。《仁学》作于1896年，集中表达了谭嗣同的变法思想，书中大声疾呼“冲决”纲常名教的“罗网”，是中国近代资产阶级早期代表作之一。光绪二十五年（1899）由梁启超在日本发行。

陈虬《治平通议》

纵26.7厘米　横15厘米

雕版木刻，许苞题签。陈虬(1851—1904)，浙江乐清人，清末维新志士。主张致富致强以立国御侮。1891年著就《治平通议》八卷，阐述变法图强的思想，提出设议院、兴制造、奖工商、开铁路等主张，是中国早期维新派的卓越代表作。

宋恕《六斋卑议》

纵19.5厘米　横13.1厘米

宋恕（1862—1910），号六斋，浙江平阳人，晚清启蒙思想家。1891年作《六斋卑议》，揭露社会弊端、政事腐败，提出学习西方新政新法的设想，对戊戌变法具有推波助澜的作用。光绪二十三年（1897）印行。

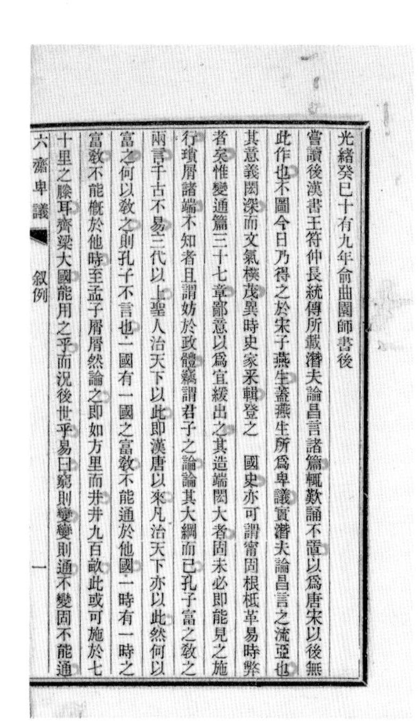
光緒癸巳十有九年俞曲園師書後
嘗讀後漢書王符仲長統傳所載潛夫論昌言諸篇輒歎論不置以爲唐宋以後無
此作也不圖今日乃得之於宋子燕生所爲卑議實潛夫論昌言之流亞也
其意義閎深而文氣楙茂異時史家采輯登之 國史亦可謂富國根柢革易時弊
者矣惟變通篇三十七章鄙意以爲宜緩出之其造端閎大者固未必即能見之施
行瑣屑譜端不知者且謂妨於政體竊謂君子之論論其大綱而已孔子富之教之
兩言千古不易三代以上聖人治天下以此即漢唐以來凡治天下亦以此然何以
富之何以教之則孔子不言也一國有一國之富教不能通於他國一時有一時之
富教不能概於他時至孟子屑屑然論之即如方里而井井九百畝此或可施於七
十里之滕耳齊梁大國能用之乎而況後世乎易曰窮則變變則通不變固不能通
六齋卑議　敘例　一

1904年11月，资产阶级革命团体光复会在上海成立，宗旨为“光复汉族，还我河山，以身许国，功成身退”。蔡元培、章太炎、徐锡麟、秋瑾、陶成章等一批光复会成员，为推翻封建统治建立了不朽的功绩。

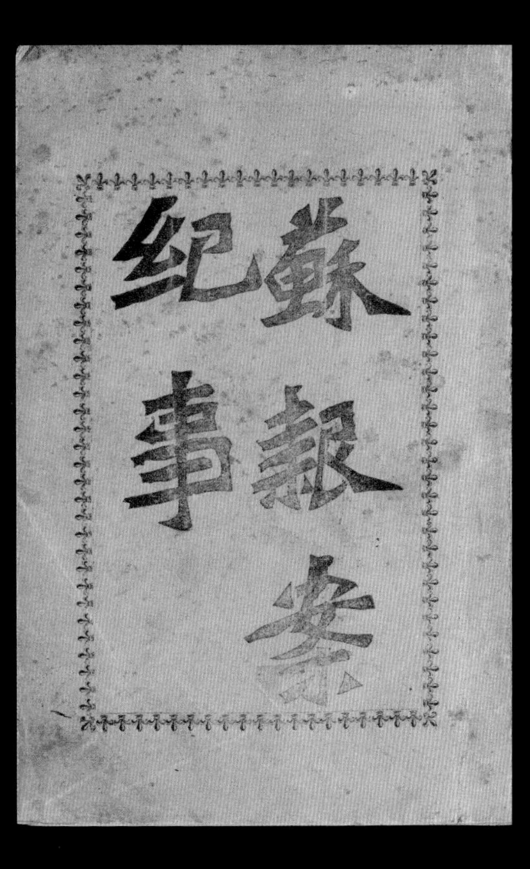

《苏报案纪事》

纵22.1厘米　横14.5厘米

1903年夏，《苏报》支持中国教育会和爱国学社的活动，发表邹容《革命军》和章炳麟驳斥康有为改良主义政见的论文，倡导革命。清政府遂勾结上海公共租界工部局逮捕章、邹二人。《苏报》被封。本书即对该事件的记录。

章炳麟《訄书》

纵22.5厘米　横15厘米

章太炎（1869—1936），名炳麟，号太炎，浙江余杭人。清末民初民主革命家、思想家。1903年撰《驳康有为论革命书》，反对维新，主张革命。“《苏报》案”后遭捕入狱。后流亡日本，参加孙中山的同盟会。1910年任光复会会长，成为光复会的思想领袖。《訄书》是章太炎早期的一本重要著作。1900年出版初刻本，共收论文50篇，集中反映了作者在戊戌变法前后开始社会活动的思想状况。馆藏的《訄书》是1904年在日本出版的重订本，封面题签改成了与他在“《苏报》案”中共患难的邹容。其思想内容与初刻本有很大的差别，由宣传社会改良变为提倡民主革命。共收论文63篇，另有“前录”两篇。本书第一次为当时尚处于萌芽时期的革命民主派提供了一个较完整的理论体系。

章炳麟《终制》墨迹

纵27.8厘米　横97.5厘米

宣纸，墨书，隶楷各半。“二次革命”失败后，章炳麟不避杀身之祸，只身入京，面诟袁世凯包藏祸心，遭到囚禁。1915年10月，章炳麟自撰《终制》一文，以刘基自况，并自书墓碑一纸，邮寄给浙江青田友人杜志远，并托他在刘基墓附近觅地，以容客死后安葬。

章太炎自题墓碑字轴

纵130厘米　横30.5厘米

国家一级文物。章太炎自题墓碑字，经装裱成轴，条幅中部纵书篆体“章太炎之墓”五个墨字。

陶成章烈士半身像

陶守咸捐赠
纵17.5厘米　横11.8厘米

这幅半身像摄于日本，由其后人陶守咸捐赠。陶成章（1877—1912），浙江绍兴人，清末光复会革命领袖。1904年在上海组织光复会，旋参加同盟会。1912年1月被陈其美暗杀。照片后附有两张空白陶社证（为下图）。陶成章殉难后，光复会同志和陶氏生前好友筹款在杭州成立了陶社，以纪念烈士。

秋瑾《精卫石》弹词手稿

秋绳武捐赠
纵18.5厘米　横13厘米

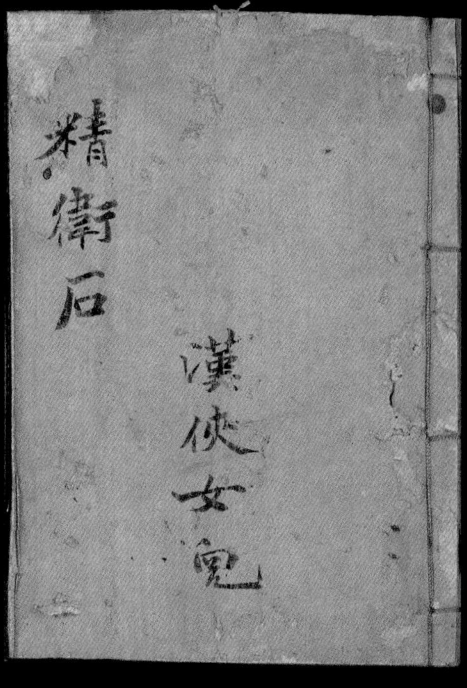

国家一级文物。约于1906年3月至5月在山阴、吴兴等地撰成。原稿自署“汉侠女儿”。篇中描写黄鞠瑞等妇女冲破家庭束缚，赴日留学，参加革命党，终于推翻清朝政府统治，建立共和国的事迹。深刻揭露了封建制度与封建伦理观念对妇女的压迫，指明妇女在社会革命中求得自身解放的道路。主角黄鞠瑞，就是秋瑾自己的化身，这篇小说也可视作秋瑾的自传，是研究秋瑾思想的重要资料。目录20回，本手稿共载第一至第五回，分订两册，用墨笔缮写，封面有其亲手题签。第六回原在清绍兴府档案中，现由上海市文物保管委员会收藏。据秋宗章在《六六私乘》中说：“姊所撰《精卫石》弹词手稿四本，初意在《中国女报》上逐期刊布，以《女报》出版两期，费绌停顿，搁置弗用；原稿第三本，遂亦误历此劫，余幸完好无缺。”这说明《精卫石》遗稿，除被毁的第三本外，应当另有三册传世，而上海文管会的第六回，虽然衔接着前五回，但从它的形式和字迹看来，很可能是同一个初稿，并非被毁的第三册。第四册目前尚未发现。

秋瑾（1877—1907），原名闺瑾，浙江绍兴人。留学日本期间从事革命。1904年加入光复会。1906年回国后，成为光复会的主要领导人之一。后加入同盟会，成为浙江分会的主盟人。

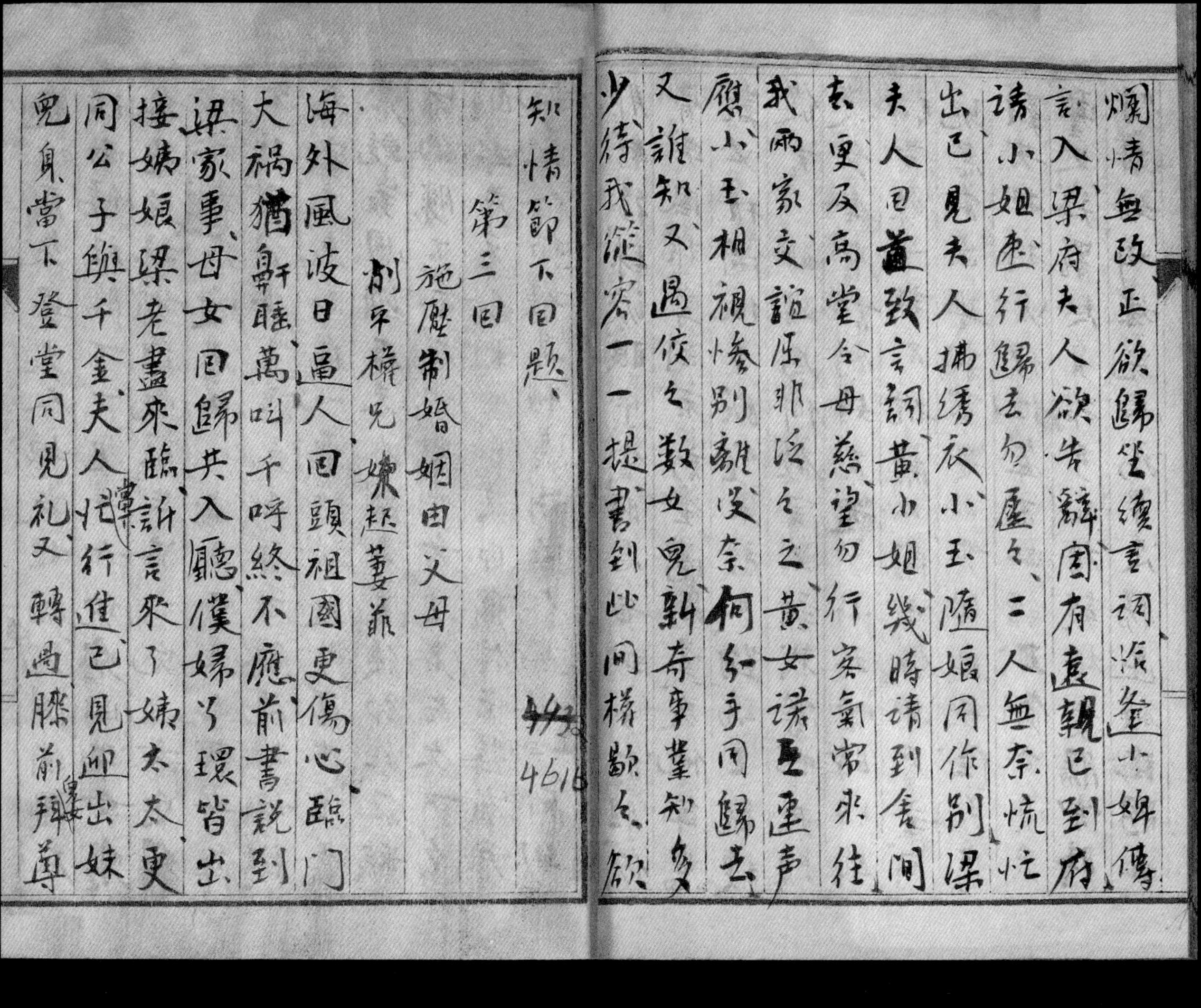

斜陽不語草如茵，女俠而今化作塵。最是湖山風景好，眠
世聊贏得傷神。半壁月侵青蘚夢，賒湛盧鋒冷落
誰家。劇憐尺土雖爲別，贏有多情姊妹花。西子湖邊眷
水緣，岳王墓上土花紅。一般千古傷心事，付與東流水向東。

丁未嘉平月，岫雲山人爲畫西泠悲秋圖，俠素志野戰，不受羈縛，故久未報命，兩寄來印片，等則似留案頭且閱。吴夫人有悲秋圖，凡可以寄其遐想者，則聚飲於閣中。既有是圖，不似並不可少之列，緣率賦之，并繫以詩以華。感慨之餘。

斟觚齋主并識

同心之言

誰不死？三尺此孤墳。時事耶？湛道英靈自有羣。行人痛冤獄，掩淚話殷懃。碧血千年事，悠悠那足論。此心天可白，一死我何言。孤亭落日寒，在誰與訴煩冤。

心人未知。獨爲寒泉證鷗盟，可堪生死論交情。罪名莫更主渾問，黨禍中朝尚未平。不幸傳奇演碧血，埋骨青山南湖新，築悲秋閣。風雨英靈儻一還。

桐城吴芝瑛

梁溪秦岐農爲作西泠悲秋圖，成而女俠之墓已平，遺骸由乃兄歸葬山陰，感賦二絶句，以當一哭，即書圖尾。

風雪渡江去復還，故鄉歸骨爲兄難。挑鐙湧紀山陰獄，恐有冤魂泣筆端。

杜鵑啼血土花新，海內爭傳法外仁。莫向西泠橋上望，更無風雨亦愁人。

己酉二月吴芝瑛

達克羅蘭事若何？俠技西丈拒獄哀。秋風秋雨平蕪漠漠，已禁終朝蓮謹扣指冤賦九諧。絶情蘇隄旅翠時。暗轉流□，何憐車笠盟天荒。比老彩吳情。河山今日全收拾，痛飲黃龍恨已平。白社雲間新畫本，玉妝終以好湖山。悲秋閣上秋香重，遠雁丁家定見還。

丁巳三月題鼠景樓題悲秋圖

南社社長先生屬題，萬柳夫人韵四首，諸公教正。

石門徐自華謹題鑑湖女俠秋君墓表

君諱瑾，字璿卿，又字競雄，姓秋氏，自號鑑湖女俠，越之山陰人也。家世仕宦，少長閨中，復隨父湖湘，適湘鄉王氏。生平伉爽明決，意氣自雄，讀書敏悟，爲文章奇警雄健，如其人。尤好劍俠傳，慕朱家、郭解爲人。丰貌英美，嫺於辭令，高談雄辯，驚其座人。自以與時

The incidents of
Ch'iu Ying will never be forgotten
...
April 1930

秦岐农为纪念秋瑾绘制的《西泠悲秋图》卷

纵31厘米　横129.8厘米

国家一级文物。1907年秋瑾在绍兴被清政府杀害，秦岐农作此画以为纪念。画面以杭州西泠桥畔秋瑾墓为主题。李作宾题引首。后附秋瑾给吴芝瑛的兰帖，甲辰年（1904）元月订于京师。末尾有吴芝瑛等诗跋，记载收葬秋瑾经过等情况。吴芝瑛系桐城派文学大家吴汝纶侄女，曾积极赞助秋瑾赴日留学。秋瑾遇难后，吴与秋

秋瑾为抗议取缔规则决定归国致秋誉章函

秋高捐赠

纵17厘米　横51.3厘米

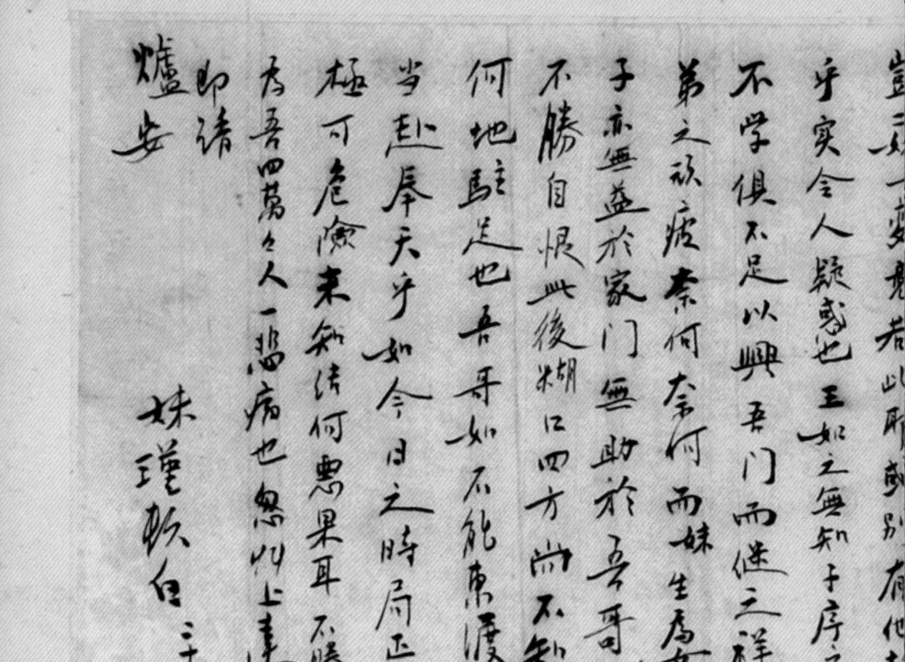
乎实令人疑惑也王如之无知于序之
不学俱不足以兴吾门而继之祥
弟之欲疲奈何奈何而妹生为女
子亦无益于家门无助于吾哥
不胜自恨此后糊口四方尚不知
何地驻足也吾哥如不能东渡
当赴奉天乎如今日之时局正
极可危嶮未知结何患果耳不胜
为吾四万万人一悲痛也匆此上达
即请
炉安
妹瑾叩白 二十二

国家一级文物。这是1905年12月秋瑾写给大哥秋誉章的亲笔信。信封正面墨书“北京宣武门内西四牌楼北帅府胡同西头路北西城路工局内秋莱子样”，背面墨书“五月十七日（廿七到）”。1905年秋瑾在日本加入同盟会，并成为同盟会浙江省主盟人，在留日学生中发展会员，宣传革命政纲。面对留日学生蓬勃高涨的革命活动，清政府恐惧不安，遂通过日本当局，于1905年11月颁布了《清国留日学生取缔规则》，对爱国学生横加限制与迫害。在这种情况下，秋瑾决定回国抗议。1906年初秋瑾带领部分同学归国，这封信正是写在她归国前夕，信中写道“近日留学界全体同盟停课，力争规则之辱不取销则归国交涉”，“决议全体归国”，“妹亦定此月归国”。字里行间无不透露着秋瑾的革命精神。

徐锡麟为从速举事致秋瑾函

纵18厘米　横65.1厘米

这封信是徐锡麟给秋瑾的复信，作于1906年8月。信中指出“我辈所作之事，必须从速成就，迟则恐多阻碍也”，并称颂秋瑾的气魄、道德和革命精神。徐锡麟（1873－1907），浙江绍兴人。1905年加入光复会并成为主要领导人。

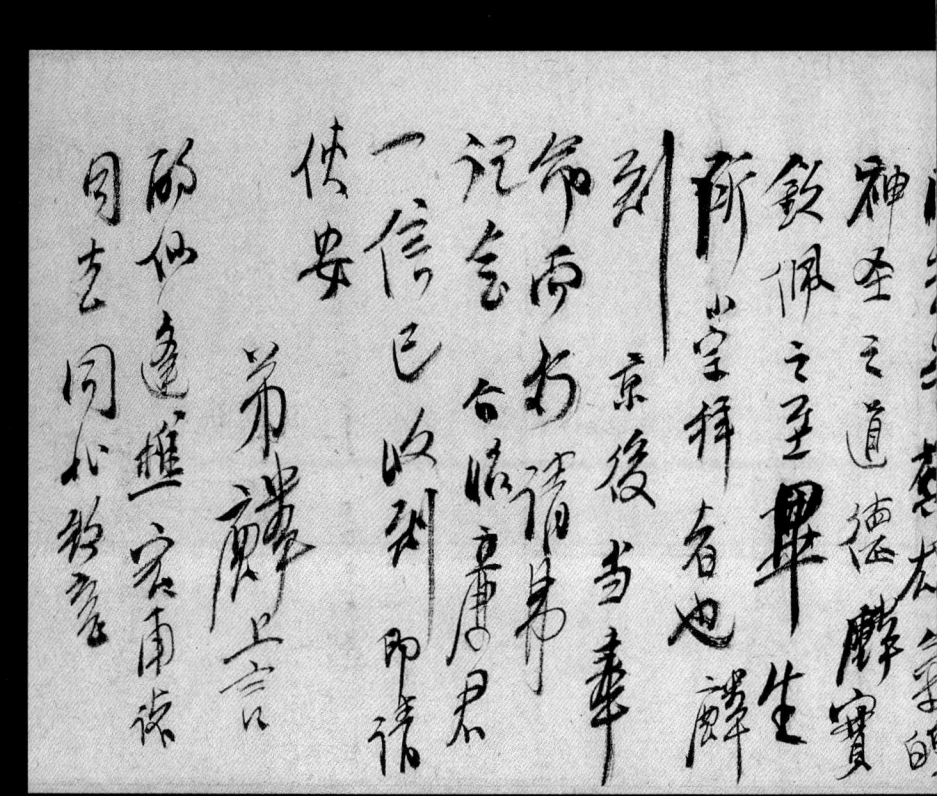

北京宣武門内西四牌楼北帥府胡同西頭路北
西城路工局内
秋葉子様

大哥大人手足接讀
來函知尚未接到妹退学之函近
日留学界全体同盟停課力争規
則之辱不取銷則歸國交涉因
公使不爲助力難達第一之目的故
決議全体歸國故紛紛内渡已及
二千餘人妹亦定此月歸國以後
再作行止不能不作後日糊口計
也二妹之無函達吾哥而反向妹作
此欺言其何居心誠使人不解豈
妹隨無一毫手足之情乎况妹來
有累及二妹之處近來信音稀少反

萬柳夫人屬題

西泠悲秋圖

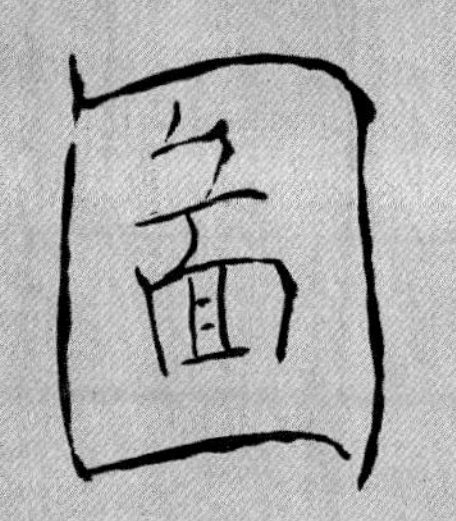

遂盧

醉不休此八年前事也烈士自改装后所捐浴
為烈士脫離滿人羈勒之紀念今并蘭從遺詩交卜君松林
陳列會場可藉知烈士之家無不獨其遺不手亡之今人望而生
名闡瑾自東瀛歸乃改今名删去閨字此亦足資考證芝瑛病暑
乳敬乞吾婿於此面所述在會場代為宣布風采其靈憶一朱子夜
頌安和不盡㥀㥀　妹吳芝瑛謹啓

光緒甲辰元月　訂文字之交於京師旅次

秋瑾女士丁未春未稿一

秋瑾女士丁未春未稿二

蘇公家無屋宇所在多有則以為此真中國二十世紀開幕時代如往日歐美然願有
時事之孫意使吾人之心腦如夢之醒而呈一別樣之中國而乃真中國也
吾靈居此尚幻宿國不之愛望此國之人以為今日革新雖有形式然由此而精神
道德之進步可期任欲於此而觀其端須即一事為之符驗因今日有一弱可愛之女子
其命運方在危險中執此而觀使知二十世紀真文明精神其於中國執政者之心者
有欲詳肖

女子為誰則女士吳芝瑛是也余早是萬時有其寫真三幅置於余前其中宮鞠纖
削針線细目望而知其為靈慧人者女士之玉照也其一則椎子立側英英露真眉目
如畫生子如芝是慈愛心其一則其夫廉君惠清与偶而四子侍立者也
女士安徽世族先世多名宦碩師庚子以前其世父某當載保定蓮池書院
為北方宗女士童龄嗜學其家鍾愛之故所以教育之者殊不惜費早擅書法在
中國女子中推獨步而文筆亦不俗落然一心相夫育子其為婦為母之賢雖盛譽
不能溢其分也故天下以贊美之竟不能過廉惠清者文章道合志同皆受國其
家故識首倡新學尤具扶持女學之志為於當人未知之先庚子開慶君任戶部
郎中即以實草真階出自輔員導其先路年未四十毅然謝冠從事編譯所刊布
書籍甚多四年前移居上海編定李文忠公全集近始卒事所出版者逾百餘卷
書而是時伉儷所皇皇於真實改良舊俗者如其在京時其忠愛熱誠之宣著者
在首倡國民捐者意欲用國民眾擎之力為國家償賠款社會累也芝
瑛女士居滬濱倡是於女子間不惜處時与財日從事且刷印所書小萬柳堂字帖
以售其涓埃補皖淮苦災女子尤出其力為饑民請命而羸弱之軀坐是亦殆矣
稚女士所為其哀勇而忘其身者莫若葬秋一事秋瑾者至不幸之女子也光緒三十
三年夏以徐錫麟刺殺皖撫案株連被殺時女士致書北京美國女友某曰浙
撫誤以秋瑾為革命黨而誅之吾曾識秋瑾於京師吾知其枉他日設有機緣
吾必求平反此獄雪其冤十二月吾求得其尸購地西湖畔葬之前此固未葬也
云云并附寄所攝墓影風景清佳乙立其側又攝其碑一紙文曰鳴呼鑑湖女俠
秋瑾之墓並言此後擬建屋墓側居以護之

夫秋瑾一孤立無助女人死則死耳顧女士獨明其冤而哀至深如此竟不畏人以其
所為為函葬而無益者此亦或為萬論頓世有女人自主持公道之故並忘其身又
以友誼愛情之故為死者求葬地立碑文雖明知由此可以殺身而不恤若此女者
乃舉世不為一動心焉則此並為何如世乎夫耶穌宗門則有靈魂不死天國榮
華之可冀而末日判斷將使不幸者盡平故為義者常有以自樹而不屈而吳
芝瑛則未與夫此者也

九月廿三日女士致北京友電言妹以葬秋事有嚴拿懲辦之說妹心本無他死
亦何憾請以此別云云後電乃述某御史奏請平墓拿辦始末事交浙撫察看
辦理未實行也當夫婦得信時女士適臥病上海醫院中而廉君亦抱恙甚重於
是友人或勸留洋場中而廉君慨然曰敬謝厚意顧芝瑛与余不能用也吾二人固
無罪儻官必欲加刑罰則亦甘受不辭不願求外人保護名也

且即使秋瑾之戮不究中國亦未有禁瘞既葬尸骸之律夫他國視軀殼為無關
靈魂尚以埋骼為仁人之事猶在此土其視軀殼為尤重耶吾聞昔秋瑾獄之
官吏自離浙後往往数處無皆為人所前拒故皆在京而其一抵京時在御史
奏僅數日耳然則此奏何人為主動力尚待問耶

哀山陰

爰書滴滴冤氏血（用天根句）能達君門死亦恩今日改蓋棺論未定軒亭誰與賦招魂（浙人對於此獄獨無清議是可異已）

天地蒼茫百感身為君收骨淚霑巾秋風秋雨山陰道太息難為後死人

時將赴山陰為秋女士瑾營葬故作此詩 丁未十月芝瑛

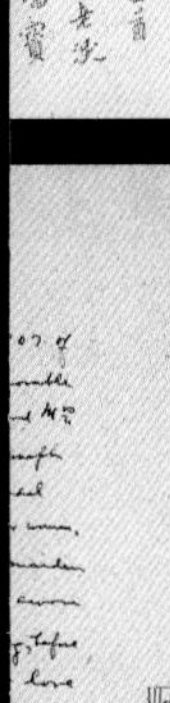

造紀念銀盃近數千枚將以賜美之軍人但使吾國英雄而尊重女權之將士知此間有仗義女子由病院而入牢獄待死者雖有此盃其飲而甘之耶必不然矣夫中國今所少者正愛人不恤己私之男女耳吾意方將扶植之不暇而忍自誅鋤之乎使女士為自援為開援經此事而不畀生凡我愛望中國之人亦僅能顧天之靈頫此後無數女傑奮起於女士之墓繼愛國之精神致忘身之毅力以扶持此廣大帝國於以竟芝瑛女士之志云尔

廉夫人吴芝瑛傳

廉夫人氏吴名芝瑛以字行生四十有一年矣吕慈善愛國稱中外女子閨父寶三官山東州縣數十年青循績獨生夫人鍾愛之年十九適江蘇舉人度支部郎中廉泉稱佳耦生子一女子二三郎中夙敦風義有幹略光緒甲辰主事王某呂黨案牽連入刑部獄郎中獨力百方營救辛令畀脫海内義之仕不稱意一旦擕妻子家海上然伉儷交勉為義益力於國聲公益用友患難赴之若不及者光緒三十二年夫人以庚子賠款為國大累安通國之民共起公任則咄嗟可釋鉅負乃倡女子國民捐一時景從召集甚鉅夙擅書法為時所珍則自製小萬柳堂帖以售得貲悉充捐款其忠於國家自奮綿力如此既父母相繼亡又無兄弟家有遺產將萬金夫人以為國所種田坐失教無學且立學固先人意也則吕此於其鄉創辦小學堂名以父字曰鞠隱其能述先事為善知本如此杭州有女子趙麟者父死長廬墓旁不嫁而惸惸無依饘良且不繼夫人与邂逅乃大感動為出貲葺其先墓手草募啟為孝女募金買田資衣食畀二千金為其至性過人錫類無窮如此光緒三十三年六月皖有妄男子徐錫麟懷大器乘間竊發擊殺巡撫恩中丞徐素主革命邪說而浙人也由是浙中官吏大恐上下求索得山陰女子秋瑾用紳士言謂其力足為亂展轉内殺之既殺其家族懼連坐棄柩中野莫敢營葬遺骸漂泊行路興哀夫人素識秋瑾傷其暴露則以為掩骼埋胔經典攸垂藉第令死者素行不軌殺之無冤然其屍柩如此此誠同類所宜動心者且朝廷律令固無不許掩瘞罪骸明文三十三年十二月乃与石門徐女士寄塵賭隙地西泠橋畔瘞焉其隱刑愍辜不欺其意又如此夫使為義而無所犧牲不歷險難而令名可以坐享則其事無待於贊者此吾於廉夫人之事所為重有感也光緒三十四年九月果有御史常徽奏請平秋瑾之墓並將吴芝瑛徐寄塵等嚴拿懲辦廷旨交浙撫察看辦理於是一時群議大為不平中外報章多為論說而江蘇紳士尤憤激爭署名上書江督端制軍蘇撫陳中丞爭其事為辨誣當此之時夫人方病咯血卧上海德國醫院中為治療聞此乃遄歸其家曰吾不願更居洋場醫院間若託異族保護然以為不知者詬議也其始終爲遵守法律國民矣不幸茍免又如此北京公理教會協和女書院之長美國麥美德女士与夫人當庚子義和拳之變為患難交素稔夫人行誼則大敬愛之聞其事意夫人素剛嫩然必不肯往對簿恐事急万一崩死焦然大感馳書諄誡夫人勿為諒且曰國家大義責之其語絶痛又自任凡可免夫人於危者頗盡力無不為則先於西報述夫人事點梗概徼使中外咸知其詳且將有所合力已而事稍稍解麥女士寓郎中書廉郎中曰宜使侯官嚴復爲之傳故傳之如右方

嚴先生曰吾國禁女子干外事者四千餘年于外事者徽論惡也即善有不可世變大異至今思想議論乃略如前殊前頑女子行事稍稍露鋒穎循常之徒輒相視大詫甚者以為宜誅嗟夫使吾國禮俗長此終古則亦已耳必以進步為期凡此皆所必至應有者也又何訝乎廉夫人者吾先友摯甫先生猶子平生多聞長者精至獨往之言故能不循常自樹立如此嗚呼男子可以興矣

侯官嚴復撰 常熟徐翼書

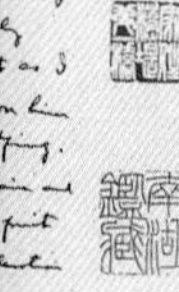

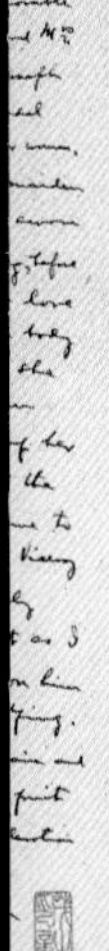

浙江潮
每月一次定期陽曆二十日發行
癸卯年第一期

《浙江潮》癸卯年第一期

纵22.2厘米　横15厘米

国家一级文物。中国留日学生浙江同乡会编，光绪二十九年（1903）正月二十日发行。浙江同乡会，1902年成立。1903年同乡会杂志部在东京创刊《浙江潮》，孙翼中等任主编。主要撰稿人有蒋方震、蒋尊簋、许寿裳、王嘉祎、蒋智由等，大多为光复会会员。编者在发刊词中表示："乃以其爱国之泪组织而为《浙江潮》"，因"不忍任其（中国）亡而言之"，而"挟其万马奔腾排山倒海之气力，以日日激刺于吾国民之脑，以发其雄心，以养其气魄"，共同挽救祖国危亡。《浙江潮》共出12期，我馆另藏有第四期、第七期。

民報
第壹號
（日本明治卅八年十一月廿五日第三種郵便物認可
日本明治三十八年十一月廿六日發行）

《民报》第一号

纵22厘米　横14.5厘米

1905年8月，孙中山在日本东京与黄兴、宋教仁等一起组织成立了中国同盟会，并创办《民报》作为同盟会的机关报。1905年11月26日《民报》创刊。"民报"二字为孙中山先生亲笔题写。发刊词中阐述了同盟会的政治纲领，即"三民主义"，由孙中山口述大意，胡汉民执笔完成。《民报》是中国早期资产阶级革命最重要的舆论工具。虽然出版时间不足五年，但却使革命思想得到广泛传播。

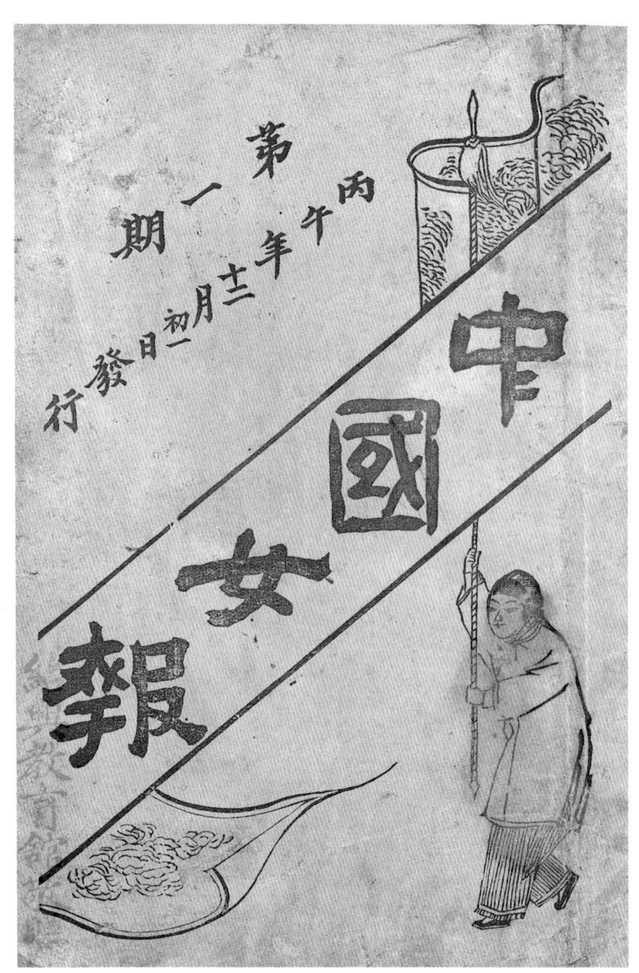

《中国女报》第一期

纵22.3厘米　横15.2厘米

国家一级文物。1907年1月14日秋瑾在上海创办《中国女报》，并担任主编兼发行人。该报在发刊词中提到：“中国前途之危险”，“中国女界之黑暗”，“于是而有《中国女报》之设，夫今日世界之现象，固于四千年来黑暗世界中稍稍放一线光矣”。辟有《社说》、《译编》、《文苑》、《新闻》等栏目。该报以通俗易懂的文字宣扬妇女解放，呼吁妇女走向社会，争取尊严和人格的独立。

女报发行所招牌

纵124厘米　横39.5厘米

木质，原先悬挂于上海市北四川路原德里九十一号中国女报发行所所址。

黄花岡中之革黨

廣州之紙幣風潮

《民立报》

纵54.6厘米　横78.2厘米

1910年10月11日，同盟会会员于右任在上海创办《民立报》。于右任为社长，宋教仁、章士钊等先后主笔。《民立报》以提倡国民的独立精神为宗旨，激烈抨击清政府，批判封建专制制度，报导各地资产阶级民主革命运动。1913年9月4日被袁世凯查封。共出1036号。这是刊行于1911年6月19日的第245号，主要刊载《黄花冈中之革党》、《广州之纸币风潮》等文。

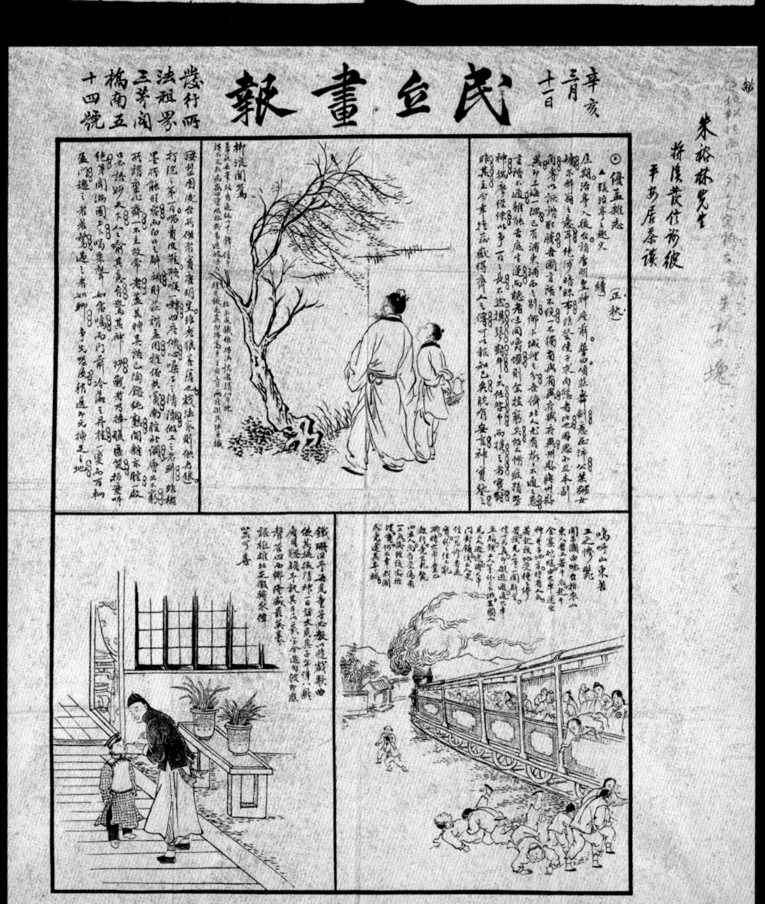

《民立画报》

纵62.9厘米　横56.4厘米

1911年2月创刊，作为《民立报》的副刊。由郑正秋任主笔。

孙中山著《三民主义》

纵18.5厘米　横12.7厘米

1927年铅印本。内载孙中山遗像、《总理遗嘱》、《自序》、《民族主义》、《民权主义》、《民生主义》。黄埔中央军事政治学校政治部1927年在广州刊行。同一年印行的《三民主义》另有中央图书局版和民智书局版等。孙中山（1866—1925），名文，字逸仙，广东香山（今中山县）人。1905年在日本领导兴中会、联合华兴会和光复会，组成中国同盟会。辛亥革命后就任中华民国临时大总统。三民主义在1905年提出，是孙中山领导辛亥革命的指导思想，推动了革命运动的发展。1924年孙中山把旧三民主义重新加以解释，发展成为新三民主义。

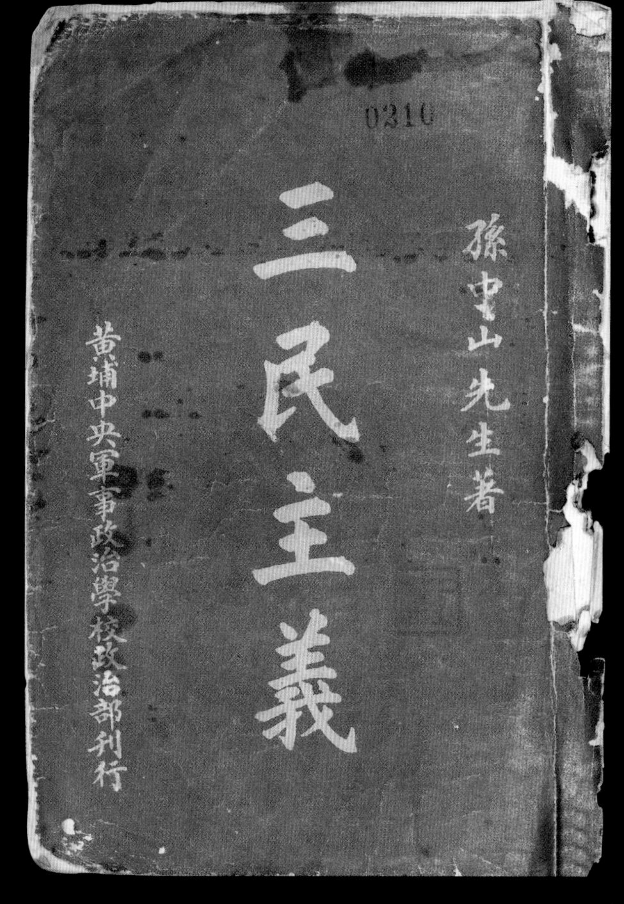

自序

自建國方畧之心理建設物質建設社會建設三書出版之後予乃從事於草作國家建設以完成此帙國家建設一書較前三書爲獨大內涵有民族主義民權主義民生

總理遺囑

孙中山国语演讲《勉励国民》、《告诫同志》话盘

直径25.4厘米

这是孙中山先生一生中仅有的一次录音、留声，也是中国革命先驱利用近代科学来宣传政治主张，唤起民众的最早尝试。话盘灌制于1924年5月，是孙中山先生应刚创办不久的《中国晚报》之请而录制的。当时所录为老式粗纹每分钟78转的胶木唱片，每张唱片A、B两面大约可录两段演讲。孙中山先生演讲唱片在当时广受欢迎，发行不少，但保存下来的寥寥。除我馆外，上海宋庆龄故居纪念馆、上海博物馆等少数文博单位亦有收藏。

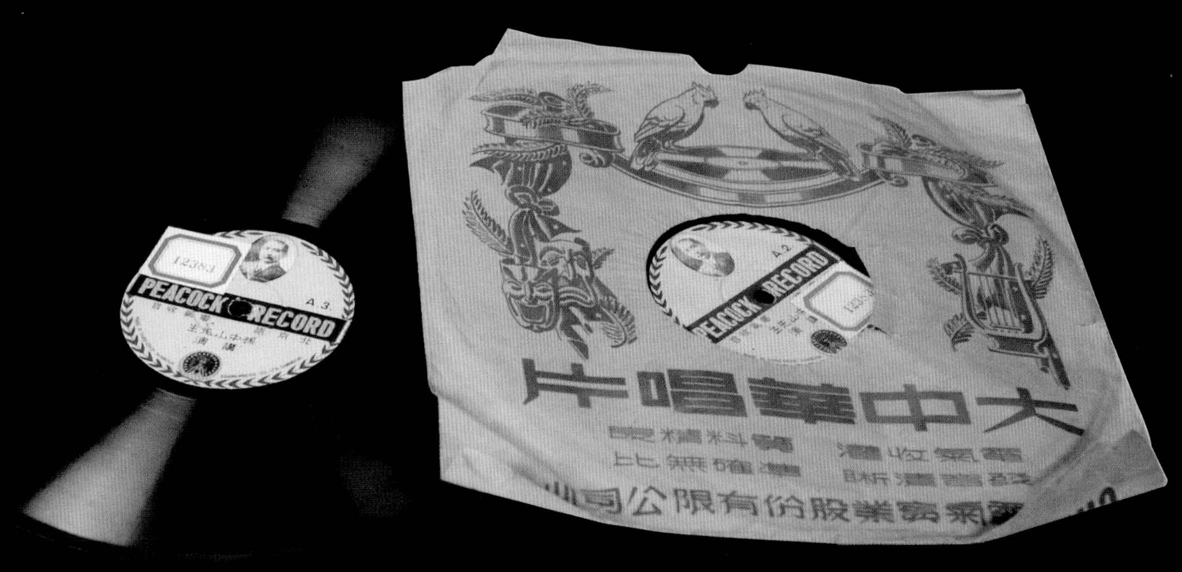

凯旋纪念杯

通高5.5厘米

纪念浙军自南京凯旋的瓷杯。杯腹印金色楷字“凯旋纪念中华民国元年二月　日　朱瑞赠”。朱瑞（1883—1916），浙江海盐人，1912年8月任浙江省都督兼民政长。

歡迎浙軍凱旋頌詞

中華民國元年五月十號浙軍由南京凱旋浙軍政府及各分府各司長開歡迎大會以留紀念台州軍政分府恭致祝詞其詞曰

嘉禾軍政分府兼縣知事方於笥偕各團體頌詞

浙江農業試驗場頌詞

浙江杭州同學會頌詞

浙江中路左翼巡防第四營管帶官董永安頌詞

中路左翼統領陳步棠祝詞

臨海學界代表朱增煊祝詞

福田會惠兒院孤子隊歡迎凱旋車歌

浙江民政司豬輔成題贈浙軍凱旋聯

杭州商務總會祝詞

處州代表祝詞

浙江军政府及各界欢迎浙军自南京凯旋颂词

纵22.9厘米　横90厘米

1911年11月4日杭州光复，浙江各地纷纷宣布独立。11月7日浙江军政府成立，汤寿潜出任浙江都督。1911年11月组织江浙联军进攻南京。浙江军政府派出3000人的浙军支队被任为主攻部队，成为南京光复的重要力量。这是1912年浙江军政府欢迎浙军自南京凯旋颂词，主要内容为嘉禾军政分府等机构或代表颂词。1912年5月10日印制。

新青年

中華民國郵務局特准掛號認為新聞紙類

第八卷　第一號

上海　新青年社　印行

世纪曙光

1915年兴起的新文化运动是对封建专制主义和蒙昧思想的一次彻底批判。它极大地促进了中国人的思想解放，各种学说与“主义”一时广泛传播、竞相争鸣。五四运动后，马克思主义在中国迅速而广泛地传播。一批中国先进分子开始接受马克思主义，并把它作为改造中国社会的新的工具。中国共产党的成立是近代中国最重大的历史事件，中国革命开始出现新的曙光。第一次国共合作推动国民革命蓬勃发展，北伐军高歌猛进，消灭了军阀吴佩孚、孙传芳。北伐战争的胜利进军和工农运动的高涨，未能遏制革命阵营内部的危机。善于伪装的蒋介石发动反革命政变，持续三年多的轰轰烈烈的大革命最后失败了。

五四运动揭开了中国新民主主义革命的序幕。杭州、绍兴、嘉兴等地学生举行盛大集会和游行示威，声援北京学生的斗争。各地学生和进步青年纷纷组织爱国团体，创办进步刊物，提倡国货，宣传爱国主张。在五四运动中，浙江省立第一师范学校始终站在斗争的前列，成为浙江宣传新文化新思想的中心。一师学生创办的《浙江新潮》，是浙江最早宣传进步思想和马克思主义的刊物。在中国共产党的创建过程中，施存统、俞秀松、陈望道、邵力子、沈雁冰、沈泽民、沈定一等一批浙江籍先进分子作出了重要贡献。第一次国共合作形成以后，浙江的国民革命迅速发展。五卅运动期间，浙江人民奋起响应，工人罢工、学生罢课、商人罢市的抗议浪潮和各种声援活动在全省各地掀起。在浙江共产党组织的发动和指导下，各地各行业的工会普遍建立，工人群众为维护自身利益，开展各种形式的斗争。在浙江广大农村，农民协会普遍建立，领导农民开展减租减息和反对苛捐杂税斗争。北伐军势如破竹，1927年2月底克复浙江全境。浙江是蒋介石最早和重点“清党”的地区。宣钟华、郑恻尘、叶天底、裘古怀等一大批优秀的浙江籍共产党人遭到捕杀，原来生机勃勃的浙江一片腥风血雨。

蔡元培为女子职业学校题词

纵44.5厘米　横77.8厘米

国家一级文物。浙江女子职业学校创建于1912年，由谢雪女士任校长，蔡元培、黄炎培、经亨颐等任校董。蔡元培应邀于1916年冬亲临该校演说，并为题词。蔡元培（1868—1940），字鹤卿，浙江绍兴人。近代民主革命家、教育家。民国成立后任南京临时政府教育总长。

孙中山墨书“博爱”横幅

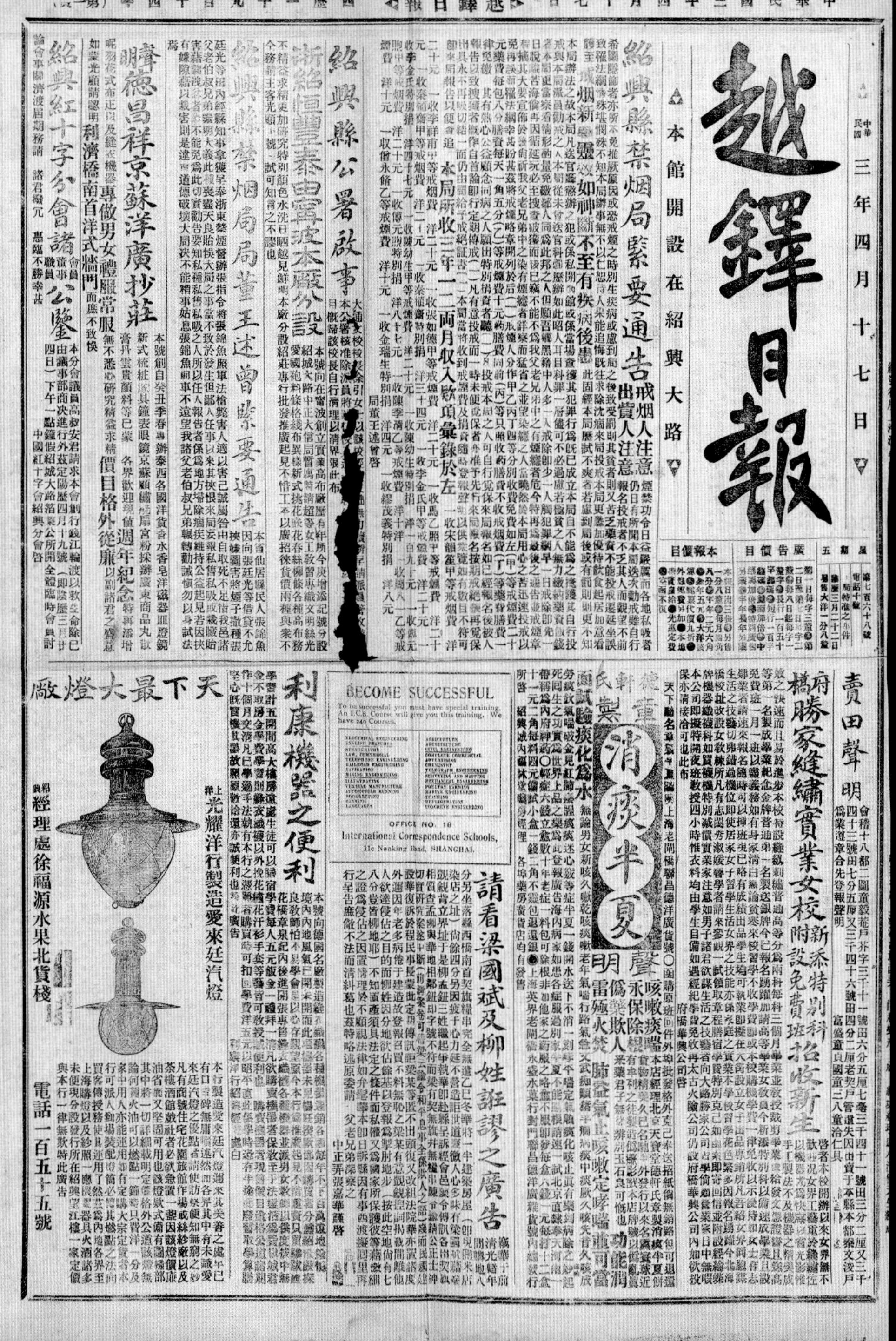
中華民國三年四月十七日 越鐸日報 西曆一千九百十四年

越鐸日報

本館開設在紹興大路

紹興縣禁烟局緊要通告

紹興縣公署啟事

浙紹恒豐泰申甯波本廠分設

紹興縣禁烟局董王述曾緊要通告

瞻德昌祥京蘇洋廣抄莊

紹興紅十字分會諸公鑒

責田聲明

府橋勝家縫紉實業女校附設免費班特別科招收新生

消痰半夏

請看梁國斌及柳姓誑謬之廣告

BECOME SUCCESSFUL

OFFICE NO. 18

International Correspondence Schools, 11e Nanking Road, SHANGHAI.

利康機器之便利

天下最大燈廠

光耀洋行製造愛來廷汽燈

電話一百五十五號

《越铎日报》

纵54.5厘米 横77厘米

1912年创刊于绍兴。时任名誉编辑的鲁迅在创刊号上以“黄棘”的笔名发表了《〈越铎〉出世辞》，阐明了报纸的宗旨：“纾自由之言议，尽个人之天权，促共和之进行，尺政治之得失，发社会之蒙覆，振勇毅之精神。灌输真知，扬表方物。”1916年8月，孙中山亲书“博爱”两字赠《越铎日报》。五四期间，该报对绍兴的爱国学生运动和衙前农民运动都作了报道。1927年3月24日，北伐军抵达绍兴，《越铎日报》因改为《绍兴民国日报》而终刊。我馆藏共有四期《越铎

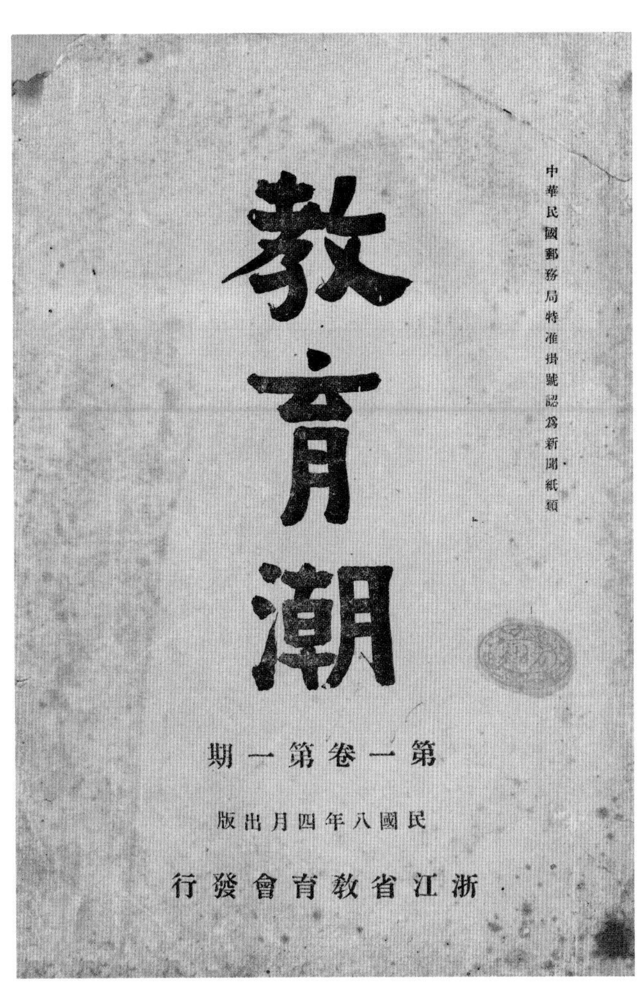

中華民國郵務局特准掛號認爲新聞紙類
教育潮
第一卷第一期
民國八年四月出版
浙江省教育會發行

《教育潮》第一卷第一期

纵18厘米　横26厘米

国家一级文物。1919年4月，浙江省教育会在经亨颐主持下，将《教育周刊》更名为《教育潮》，并扩大篇幅，改为月刊。正式出版于五四运动前夜。主编沈仲九，编辑经亨颐、夏丏尊、刘大白等。本刊以介绍世界教育思潮，批评中国教育弊端，讨论新教育建设为主旨。至1921年1月终刊，共出版十期。前六期宣传新思想、新文化，从第七期起，转而宣传“国粹”，反对新思潮，受到了进步文化界的猛烈攻击，因此不久就宣布停刊。

中華民國郵務局特准掛號認爲新聞紙類
新潮
The
Renaissance
第一卷第二號
民國八年四月再版
發行者
國立北京大學出版部

《新潮》第一卷第二号

纵24.7厘米　横17.4厘米

1919年1月在北京创刊，是新潮社的社团刊物。新潮社，1918年底成立于北京，发起人有傅斯年、罗家伦、徐彦之等。《新潮》创刊后曾得到李大钊、陈独秀等的支持。该刊物宣传民主与科学，抨击传统伦理道德，提倡新文学。这是第一卷第二号，1919年4月再版，主要刊载李大钊《联治主义与世界组织》、胡适《十二月一日到家》等文。该刊物至1922年3月出至第三卷第二期停刊，共出版12期。

“五四”传单

纵21.9厘米　横26.9厘米

1919年五四运动爆发后，在5月9日国耻日，许多城市形成集会和演讲的高潮。这份传单由浙江省立第六师范学校印发，记述了日本提出灭亡中国的《二十一条》的经过，中国主权丧失的严重后果和5月9日召开国耻纪念会的目的及意义。

迎會客　歇一歇　有句話要同你說　東邊
有個日本國　奸刁又滑比蛇蝎　想我山東土
地肥　羨我國裏多造業　五月初九那一
天。逼我二十一件死条約　可恨中國這些
官　他的心腸硬如鉄　不思吃下砒霜毒
自己進錢便了結　吓吓吓　救國諸人聲
力竭　不能挽回半分毫　弄得自家空
濺血　福建事情未太平　蘇州閙案尤激
烈　所以我班學生們　羣謀勸他早交涉
迎會客　拜佛迎會客　拜佛求神心多
热　你看南山張元帥　他的爱國精靈
永不滅　如今國勢這樣危　你們請回
家中大的小的一一詳解說
浙江第六師範學校全啟

類		
寄達尺 墨汁 本連史名片 各種印泥顏色 風琴 各種紙張	肖像 杜鵑 老虎 雙鳳 雙龍	聯益公司 中華愛國油墨局 天然製墨廠 城站藝墨林印刻社 郘芝巖 藝林堂 共和風琴廠 龍章造紙公司

日用類		
鐘 鋼骨傘 絲巾 毛巾 牙刷 牙粉 化粧品 漿糊 樹膠水 洋燭 火柴 香皂 肥皂 各種機器針 文明軟席 螺甸扣 雲母鈕扣	萬卷書 華鶴 青牛 何字 三星 無敵 老虎 玉芙蓉 雙妹 西美 鹿頭 金錢 天官漁翁 雙獅地球 亭牌 雙燕 雙魚 雙美人 劉海 獅牌	美華利 廣東仁興號 錦豐綢莊 振興公司 第二貧民習藝所 利群襪廠 華通襪廠 何源通 雲記廠 廣生行 大陸藥房 震旦製藥廠 光華公司 榮昌公司 正大新公司 英昌公司 華豐皂廠 鼎豐皂廠 愛華皂廠 平民工廠 祥和皂廠 義和針廠 勵精針廠 寧波實業團 春盛廠 祥利 華春廠

服飾類		
各種草絨綢 皮帽 腿帶 線毯 襪 各種毛織物 白斜紋 眼鏡	雙童 美人美女 如意 飛人槍 雙獅球 織機園國旗 雙魚	大東製帽公司 保定工業學校 海華線毯場 振興公司 信通公司 華通公司 啟興公司 光華公司 雲飛公司 華興公司 昌記廠 美利亨布廠 滙西布廠 華綸布廠 精益眼鏡公司 明明眼鏡公司 晶明眼鏡公司

食品類		
各種香烟 各種罐頭食品 各種精鹽 葡萄酒 白蘭地 牛乳 啢囒水	雙喜 華字 白鶴 久大 松鶴 快馬 僧帽	南洋兄弟烟草公司 生生烟草公司 振勝香烟廠 泰豐罐頭食品公司 中華協記公司 永興製鹽公司 久大製鹽公司 民益工廠 裕華公司 張裕釀酒公司 福建瑞興號

藥品類		
神人丹 薄荷錠 各種藥品	醒獅 地球 鹿球 太陽丹鳳 鷹熊 天馬	種德園 宏達藥房 五洲藥房 大陸藥房 羅威藥房 中華國貨藥房 亞東製藥會社 辨香廬

類	
各種磁器	勸商場

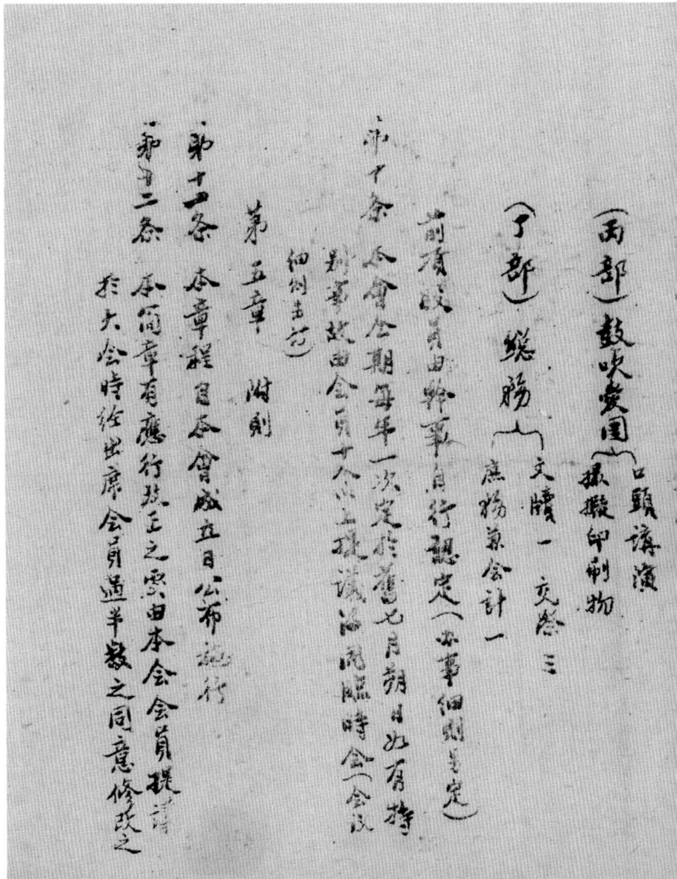

(丙部) 鼓吹愛國 口頭講演 撰擬印刷物

(丁部) 總務 文牘一 交際三 庶務兼會計一

前項職員由幹事自行認定(此事細則另定)

第十條 本會會期每年一次定於舊七月朔日如有特别事故由會員十人以上提議得開臨時會(會議細則另訂)

第五章 附則

第十一條 本章程自本會成立日公布施行

第十二條 本簡章有應行改正之處由本會會員提請於大會時經出席會員過半數之同意修改之

《安定中学劝用国货会布告》

纵19.8厘米　横61.4厘米

随着五四运动的深入，“抵制日货，提倡国货”成为社会各界共同的行动。杭州安定中学劝用国货会印制这份布告，指出国家危亡“吾国民无爱国心实为祸之阶”，“不用国货为大缺陷”。

《旧台属商学联合会简章》

纵25.5厘米　横60厘米

台属商学联合会是五四运动后台州地区成立的爱国团体，“提倡国货”，“抵制仇货”，用切实方法挽回利权，补救危亡。

勸用國貨

安定中學勸用國貨會布告

嗚呼國家危矣大陸沈矣中華大國民將跪拜屈服於他族人之膝下矣夫何使吾至於此極也推究原因吾國民無愛國心實為禍之階愛國之點固非一端要以不用國貨為大缺陷夫國家者集數萬萬人而成者也數萬萬人者個人之積也使僅個人不用國貨則固無所損益今吾數萬萬人莫不愛外貨而憎國貨由是貨棄於地百工輟業利源日益外溢國家日益貧弱此他族人所以不廢斗糧未煩一兵推枯拉朽而欲奴隸我數萬萬同胞矣言之可為痛哭流涕長太息者也顧時局阽危不過暫時之痛苦致社會之腐窳則為病之劉實在膏肓社會之腐窳惟學生宜有以改正之而社會之所望於學生者豈欲藉以收拾時局盧牟當世亭毒衆生哉洒在學生之一舉一動足以轉移民心革除弊俗而已若徒詈漏卮之莫塞巨憝之責國而謂可以使國家轉危為安轉貧為富轉弱為強是猶磨磚以作鏡蒸沙以求飯也同人等目擊心傷因於本校創設勸用國貨會不僅吾學生當用國貨並宜勸導國人盡用國貨或謂自用國貨固無不可若欲勸導國人盡用國貨則同人之意無乃奢乎曰是不難也難在無人提倡之耳我中國學校不知凡幾茍為學生者皆急起直追購用國貨勸用國貨矢之以恆持之以久不見異而思遷不喜新而厭故以身作則觀感者多吾知靡麗紛華之敝俗將一變為淳樸儉約之良風而國家富強之基亦植於此矣同人之意如此凡百君子幸毋河漢斯言下列各項國貨特示其重要者亟印之以供參攷

類別	物品	商標	商號
學	各種學用品		商務印書館 中華書局 科學儀器館 實學通儀館
類別	物品	商標	商號
日	皮紙		餘杭振興公司
	針	花蜂	華豐針廠

舊台屬商學聯合會簡章

第一章 宗旨及名稱

第一条 本會以商學提攜協力進行喚起国民之愛国心用切實方法提倡国貨挽回利權補救危亡為宗旨

第二条 本會定名為舊台屬商學聯合會

第二章 基址及經費

第三条 本會暫設昇平公所

第四条 本會常年費由商學各界分半負擔臨時經費由各界樂助

第三章 組織及編制

第五条 本會会員資格如左

一 本屬商學界人員均得為本会会員

二 住居或寄居本屬之商學兩界人員品行端正經本会会員二人之介紹均得本会会員

第六条 學識優長或富於辦事經驗及能力者得延請為本会名譽会員

第七条 本会設立正会長一人副会長二人幹事四十八均義務職由本会会員公舉任期一年

第四章 會務及職權

第八条 本会應行事務如左

(一)改良土貨 (二)推銷国貨 (三)抵制仇貨

(四)派員講演及刊發有關愛国之印刷物

第九条 正會長代表本會總持会務副會長贊助会長执行会務幹事分任本会事務

幹事分為左列四部每部各舉主任一人

(甲部)提倡国貨 改良土貨研究股 調查工商情形股

《台州救国协会草章》

纵28.9厘米　横32厘米

五四运动爆发后，台州学界与工商界联合起来，于5月28日成立台州救国协会，通过章程，成立演讲队、调查队、剧团等，项士元出任会长。台州救国协会在台州各地组织游行示威，广泛开展宣传活动。

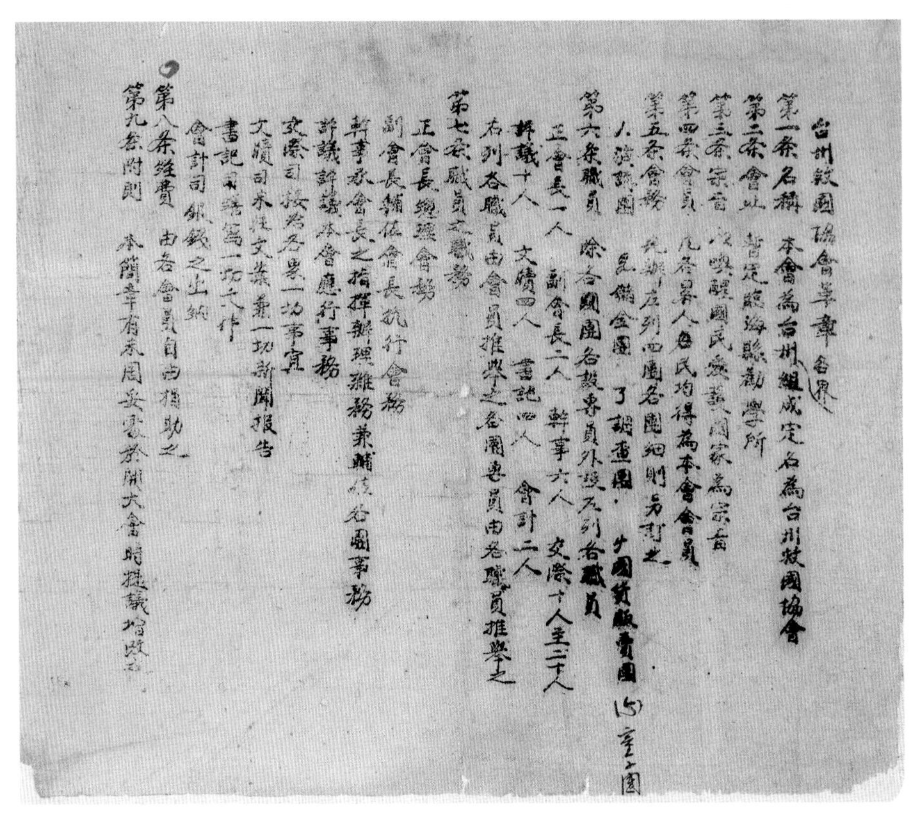

台州救國協會草章（各界）

第一条　名稱　本會為台州組成定名為台州救國協會

第二条　會址　暫定臨海縣勸學所

第三条　宗旨　以喚醒國民愛護國家為宗旨

第四条　會員　凡各界人民均得為本會會員

第五条　會務　擬左列四團各團細則另訂之

1.演講團　2.調查團　3.國貨販賣團　(4)童子團

第六条　職員　除各團團員外設左列各職員

正會長一人　副會長二人　幹事六人　會計二人　交際十人至二十人

評議十人　文牘四人　書記四人

右列各職員由會員推舉之各團要員由各職員推舉之

第七条　職員之職務

正會長總理會務

副會長輔佐會長執行會務

幹事承會長之指揮辦理雜務兼輔佐各團事務

評議評議本會應行事務

交際司接洽各界一切事宜

文牘司來往文件兼一切新聞報告

書記司繕寫一切文件

會計司銀錢之出納

第八条　經費　由各會員自由捐助之

第九条　附則　本簡章有未周妥處於開大會時提議增改之

《演讲团草则》

纵28.6厘米　横258厘米

演讲团是台州救国协会的分支组织之一。《演讲团草则》共十七条，“以启发国民爱国心为宗旨”。草则规定演讲时间与内容，演讲分普通与特别两类，前者演讲提倡实业，劝用国货，注重体育，劝勉守法，增进道德和灌输常识；后者演讲外交情形与亡国惨史。1919年印制。

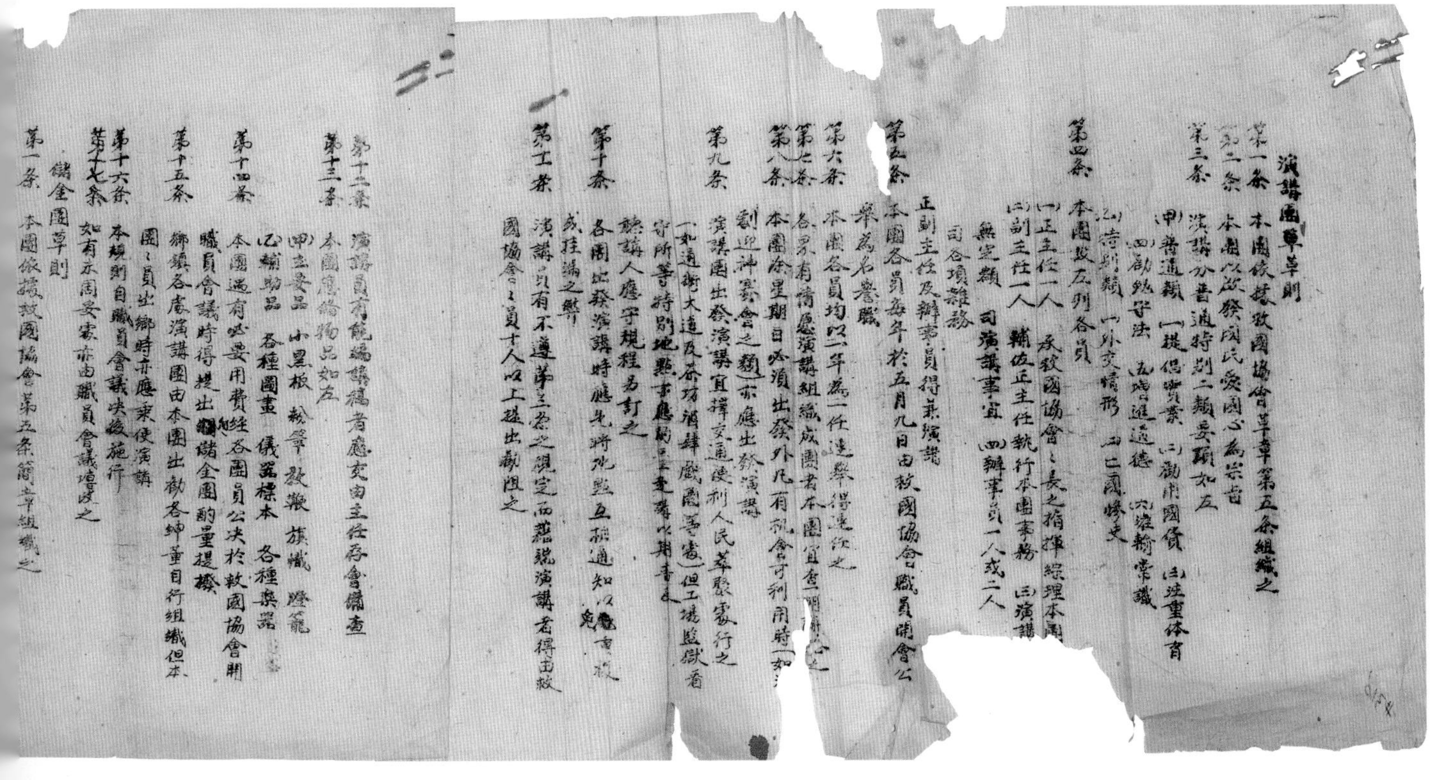

演講團草則

第一条　本團依據救國協會草章第五条組織之

第二条　本團以啟發國民愛國心為宗旨

第三条　演講分普通特別二類其要項如左

(甲)普通類　(一)提倡實業　(二)勸用國貨　(三)注重體育　(四)勸勉守法　(五)增進道德　(六)灌輸常識

(乙)特別類　(一)外交情形　(二)亡國慘史

第四条　本團設左列各員

(一)正主任一人　承救國協會會長之指揮經理本團事務　(二)副主任一人　輔佐正主任執行本團事務　(三)演講員無定額　司演講事宜　(四)辦事員一人或二人　司各項雜務

第五条　正副主任及辦事員得兼演講員每年於五月九日由救國協會職員開會公舉為名譽職

第六条　本團各員均以一年為一任連舉得連任之

第七条　各界有情願演講組織成團者本團宜查明[illegible]

第八条　本團除星期日必須出發外凡有集會可利用時（如[illegible]）亦應出發演講

第九条　演講團出發演講宜擇交通便利人民聚處行之（如通衢大道及茶坊酒肆戲園寺觀）但工場監獄看守所等特別地點[illegible]

第十条　各團出發演講時應先時由[illegible]通知以[illegible]

第十一条　演講員有不遵第三条之規定而[illegible]演講者得由救國協會會員十人以上提出勸阻之

第十二条　演講員有能編講稿者應交由主任存會備查

第十三条　本團應備物品如左

(甲)主要品　小黑板　粉筆　教鞭　旗幟　[illegible]

(乙)輔助品　各種圖畫　儀器標本　各種樂器

第十四条　本團遇有必要用費經各團員公決於救國協會開職員會議時得提出由救國協會酌量撥給

第十五条　鄉鎮各處演講團由本團出勸各紳董自行組織但本團團員出鄉時亦應秉使演講

第十六条　本規則自職員會議決後施行

第十七条　如有未周妥處亦由職員會議增改之

儲金團草則

第一条　本團依據救國協會第五条簡章組織之

中华国货维持会致台州救国协会函

纵28.8厘米　横37.6厘米

国家一级文物。这是中华国货维持会给台州救国协会的关于调查国货相关情况的回信。

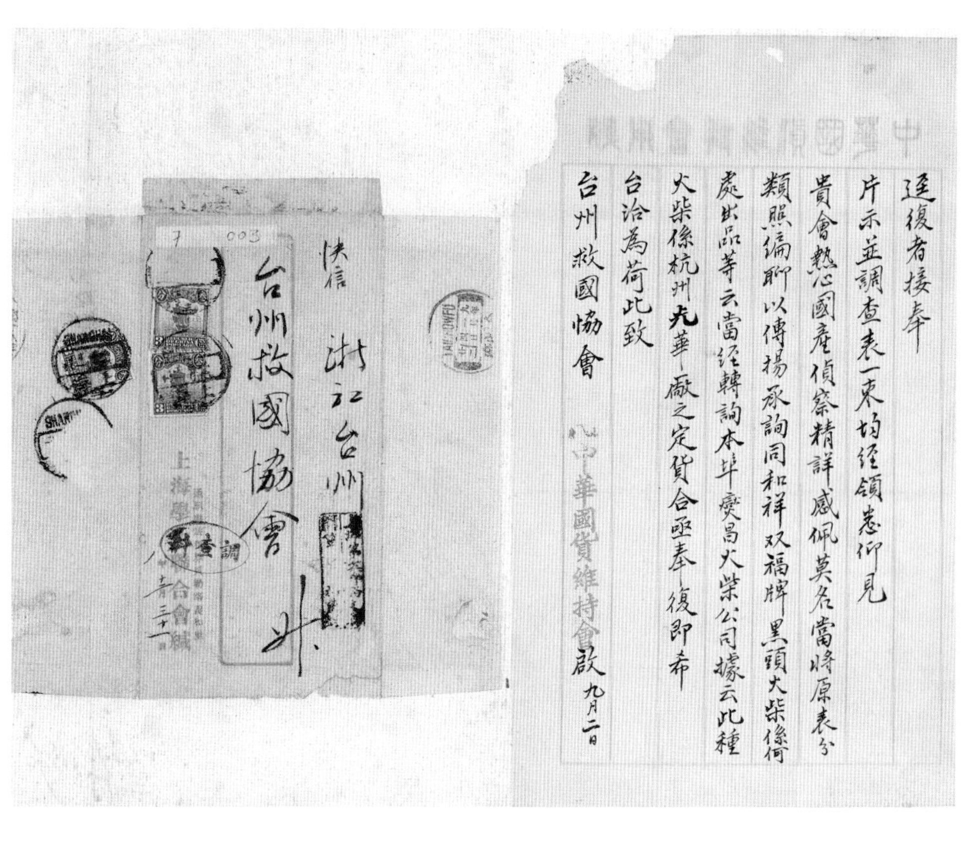

快信
浙江台州
台州救國協會

逕復者接奉
片示並調查表一束均經領悉仰見
貴會熱心國產偵察精詳感佩莫名當將原表分
類照編聯以傳揚承詢同和祥双福牌黑頭火柴係何
處出品等云當經轉詢本埠燮昌火柴公司據云此種
火柴係杭州光華火柴廠之定貨合亟奉復即希
台洽為荷此致
台州救國協會
中華國貨維持會啟　九月二日

台州救国协会开会通知书

纵25厘米　横22.2厘米

1919年9月印制。这是台州救国协会印发的一份关于每周固定时间召开例会的通知书。

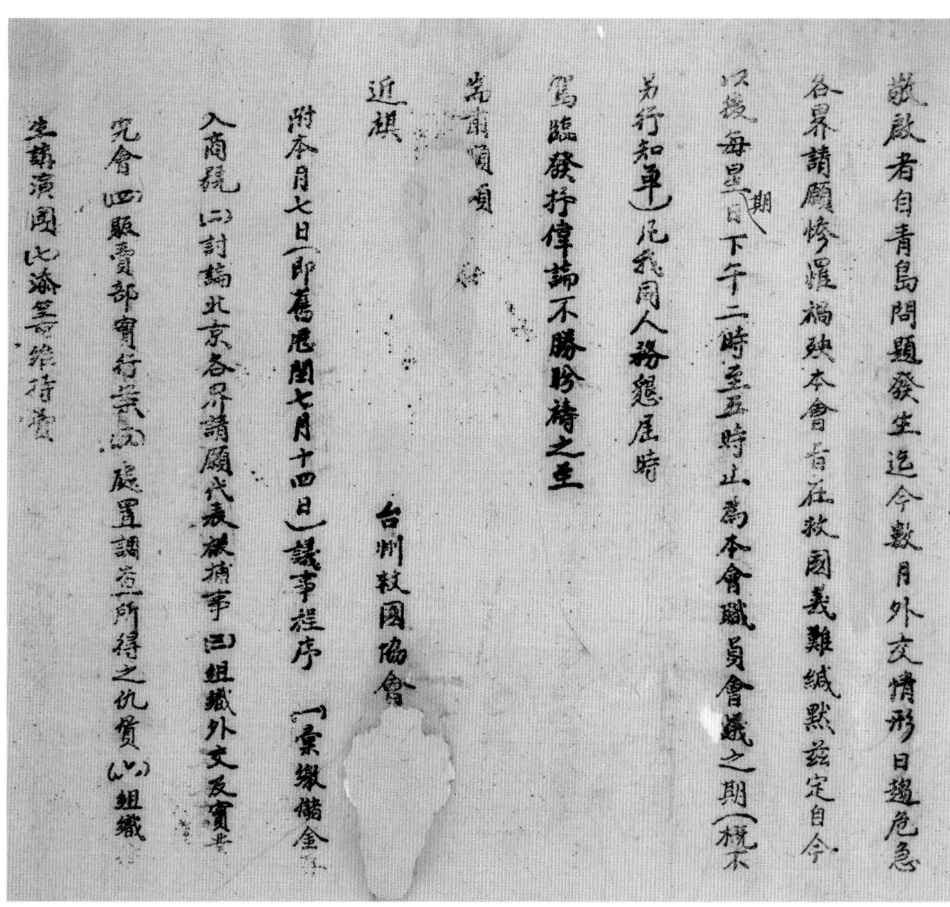

敬啟者自青島問題發生迄今數月外交情形日趨危急
各界諸願修禳禍殃本會旨在救國義難緘默茲定自今
以後每星期日下午二時至五時止為本會職員會議之期(概不
另行知單)凡我同人務懇屆時
賁臨發抒偉論不勝盼禱之至
常有會員
近祺
台州救國協會
附本月七日(即舊歷閏七月十四日)議事程序 (一)彙繳儲金
入商號 (二)討論北京各界請願代表被捕事 (三)組織外交及實業研
究會 (四)販賣部實行營業 (五)處置調查所得之仇貨 (六)組織
宣講演團 (七)[illegible]維持費

白打曲　頌京華學生能擊賊也　棡蝨老人稿
吳山越水古稱美，東南豪彥蔚然起。陽明講學重
良知，亭林立教敦廉恥。清廷全盛無官邪，循吏名
臣世所誇。叔季狂風吹海立，深山大澤產龍蛇，龍
蛇鼓浪食人肉，眈眈復努金剛目。彷彿虞廷舊四凶，
遑恤華民同一哭。就中有箇寧馨兒，皇華銜命駐
東夷。年年萁煮同根豆，處處花培向日葵。比者瓜
代方歸國，覆功旋賜大官食。更欣獅吼寂無聲，長
安漁盡如花色。還鄉衣錦氣雄豪，走訪阿瞞敢憚
勞。本來座上看橫槊，非為赤頭代捉刀。豈知牆外
人聲沸，莘莘學子蜂門至。主人一見便抽身，狡如
兔脫藏於廁。四顧還有一金神，同是朝廷賣國人。譁
然一聲呼白打，血滿懷袖求無因。吁嗟乎，豺狼當道無
人恣，若輩狐狸安足問。禽賊未能先禽王，男兒何
事露芒刃。雖然太學有陳東，一鼓作氣寒羣光。丹
心耿耿千秋照，微此諸生誰抗蹤。

右俚句呈
項士元先生

传单：《白打曲——颂京华学生能击贼也》

纵21.3厘米　横22.6厘米

此诗描写了1919年5月4日下午北京大学等校学生火烧曹家楼，并且痛殴章宗祥的事件。

传单：《思戚少保》、《夏日可畏》

纵22.5厘米　横32.5厘米

台州救国协会1919年5月印送。传单印载明代戚继光抗倭史实，提醒同胞毋忘国耻日，速谋抵御日寇之策。

思戚少保
倭禍急矣。我同胞已忍無可忍矣。
亦知三百年前有為我台殲除倭
寇者，戚少保繼光其人乎。男兒
當自強。勿謂古今人不相及也。我
同胞其速起。

夏日可畏
諸君尚憶民國四年五月九日之奇
恥乎。今彼東方酷日又際茲炎夏。
大肆其毒焰矣。禍急燃眉。痛滔
灼膚。願我同胞。速謀抵禦。

《赤城丛刊》

纵41.5厘米　横57厘米

台州救国协会会长项士元主办，浙江临海城内紫阳宫《赤城旬刊》社发行。我馆共藏有12期。

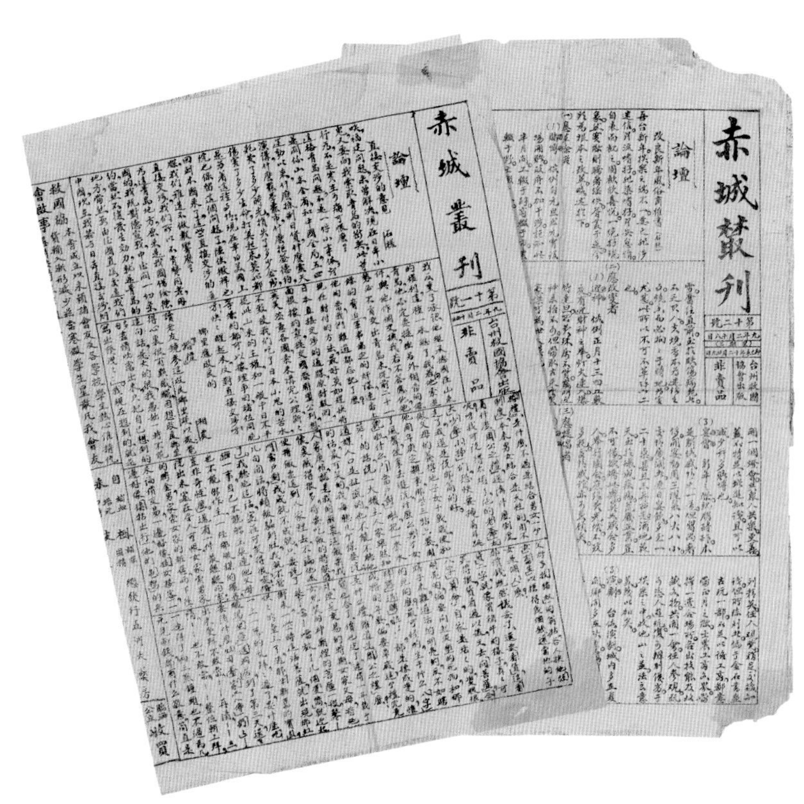

《青年周刊》第十七号

纵41.5厘米　横58厘米

浙江临海青年团创办的刊物，刊载《苦国民》、《新青年的眼光和新青年的气势》等评论、随感，宣传新思想新文化。1920年5月12日发行。

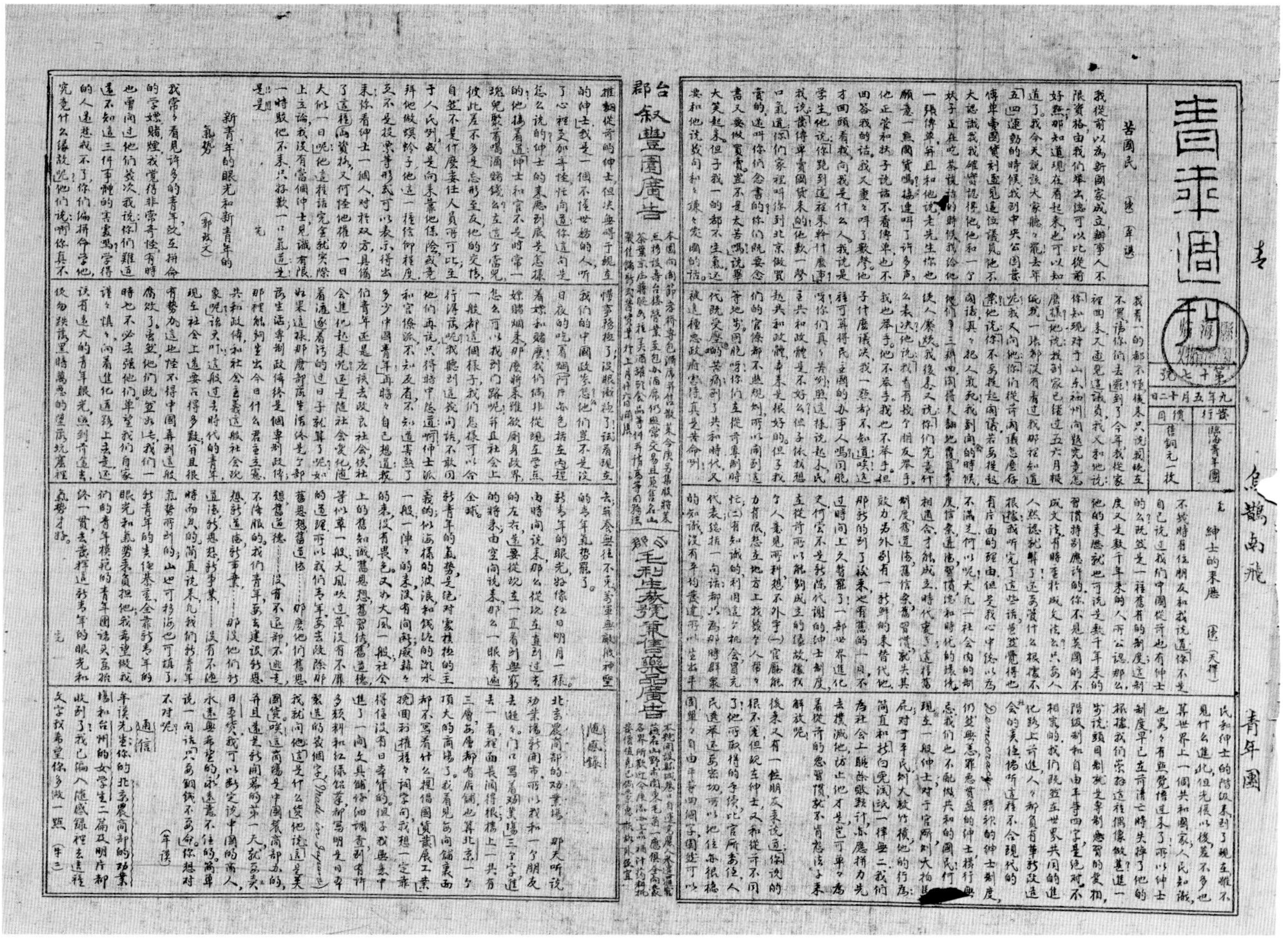

浙江省立第一师范学校是浙江新文化运动中的一面旗帜，校长经亨颐推行“与时俱进”的办学方针，遭到社会上守旧势力的忌恨。1920年2月，军阀政府借口一师学生施存统在《浙江新潮》上发表《非孝》一文，免去经亨颐校长职务。一师师生奋起抗争，发起“挽经护校”运动，爆发了震惊全国的“一师风潮”。

浙江新潮

中華民國八年十一月一日　浙江新潮　第一版

發刊詞

《浙江新潮》周刊创刊号

纵53厘米　横38厘米

《浙江新潮》是由一师学生施存统、俞秀松等人创办的，其前身是1919年10月10日创刊的《双十》半月刊，改组后于1919年11月1日刊出第一期。《浙江新潮》宣传新思想和马克思主义，言论犀利，在当时颇为突出。这是我馆藏有的创刊号，《发刊词》中提出了改造旧社会，实现理想中的“自由”、“互助”、“劳动”的新社会的战斗目标。第二期刊载了施存统《非孝》一文，主张在家庭中用平等的“爱”代替不平等的“孝道”，引起军阀政府的强烈不满。政府下令查封《浙江新潮》，成为“一师风潮”的导火线。

錢江評論

公歷一九二〇年一月十八日　錢江評論　（一）

第三號

杭州教育界的寫眞

主張辮教和不主張辮教的心理

浙江的光

《钱江评论》第三号

纵38.4厘米　横27.2厘米

《钱江评论》是在《浙江新潮》被迫停刊后出版的革命性刊物，创刊于1920年1月1日，在《发刊旨趣》中表示，它是《浙江新潮》精神的继续，是为了迎接“世界新潮流”、适应“中国时势的趋向”和自由“发表新思想”而创办的。该刊第九号发表的《浙江学生联合会答俄国劳农政府书》，热情歌颂了十月革命，这是中国对苏俄宣言最早的反应之一。在出版13期后，《钱江评论》于同年6月终刊。

《浙江第一师范十日刊》

纵38.5厘米　横53.4厘米

1919年10月10日创刊，至1920年3月20日止，共出13期。刊载宣传教育改革及讨论学生自治的文章。本馆收藏该刊第一至第七号及纪念号。

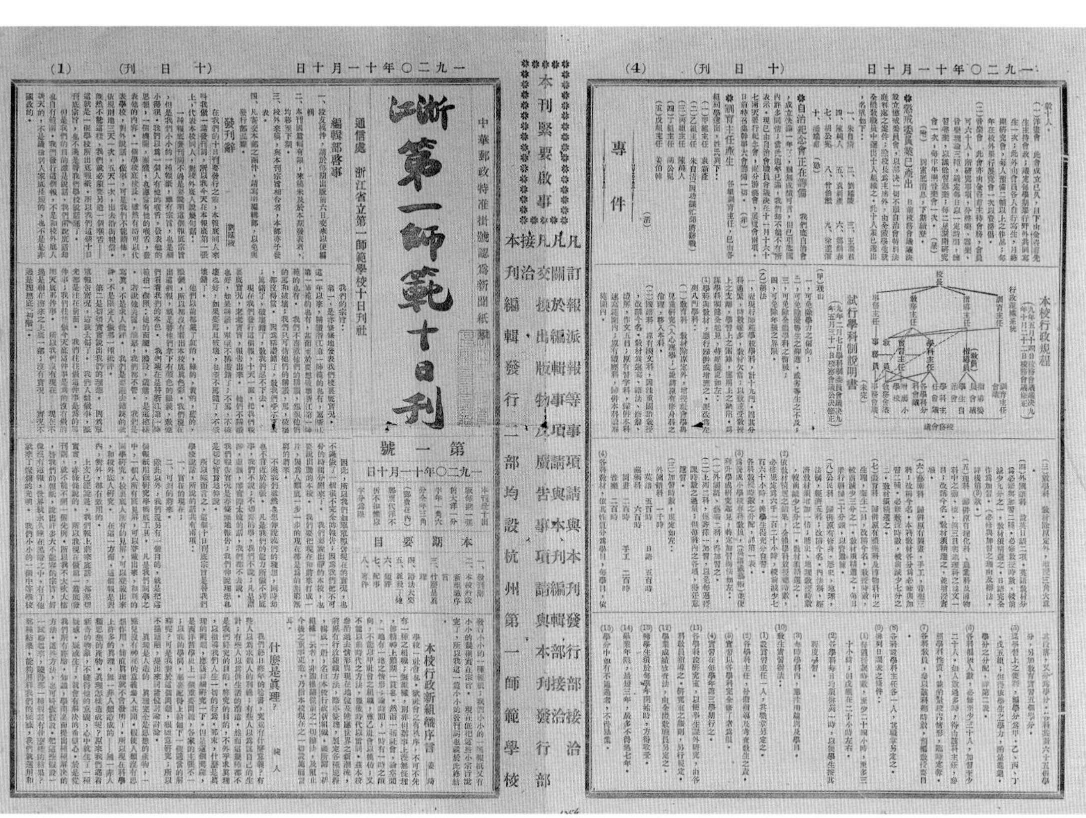

(1)　(十日刊)　一九二〇年十月十日

中華郵政特准掛號認為新聞紙類

浙江第一師範十日刊

通信處　浙江省立第一師範學校十日刊社

第一號　一九二〇年十月十日

發刊辭

編輯部啟事

本校行政組織序言

什麼是真理?

本刊緊要啟事

凡訂報、派報等事項請與本刊發行部接洽
凡關於編輯事項請與本刊編輯部接洽
凡交換出版物及廣告事項請與本刊發行部接洽
本刊編輯發行二部均設杭州第一師範學校

(4)　(十日刊)　一九二〇年十月十日

專件

本校行政組織

試行學科制說明書

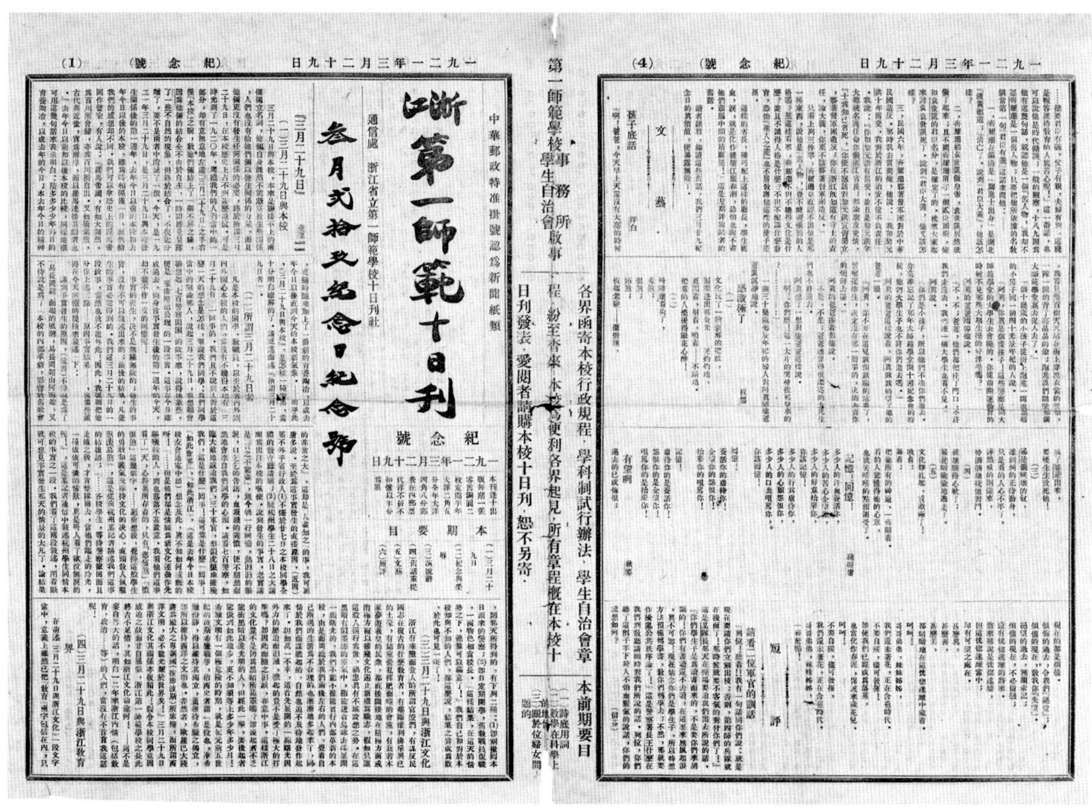

(1)　(紀念號)　一九二一年三月二十九日

中華郵政特准掛號認為新聞紙類

浙江第一師範十日刊

通信處　浙江省立第一師範學校十日刊社

紀念號　一九二一年三月二十九日

第一師範學校事務所、學生自治會啟事

各界函寄本校行政規程、學科制試行辦法、學生自治會章程，紛至沓來。本校為便利各界起見，所有章程概在本校十日刊發表，愛閱者請購本校十日刊，恕不另寄。

(4)　(紀念號)　一九二一年三月二十九日

文藝

短評

《浙潮第一声》

纵22.5厘米　横15.5厘米

“一师风潮”后，留校学生把运动期间的文件、记录、评论编辑起来，印成小册子，定名为《浙潮第一声》。对于研究当时浙江教育界的状况，有很大的参考价值。

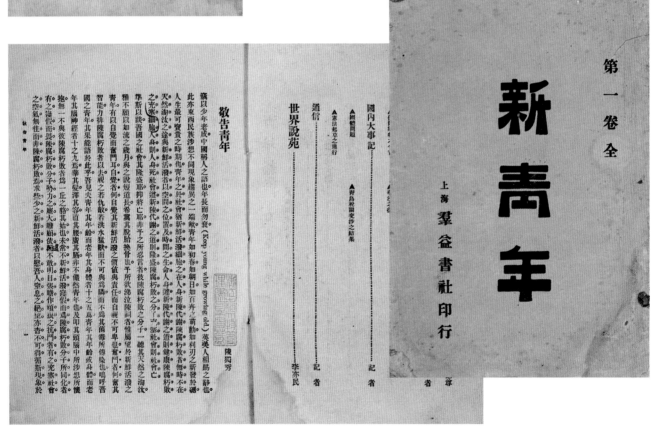

《新青年》第一卷（合订本）

纵24.8厘米　横17.6 厘米

1915年9月陈独秀在上海创办《新青年》，由上海群益书社印行，至1926年7月在广州停刊，共出版63期。第一卷原名《青年杂志》，从第二卷起改名《新青年》。每月发行一期，偶有间断，六期辑成一卷。出完第九卷第六号后休刊，共出54期。1923年6月，该刊由月刊改为季刊，在广州恢复出版，为中共中央的理论性刊物，共出四期，后成为不定期刊物，改称某号，共出五号。《新青年》是新文化运动的主要阵地。五四运动后，逐渐成为宣传马克思主义的刊物。

《新青年》第六卷第五号

纵24.9厘米　横17.6厘米

1919年5月出版。第六卷第五号由李大钊担任编辑。他将该期编为马克思主义研究的专号，宣传马克思主义学说，在该期上发表了著名的《我的马克思主义观》（上），较系统地介绍了马克思主义学说。

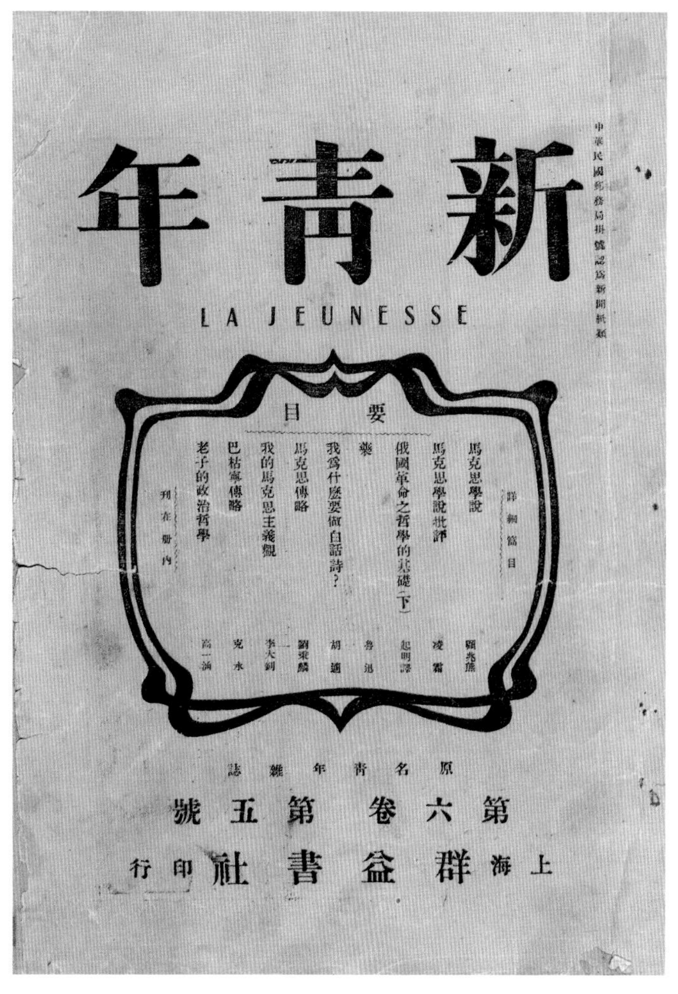

中華民國郵務局掛號認爲新聞紙類

新青年

LA JEUNESSE

要目

馬克思學說　顧兆熊
馬克思學說批評　凌霜
俄國革命之哲學的基礎(下)　起明譯
藥　魯迅
我爲什麼要做白話詩？　胡適
馬克思傳略　劉秉麟
我的馬克思主義觀　李大釗
巴枯寧傳略　克水
老子的政治哲學　高一涵

詳細篇目列在冊內

原名青年雜誌

第六卷第五號

上海群益書社印行

《新青年》第八卷第一号

纵24.8厘米　横27.2厘米

1920年9月出版。《新青年》从第八卷第一号起，成为中国共产党上海发起组的机关刊物，由编辑部另组上海新青年社负责编辑与发行。开辟“马克思主义宣传”、“社会主义讨论”、“俄罗斯研究”等栏目，译载有关苏俄革命的理论和实际情况的材料。

新青年

第八卷第一號

上海新青年社印行

新青年
國民革命號
第肆期
革命自發之聲
中華民國郵務局特准掛號認為新聞紙類

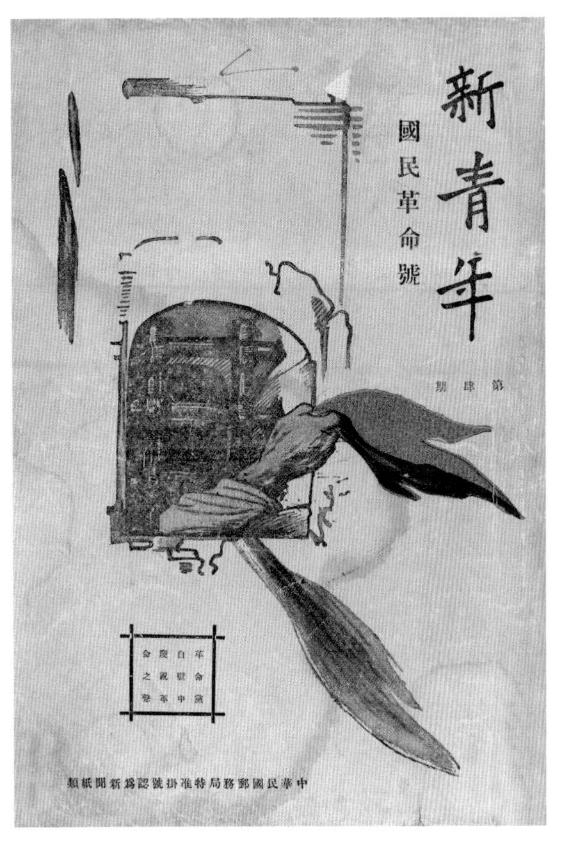

《新青年》季刊第四期《国民革命号》

纵24.8厘米　横27.2厘米

1924年12月出版。本期由彭述之主编。主要刊载论述有关国民革命问题的文章及译载列宁的革命著作。

《新青年》不定期第一号《列宁号》

纵24.8厘米　横27.2厘米

1925年4月出版。瞿秋白主编。为纪念列宁逝世一周年而出。内载《中国共产党第四次大会对于列宁逝世一周年纪念宣言》，译载大量列宁的著作和介绍、研究列宁的文章。

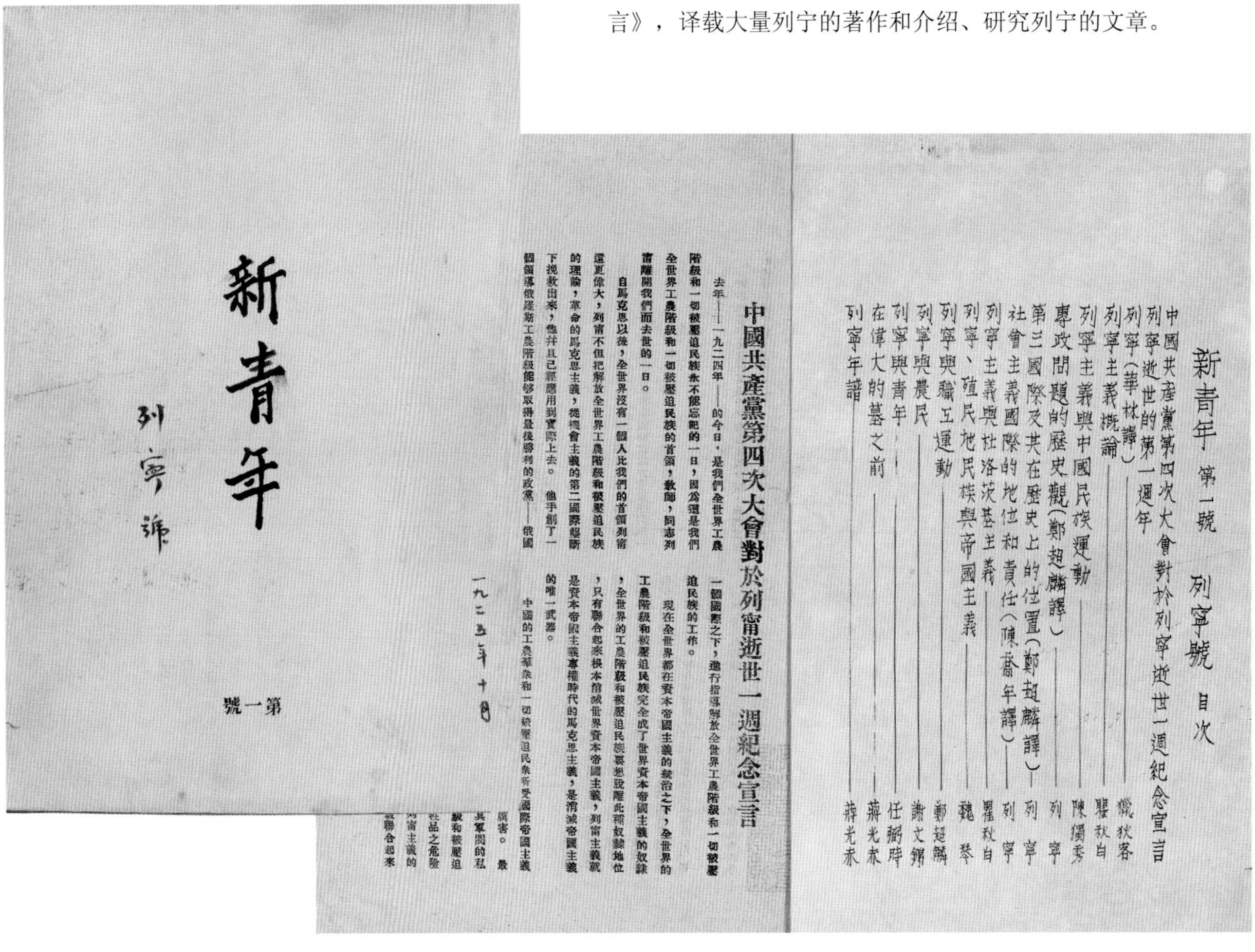

新青年
列寧號
第一號
一九二五年十月

中國共產黨第四次大會對於列甯逝世一週紀念宣言
去年——一九二四年——的今日，是我們全世界工農階級和一切被壓迫民族永不能忘記的一日，因為這是我們全世界工農階級和一切被壓迫民族的首領，教師，同志列甯離開我們而去世的一日。
自馬克思以後，全世界沒有一個人比我們的首領列甯還更偉大，列甯不但把解放全世界工農階級和被壓迫民族的理論，革命的馬克思主義，從機會主義的第二國際壟斷下挽救出來，他并且已經應用到實際上去。 他手創了一個領導俄羅斯工農階級能够取得最後勝利的政黨——俄國
一個國際之下，進行指導解放全世界工農階級和一切被壓迫民族的工作。
現在全世界都在資本帝國主義的統治之下，全世界的工農階級和被壓迫民族完全成了世界資本帝國主義的奴隸，全世界的工農階級和被壓迫民族要想脫離此種奴隸地位，只有聯合起來根本消滅世界資本帝國主義，列甯主義就是資本帝國主義專權時代的馬克思主義，是消滅帝國主義的唯一武器。
中國的工農羣衆和一切被壓迫民衆所受國際帝國主義
厲害。最

新青年 第一號 列寧號 目次
中國共產黨第四次大會對於列寧逝世一週紀念宣言
列寧逝世的第一週年　獨秋客
列寧（華林譯）　瞿秋白
列寧主義概論　陳獨秀
列寧主義與中國民族運動　列寧
專政問題的歷史觀（鄭超麟譯）　列寧
第三國際及其在歷史上的位置（鄭超麟譯）　列寧
社會主義國際的地位和責任（陳喬年譯）　瞿秋白
列寧主義與杜洛茨基主義　魏琴
列寧、殖民地民族與帝國主義　鄭超麟
列寧與職工運動　蕭文鄭
列寧與農民　任弼時
列寧與青年　蔣光赤
在偉大的墓之前　蔣光赤
列寧年譜

中華民國八年六月八日　西歷一九一九　星期日

星期評論

▲通訊處　上海愛多亞路新民里五號

▲代派所　上海四馬路泰東圖書館　民國日報社

第一號

（價目）每號銅子二枚外埠大洋二分郵費在內

（廣告）封面第一期至第五期每字銀二分……均以五號字計算　長期另議

歡迎投稿

諸君！我們這星期評論的主義·和我們幾個担任編輯的人的用心·已經在發起的告白上面·和諸君說過了·我們一面是用自己的觀察·批評世界上的事事物物·一面並且希望諸君要批評我們的批評·並且還要希望諸君極力把所知道的下列各種事實·寫了出來·發表在我們星期評論上·

一·各工場工人的生活狀態

一·各處的農夫的生活狀態

一·各學校的學生對於他們學校的觀察感想·和在校內校外的生活狀態·

文體用白話·句讀圈點·照本紙的體裁·如果能夠用每行二十一字的稿紙寫起來·更是感激得了不得了·

發刊詞

凡是一種報紙出世·必定有一種標明主義和趨向的話·叫做發刊詞·現在我們也創了一種報·也應該把我們的主義和趨向寫了出來·請天下人看·求天下人批評○

我說·我是我的我·一切世界·都從心裡的思想·創造出來○這個心原是我一個人的心·却凡是人都有心·就都有我○合衆我衆心的思想意識·就是創造或改造世界的根本○

天下無疑事·全仗有心人○我問讀報諸君那個人沒有心？那個心裡沒有意識？那個心裡不知道有個我？那個心裏不知道有我的意識？

我要吃·非我不能替我飽○

我要著·非我不能替我暖○

我要住·非我不能替我安○

衣食住三者·凡是我都少不來的·但是種田的挨餓·織布的受凍·造房子的反沒有好房子住○這種狀況·究竟是我自己造成的麼？或者是我心願的？我若是不想·我的心那裏去了·我若是要想·我就不當存『命該如是』『前世沒修』這一種甘爲犬馬奴隸的心○如果存了這種心·那是連我都沒了呵！

我生在天地間·離開食衣住原不能生活·然而但求生活·不求生趣·縱然生活·也是沒趣○所以一切衆我的生趣·都是我的心願該想着的○未來的怎麼樣·暫且不說○最近的歷史和現在的環象·我們却不能不思索思索·（一）滿清政府不好·便起革命·革命成功·民國成立了·怎麼樣呢？（二）袁世凱不好·雲南起義·袁世凱就死了·又怎麼樣呢？（三）德國前皇威廉第二不好·協約國聯合了打他·德國人民也起了革命·把德皇趕走了·又怎麼樣呢？終究還是一個不好○什麼內政哩·外交哩·都足以滅削一切衆我的生趣·

我就要問我·現在的世界是誰的世界？我便直截了當答應是『我的世界』○又問現在的國家是誰的國家？我也直截了當答應是『我的國家』我又問現在世界的大勢·怎麼樣了？世界的思潮又怎麼樣了？我的國家·處於現在世界的大勢·該怎麼樣？處於現在世界的思潮·又該怎麼樣？我就不能不用著我們的思想來創作星期評論·更不能不盼望大家用猛烈的心來批評星期評論○（玄廬）

評論

●國民自給與國民自決（季陶）

大家天天在那裡講『國民自決』·這句話是國民在政治上的態度·在政治上的目的○但是這句話還不十分完全·我還要用一句經濟上的說話去幫忙他·就是『國民自給』○

大家在那裡排斥日貨·是爲甚麼呢？許多人的意思·都以爲日本可惡·我們合他斷絕關係·我們不買他的貨·我們不和他的銀行做交易○我們沒有兵力懲罰日本·我們就用這『非買同盟』的手段去懲罰他·叫日本人覺悟·叫日本人悔過·叫日本人拋棄他們兩千年來的傳統政策○

不錯不錯·這是我們中國人表示意思的最好方法○但是這是政治上的暫用手段·不是經濟上的根本原則·這是懲罰日本的行動·不是救濟中國的辦法○我們到了這個地步·還要再進一步·實實在在的從根本上打算打算○

我們想想·現在中國的『家庭工業』·『手工製造品』·已經完完全全的被外國來的『機器製造品』打滅了○我們日用的東西·幾乎離了外國船來品便不行了○我們在經濟上·已經做了外國的『工業戰利品』·已經失了自己的『獨立權』·我們如果不把這獨立權恢復轉來·有甚麼方法·可以達到我們『國民自決』的目的呢○

所以我們今天頂要緊的就是要能夠『國民自給』·中國人能夠不靠外來的『工業品』可以自存·那麼中國人方才有經濟上的獨立權·方才有主張國民自決的勇氣○方才有實行國民自決的力量○

不錯不錯·大家已經明白這個道理了○大家所提倡的國貨·是不中用的○爲甚麼呢？因爲這些物品·合船來品競爭·已經打過好幾次敗仗的了○今天靠着大家的『愛國狂熱』是可以暢銷·明天這群衆的『愛國狂熱』減少了·中國的市場·仍舊要被『舶來品』占領去的○

所以我要大聲疾呼的·向中國的工商業家說幾句話○

（一）趕快的去你們的舊腦筋來相信科學·

（二）趕快集合你們的力量·辦一個大大的『化學工業試驗所』·

（三）趕快的把工商界合學術界·用有力量有系統的組織打成一片·

（四）趕快的趁這個時候·興辦各種的大工業·

國民自決呀！國民自給呀！要想自決的國民·趕快要謀自己供給自己呀！

●潮流發動地點的變動（季陶）

諸君！

你們且看這一次的國民自決風潮·和從前比起來·有甚麼兩樣呢？我們最容易見到的·就是從前的風潮·都是由南向北·由地方向中央·並且屢次潮流的力量·都只能捲到長江一帶·便漸漸的退潮了○這次却是完全不同○潮流的發動地點·不是在廣東·不是在上海·不是在武漢·偏偏在六百四十年來被『皇帝』『貴族』『官僚』的思想籠照遍了的北京○

諸君！這是甚麼緣故？有人說這是北京官僚武人專橫壓迫的反動○有人說這是蔡先生教育的成績○有人說這是北京城裡最多數的山東人的義憤○不錯不錯·這些個原因·都是真的·但都是小原因不是大原因·是分原因不是總原因○大原因總原因是在那裏？

諸君！這是『科學』戰勝『迷信』的表現○這是『科學萬能的證據』○一定要有科學智識·方纔曉得愛國·由科學智識發生出的愛國心·方纔有真價值○北京大學學生的『決心』『覺悟』·比旁的學校學生強·就在這裏·各省府縣學生比各界都強就在這裡·科學萬歲！科學萬歲！科學萬歲！

●『悲劇』的力量（季陶）

中國人的感情意志理性·向來都是很淺薄的·證據在什麼地方·就是中國人缺乏創作悲劇的天才·賞識悲劇的性情·

你們且看中國的舊戲劇合舊小說·十有八九·寫愛情一定寫到男中狀元女生貴子·寫社會現象一定寫到大團圓·無論是對『美術』·對『文學』·對『政治』對社會·除了『現在享樂』以外·不曉得有別的意義·不曉得有別的目的·

諸君！你們讀一篇文章·還是覺得那『弔古戰場文』『李陵答蘇武書』有意義呢？還是讀甚麼『恭維頌聖的賀表壽文』有意義呢？你們讀歷史還是覺得那『厓山鳳羽海舟』的故事有價值呢！還是覺得『長樂老的列傳』有價值呢？

諸君！一個人的真力量·一個民族的真力量

《星期评论》

纵39.7厘米　横28厘米

五四运动时期的著名刊物之一。1919年6月8日在上海创刊，戴季陶、沈玄庐主编。1920年6月6日停刊，共出版53期。此刊受到孙中山先生指导，辟有评论主张、世界思潮、纪事、短评、小说、诗、书报介绍等栏目，主要撰稿人有戴季陶、沈玄庐、李汉俊、李大钊等。该刊侧重研究、介绍社会主义与劳工运动问题，反映中国工人的生活、劳动、工资、工时和罢工斗争。介绍欧美、日本的劳工运动。对提高中国工人觉悟，促进中国工人运动的发展起到了积极作用。

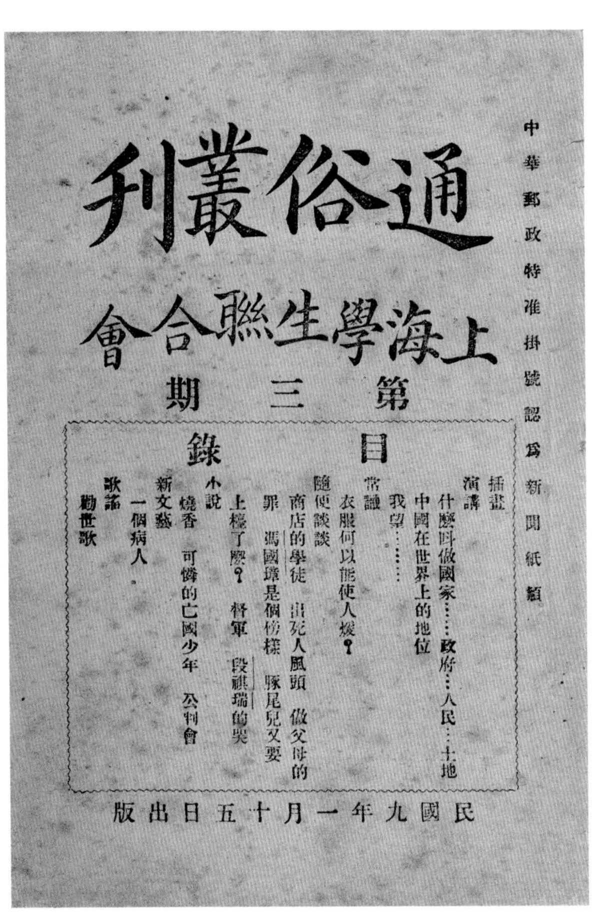

中華郵政特准掛號認為新聞紙類

通俗叢刊

上海學生聯合會

第三期

目錄

插畫

演講 什麼叫做國家……政府……人民……土地

中國在世界上的地位

我望……

常識 衣服何以能使人煖？

隨便談談 商店的學徒 出死人風頭 做父母的罪 馮國璋是個榜樣 豚尾兒又要上檯了麼？ 將軍 段祺瑞的架

小說 燒香 可憐的亡國少年 公判會

新文藝 一個病人

歌謠 勸世歌

民國九年一月十五日出版

《通俗丛刊》第三期

纵18.1厘米　横12.5厘米

《通俗丛刊》是上海学生联合会编辑的对市民进行爱国主义宣传的通俗刊物。创刊于1919年12月15日，是32开本的半月刊。目前已见第一至第三期。这是我馆藏有的第三期，1920年1月15日出版。

《劳农政府与中国》

纵18.8厘米　横13厘米

张冥飞编辑，汉口新文化共进社1920年6月出版。主要刊载《俄国革命与劳农政府的出现》、《劳农政府的由来》、《劳农政府的宪法》、《土地法》、《教育》、《劳农政府与中国》等文。本书对马克思主义在中国的初期传播起着重要作用。毛泽东同志当年在长沙参与创办文化书社时，亦积极购售此书。

列寧的手段與奮鬥的精神

列甯的談話

協約國與俄國消費協力社

俄現象雜記

勞農政府與中國

冥飛編輯

總論

在下今天編輯勞農政府與中國這部書。有兩個意見和兩個希望。先行表明出來。做個總論。

(一)是我對於勞農政府的意見

我的意見。以為人類。都是應該自食其力的。勞農的人。就是最完全自食其力的生活。現在世界上的人類。十有九了解得這種道理。都是萬中無一能夠做得出這種事業。守得住這種職務的。因為現在的人類。總有一種驕奢狂妄的心思。以為自己個人。謀個人的正當生活。未免太微弱。又未免太勞苦。所以想出許多冤枉主意。總是要占奪別人現成的衣食住。還要擴張自己無窮的肉慾。小而言之。個人勞動的苦工。大而言之。一班主張國家主義的人。無不有這種妄想。漸漸的由事實上發現出來。以致於鬧得人類不得安寧。（苦工也要淫賭。國家專講侵略）這都不是人道正義所能夠許可的事。我所以每每想到人類如果都肯自食其力時。

勞農政府與中國　總論　一

勞農政府與中國

列甯

覺悟

民國日報

中華民國十二年十二月二日 星期日

評論

教育家底人格 力子

我聽到現代教育家一段極荒謬的話，我忍不住又要饒舌了！

一位訓育主任對學生說，「你們因爲校長投了曹錕的票，便說與你們的人格有關；那麽，我要請問你們：曹錕做了總統，何以你們仍做他的國民呢？」這一段話，真虧他能對一群青年公然說出來。中華民國是中華民國全體國民的國家，不是曹錕一人的國家；不要說曹錕是以非法手段攫取了所謂總統，便是曹錕真做了合法的總統，我們也是做中國的國民，不是做曹錕的國民啊！「普天之下，莫非王土，率土之濱，莫非王臣」，這是古代極謬誤的君主時代的思想；現在還能容許這種思想存在嗎？他替那校長一人巧言辨護，關係很小；侮辱國民全體的人格，關係却大：這是決不能不辨的。

教育界也有很能尊重人格的，如周爲群先生爲了反對王揖沙選曹而毅然辭職，即其一例。友人寄來周先生「對於王揖沙先生選曹之意見」一篇，原係油印，爲轉錄於後，與尊重人格者共讀之。

不佞此次反對王揖沙先生選曹之理由，大體已具于辭職書中，然語焉不詳，且覺籠統，故願申言之。王先生此次選曹，受賄與否，不佞均無法律上之證據；但受賄而選曹，其應反對固矣，即使選曹而不受賄，仍爲不佞所極端反對者也！受賄之罪惡，人盡知之，詎知選曹之罪惡，初不因受賄而更有所增，亦不因不受賄而可有所減少也。何則？曹錕在民國之初，曾作清廷走狗，反抗革命義師；五年，曾爲洪憲功臣，擊國民討袁軍於四川；六年，曾爲督軍團領袖，逼走黎元洪，助張勳復辟；今年又主使北京警察罷崗以去黎氏；庸懦卑劣之黎元洪，固有應得之咎，然此爲另一問題，不能因之而減輕曹錕驅逐黎氏之罪惡也。且曹錕因欲攫得總統，不惜以金錢買票，議員受其運動，固爲罪該萬死，然此又爲另一問題，不能因之而減輕曹錕賄買議員之罪惡也。總之，曹錕爲一罪惡滔天，死有餘辜之人，早爲國內外所公認，無庸不佞之喋喋爲也。選舉之者，非人格破產，全無心肝之人而何？王先生受賄與否，固無確鑿之證據，而選舉曹錕，則彼固自認也，不佞之所極端反對者此！論者尚稱王先生選曹，爲其一種政見，爲其選舉自由。不佞則以爲選舉罪惡滔天，死有餘辜之曹錕，已絕無政見可言，若此而猶美其名曰政見，則政見其爲萬惡之源，不佞當爲之語曰政見！政見！天下多少罪惡，假汝之名以行！吾又不禁爲政見呼冤矣！至謂選舉自由，則不佞更須有以駁斥之：夫議員爲國民之代表，對於國事之意見，當以民意爲依歸，己之僅供參考耳。選舉總統，何等大事，豈可徑行己意乎。曹錕之罪大惡極，除喪心病狂者，莫不承認之，王先生豈不聞不見者，而竟舉之爲總統，是誠何心哉？吾今而後知王先生非代表國民，乃代表自身也！不亦大違反代議制度之旨趣乎。今退一步言：王先生選曹，即使認爲有政見可言，然敢問先生之政見何若？想必曰曹錕爲實力派中人，舉之爲總統，可保國家之安甯也。此乃當今一種盛行之流俗見解，然此實謬！何也？敢問實力所指維何？想必曰兵力也；然曹錕之兵力足以安內禦外，夫誰欺？欺天乎？不佞當大聲疾呼於王先生之前曰：國亂正起於曹錕之兵力也！先生休矣！更退一步言：卽使曹錕之兵力足以安內禦外，試問濟國蠹野，徒有兵力者，即足以盡其能事乎？吾想王先生亦必否認之也；曹錕除擁一羣士匪軍以禍國殃民外，尚有其絲毫能力乎？吾想王先生亦必應之曰無。然則選曹果何所取乎？非徒斷送其個人及國民之人格而已乎！王先生如果猶以國家爲念者，則不佞尚須進一忠告：總統須舉實力派中人，實爲誤國之謬見！選舉總統當以才德出衆者爲標準！議員要能選舉才德出衆者爲總統，而彼被選者亦毅然就職，行使其職權，如裁兵，廢督等救國大政策，積極進行，不少畏怯，則因手無兵力，而爲軍閥派所仇恨，竟至以身殉國，亦意中事！然被殺一總統，國會另舉一總統，復殺之，而又另舉之—議員諸君乎—民意爲諸君惟一之大武器，諸君持之而與軍閥派以及其他禍國殃民者激戰，則全國人心尚未盡死，必有仗義執言爲諸君後盾者，而最後之勝利，未有不屬於國會軍也！軍閥派何足畏哉！未知王先生以爲何如？得毋以鄙言爲迂乎？不佞此次反對王先生選曹之意見已如上述，而實行反對之動機，則在教育。不佞與王先生雖無交情可言，然亦無惡感，且王先生對於中國公學，勞績甚著，不佞從職本有相當之欽仰，乃此次選曹，不能不認爲人格上已染一極大污點！不佞平時深慨國內惡人太多，而國民去惡之能力太弱！竊以爲養成國民去惡之能力，唯從教育上培養其惡惡之精神始！惡惡之精神彌漫於國中，則去惡之能力自大！以官不佞，則自愧太無去惡之能力，而惡惡之精神則尚不敢後於人。曹錕既爲罪惡滔天，死有餘辜之人，則吾深惡而痛絕之！王先生選曹，不佞極端反對之，正以表示不佞對於曹錕之深惡痛絕也！亦正以表示不佞對於一切惡人之深惡痛絕也！總之，不佞此次以辭職反對王先生選曹，無非欲與學生以一深刻之印象，而使知惡人之可惡，如此其甚也！

十一月十五日下午

講演

勞動問題

楊杏佛先生講演 高爾松高爾柏記

第一章 緒論

第一節 勞動問題的意義和與社會問題的關係

我們要講勞動問題，應該先要知道勞動問題的意義。勞動問題的意義，有廣義的和狹義的二種。廣義的是指一切人類，凡是做事的，不論勞心勞力都是勞動者，而且天下沒有完全的所謂勞心者和完全的勞力者。那些做文章的學者

目錄 十二月二日

《觉悟》合订本

纵38.5厘米 横26.5厘米

1923年12月出版。上海《民国日报》副刊，1919年6月16日创刊，邵力子主编。上海民国日报社出版。此刊初期积极宣传新文化运动和马克思主义，曾配合中共领导的批判各种反动思潮的斗争。1925年12月《民国日报》被国民党右派把持后，该刊的进步性随之消失，1931年12月31日停刊。我馆藏有1923年及1925年的合订本。图为合订本中的单页。

《新青年》第九卷第四号

纵24.8厘米　横27.2厘米

1921年8月出版，广州新青年社印行。该期附录《衙前农民协会宣言》、《衙前农民协会章程》、《衙前农村小学校宣言》。1921年4月，沈定一在萧山衙前发动农民抗租减租，此后的一两个月内，萧山、绍兴、上虞三县82个村建立了农民协会，十余万农民投入运动。衙前农民运动是中国共产党领导的第一次有组织、有纲领的农民运动，是中国先进分子用马克思主义指导解决中国农民革命问题的首次尝试。

会斗和会升

会斗：纵38厘米　横34.5厘米
会升：纵22.5厘米　横20.2厘米

这是衙前农民协会领导农民开展减租斗争时使用的会斗和会升。

木棍

长149厘米

这是衙前农民运动中使用的木棍。

孙中山先生奉安纪念章

直径7.6厘米　厚0.4厘米　重152克

1925年3月12日孙中山在北京逝世。北伐战争胜利后，国民党成立了孙中山葬事筹备委员会，于1929年6月1日举行隆重的奉安大典。各方面代表共945人，凡参加奉安大典的代表，每人均获赠一枚铜质奉安纪念章。章的正面是孙中山先生浮雕头像，背面图案为中山陵墓祭堂，上方铸印由吴敬恒书写的篆书“孙中山先生安葬纪念”，“中华民国十八年三月二十日”字样。奉安大典于6月1日举行，据《中山陵园史录》载，这枚奉安纪念章是孙中山葬事筹委会向美商定制的，后因中山陵墓有关工程进度慢，而美商已按合同的标样试铸完成，纪念章内容已无法更改，所以纪念章上铭记的时间仍然是“三月二十日”。

《国民革命》

纵18.5厘米　横12.7厘米

恽代英编撰。中央军事政治学校政治部1926年9月出版。孙中山逝世后，浙江省国共两党与各地群众进行了广泛的哀悼，形成一场广泛深刻的国民革命运动。

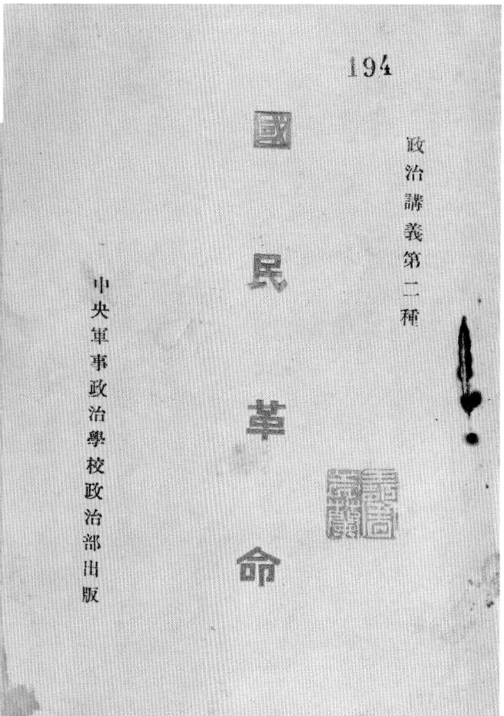

194

政治講義第二種

國民革命

中央軍事政治學校政治部出版

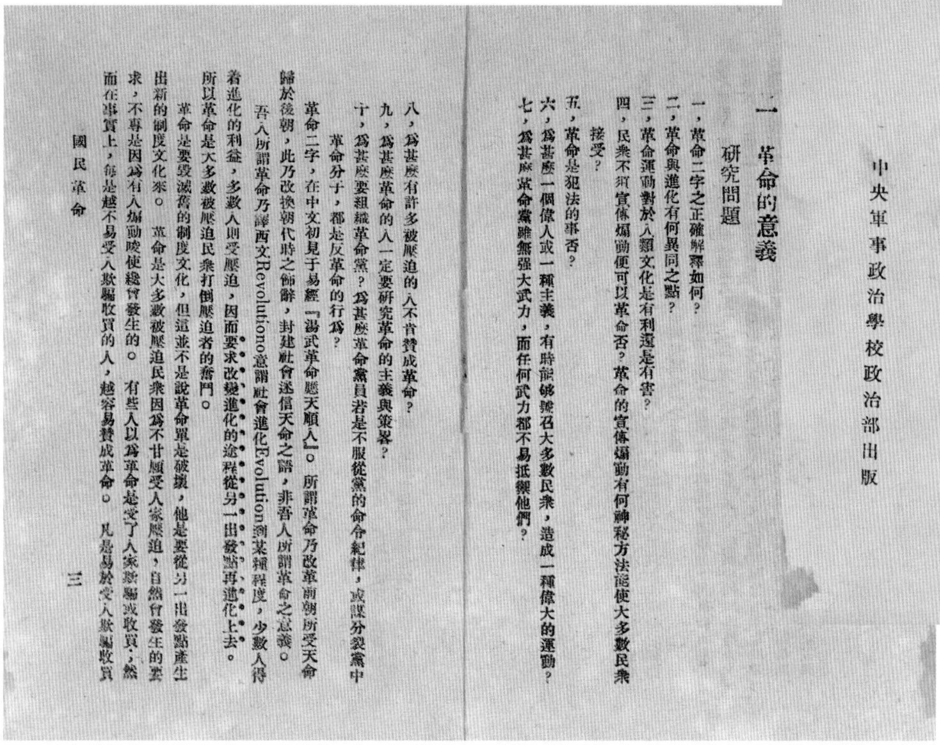

一　革命的意義

研究問題

一，革命二字之正確解釋如何？
二，革命與進化有何異同之點？
三，革命運動對於人類文化是有利還是有害？
四，民衆不須宣傳煽動便可以革命否？革命的宣傳煽動有何神秘方法能使大多數民衆接受？
五，革命是犯法的事否？
六，爲甚麼一個偉人或一種主義，有時能够號召大多數民衆，造成一種偉大的運動？
七，爲甚麽革命黨雖無强大武力，而任何武力都不易抵禦他們？
八，爲甚麽有許多被壓迫的人不肯贊成革命？
九，爲甚麽革命的人一定要研究革命的主義與策畧？
十，爲甚麽要組織革命黨？爲甚麽革命黨員若是不服從黨的命令紀律，或謀分裂黨中革命分子，都是反革命的行爲？

革命二字，在中文初見于易經『湯武革命應天順人』。所謂革命乃改革前朝所受天命歸於後朝，此乃改換朝代時之飾辭，封建社會迷信天命之語，非吾人所謂革命之意義。

吾人所謂革命乃譯西文Revolution。意謂社會進化Evolution到某種程度，少數人得着進化的利益，多數人則受壓迫，因而要求改變進化的途程從另一出發點再進化上去。所以革命是大多數被壓迫民衆打倒壓迫者的奮鬥。

革命是要毁滅舊的制度文化，但這並不是說革命單是破壞，他是要從另一出發點產生出新的制度文化來。　革命是大多數被壓迫民衆因爲不甘願受人家壓迫，自然會發生的要求，不專是因爲有人煽動唆使纔會發生的。　有些人以爲革命是受了人家欺騙或收買，然而在事實上，每是越不易受人欺騙收買的人，越容易贊成革命。　凡是易於受人欺騙收買

國民革命　三

《上海学生》第十五期《纪念孙中山先生特刊》

纵18.4厘米　横12.3厘米

1926年3月20日出版发行。内容包括《纪念中山告上海民众》、《中山先生的精神》等等。

上海學生
紀念孫中山先生特刊
民國十五年三月二十日
第十五期

《上海租界英捕残杀同胞》、《各界的要求条件》传单

纵20.7厘米　横27.5厘米

1925年6月初印制。1925年5月30日，上海发生了震惊中外的五卅惨案。在中共中央的号召下，各地掀起了大规模的反帝浪潮，五卅运动席卷全国。这是惨案发生后上海工商学联合会印制的传单。传单中向英日帝国主义者提出“终须完全承认租界同胞与各工厂工友种种的自由权利、同时亦承认惩凶赔偿等”十七项条件。

上海租界英捕殘殺同胞

五月卅日下午三時半，上海中國學生因反對：外人越界築路，印刷附律，及日人殘殺日本內外紗廠工人顧正紅等事，在英租界南京路演講。英國巡捕以干涉爲未足，西捕頭愛伏孫竟下令開槍。他自己先放一槍，西捕印捕亦平放一排槍，頓時中彈倒地者十餘人。羣衆大駭，竭力向後擠奔。而西捕又放一排槍，當場被殺的有五人，不久即死於醫院內的七人；重傷的十六人；輕傷者無數。紫紅的血遍染於馬路之上。慘不可言！學生被捕者數百人。

六月一日上海公共租界全區罷市。西捕復在南京路十字街向羣衆連開排槍二次，又死傷十餘人：當場死者四人；重傷者輕傷者不知其數。

六月二日新世界方面，西捕又放槍死傷數十人，被捕者至五十餘人。又小沙渡日本紗廠工人因開會，日人亂放手槍，當場死者三人，傷者甚多。總之自五月卅日以後，同胞被殘殺者日有所聞。直視中國人之生命賤於猪狗！嗚呼！上海是何地？工部局是何機關？以僅僅維持地方安寧爲權限之巡捕乃竟敢向數萬手無寸鐵之羣衆放了好幾次排槍！彼殘忍之英捕乃以我人爲何種人乎？竟以此種不忍對待牛羊之手段，不能對待殖民地人民之手段，對待我人！嗚呼！我人豈能忍此永難洗的大恥辱永難忘的大殘殺乎？同胞！同胞！此非上海一部之事，請全國人民注意此重大之事件現在。

各界的要求條件

(一)宣布取消戒嚴令。

(二)撤退海軍陸戰隊，並解除商團及巡捕之武裝。

(三)所有被捕華人，一律送回。

(四)恢復公共租界被封各佔據之學校原狀。

▲正式條件

(一)(懲兇)從速交出主使開鎗，及開鎗擊死工人學生市民之凶手論抵，並由中國政府派員監視執行。

(二)(賠償)因此次慘案所受直接間接之損失；如(甲)死傷者，(乙)罷工，(丙)罷市，(丁)學校之被損害者等項，須詳細查明酌定賠償額，應由租界當局按數賠償。

(三)(道歉)除上述二項外，應由英日兩國公使代表該國政府向我國政府聲明道歉，並擔保嗣後不再有此從事情發生。

(四)撤換工部局總書記魯和。

(五)華人在租界。有言論集會出版之絕對自由。

(六)(優待工人)外人所設各工廠，對於工作之華人，須由工部局會同納稅華人會訂定工人保護法，不得虐待，並承認工人有組織工會及罷工之自由，並不得因此次罷工，開除工人。

(七)(分配高級巡捕)捕房應添設華捕頭，自捕頭以下各級巡捕，應分配華人充任，並須占全額之半。

(八)(撤銷印刷附律，加徵碼頭捐，交易來領照案)。該三案產經我國政府聲明否認，嗣後不得再提出納稅人特別會。

血潮日刊

本刊啓事

我們是赤化嗎？是過激嗎？

烈士略史

五卅的流血

英人日人慘殺我們同胞

外人屠殺我國同胞之大慘劇

代表大會之議決案

執行委員會議決案

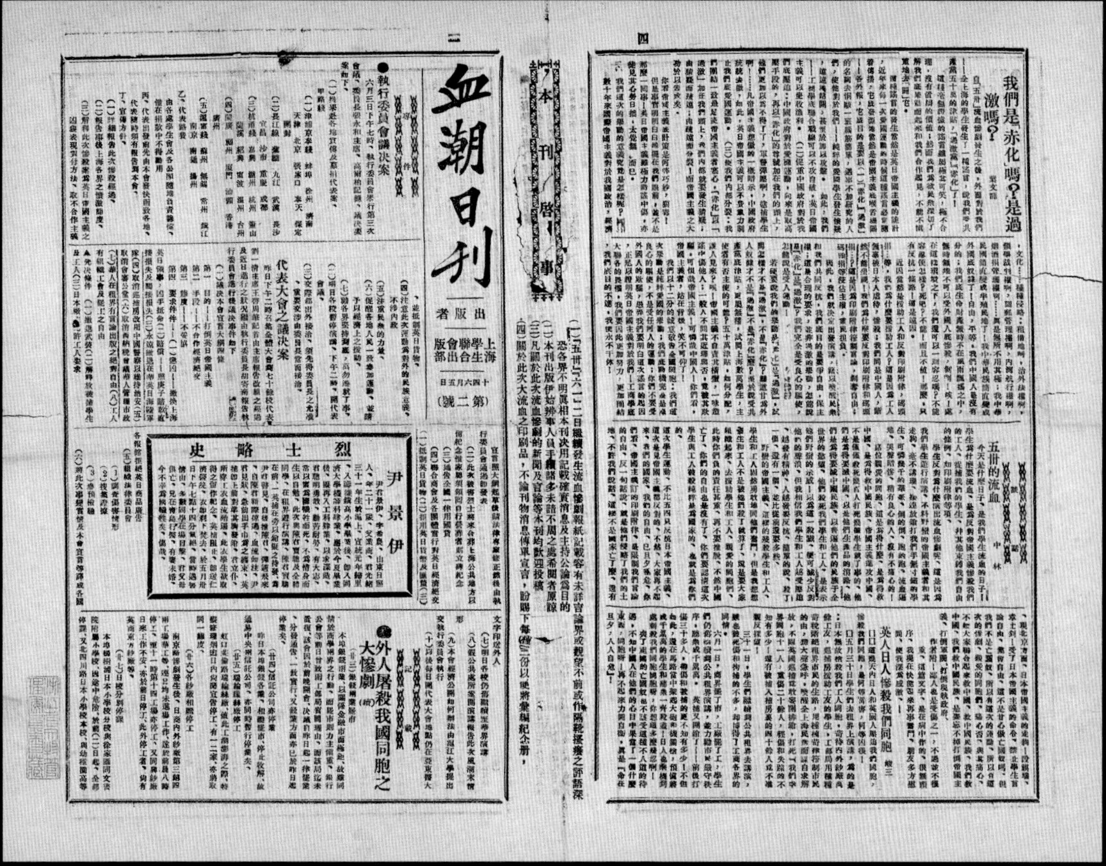

《血潮日刊》第二号

纵26.4厘米　横20.4厘米

国家一级文物。上海学生联合会执委会主席张永和及陆定一等人创办。1925年6月4日在上海创刊，内容以宣传反帝活动为主。我馆共藏有10期。这期是6月5日出版的《血潮日刊》第二号，以记载真实与主持公论为目的对五卅惨案作了相关报道。

四中之半月

上海五卅慘殺案專號

編輯部啟事

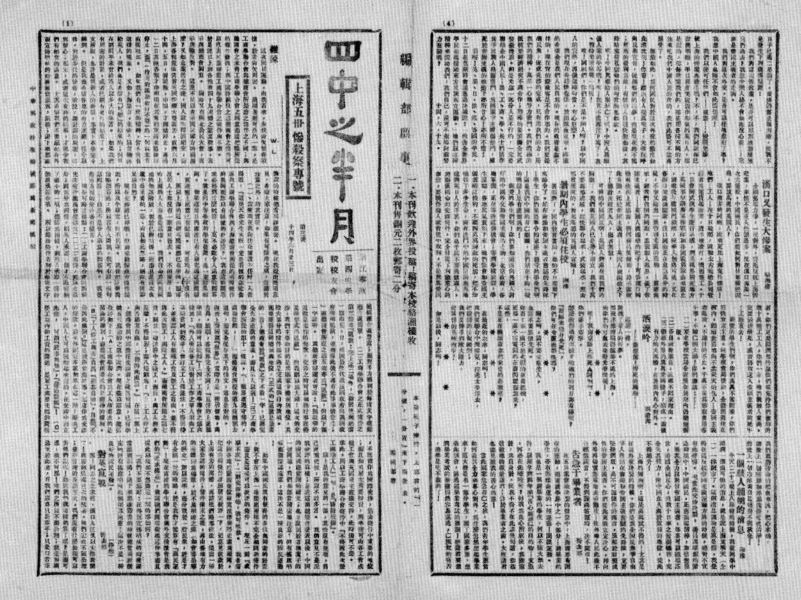

《四中之半月》上海五卅惨杀案专号

纵39.6厘米　横27.2厘米

《四中之半月》是“五四”期间宁波第四中学编印的校刊。五卅惨案爆发后，该报出版了上海五卅惨杀案专号，宣传指导反帝运动。1925年6月23日出版。

宁波学生联合会宣传部救助沪工演剧团戏券

纵6.7厘米　横9.2厘米

国家一级文物。五卅惨案消息传到宁波后，宁波学生联合会开展了声势浩大的声援活动。这是1925年六七月间宁波学生联合会为救助沪工演剧募捐而印制的戏券。戏券正面钤“宁波学生联合会宣传部”印，并载“宁波学生联合会宣传部　救助沪工演剧团”，“戏券”，“风雨不更”，“过期无效”，“每券只限一位，每位售小洋四角”，“地址大舞台”。背面印载“打倒帝国主义”，“取消一切不平等条约”等内容。

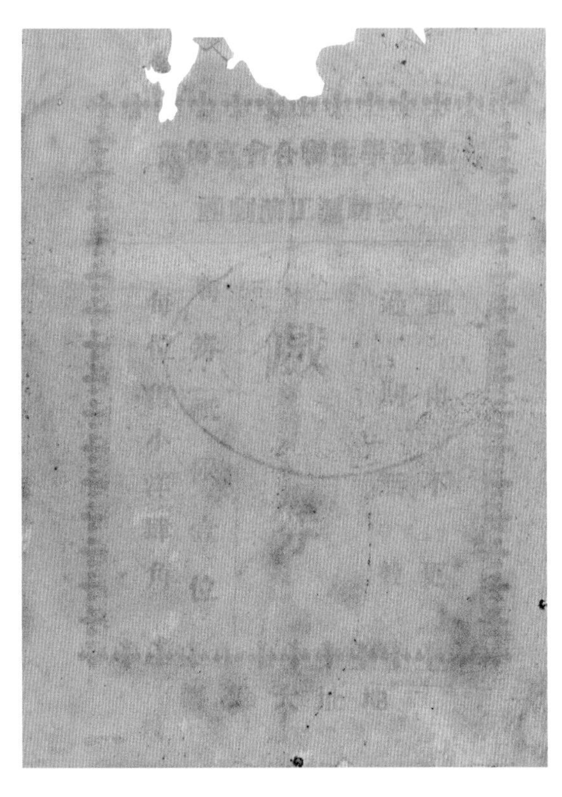

《宁波学生联合会周刊》第一期

纵39.4厘米　横27.5厘米

宁波学生联合会1925年7月16日出版。所载《宁波学生联合会宣言》指出：“我们的目标是中国民族自由独立运动，我们的敌人是帝国主义者”，“亲爱的宁波青年学生！我们赶快团结一致，坚持到底，靠我们自己的力量，打倒束缚我们的一切锁镣，解放我们，争回我们中国的独立自由”！

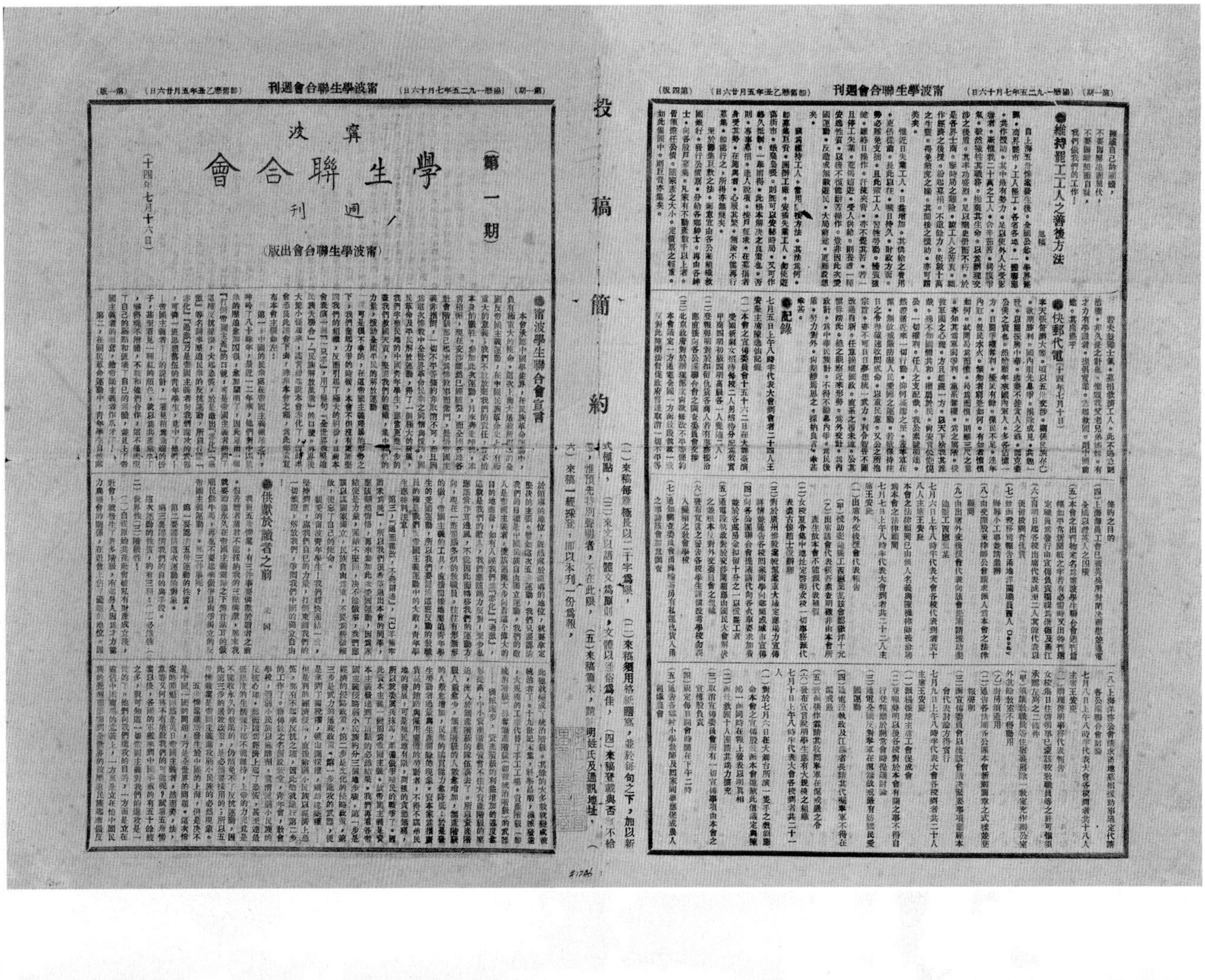

寧波學生聯合會週刊

第一期

（十四年七月十六日）

（寧波學生聯合會出版）

寧波學生聯合會宣言

維持罷工工人之辦法

快郵代電

記錄

供獻於讀者之前

投稿簡約

《宁波学生》第七期

纵27.5厘米　横20.1厘米

主要刊载《反奉战争与民族解放运动》、《武装自卫》、《教育救国概论》等文。宁波学生联合会1925年11月3出版。

《温州学生》创刊号

纵17厘米　横19.6厘米

1926年，温州学生救国联合会改组为“温州学生联合会”，并决定出版《温州学生》，由苏中常等负责编辑。1926年6月22日《温州学生》创刊。该创刊号主要刊载《刊首语》、《温州学生联合会改组底说明》、《学生与学生联合会底意义》、《我们底使命》等文。

勿忘五卅惨案铜牌

高10.6厘米

铜质，呈山石形，下有数人匍匐，捐躯于地，中镌碑铭：“请君勿忘五月卅日同胞被人惨杀之仇。”1928年制作。

《浙九中校离校同志会为五卅惨案周年宣言》

纵33厘米　横28.6厘米

浙九中校于1926年5月30日印送。《宣言》号召“继续去年五卅运动开始反抗的精神，为死者报仇，为中华民族谋自由独立”，“打倒一切媚外军阀！打倒一切帝国主义！废除一切不平等条约”！

浙九中校離校同志會為五卅慘案週年宣言

殺死了不知道多少愛國志士，犧牲了不知道多少金錢和精神，全國罷市罷工罷課，哄動全世界的五卅慘案，至今又一週年了；在這一週年中，帝國主義者直接間接的向我們進攻，似未稍懈；如去年日本出兵進攻滿洲，今年三一八案，都是很顯明的事實；我們既要求的一點沒得着。現在到了一週年，我們還讓他這樣延長下去嗎？讓南京路上犧牲的烈士及各地被殘殺的烈士白白喪命嗎？這裡我們可以相信，誰也不願的；那末不用說，我們應當起來，大家起來，繼續去年五卅運動開始反抗的精神，為死者報仇，為中華民族謀自由獨立。

我們知道五卅慘案之發生，非偶然的，乃八十年來帝國主義者主義侵略的結晶。而帝國主義者的工具是軍閥；今中國除西南數省外，政府完全在軍閥掌握之下；故我們要想政府替我們報仇雪恨，是萬不可能的事；惟有我們人民起來自決，打倒一切媚外軍閥，即所以斷帝國主義者的工具；組織人民政府。去年五卅慘案的發生在租界，而租界基於不平等條約；不平等條約，就是帝國主義者拿來束縛我們的一件東西，所以我們最要緊的就是廢除不平等條約。不然，頭痛醫頭，腳痛醫腳，終難達到我們最後之目的。我們一日不死，就當努力於謀中華民族自由獨立一日。要謀中華民族自由獨立，一定要去打倒一切媚外軍閥；

打倒一切媚外軍閥！

打倒一切帝國主義！

廢除一切不平等條約！

全國民眾快點團結起來！努力以上幾個條件！為死者報仇！為中華民族爭生存！

省港罢工委员会告工友们同胞们书

纵19.5厘米　横19.7厘米

五卅惨案后，香港和沙面工人在广州举行省港罢工工人代表大会，共产党员苏兆征任罢工委员会委员长。《告工友们同胞们书》指出：“帝国主义是中国最大的敌人，国内的军阀又是帝国主义压制人民之工具”，提出请国民政府出师北伐，合力消灭吴佩孚、张作霖反动势力等四项政治主张。1926年2月20日于广州印发。苏兆征（1885—1929），广东省香山县（今属珠海市）人，早期工人运动领导者之一。

工友們！同胞們！

帝國主義是中國最大的敵人，國內的軍閥又是帝國主義壓制人民之工具，自從去年「五卅」後，帝國主義之殘殺，與軍閥張作霖之甘爲外人鷹犬，摧殘民衆，這兩事已完全將上項事實証明了。

自「五卅」運動以後，我們民衆的勢力是有很大進步的。最大而反動的軍閥張作霖已被民衆的攻擊，一蹶難振，國內的軍閥也無統一全國的能力，這實在是人民起來奪回政權之唯一好時機，去年全國人民主張召集國民會議而未成功，現在眞是成熟時候了。

但是，軍閥帝國主義知人民要起來，爭奪政權，故又趕緊聯合向民衆反攻，最近日本帝國主義竟公然帮助張作霖，擊死郭松齡，又唆使張作霖反攻山海關，同時在湖北勾結吳佩孚率兵進攻河南，山東奉系軍閥餘孽張宗昌李景林也向國民軍反攻，此時帝國主義軍閥正想用全力消滅國民軍。他們爲什麼如此痛恨國民軍呢？就是因爲國民軍站在人民方面說話，主張開國民會議，取消一切不平等條約，危害帝國主義軍閥利益的緣故。

要知道：帝國主義軍閥消滅國民軍，剷除民衆勢力，不過其計劃之一部分，剷除了國民軍馬上還要來打廣東，根本消滅全國民衆革命勢力，令全國民衆都俯首貼耳而受其宰割，纔是其全部的計劃。眞是全國政局一大危機，我們全國與廣東人民對於此同北方的戰爭，萬不能坐視，要急起來主張：(一)請國民政府出師北伐，合力消滅吳佩孚張作霖反動勢力，統一中國；(二)促國民軍一、二、三軍一致團結，抵抗吳張之聯合進攻；(三)促馮玉祥出來指揮國民軍，促孫傳芳與國民軍聯合，完成反奉戰爭；(四)我們要進行開成國民會議，勢力打倒軍閥，打倒帝國主義得到最後之解放！

工友們！同胞們！軍閥帝國主義數十年殘酷之宰制，我們够受了。現在北方政局如此的混亂，軍閥勢力日益表示薄弱，帝國主義勢力亦因軍閥勢力薄弱而薄弱。正是我們人民起來唯一的好機會。大家現在要以全力反對奉直聯合禍國殃民，反對吳佩孚進攻河南，主張召開國民會議，民衆奪取政權，打倒帝國主義與其走狗軍閥！

省港罷工勝利萬歲！
中華民族解放萬歲！

省港罷工委員會 二月廿日

《上海总工会总同盟罢工宣言》

纵18.4厘米　横25.8厘米

上海总工会为了配合北伐进军，推翻军阀统治，于1927年2月19日举行36万工人总罢工。《罢工宣言》提出继续反帝国主义运动、消灭军阀黑暗政治等十六条条款，作为全上海工人政治与经济的最低限度的要求。上海总工会1927年2月19日印发。

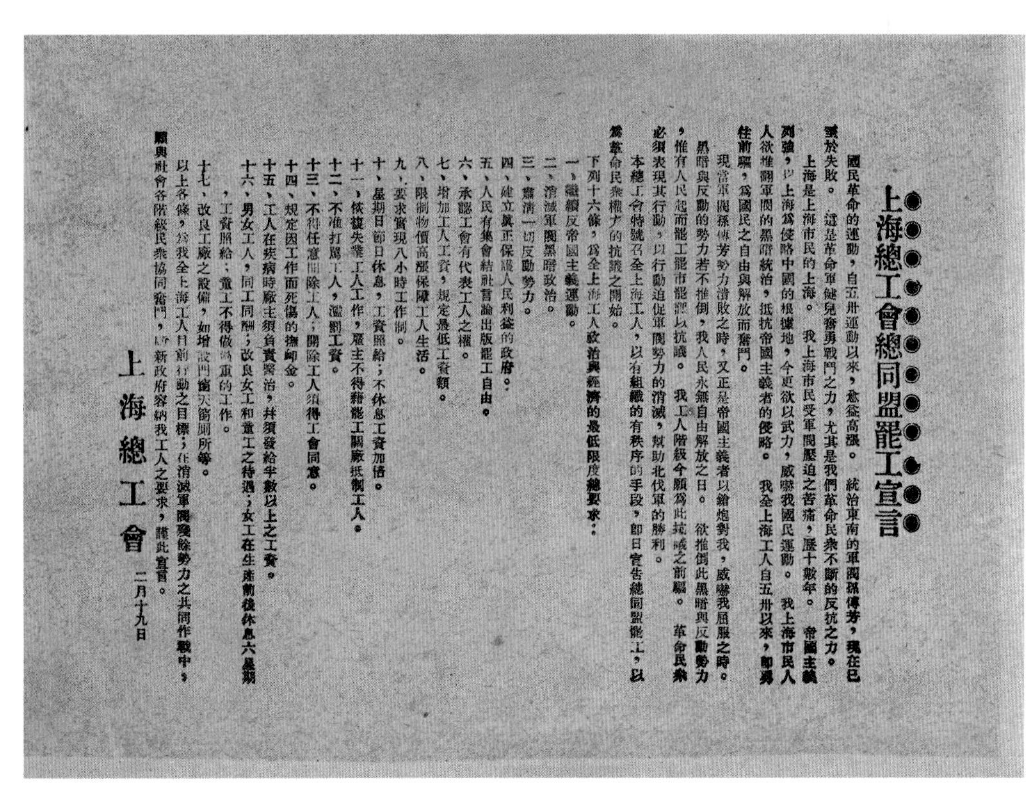

上海總工會總同盟罷工宣言

國民革命的運動，自五卅運動以來，愈益高漲。統治東南的軍閥孫傳芳，現在已頸於失敗。這是革命軍健兒奮勇戰鬥之力，尤其是我們革命民衆不斷的反抗之力。

上海是上海市民的上海。我上海市民受軍閥壓迫之苦痛，歷十數年。帝國主義列強，以上海爲侵略中國的根據地，今更欲以武力，威嚇我國民運動。我上海市民人人欲推翻軍閥的黑暗統治，抵抗帝國主義者的侵略。我全上海工人自五卅以來，即勇往前驅，爲國民之自由與解放而奮鬥。

現當軍閥孫傳芳勢力潰敗之時，又正是帝國主義者以鎗炮對我，威嚇我屈服之時。黑暗與反動的勢力若不推倒，我人民永無自由解放之日。欲推倒此黑暗與反動勢力，惟有人民起而罷工罷市罷課以抗議。我工人階級今願爲此抗議之前驅。革命民衆必須表現其行動，以行動迫促軍閥勢力的消滅，幫助北伐軍的勝利。

本總工會特號召全上海工人，以有組織的有秩序的手段，即日宣告總同盟罷工，以爲革命民衆權力的抗議之開始。

下列十六條，爲全上海工人政治與經濟的最低限度總要求。

一、繼續反帝國主義運動。
二、消滅軍閥黑暗政治。
三、肅清一切反動勢力。
四、建立眞正保護人民利益的政府。
五、人民有集會結社言論出版罷工自由。
六、承認工會有代表工人之權。
七、增加工人工資，規定最低工資額。
八、限制物價高漲保障工人生活。
九、要求實現八小時工作制。
十、星期日節日休息，工資照給；不休息工資加倍。
十一、恢復失業工人工作，雇主不得藉罷工關廠抵制工人。
十二、不准打罵工人，濫罰工資。
十三、不得任意開除工人；開除工人須得工會同意。
十四、規定因工作而死傷的撫卹金。
十五、工人在疾病時廠主須負責醫治，并須發給半數以上之工資。
十六、男女工人，同工同酬；改良女工和童工之待遇；女工在生產前後休息六星期，工資照給；童工不得做過重的工作。
十七、改良工廠之設備，如增設門窗天窗厠所等。

以上各條，爲我全上海工人目前行動之目標；在消滅軍閥殘餘勢力之共同作戰中，願與社會各階級民衆協同奮鬥，督新政府容納我工人之要求，謹此宣言。

上海總工會 二月十九日

甯波總工會告甯波市民

親愛的寧波的市民們；

二十日本會會所之被焚燬，誰都知道是反革命派，國民黨右派，買通流氓，開始向我們革命的工人進攻，想把全甯波造成一個反動的局面，不許我們寧波的市民有集會結社出版言論罷工抗租的自由，不許我們寧波的市民作廢除苛捐雜稅的運動，不許我們寧波的市民有參與市政的權利，反動派想壓迫我們甯波市民的野心與手段，眞是比最殘暴的軍閥孫傳芳，張作霖，張宗昌等還厲害！我們祗要看反動派焚燬本會會所的事情，就可以明瞭他們的陰謀了！

反動派平素最怕的是革命的工人，因爲工人是中國國民革命的領導者，主力軍！反動派所最怕的也是革命的工農商學各界團結得非常堅固，因爲革命的各界市民團結堅固，勢力自然是大，反動派就不容易施他的奸計；所以寧波的反動派，第一步就是向工人進攻，預先用二元錢一個，五元錢一個買通流氓，在江北岸元大亨買好四箱火油，來燒本會會所！第二步就是想打破寧波的工農商學各界的團結，最好會自己對自己打起來，他們可以從中取利，所以他們就頂到商民協會開會的時候，賺使他們的走狗，從中搗亂，硬說施水岑是總工會的代表，而加以毒打，就冒用商民協會的名義，施行他們的毒計，來焚燬本會會所，他們以爲這樣，工人的勢力一定會被他們打倒，即使不然，工人也一定會遷怒於商民協會，與商民衝突起來，這手段，這陰謀，是多麼刻毒啊！幸得我們工人早已料到這是反動派的陰謀，商民協會也早已聲明這是反動派勾結流氓的舉動，隨便反動派怎樣去造這次事情是工商衝突的謠言，也完全沒有用了！

寧波的市民們！我們閉起眼睛來想想我們應能工來肅清一切反動派的事實中，已表現出的確是一個有組織有紀律的革命軍隊！全寧波市民要得到解放，也祗有革命的工農商學各界一致團結起來，同心協力，來肅清一切反動勢力！親愛的市民們！明白嗎？祗有各界革命的民衆一致團結，才是我們獨一無二的出路！

親愛的市民們！鞏固我們的團結，謹防反動派造謠破壞！

工農商學各界一致團結起來！

謹防反動派造謠破壞！

肅清一切反動勢力！

全甯波民衆解放萬歲！

三月廿四日

《宁波总工会告宁波市民》

纵18厘米　横19.3厘米

1927年3月20日，宁台温防守司令王俊策划国民党右派烧毁宁波总工会。宁波总工会发出“告宁波市民”书揭露了“三二〇”事件的阴谋，指出：“全宁波市民要得到解放，也只有革命的工农商学各界一致团结起来，同心协力，来肃清一切反动势力！”“才是我们独一无二的出路！”宁波总工会1927年3月24日印发。

餘姚鹽民協會成立宣言

各界民衆們；

我們鹽民所受的痛苦實在太多了，到現在，我們覺得非自己起來力求解放不可了。所以，我們要組織**鹽民協會**，我們知道鹽民協會是我們**自救的武器**。

可是，外界很少知道我們鹽民的痛苦，我們在此自求解放之日，正須一述我們痛苦的狀况，以求社會人士的同情與援助。

第一，秤放局之刁難敲詐，使我們備受恥辱與剝削；

第二，鹽知事之假借名義，勒派捐款，巧施剝削，使我們增加額外負擔；

第三，鹽廒之限制生產，高抬洋價，任意延期收鹽，使我們蒙極大的損失；

第四，篷長之私扣鹽斤，抬高竿價，重利盤剝，大洋易小洋，使我們受種種無理剝削，無以爲生。

我們在此重重壓迫與剝削之下，過盡了牛馬的生活，現在我們要起來了，我們要老實不客氣的打倒一切剝削我們的人，解放我們自己，這就是我們組織這個鹽民協民的原因。

最後，我們要呼出我們的口號：

▲打倒秤放局！

▲反對鹽廒篷長的剝削！

▲出產自由賣買自由！

▲組織鹽民協會！

▲鹽民管理鹽場！

▲打倒土豪劣紳！

▲擁護國民政府！

▲十萬鹽民聯合起來！

▲鹽民解放萬歲！

▲鹽民協會萬歲！

《余姚盐民协会成立宣言》

纵22.9厘米　横20.2厘米

1927年3月22日，在浙江省余姚县庵东盐场召开有万余盐民参加的大会，正式成立余姚盐民协会，会员达两万余人。《余姚盐民协会成立宣言》指出：在重重压迫与剥削之下，盐民过尽了牛马的生活，“盐民协会是我们自救的武器”，高呼：“打倒秤放局！反对盐廒篷长的剥削！”“盐民解放万岁！盐民协会万岁！”

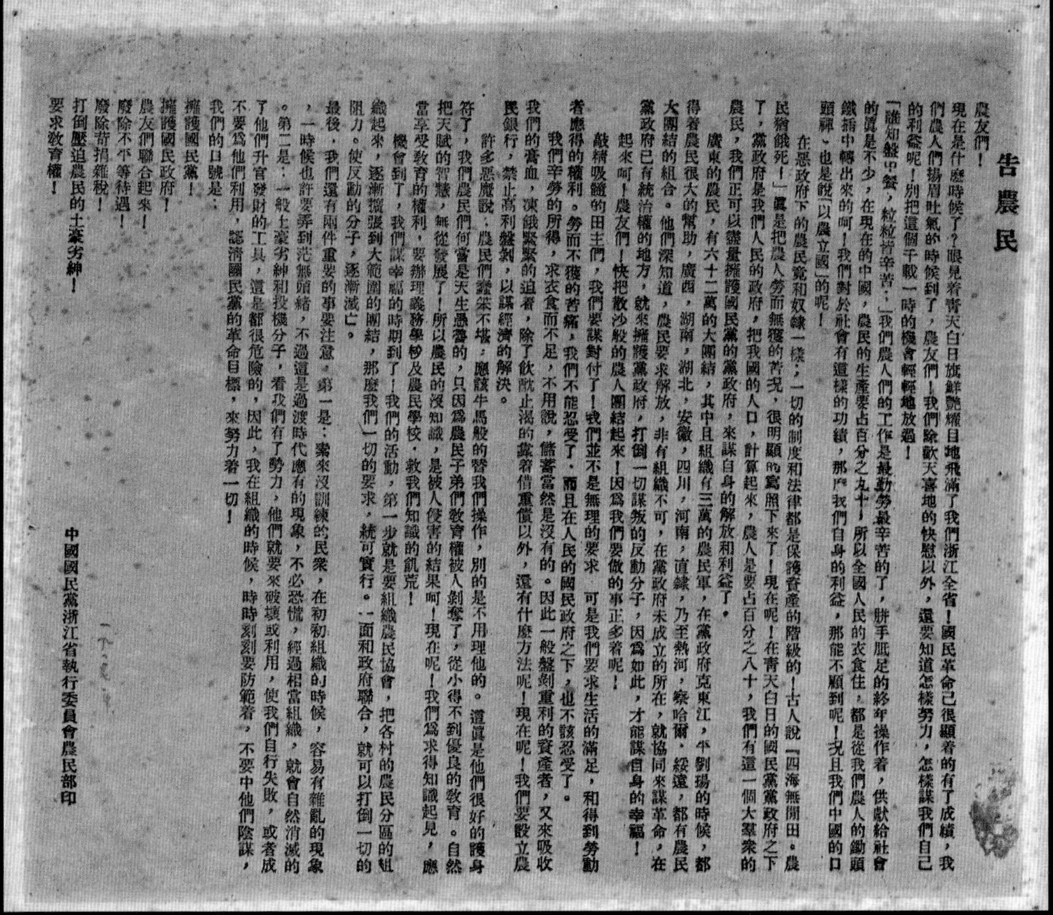

告農民

農友們！

現在是什麼時候了？眼見着青天白日旗鮮艷耀目地飛滿了我們浙江全省！國民革命已很顯着的有了成績，我們農人們揚眉吐氣的時候到了，農友們！我們除歡天喜地的快慰以外，還要知道怎樣努力，怎樣謀我們自己的利益呢！別把這個千載一時的機會輕輕地放過！

「誰知盤中餐，粒粒皆辛苦；」我們農人們的工作是最勤勞最辛苦的了，胼手胝足的終年操作着，供獻給社會的實是不少，在現在的中國，農民的生產要占百分之九十，所以全國人民的衣食住，都是從我們農人的鋤頭鐵插中轉出來的呵！我們對於社會有這樣的功績，那麼我們自身的利益，那能不顧到呢！况且我們中國的口頭禪，也是說「以農立國」的呢！

在惡政府下的農民竟和奴隸一樣，一切的制度和法律都是保護資產的階級的！古人說「四海無閒田。農民猶餓死！」眞是把農人勞而無獲的苦况，很明顯的寫照下來了！現在呢！在青天白日的國民黨黨政府之下了，黨政府是我們人民的政府，把我國的人口，計算起來，農人是要占百分之八十，我們有這一個大羣衆的農民，我們正可以盡量擁護國民黨的黨政府，來謀自身的解放和利益了。

廣東的農民，有六十二萬的大團結，其中且組織有三萬的農民軍，在黨政府克東江，平劉楊的時候，都得着農民很大的幫助，廣西，湖南，湖北，安徽，四川，河南，直隸，乃至熱河，察哈爾，綏遠，都有農民大團結的組合。他們深知道，農民要求解放，非有組織不可，在黨政府未成立的所在，就協同來謀革命，在黨政府已有統治權的地方，就來擁護黨政府，打倒一切謀叛的反動分子，因爲如此，才能謀自身的幸福！

起來呵！農友們！快把散沙般的農人團結起來！因爲我們要做的事正多着呢！

敲精吸髓的田主們，我們要謀對付了！我們並不是無理的要求　可是我們要求生活的滿足，和得到勞動者應得的權利。勞而不獲的苦痛，我們不能忍受了，而且在人民的國民政府之下，也不該忍受了。

我們辛勞的所得，求衣食而不足，不用說，儲蓄當然是沒有的。因此一般盤剝重利的資產者，又來吸收我們的膏血，凍餓緊緊的追着，除了飲酖止渴的舉着借重償以外，還有什麼方法呢！現在呢！我們要設立農民銀行，禁止高利盤剝，以謀經濟的解決。

許多惡魔說，農民們蠢笨不堪，應該牛馬般的替我們操作，別的是不用理他的。這眞是他們很好的護身符了，我們農民們何嘗是天生愚蠢的，只因爲農民子弟們教育權被人剝奪了，從小得不到優良的教育。自然把天賦的智慧，無從發展了！所以農民的沒知識，是被人侵害的結果呵！現在呢！我們爲求得知識起見，應當享受教育的權利，要辦理義務學校及農民學校，救我們知識的飢荒！

機會到了，我們謀幸福的時期到了！我們的活動，第一步就是要組織農民協會，把各村的農民分區的組織起來，逐漸擴張到大範圍的團結，那麼我們一切的要求，就可實行。一面和政府聯合，就可以打倒一切的阻力。使反動的分子，逐漸滅亡。

最後，我們還有兩件重要的事要注意，第一是：素來沒訓練的民衆，在初初組織的時候，容易有雜亂的現象，一時候也許要弄到茫無頭緒，不過這是過渡時代應有的現象，不必恐慌，經過相當組織，就會自然消滅的。第二是：一般土豪劣紳和投機分子，看我們有了勢力，他們就要來破壞或利用，使我們自行失敗，或者成了他們升官發財的工具，這是都很危險的，因此，我在組織的時候，時時刻刻要防範着，不要中他們陰謀，不要爲他們利用，認淸國民黨的革命目標，來努力着一切！

我們的口號是：

擁護國民黨！

擁護國民政府！

農友們聯合起來！

廢除不平等待遇！

廢除苛捐雜稅！

打倒壓迫農民的土豪劣紳！

要求教育權！

中國國民黨浙江省執行委員會農民部印

《告农民》

纵25.2厘米　横29.2厘米

在国民革命军胜利进军的形势下，农民运动迅猛发展。1927年年初，中国国民党浙江省执行委员会农民部印发了《告农民》书，号召农民团结起来，组织农民协会，“打倒一切阻力”。

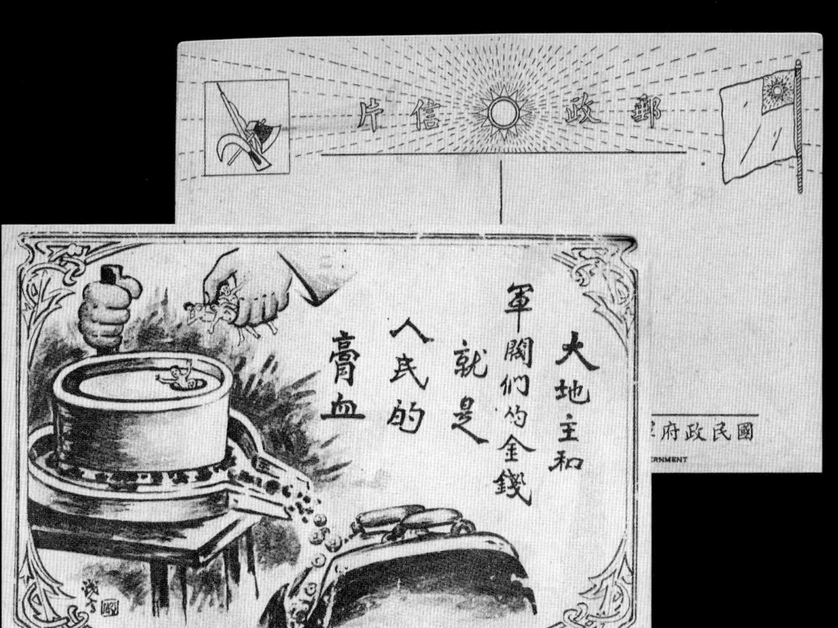

1926年明信片

纵9.4厘米　横14厘米

1926年国民政府军事委员会政治训练部印行的明信片，正面是一幅讽刺时局的漫画，题为“大地主和军阀们的金钱就是人民的膏血”，背面标明国民政府军事委员会政治训练部1926年5月印行。

绍兴县第七区镜西乡劳家坂村村民加入农民协会志愿书

纵26厘米　横18.2厘米

这是绍兴县镜西乡农民协会的入会志愿书。在中国共产党的领导下，杭州、绍兴等地纷纷组织农民协会。绍兴县镜西乡农民协会是成立较早的协会。图中这三份入会志愿书上注明的时间均为1923年12月30日。我馆共藏有14份绍兴镜西乡农民协会志愿书。

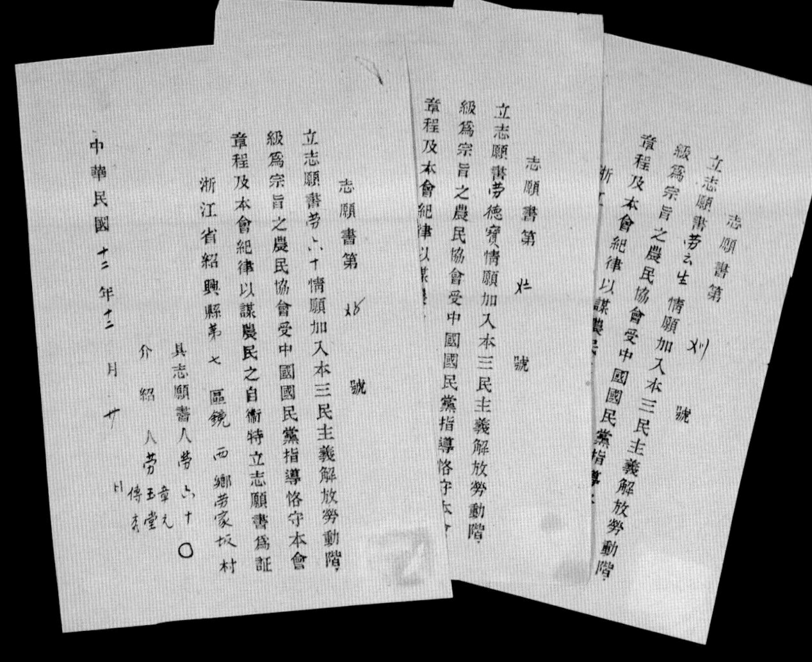

志願書第 78 號

立志願書劳六十情願加入本三民主義解放勞動階級爲宗旨之農民協會受中國國民黨指導恪守本會章程及本會紀律以謀農民之自衛特立志願書爲証

浙江省紹興縣第七區鏡西鄉劳家坂村

具志願書人劳六十 ○

介紹人

中華民國十二年十二月卅日

兰溪农民代表大会纪念章

纵3厘米　横2.5厘米

银质。这是国民大革命时期兰溪县党部赠予兰溪农民代表的纪念章。

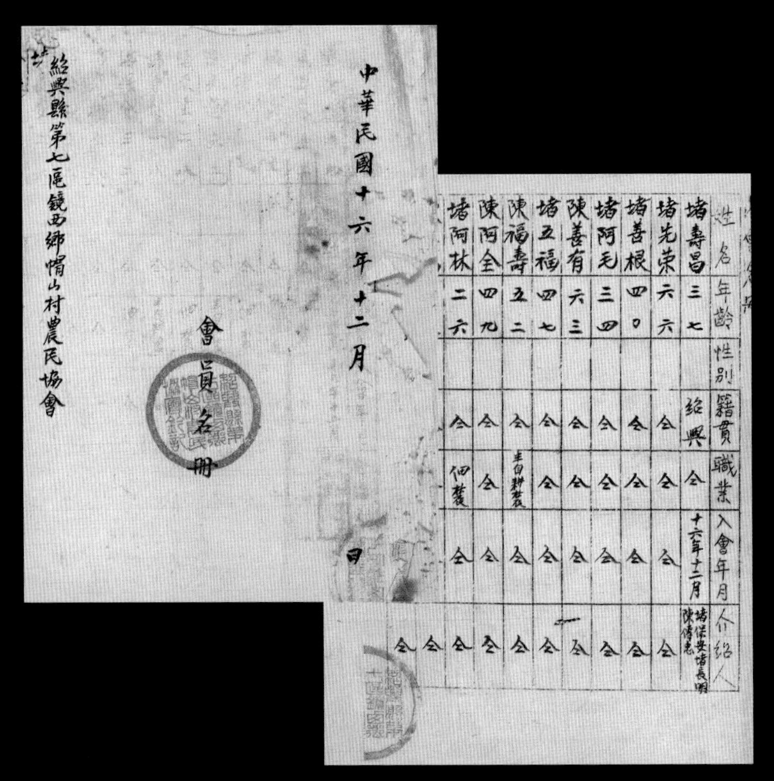

紹興縣第七區鏡西鄉帽山村農民協會

中華民國十六年十二月 日

會員名冊

姓名	年齡	性別	籍貫	職業	入會年月	介紹人
墙寿昌	三七		紹興	仝	十六年十二月	墙保英 墙長明 陳傳志
墙先荣	六六		仝	仝	仝	仝
墙善根	四〇		仝	仝	仝	仝
墙阿毛	三四		仝	仝	仝	仝
陳善有	六三		仝	仝	仝	仝
墙五福	四七		仝	仝	仝	仝
陳福壽	五二		仝	半自耕農	仝	仝
陳阿全	四九		仝	仝	仝	仝
墙阿林	二六		仝	佃農	仝	仝

绍兴县第七区镜西乡帽山村农民协会入会名册

纵24.5厘米　横19厘米

本册登录了62名加入农民协会会员概况。册内设会员姓名、年龄、性别、籍贯、职业、入会年月、介绍人栏目。

北伐战争后，国民党右派不断制造反共事端。1927年4月开始在浙江进行“清党”，大批共产党人被逮捕、杀害。以下为馆藏部分革命烈士的遗物。

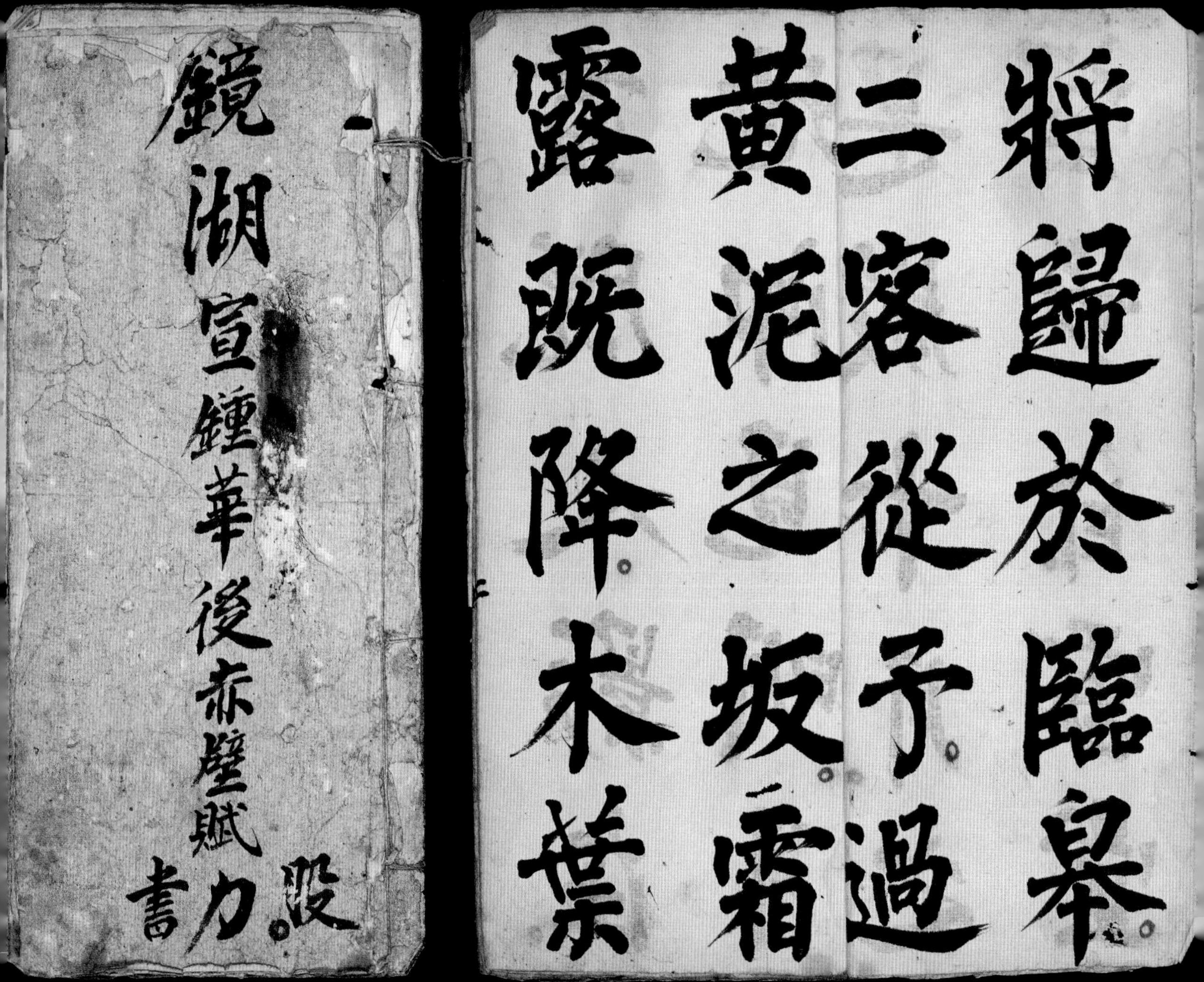

将歸於臨皋。二客從予過黃泥之坂。霜露既降，木葉

宣钟华烈士墨迹《后赤壁赋》

纵31.3厘米　横13.3厘米

宣钟华青少年时期所书。宣钟华（1898—1927），浙江诸暨人。五四运动中杭州学生运动领袖之一。1924年加入中国共产党。先后担任国民党浙江临时省党部、浙江省党部执行委员会常务委员兼省党部中共党团书记。1927年被捕就义。

卓恺泽烈士绝笔书

纵14.7厘米　横25.1厘米

卓恺泽（1905—1928），浙江奉化人。1923年加入中国共产党。曾任共青团浙江省委书记、共青团中央特派员兼湖北团省委书记。1928年4月被捕牺牲。这封绝笔书写于就义前四天，即1928年4月22日，其中写道："人终不免一死，死是最寻常的事。死于枪弹之下，更其比死于床褥之间的痛快而有意义。你们千万不要为我悲哀或可惜，更不要把我的死当做耻辱。"

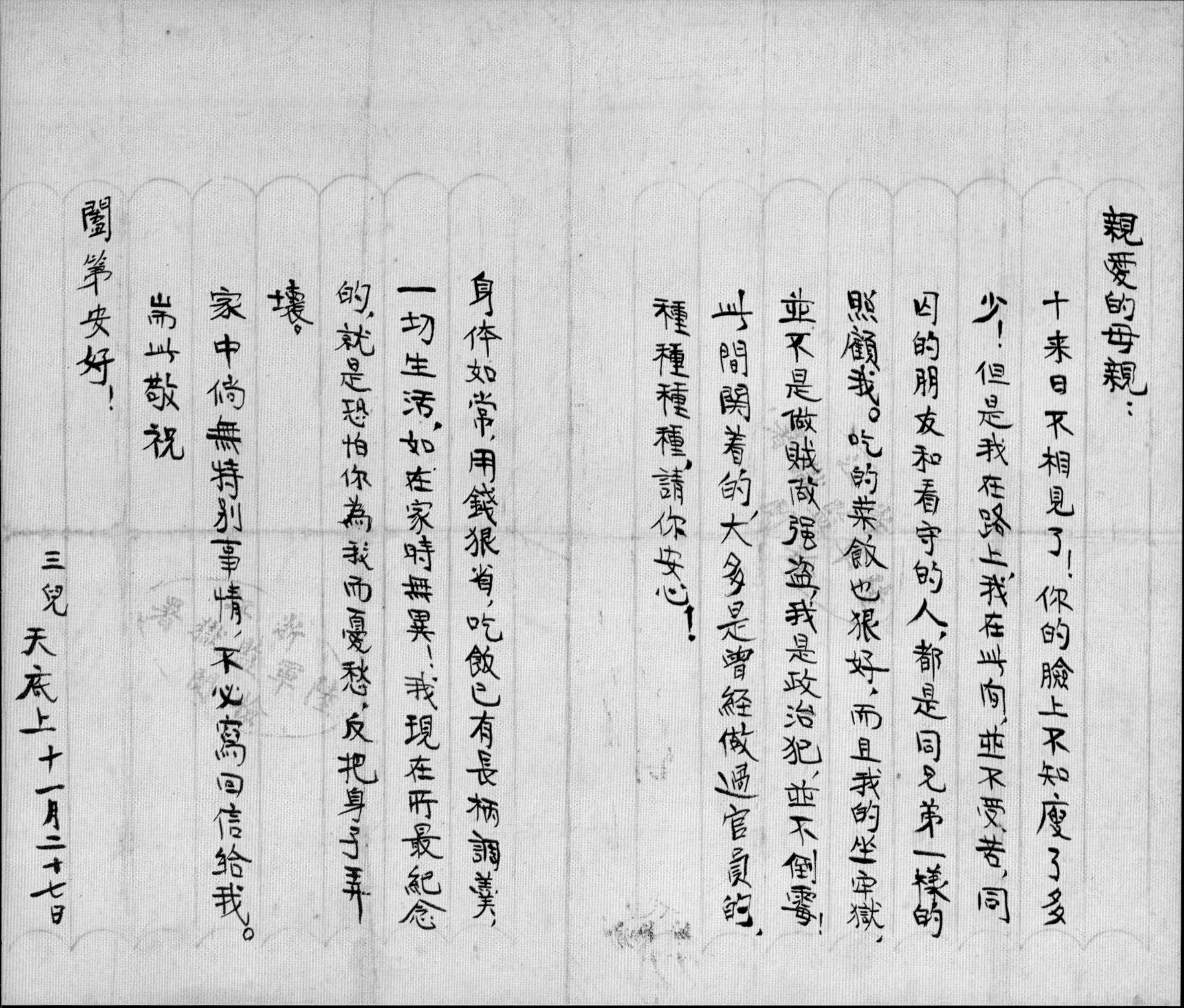

親愛的母親：

十来日不相見了！你的臉上不知瘦了多少！但是我在路上，我在此间，並不受苦，同囚的朋友和看守的人，都是同兄弟一樣的照顧我。吃的菜飯也很好，而且我的坐牢獄，並不是做賊做强盜，我是政治犯，並不倒霉！此間関着的大多是曾經做過官員的，種種種種，請你安心！

身体如常，用錢很省，吃飯已有長柄调羹，一切生活，如在家時無異！我現在所最紀念的，就是恐怕你為我而憂愁，反把身子弄壞。

家中倘無特别事情，不必寫回信给我。

耑此敬祝

闔第安好！

三兒

天底上十一月二十七日

叶天底烈士狱中致母亲书

纵26.4厘米　横34.4厘米

叶天底（1898—1928），浙江上虞人。1923年加入中国共产党，曾任中共上虞支部书记。1927年在上虞被捕，后转押浙江陆军监狱。1928年就义。这是他在狱中写给母亲的信，写于1927年11月27日，信上钤“浙江陆军监狱署检阅”朱文印戳。

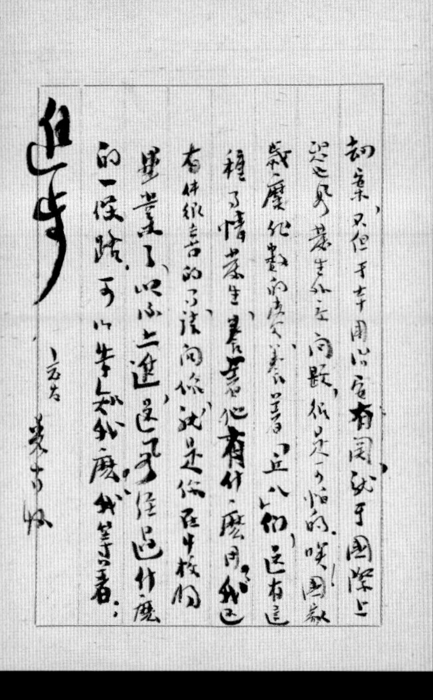

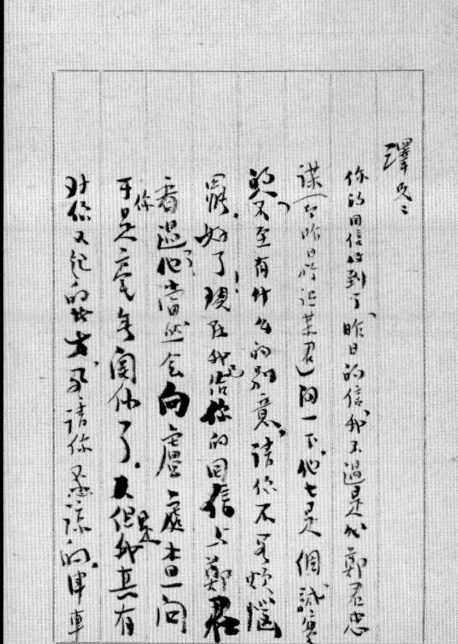

裘古怀给卓恺泽的信

纵17.9厘米　横27.2厘米

裘古怀（1905—1930），浙江奉化人。1926年加入中国共产党。曾任中共浙西特委常委、团浙江省委代理书记等职。1929年被捕，1930年就义。

王家谟烈士遗墨《渔父歌》

纵23.1厘米　横32.5厘米

王家谟于1922年5月书于浙江象山县。王家谟（1906—1927），浙江象山人。1925年加入中国共产党。1927年8月任代理中共浙江省委书记。同年11月12日在温州被捕，18日就义。

西塞山邊白鷺飛桃花
流水鱖魚肥青箬笠綠蓑衣
斜風細雨不須歸
雲溪灣裏釣魚翁舴艋為
家西復東江上雲浦邊風
笑著荷衣不歎窮
松江蟹舍主人歡菰飯蓴
羹亦共餐楓葉落荻花
乾醉宿漁舟不覺寒
民國十一年季夏下弦寫
古漁父歌於恨勢樓之東
窗下之書桌書者何人象
山王家漠學生也

林去病烈士遺墨《从奋斗》

纵41.4厘米　横16.7厘米

林去病（1905—1932），浙江瑞安人。1925年加入中国共产党。曾任中共瑞安县委书记、浙南特委常委。1929年任中共宁波市委书记时被捕，1932年就义。

张秋人烈士遺物《林修梅遗著》

纵18.3厘米　横12.5厘米

张秋人（1898—1928），浙江诸暨人。1922年加入中国共产党。曾任中共上海地委兼区委执行委员会候补委员。1927年任中共浙江省委书记兼宣传部主任，9月在杭州被捕，1928年2月就义。

林修梅遺著

林修梅遺著　目錄

二

序

十年以來，民國何以還沒有做好，這裏頭原因雖多，就我們負責方面說起來，不能不說（一）我們在北方的宣傳，還沒有盡力，（二）我們對於主義的實行，還沒有澈底。

何以說我們在北方的宣傳還沒有盡力呢？辛亥以前，革命運動，都在長江以南，雖然也有從事於長江以北的，但總是少數。八月十九日武昌舉事以後，張紹曾在灤州，吳祿貞在娘子關，一番舉動，雖然於民國成立，有極大關係，但他們所以不能完全成功的原因，就吃虧在北方的同志太少。接著袁世凱的勢力，與革命軍的勢力，成對峙的形勢，得了調和的結果。那時的革命軍，何以如此隱忍將就呢？也就吃虧在北方的同志太少。接著袁世凱的勢力，壓迫民黨的勢力，使之一敗塗地。那時的民黨，何以如此不振呢？也就吃虧在北方的同志太少。帝制發生了，西南起兵

林修梅遺著　序　壹

中國工農紅軍北上抗日先遣隊政治部

着富商　　號繳軍命令未

大洋　元以作北上抗日經

月　日送繳李部徵發沒收

會收楚香則豈以漢奸論罪不貸

帥　　主任劉英

八

公历一九三四年　月

星火燎原

大革命失败后，中国革命进入了十年的土地革命战争时期。武装暴动、建立苏维埃是这一时期共产党的主要方针与政策。随着一系列城市武装起义失败后，一部分共产党的武装开始转向农村。以毛泽东为代表的中国共产党人在实践的斗争中逐步开辟了以农村包围城市，武装夺取政权的革命道路。工农武装割据所点燃的星星之火，逐步发展成为燎原之势。

八七会议后，中共中央派王若飞来浙江传达八七会议精神，并同时改组浙江省委。浙江省委改组后，组织和领导了一系列的农民武装暴动。这些完全脱离实际的"左"倾冒险和盲动，不仅没有沉重打击国民党，反而给共产党造成了惨重的损失。1930年5月，在浙南农民暴动的基础上，中国工农红军第十三军成立。红十三军在浙南的崛起，沉重打击了国民党和农村封建势力，扩大了共产党在浙南的影响，播下了革命的种子。中央苏区主力红军长征后，红军北上抗日先遣队孤军深入，在浙江三进三出途经九县，攻克庆元，破袭常山，兵临昌化，威胁杭州，影响深远。抗日先遣队失败后，以先遣队余部为基础组成了中国工农红军挺进师。挺进师转战浙西南广大地区，先后创建了浙西南根据地和浙南根据地。在三年的游击战争中，挺进师在极为艰苦的环境中粉碎了国民党的多次"清剿"，保存了力量，一直坚持到第二次国共合作在浙江的形成。

农军红旗

纵64厘米　横68.5厘米

1928年1月浙江奉化鄞县东部农民暴动中使用的旗帜。

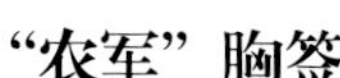

亭旁起义用过的大刀

通长66.5厘米

1928年5月，中共宁海县委根据省委指示，在亭旁（今属三门）举行暴动，并成立亭旁区革命委员会和红军指挥部。这是农民武装在亭旁起义中使用的大刀。

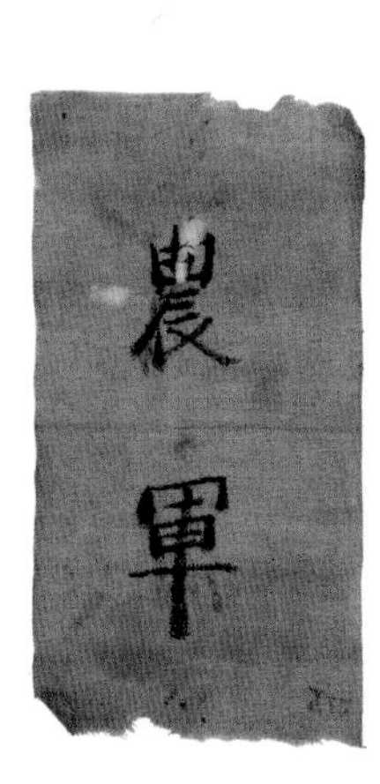

“农军”胸签

纵11.4厘米　横6.1厘米

1930年4月30日，富阳农民举行暴动，这是暴动时农民佩戴的胸签。

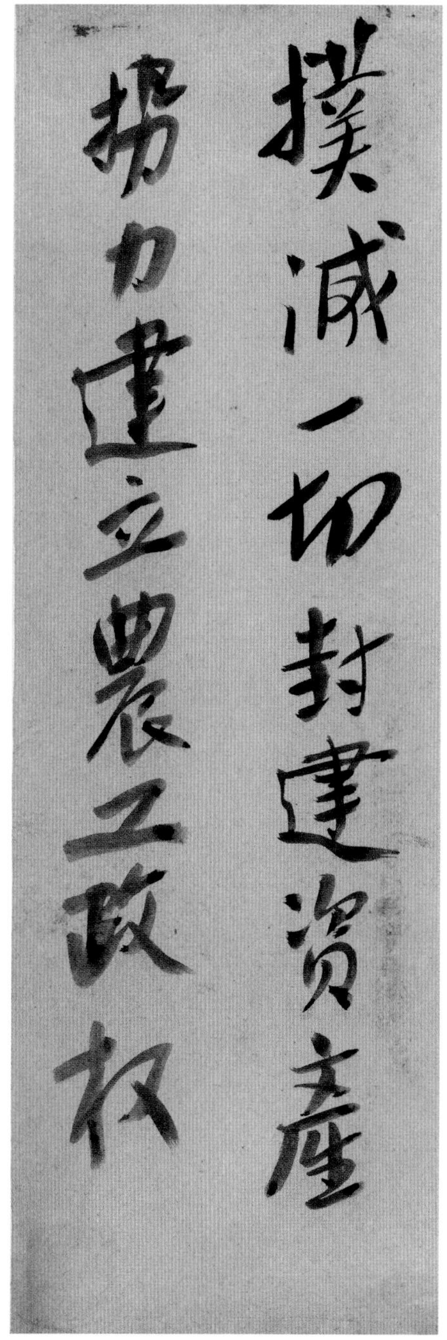

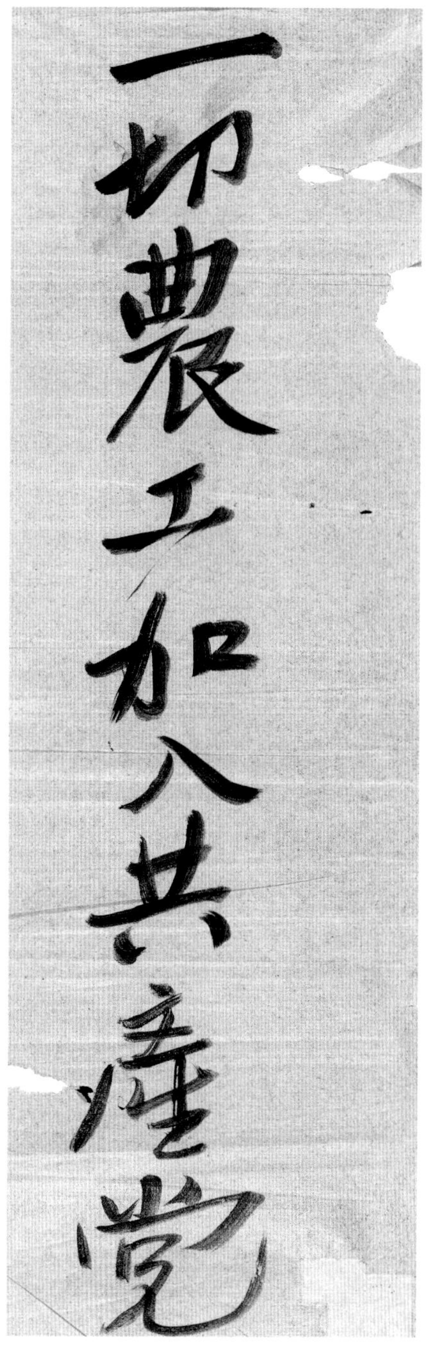

“扑灭一切封建资产势力，建立农工政权”标语

纵51.5厘米　横17.8厘米

这件标语由卓崇德烈士家属捐赠。卓崇德（1900—1931），浙江奉化人。1926年加入中国共产党，1928年组织农民武装参加暴动。这是为暴动准备的标语。

“一切工农加入共产党”、“一切农工加入共产党”标语

纵51.1厘米　横17.6厘米

1928年奉化暴动标语，因消息泄露，暴动实际上并未实施。

童祖恺烈士给父母亲的信

纵28.5厘米　横18.3厘米

童祖恺(1907—1930)，字瑞梅，建德大洋人。1922年8月考入浙江省立第九师范学校。1930年参加组织和领导建德农民暴动。暴动失败后，被捕遇害。这是童祖恺在浙江省立第九师范学校时写给父母亲的信。

童润蕉烈士墓志铭

纵23厘米　横15.3厘米

1930年6月童祖恺、童润蕉在建德组织农民暴动，暴动失败后，两人被捕遇害。这份墓志铭是1932年童祖恺在大洋乡教书的同事杨祖才所撰写的。

土制手枪

上：通长25厘米
下：通长28厘米

小镖刀

通长22.1厘米

腰刀

通长45厘米

在浙南农民武装暴动的基础上，1930年3月，浙南红军游击总指挥部成立。5月9日，中国工农红军第十三军宣告成立，下辖三个团，是编入正式序列的全国14支红军之一。

中国共产党浙南红军第十三军第三团木印

纵7.5厘米　横5.1厘米　高2.2厘米

国家一级文物。木质，呈长方形，印面镌刻篆体阳文“中国共产党浙南红军第十三军第三团之印”。红三团由永康、缙云、仙居的红军游击队一千五百多人于1930年7月整编而成。全团有各式枪支九百多支，土炮四门，手提机枪四挺，是红十三军三个团中武器最精良的一个团。

中国红军第十三军别动队符号

纵8.2厘米　横7.3厘米

布质。这是金延亨、金进高两位同志曾经佩戴的。

中国浙南红军十三军游击队印

左：边长3.5厘米　高5.3厘米
右：边长3.4厘米　最高5.5厘米

青田石质，印面镌刻篆体阳文“中国浙南红军十三军游击队”。

为宣传和推动抗日，牵制国民党军队的围剿，1934年7月，中共中央决定由红七军团组成中国工农红军北上抗日先遣队。先遣队从江西瑞金出发，转战闽浙赣皖四省边界地区，对浙江革命斗争产生了深远的影响。

我們是中國工農紅軍抗日先遣隊

我們是中國工農紅軍抗日先遣隊！

我們反對日本帝國主義併吞我們的東三省，侵佔我們的熱河內蒙古，奪取我們的華北，與我們華南的福建省。我們反對日本帝國主義的盜匪們屠殺我們的同胞，奸淫我們的母妻姊妹，搶掠我們的財產，把我們當做奴隸牛馬！

我們反對國民黨軍閥蔣介石張學良等投降日本帝國主義，出賣東三省，熱河，內蒙古，華北與福建省。我們反對這些漢奸賣國賊，幫助日本帝國主義盜匪們，鎮壓中國民衆的反日運動，屠殺反日的民衆與反日的領袖，進攻中國唯一反日反帝的中國民衆自己的蘇維埃政府與自己的工農紅軍。

我們主張：全中國民衆的總動員，武裝全中國民衆來同日本帝國主義直接作戰，開展民族革命戰爭，收復中國的失地，把日本帝國主義的盜匪們驅逐出中國去，打倒日本帝國主義。

我們主張：立刻宣佈對日絕交。宣佈塘沽協定與一切中日密約的無效。動員全中國海陸空軍對日作戰。立刻停止進攻蘇區與封鎖蘇區，使中國工農紅軍能夠全部用來反對日本帝國主義的侵掠，保護中國領土的完整。

我們主張：號召全國民衆將國民黨軍庫中兵工廠中所有武裝以及一切入口武器來武裝自己，組織民衆的反日義勇軍與游擊隊，直接參加反日戰爭與游擊戰爭。積極援助東北義勇軍與中國工農紅軍北上抗日先遣隊！

我們主張：沒收日本帝國主義者及賣國賊漢奸的一切企業與財產，停止支付一切中國債款本息，設施累進稅，並將國民黨全部軍費拿來作為抗日的戰費。

我們主張：普遍組織民衆的反日團體，如反日會，抵制日貨委員會，募捐援助義勇軍與紅軍委員會，以及各種反日的糾察隊，破壞隊，交通隊，宣傳隊，運輸隊等。吸收廣大群衆，不分男女老幼，宗教信仰，政治派別，到反日團體中來。利用罷工，罷課，罷市，罷崗與示威來反對日本帝國主義的侵略與國民黨政府的賣國投降。

一切反日的民衆，反日的團體，反日的武裝，都是中國工農紅軍抗日先遣隊的朋友，我們要一致團結起來，為我們的反日主張而奮鬥。一切禁止與壓迫我們抗日的個人團體與武裝隊伍都是漢奸賣國賊，我們要一致起來，打倒他們，消滅他們！

我們是中國工農紅軍抗日先遣隊！一切反日民衆，應團結在我們的周圍，加入我們的隊伍，幫助我們去共同進行反日的民族革命戰爭，打倒日本帝國主義與一切日本帝國主義的走狗，爭取中國民族的獨立解放，與領土的完整。

時機緊迫，亡國奴的痛苦是在每一個中國人的頭上。一分鐘不要猶豫，不要懼怕一切犧牲，到我們這邊來，投身於光榮的反對日本帝國主義的民族革命戰爭中！勝利是我們的！

中國工農紅軍北上抗日先遣隊

一九三四年七月十五日

《我们是中国工农红军抗日先遣队》

纵21.8厘米　横34.7厘米

北上抗日先遣队在向闽浙皖赣四省进军途中，散发大量宣传品，宣传中国共产党的抗日主张。这是1934年7月15日印发的传单，动员全国民众开展民族革命战争，打倒日本帝国主义。

拾送郎哥當紅軍詩

一送哥郎當紅軍、革命大路要認真、反動大路你莫去、工豪劣紳是敵人、

二送郎哥當紅軍、軍伐地主是敵人、壓迫工農最殘行、剝削工農最無情、

三送郎哥當紅軍、帝國主義是敵人、首先打倒國民党、收回熱河东三省

四送郎哥當紅軍、衝鋒殺敵不留情、努力衝鋒向前進、提起政權來斗争、

五送郎哥當紅軍、無產階級要革命、領導革命共產黨、工農群衆最高平

六送郎哥當紅軍、紅軍本是國際軍、統治階級是殘行、工農群衆是弟兄

七送郎哥當紅軍、也有鄉村老百姓、鄉村百姓我兄弟、鄉村百姓我家人、

八送郎哥當紅軍、送郎作戰要英雄、家中也有無田地、為了田地就鬥争

九送郎哥當紅軍、家中不用你掛心、群衆幫助種田地、私有政府幫我們、

十送郎哥當紅軍、階級斗争要決心、完成革命回家轉、那时人数最平等

《十送郎哥当红军歌》歌本

纵39厘米　横26.7厘米

民歌《十送郎哥当红军歌》在民间传唱的版本较多，这是我馆收藏的一份歌词记录。

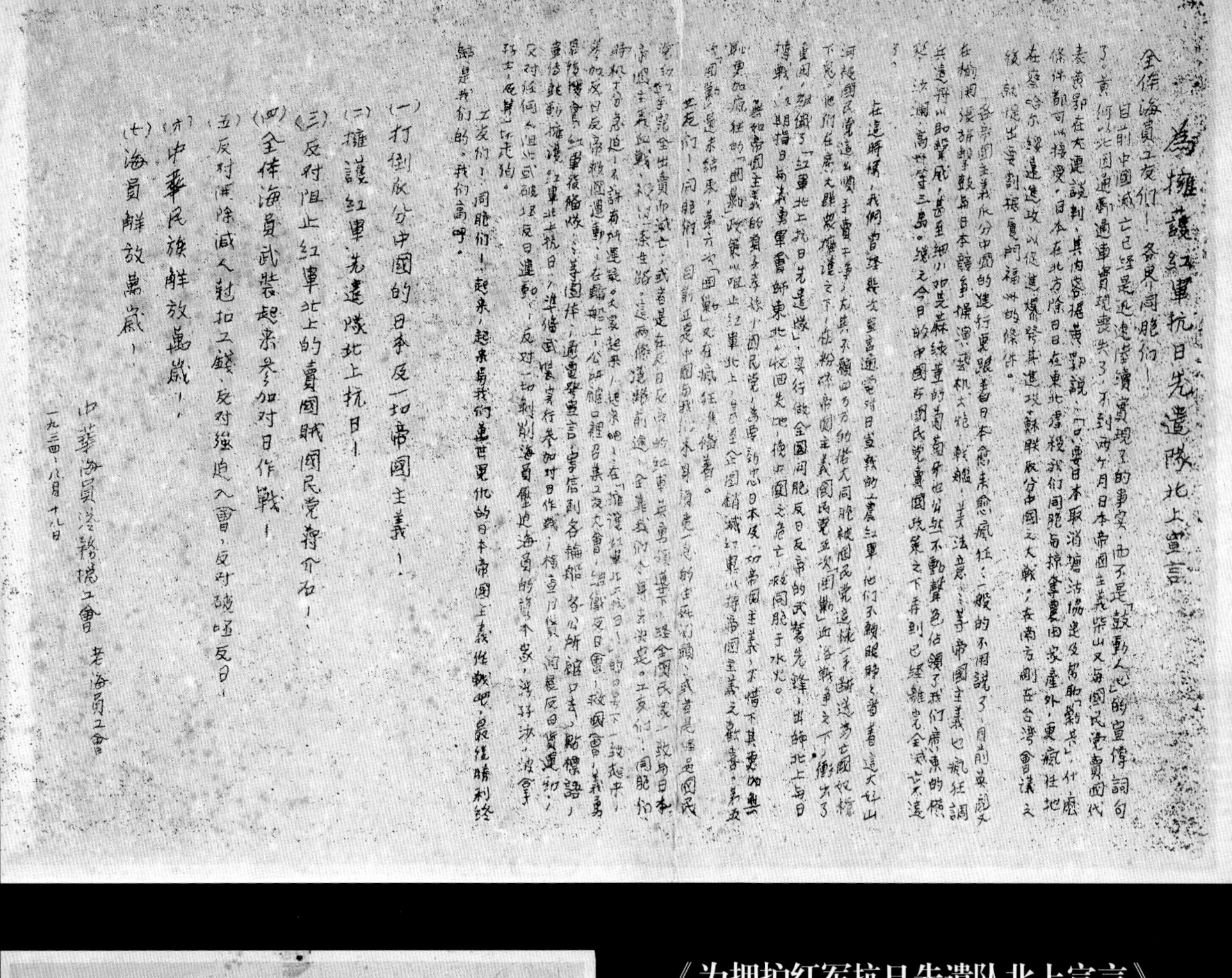

為擁護紅軍抗日先遣隊北上宣言

全体海員工友們！各界同胞們！

目前中國滅亡已經是迅速陸續實現了的事實，而不是「鼓動人心」的宣傳詞句了。黄何以北國通郵通車實現喪失了，不到两个月日本帝國主義柴山又与國民党賣國代表黄郛在大連談判，其內容據黄郛說：「只要日本取消塘沽協定及歸還「冀東」，什麼條件都可以接受」，日本在北方除日在東北屠殺我們同胞与掠奪農田家產外，更瘋狂地在察哈尔綏遠進攻，以促進蘇聯其進攻蘇聯瓜分中國之大戰；在南方則在台灣會議之後，就提出要割據廈門福州的條件。

各帝國主義瓜分中國的進行更跟着日本愈來愈瘋狂：一般的不用說了，目前英國在榆關[illegible]與日本鬥爭，操演飛機大炮戰艦，美法意……等帝國主義也瘋狂調兵遣將以助聲威，甚至細小如[illegible]的葡萄牙也公然不動聲色佔領了我們廣東的[illegible]、汝洲、高州等三島。總之今日的中國在國民党賣國政策之下弄到已經離完全滅亡不遠了。

在這時候，我們曾經幾次宣言通電對日宣戰的工農紅軍，他們不願眼睜睜看着這大好山河被國民党這些賣國賊斷送，尤其不願四万万的偉大同胞被國民党這樣一手斷送為亡國奴隸，他們在[illegible]擁護之下，在粉碎帝國主義國民党五次「圍剿」血戰戰争之下，衝出了重圍，組織了「紅軍北上抗日先遣隊」，實行做全國同胞反日反帝的武裝先鋒，出師北上与日搏戰，明指日與義勇軍會師東北，收回失地，挽救中國之危亡，救同胞于水火。

無如帝國主義的爪牙走狗國民党，為要効忠日本及一切帝國主義，不惜下其更加無恥更加瘋狂的「圍剿」政策以阻止紅軍北上，并企圖消滅紅軍以博帝國主義之歡喜。第五次「圍剿」還未結束，第六次「圍剿」又在瘋狂準備着。

工友們！同胞們！目前正是中國与我們本身命運一息的生死關頭，或者是[illegible]國民党全出賣而滅亡；或者是在反日反帝的紅軍英勇領導下，經全國民衆一致與日本帝國主義血戰，找尋出生路。這兩條道路的前途，全靠我們本身來決定。工友們，同胞們，時機十分急迫，不許有所遲疑。大家起來！起來吧！在「擁護紅軍北上抗日」的口号下一致起來，參加反日反帝救國運動，在輪船上、公所館口裡召集工友大會，組織反日會、救國會、義勇軍後援會、紅軍後援隊……等團体，通電發宣言，寫信到各輪船、各公所館口去，貼標語，盡情鼓動擁護紅軍北上抗日，準備武裝實行參加對日作戰，積極參加反日貨運動；反對任何人阻止或破壞反日運動，反對一切剝削海員壓迫海員的資本家，[illegible]。

工友們！同胞們！起來，起來為我們[illegible]的日本帝國主義作戰吧，最後勝利終歸是我們的，我們高呼：

(一)打倒瓜分中國的日本及一切帝國主義！

(二)擁護紅軍先遣隊北上抗日！

(三)反對阻止紅軍北上的賣國賊國民党蔣介石！

(四)全体海員武裝起來參加對日作戰！

(五)反對[illegible]減人減工錢，反對強迫入會，反對破壞反日！

(六)中華民族解放萬歲！

(七)海員解放萬歲！

中華海員港務總工會 老海員工會

一九三四·八月十八日

中國工農紅軍北上抗日先遣隊政治部布告

着富商　　號繳革命軍事捐

大洋　　元以作北上抗日經費限

月　　日送繳本部徵發沒收委員會

收楚否則當以漢奸論罪不貸此

佈　　主任劉英

公歷一九三四年　　月　　日

《为拥护红军抗日先遣队北上宣言》

纵24.6厘米　横34厘米

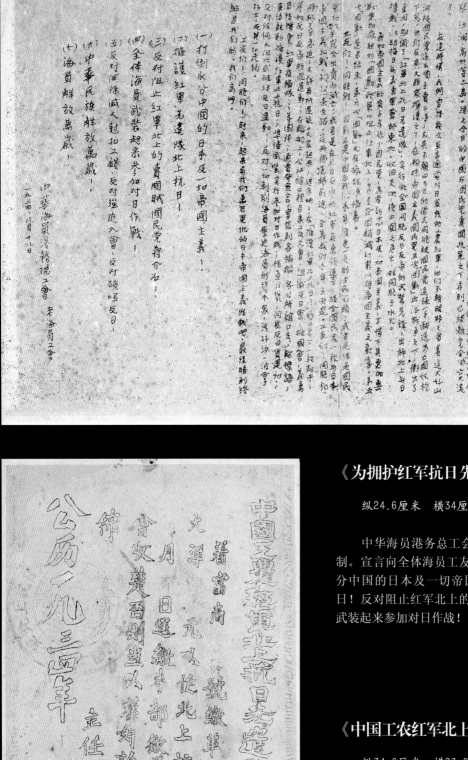

中华海员港务总工会、老海员工会1934年8月18日印制。宣言向全体海员工友们、各界同胞们呼吁：“打倒瓜分中国的日本及一切帝国主义！拥护红军先遣队北上抗日！反对阻止红军北上的卖国贼国民党蒋介石！全体海员武装起来参加对日作战！”

《中国工农红军北上抗日先遣队政治部布告》

纵34.6厘米　横23.8厘米

国家一级文物。这是1934年11月先遣队占领浙江淳安县港口镇后张贴的筹措北上抗日经费的布告。

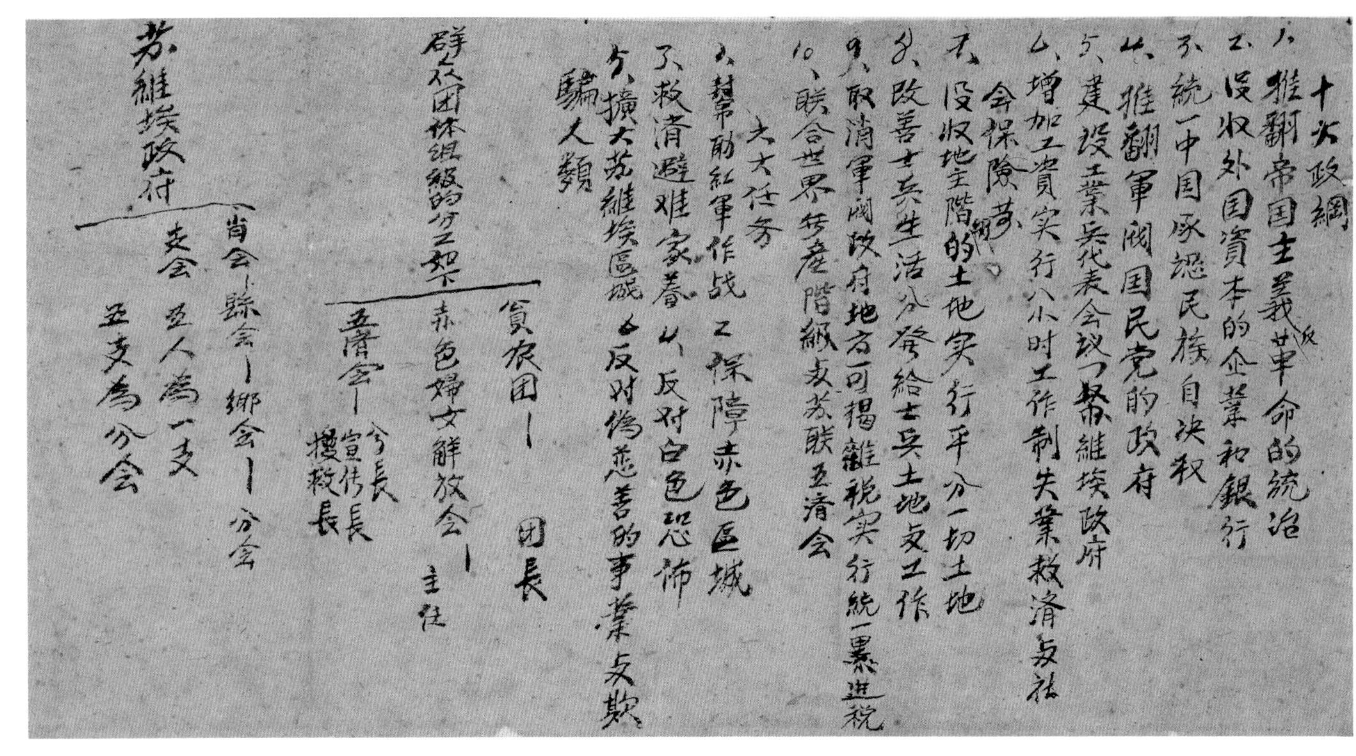

十大政綱

1、推翻帝国主義反革命的統治

2、没收外国資本的企業和銀行

3、統一中国承認民族自決权

4、推翻軍阀国民党的政府

5、建設工農兵代表会议苏維埃政府

6、增加工資实行八小时工作制失業救済与社会保險等

7、没收地主階級的土地实行平分一切土地

8、改善士兵生活分發給士兵土地与工作

9、取消軍阀政府地方苛捐雜税实行統一累進税

10、联合世界無産階級与苏联互濟会

六大任务

1、帮助紅軍作战 2、保障赤色區域

3、救濟避難家眷 4、反对白色恐怖

5、擴大苏維埃區域 6、反对偽慈善的事業与欺騙人類

群众团体组級的分工架

貧农团—团長

赤色婦女解放会—主任

互濟会—分長 宣传長 援救長

苏維埃政府

省会—縣会—鄉会—分会

支会 五人為一支

五支為分会

《十大政纲》、《六大任务》宣传标语

纵15.7厘米　横36厘米

先遣队途经浙江时，在昌化县龙井乡组织贫雇农参加革命。一名先遣队战士抄录了这份标语，把“推翻帝国主义反革命的统治”列为《十大政纲》之首。

方志敏使用过的手电筒

通长17.6厘米　直径3.8厘米

方志敏（1899—1935），江西弋阳人。1934年11月奉命率领抗日先遣队北上，途中遭国民党军重兵围困，1935年1月被捕，同年8月就义。

方志敏使用过的文件箱

纵30厘米　横38厘米　高20.2厘米

红军北上抗日先遣队使用过的大刀

通长51厘米

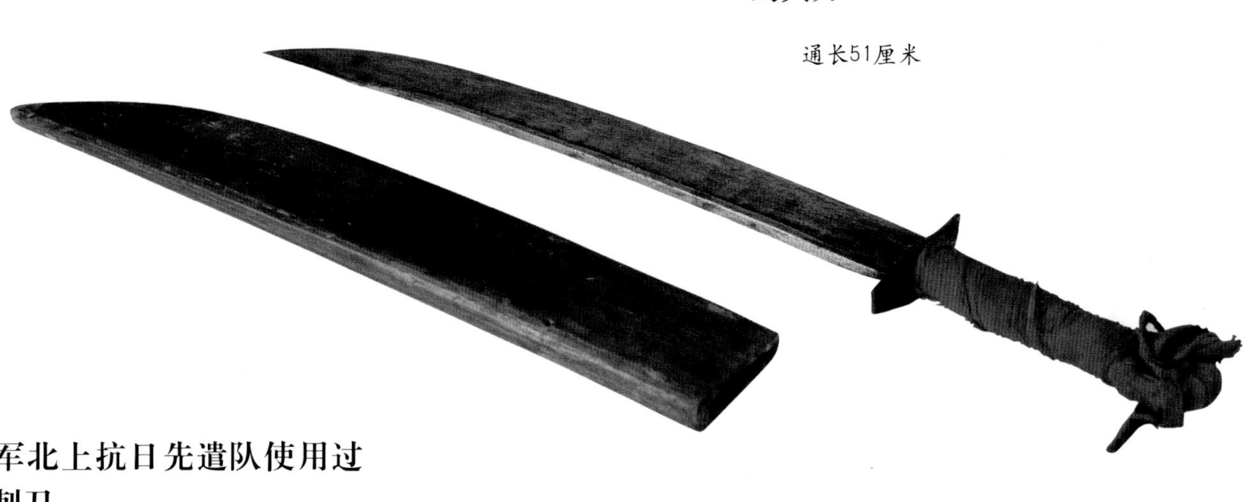

红军北上抗日先遣队使用过的刺刀

通长53.3厘米

1935年2月，根据中央军委的指示，中国工农红军挺进师组建完成。挺进师的任务是进入浙江境内开展游击战争，开辟游击根据地，配合主力红军的行动。

闽东泰南区苏维埃政府木印

直径5.7厘米　高2.5厘米

中国工农红军挺进师在浙江境内开展游击战争。1935年七八月间建立了闽东泰南区苏维埃根据地。

霞鼎泰中心县苏维埃政府木印

纵11.5厘米　横1.9厘米　高2.3厘米

1934年5月，霞鼎泰县苏维埃政府成立，至1936年夏，以泰顺、平阳、瑞安、福鼎等县边界为中心的浙南游击根据地基本形成。

霞鼎泰第一区苏维埃政府行政处放行单

纵28.3厘米　横19厘米

苏维埃区域内携货币过关卡时所持的凭证。1936年8月发放。

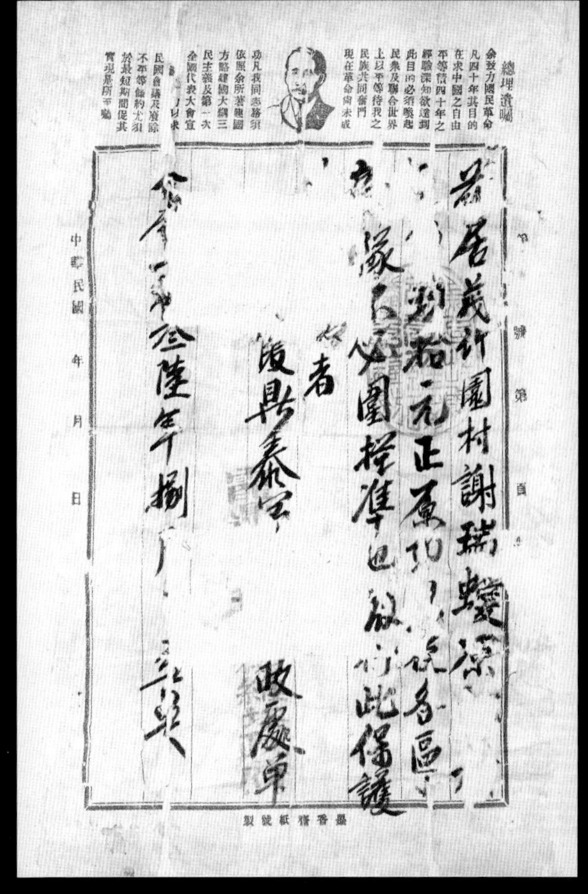

苏维埃公民证

纵21.8厘米　横15厘米

在浙南地下党和游击武装配合下，挺进师攻克了国民党许多重要市镇和据点，逐渐开辟了浙南游击根据地。1936年8月，浙南人民革命委员会在福鼎县李家山成立，郑丹甫任主席。这是浙南人民革命委员会发放的苏维埃公民证。

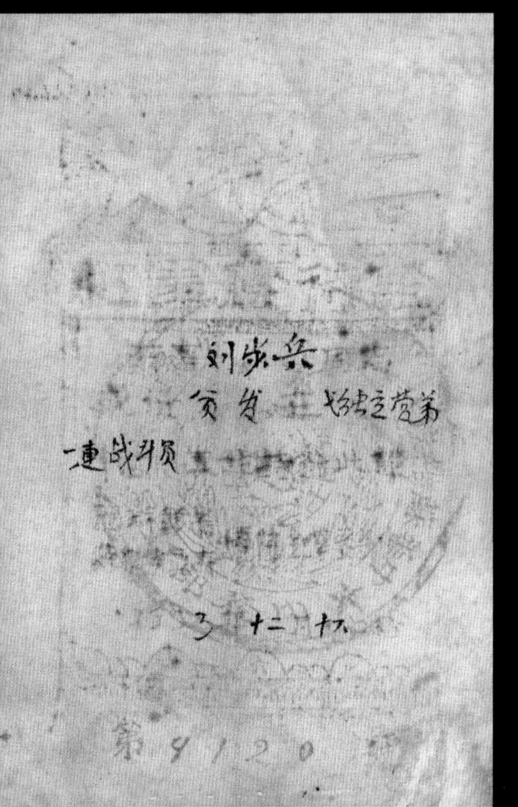

闽浙赣省苏维埃政府优待红军委员会发给刘步兵的红军优待证

纵17.5厘米　横11.5厘米

1933年中华苏维埃政府优待红军委员会颁发。1931年赣东北苏维埃政府成立，1932年改称闽浙赣省苏维埃政府，并曾专门颁发《优待红军家属条例》，强调“加强优待红军的工作”。

银链

通长103.2厘米

1934年国民党“清剿”时，开化桐村村民王金香将玉米送给躲藏在岑头山的红军战士，为了感谢王金香的救助，红军战士就将这条银链送给了她。

烟盒

纵4.5厘米　横7.5厘米　高1厘米

红军到开化龙坑村时住在一位村民家，临别时为感激村民的照顾，特将此赠送给他。因烟盒上有五角星符号，村民为作纪念，保存至今。

火药筒

通斜长25.3厘米

牛角筒身，竹节筒塞，木质筒底。中腰钻成圆孔，可系绳携带。

手榴弹

通长26.5厘米

这是红军游击队遗留下来的武器，现已锈迹斑驳。

铁尺

长46厘米

这是红军游击队所使用过的武器。

刺刀

通长41.3厘米

这是红军经过昌化时遗留下来的。

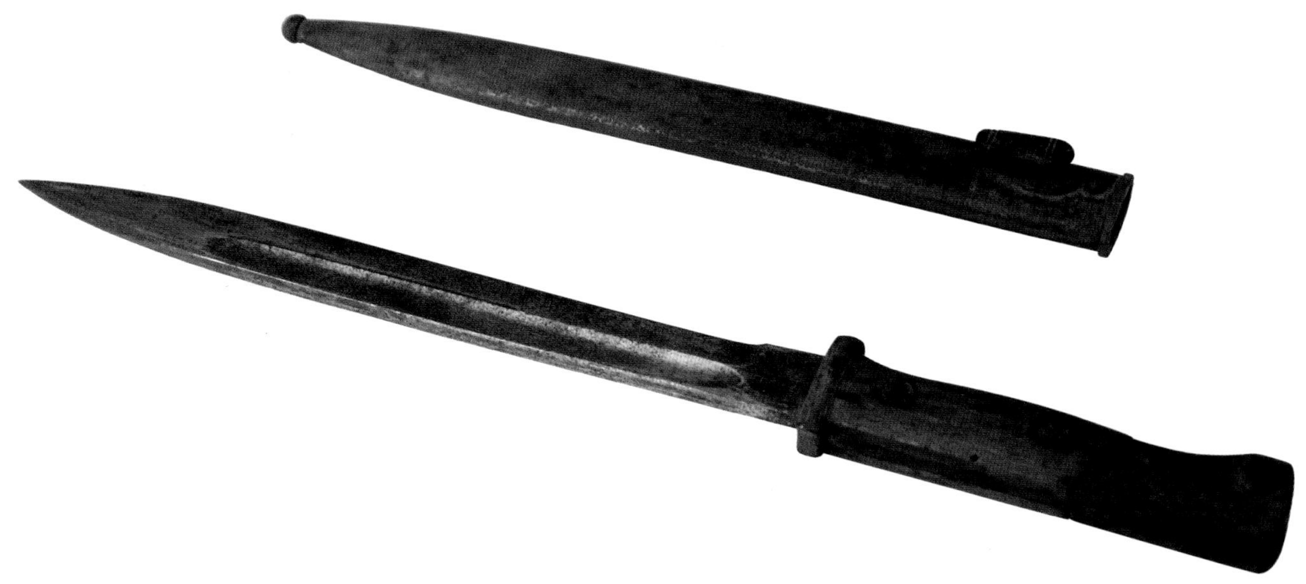

寧夏
綏远
黄河
陝甘寧边區
延安
山西
河北
冀察晋区
北平
天津
渤海
大連
旅順
晋綏区
冀晋豫
山東区
山東
黄海
陝西
甘肅
蘭州
第六戰區
西安
潼関
河南
洛陽
鄭州
開封
徐州
青島
苏北区
淮北区
淮南区
苏中区
江苏
安徽
淮河
皖中区
苏南区
鄂豫皖區
第五戰区
南鄭
成都
四川
成渝路
重慶
長江
漢口
武昌
長沙
湖南
江西
南昌
福建
浙江
第三戰区
第九戰区
貴陽
桂林
廣西
廣東
曲江
東江区
香港
南海
昆明
雲南
蒙自
老開
安南
河内
海防
圖例
華北抗日根
華中抗日根
華南抗日根
東北抗日根

抗日烽烟

从九一八事变到七七事变，日军不断入侵，逐步上升的民族危机使中国处于亡国灭种之境，大江南北，狼烟四起，烽火连天。在巨大的民族灾难面前，中华民族万众一心、同仇敌忾，进行了一场中国近代历史上时间最长、规模最大的反抗外国侵略者的战争。八年的抗日战争，中华民族付出了惨痛的代价，最终捍卫了民族尊严，赢得了胜利。这是近代以来中华民族反抗外敌入侵第一次取得完全胜利的民族战争。

全面抗战爆发后，杭嘉湖地区很快沦陷。中共浙江省委根据中共中央的统一部署与国民党地方当局和谈后达成和平协议，第二次国共合作在浙江形成。抗战初期，中共浙江党组织同国民党省政府主席黄绍竑建立了比较融洽的统战关系，国共合作的抗日救亡运动开展得轰轰烈烈，有声有色。在全国团结抗日出现严重危机时，周恩来以国民政府军事委员会政治部副部长的身份视察了浙江抗战，对巩固与发展浙江抗日民族统一战线和加强中共浙江党组织的建设，起到了积极的推动作用。1940年初，浙东形势骤紧，日军偷渡钱塘江，绍兴、镇海、宁波、慈溪、余姚等地先后沦陷。国民党顽固派加紧反共，“清剿”抗日武装，摧毁共产党组织。在国民党顽固派的倒行逆施下，中共浙江省委书记刘英被捕牺牲，省委遭到破坏。1942年5月，日军又发动浙赣战役，沿浙赣线的浙东地区和杭甬线以南的广大地区先后沦陷。日军在大举入侵中除肆意烧杀淫掠外，还使用毒气和细菌武器残害中国军民。中共浙江党组织长期坚持敌后抗战，创建了浙东、浙西抗日根据地和浙南抗日游击区，为抗日战争的胜利，作出了重大的贡献。

1931年，日本帝国主义在中国东北悍然发动九一八事变，揭开了对中国武装侵略的野心。程旨云编著《东北事变之由来》，包括“日本之大陆政策”、“日本领土扩张与我国之损失”、“日本封锁亚东大陆之五海峡”、“日本对华侵略之五个势力图”、“东三省之沿革”等内容，揭露了日本帝国主义企图征服中国和世界的野心。1931年（九一八事变当年）由浙江省教育厅代印1000份。此后，东方舆地学社将此书更名为《东北事变与日本》后重新出版发行。

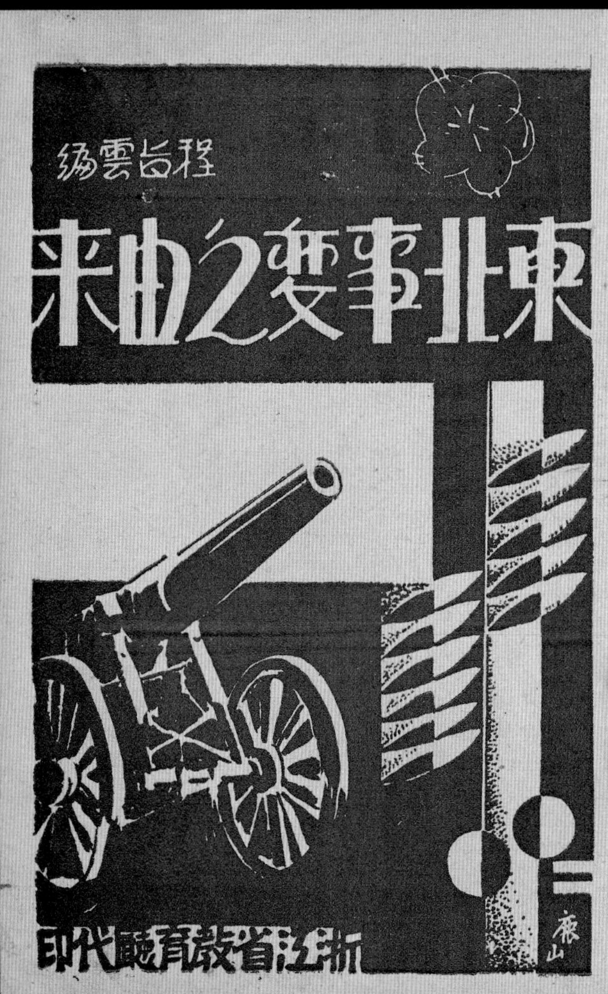

東北事變之由來

日本之海陸並進

海洋政策走不通了急轉大陸

一、日本之大陸政策　日本自明治維新以來，其對外侵略，向分南進北進兩派。南進以台灣爲基礎，經營南洋羣島，至於澳大利亞，謂之海洋政策。北進以朝鮮爲基礎，經營滿洲蒙古，至於中國全部，謂之大陸政策。自中日戰爭以後，日本割台灣，據澎湖，遂樹立海洋政策之基礎。日俄戰爭以後，日本租旅大，併朝鮮，又樹立大陸政策之基礎。惟由台灣南進，則與美屬菲利濱之利益相衝突。由加羅林羣島南進，又與英屬澳大利亞之利益相衝突。由雅浦島南進，又與荷屬南洋羣島之利益相衝突。荷蘭爲永世局外中立國，若相逼太甚，足以引起國際交涉。英美海軍，各超出日本五分之二以上，日本又非其敵手。況北呂宋之新舊軍港，先後告成；新加坡之大軍港，行將竣工，皆有敵對日本之勢。故日本舉國一致主張，對海洋政策，取緩進主義。對大陸

《暴露》创刊号

纵27.6厘米　横19.8厘米

九一八事变后，中华留日学生会出版发行的周刊。发刊词中载明：“我们开始‘暴露’了！我们不独要暴露日本帝国主义的本质，日本帝国主义的特征，日本帝国主义的侵略，屠杀，蹂躏我们的阴谋与事实；而且我们要暴露日本帝国主义者排演东北全武行的开场至收场和她的必然的动向！”中华留日学生会出版股1931年11月7日在上海编辑发行。

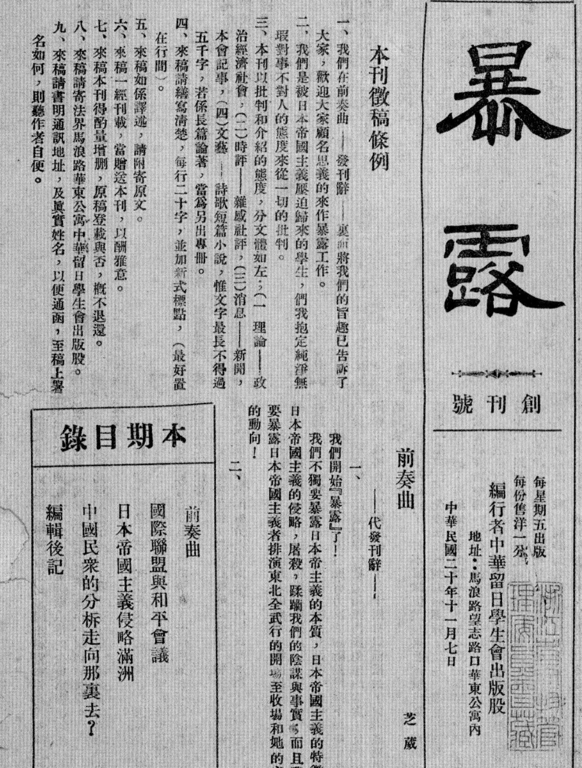

暴露

創刊號

每星期五出版
每份售洋一分
編行者中華留日學生會出版股
地址：馬浪路望志路口華東公寓內
中華民國二十年十一月七日

前奏曲

——代發刊辭——

芝葳

一、

我們開始『暴露』了！

我們不獨要暴露日本帝主義的本質，日本帝國主義的特徵，日本帝國主義的侵略，屠殺，蹂躪我們的陰謀與事實；而且我們要暴露日本帝國主義者排演東北全武行的開場至收場和她的必然的動向！

二、

本刊徵稿條例

一、我們在前奏曲——發刊辭——裏面將我們的旨趣已告訴了大家，歡迎大家顧名思義的來作暴露工作。
二、我們是被日本帝國主義壓迫歸來的學生，們我抱定純淨無瑕對事不對人的態度來從一切的批判。
三、本刊以批判和介紹的態度，分文體如左：(一)理論——政治經濟社會，(二)時評——雜感社評，(三)消息——新聞，本會記事，(四)文藝——詩歌短篇小說，惟文字最長不得過五千字，若係長篇論著，當爲另出專冊。
四、來稿請繕寫清楚，每行二十字，並加新式標點，(最好置在行間)。
五、來稿如係譯述，請附寄原文。
六、來稿一經刊載，當贈送本刊，以酬雅意。
七、來稿本刊得酌量增刪，原稿登載與否，概不退還。
八、來稿請寄法界馬浪路華東公寓中華留日學生會出版股。
九、來稿請書明通訊地址，及眞實姓名，以便通函，至稿上署名如何，則聽作者自便。

本期目錄

—1—

上海各大学联合会告全国同胞抗日救国书

纵26.5厘米　横19厘米

上海各大学联合会1931年印发。救国书中向各校学生发出号召：“我们是学生”，“我们也是中华民族的基本分子”，“天下兴亡，匹夫有责，愿我全国同胞，共喻此义，一致奋起，以民众的力量来督促政府抵抗那不共戴天的日本帝国主义”。

日本侵略我國不自今日始，我們同胞一致奮起，抵抗暴日，也不知有多少次數，可是從以往的事實看來，究竟有那一次是成功的呢？從二十一條的屈服，一直到現在朝鮮慘案的無法解決，究竟國人有沒有運用民衆的力量，督促政府去抵抗暴日的壓迫？能値得我們迴憶，而引爲痛快者，那就是我們學生的五四運動，假使沒有悲壯熱烈的五四運動，就不能阻止中國代表的拒簽巴黎和約，那麼青島的割讓於日本，早已規定在國際條約裡面，不但青島一處正式落在日本帝國主義者手中，恐怕山東全省也變做滿蒙第二了。我們想起了最可寶貴的五四運動，便覺得我們學生責任的重大，現在日軍佔領東北，國亡迫在眉睫，各界雖已奮起，政府尚無準備，我們不能不從冷靜的迴想中，發出一種熱烈認的情感來，自願鄭重地負担抗日救國的工作，以盡我們國民的天職，我們是學生，這是大家公的，但我們已覺悟我們也是國民，我們也是中華民族的基本分子，我們的能力雖屬有限，我們的人格，我們的意志不是任何威力摧殘和改變的。認識了這個大意義，我們誓願聯合上海全體學生，並願進一步聯絡全國學生，在三民主義的原則之下從事抗日這種爲民族求生存的救國運動，我們的血已經升到沸點，我們的腦却是照常的冷靜，我們願用理性鍛練情感，一面督促改府實行革命外交，抵來禦日本，一面則要求政府速調大軍開赴東北，與那强暴的日本決一死戰軍隊本爲國家自衛而設，平日國家養兵千萬，臨難則畏怯不前，試問何必要有此種殘殺同胞勇於私鬥的軍隊，外交官的責任，原在保障國家的主權，平常時候苟且因循敷衍塞責，不能防患於未然，大難當頭的時候，則又托詞鎭靜，欺騙國人，斷送國權於一旦，試問何必要有此種辱國喪權，昏聵糊塗的外官，事實告我如此，則爲抗日救國計，當然只有一條路可走，就是合力禦敵抗奮到底，既不願政府貿然讓步，締結亡國條約，尤不願軍事當局高談鎭靜，暴露國人之卑怯心理於衆人之前，無論如何，我們反對不抵抗主義，反對一切的屈服，須知公理基於武力，不能用武力來自衞的民族決不能達到夢想公理的庇護，天下興亡，匹夫有責，願我全國同胞，共喻此義，一致奮起，以民衆的力量來督促政府抵抗那不共戴天的日本帝國主義。

上海各大學聯合會

中共浙闽省临时执委会快邮代电

纵53.3厘米　横22.2厘米

国家一级文物。1935年北平爆发一二·九运动，掀起了全国抗日救国新高潮。1936年1月6日，中共浙闽省临时执行委员会发出抗日救国的快邮代电，声援北平学生的爱国壮举，呼吁“全中国的民众一致的醒来”，“打倒卖国辱国的国民党军阀”，“为挽救民族危机而战”，“为脱离亡国奴的命运而战”。中国共产党浙闽省临时执行委员会，简称闽浙边临时省委，1935年11月7日在浙江泰顺县白科湾成立。

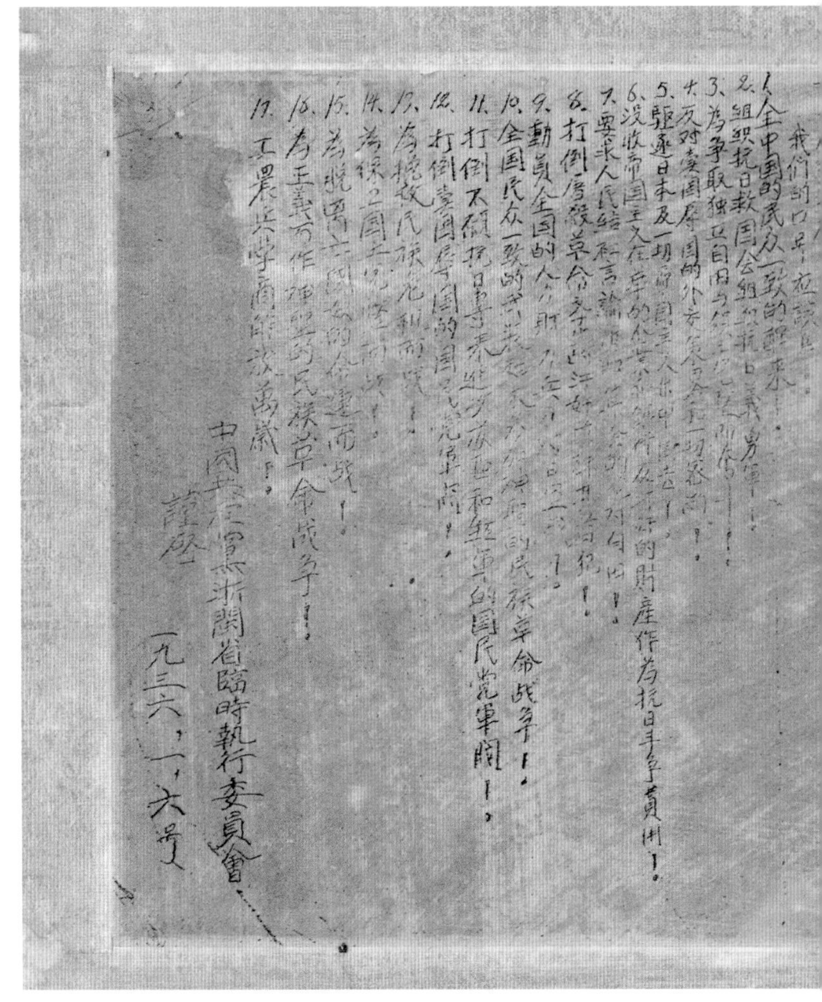

我们的口号应该是：
1. 全中国的民众一致的醒来！
2. 组织抗日救国会组织抗日义勇军！
3. 为争取独立自由与[illegible]
4. 反对卖国辱国的[illegible]一切条约！
5. 驱逐日本及一切帝国主义[illegible]
6. 没收帝国主义在华的[illegible]的财产作为抗日斗争费用！
7. 要求人民结社言论[illegible]自由！
8. 打倒屠杀革命[illegible]
9. 动员全国的人力财力[illegible]
10. 全国民众一致的[illegible]民族革命战争！
11. 打倒不顾抗日[illegible]和红军的国民党军阀！
12. 打倒卖国辱国的国民党军阀！
13. 为挽救民族危机而战！
14. 为保卫国土[illegible]而战！
15. 为脱离亡国奴的命运而战！
16. 为正义而作神圣的民族革命战争！
17. 工农兵学商[illegible]万岁！

中国共产党浙闽省临时执行委员会

一九三六，一，六号

《艺术》月刊第一卷第一期

纵21.9厘米　横16.2厘米

1930年3月在上海创刊。上海艺术剧社主办，夏衍主编。仅出一期即遭国民党政府查禁。本期尚是库存书，上载“1930年3月出版”字样。内容包括郑伯奇《中国戏剧运动的进路》、冯乃超《俄国革命前的文字运动》等17篇文章。

快郵代電

全國各報館各郵局轉
北平各學校諸同學均鑒：

[illegible]閩振得悉諸同學為挽救民族危机！争取領土完整！作了流血牺牲的壯烈運動与奮斗。此种百折不撓，鋼鐵頑強，絕食忍凍，血淚諸願的精神，實不愧為民族運動的先鋒躯，抗日反帝的倡領者。中共閩浙省臨時執行委員会當号召全党的同志全体紅色指战員及數万万的民众与諸同學共同奮斗到底外，特向諸同學致以革命的敬礼！

自九一八事变以來，在国民党南京政府和賣国首領蔣介石宣称"中国無力抗日"、"言抗日者殺無赦"与所謂"抗日必先剿共"、"攘外必先安内"等等反動的政治口号之下，日帝国主义的行動更加兇惡了，東北、[illegible]、熱河、察哈爾、華北[illegible]相繼失於[illegible]已成為国民党南京政府及其官僚政客們不可争辯的賣国辱国之露骨表現啊！

同學們！我們整个中華民族的淪亡已到了不可收拾的地步，亡国奴的命運瘋狂般的在威脅我們，在此千鈞一髮，刻不容忍的狀態中，不自由毋寧死！做亡国奴不如轟轟烈烈為中華民族幹一番光榮不朽的事業！

數年來在抗日反帝与争取獨立自由和領土完整的斗爭中，鉄的事實教訓我們：国民党南京政府及其各派軍閥与官僚政客們不但不会抗日反帝，而且到處封閉与解散抗日反帝的团体和任意的屠殺抗日反帝的民众及革命的工人学生与士兵。自九一八事变以來，在国民党"言抗者殺無赦"的反動口号之下，被其屠殺、活埋、刺死者不下數十万之众。最明显的近例就是此次諸同學進京請願，被其敲死与枪决者在數百有奇。此种煮豆燃萁，自毀同种，喪权失地，忠順於日本及一切帝国主义的行為，不僅諸同學之瞭解，實全中国同胞的共目睹者也！

同學們！国民党賣国辱国的罪狀始終不会放棄屠殺同胞之行為，當愈演愈慘。在日本帝国主义与漢奸們繼續的著著進攻中，我們唯一的出路只有一致的团結起來，下我們最大的决心，準備著我們沸騰的熱血与头顱和日本強奴決一死战！与賣国辱国的国民党軍閥拼个血肉横飛起來！數万万的民众是我們的後援。同时只有工農兵[illegible]自己的力量才能收復東北失地，保障国土完整，挽救民族危机。任何的幻想与依賴都是極端有害和自找滅亡的行為。至於向国民党南京政府請願或希望[illegible]早定外交方針，這都是对牛彈琴了。苏联著名的政治家[illegible]曾經这樣的正確指出："時局已甚緊急，欲僅以外交手腕覓一出路，必不可得"。斯言正為警覺全国同胞急起圖存啊！中国共產党在"九一八"事变爆發後曾經提出下列的反帝統一战線的五大綱領：（1.堅决反对国民党出賣東北政策，反对国民党出賣東北、華北与中日直接交涉者，拋棄对国联与美国的任何幻想。只有工農民和一切劳動者的团結与統一，才是中国民族对帝国主义的抵抗力量与勝利的保証。

2.全中国民众必須起來為保卫中国領土与獨立而作神聖的民族革命战爭。

3.号召民众直接參加反日战爭与游击战爭。用所有軍器庫之一切武裝來武裝民众，組織民众的反日义勇軍，積極援助東北抗日义勇軍以及廣大群众[illegible]抵制日貨的行動。

4.沒收日本帝国主义[illegible]停止支付一切債款本息，設施[illegible]系進稅，作為抗日的[illegible]对日作战，立刻停止進[illegible]

《大众生活》第一卷第七期

纵26厘米　横18.4厘米

《大众生活》是1935年11月16日在上海创刊的综合性时事周刊。由邹韬奋创办并任主编。1936年2月19日被国民党当局查封。1941年5月17日在香港复刊，1941年12月6日停刊，共出版46期。该刊曾大力宣传一二·九运动，热情支持爱国救亡斗争。本期为1935年12月28日出版的第一卷第七期。

《一二一二抗日救亡运动宣传大纲》

纵24.7厘米　横33.2厘米

1936年12月12日，张学良、杨虎城在西安发动兵谏，逼迫蒋介石抗日。1937年9月26日，浙东抗敌后援会宣传工作队印制这份《一二一二抗日救亡运动宣传大纲》，阐明1936年12月12日发动的“西安事变”，“是个划时代的义举”，“我们应该热烈的拥护和扩大这一运动，实现西北军民所提改组南京政府、停止一切内战等八项救国主张”，“使中华民族在御侮救亡中得到彻底解放”。

一二一二抗日救亡運動宣傳大綱（對一般民衆）

一、一二一二的運動是個劃時代的義舉，志切抗敵的西北軍民在張楊諸領袖領導之下，淸算過去的誤國政策，開展未來的救國前途，正與以往辛亥，五四，國民黨改組北伐諸役同具非常的性質，佔歷史上重大的一頁。但在外寇逼凌民族生命瀕於危殆的今日，這一運動的偉大意義，又非過去諸役所能比擬。我們應該熱烈的擁護和擴大這一運動，實現西北軍民所提各項要求，使中華民族在禦侮救亡中得到澈底解放。

二、九一八事變的發生到現在已五年有餘，在這五年中間，我們的敵人併吞了中國六省的疆土，佔據一百六十餘萬方里的土地，奴役六千萬的同胞，這已竟是中國有史以來絕大的奇恥巨辱。但敵人並不以此為滿足，在經濟上任意攫奪華北的鑛產棉產，建立伸入我國腹地的鐵路交通網，強迫通航，有計劃的進行走私，以破壞我國民經濟財政命脈，使我國完全成為殖民地化的附庸。在外交上提出共同防共，華北獨立（特殊化），取締抗日運動，聘日顧問，減低關稅，[illegible]臺（島）通航等等亡國條件，強迫我方接受。在軍事上厚集大股匪偽，在日人直接指揮接濟之下，竊我綏蒙，偽軍雖屢遭敗績，日軍則有出於直接行動之勢。海軍陸戰隊強在青島上岸，逮捕我公務人員，擣毀機關。這些事實都證明了日本的野心，不僅在攫奪局部疆土，實欲亡我國家，使中國在日人脅迫驅使之下，淪為屬領，以遂其獨霸東亞大陸，進攻蘇聯的迷夢。

三、日人的侵略行動雖極橫暴，但其國內政治經濟危機正隨着對外的侵略而日益增漲，國家財政赤字激增，大多數的工農大衆都在死亡線上掙扎。日本統治階級利用對華侵略轉移國內視線緩和革命運動爆發，而中國的不抵抗政策適正助長了日本統治階級這一策略的成功，而更啓其對華輕視覬覦的野心，肆無忌憚的加緊侵略。

四、檢討過去中央對日政策，一方藉口長期準備，盡力拖延抗戰的實施；一方運用先安內後攘外的政策，對敵人竭盡屈辱投降的能事。雖經全國人民奔走呼號要求抗戰，甚至直到綏戰爆發，日方已由軍事外交經濟三方進行亡我國家，中央還一味掩蔽真相，欺騙民衆諉為局部問題，沒有絲毫進行全部抗戰的決心。

五、二十年來，中國的國力和元氣，大都消耗在自相殘殺的內戰上面，九一八事變後，全國民衆和各黨派都熱烈的籲求停止內戰，一致對外。素與國民黨立在極端敵對地位的共產黨紅軍，最近也一再要求停戰抗日，並且自動停止對政府軍的攻擊，改換抗日聯軍的番號。乃政府對於舉國一致的要求置若罔聞，對日繼續屈辱求和，反而調集幾十萬的大軍，最新式的飛機與炸彈毒氣，準備在西北大規模進行自相殘殺的內戰。

六、最近全國民氣的激昂，是政府不肯決心抗戰的必然結果，各地民衆壯烈的表示與行動，足徵全國人民的敵愾同讎已屆白熱化，再不肯在隱忍屈辱中，任聽敵人的蹂躪。中央政府不能積極領導人民抗敵，致人民自動興起，已屬瀆職；並且政府還對愛國抗敵的民衆視若寇讎，逮捕各愛國領袖，封閉各救國刊物，解散救國會等團體，並且用種種方式威脅壓迫堅主抗敵的人士，甚至企圖加以監視和暗殺。此次十二月九日西安學生救國運動，警察開槍擊傷學生，甚至身為全國領袖的蔣委員長，居然下令槍殺愛國學生。漢奸橫行，愛國有罪，長此以往，中華民族勢必沉淪到無底深淵，再沒有解放振拔的一日。

七、張楊兩將軍及西北軍民鑒於國事危急，忍無可忍，於屢諫無效之餘，纔毅然發動一二一二的義舉，向蔣委員長盡最後的懇摯諍諫，並根據全國人民公意提出八項主張。同時組織抗日聯軍，剋日出動援綏。這一偉大行動，淸算了過去政府的誤國，奠定了救亡禦侮的基礎，全國民衆應該立刻起來從行動上響應，促進蔣委員長及南京政府的覺悟，早日實現抗敵復土的要求。

八、這次西北軍民提出了八項救國主張，我們應該深切瞭解其重大含義，並努力促其實現：

1.改組南京政府，容納各黨各派共同負責救國——因為南京政府僅屬國民黨一系的政權，許多國民黨外的優秀分子都被摒拒於政府之外，而且南京政府中許多重要官吏正是親日的宵小，賣國的能手。為了加強政府力量，使之眞正形成為全國人民所擁戴愛護的政府，首先不能不對南京政府加以改組，容納各方領袖共負救國責任。

2.停止一切內戰——在全國一致要求抗日之下，絕對不能再繼續進行自相殘殺的內戰，而且應當化敵對為友好，共同負起救國重任。

3.立即釋放上海被捕之愛國領袖——上海各愛國領袖沈鈞儒鄒韜奮章乃器等因為力持正義，堅主抗戰，致為南京政府所忌，投之囹圄。最近主張抗日的宋慶齡馮玉祥李烈鈞諸先生又有失踪消息。政府這種行動無異表示甘與全國人民為敵，我們要求對這些抗日領袖立予釋放。

4.釋放一切政治犯——政治犯大都是熱血青年，因為不滿政府誤國設施，主張抗敵救亡，致被政府所囚禁。這些人都是熱情優秀分子，為國家元氣所寄，是抗敵禦侮的中堅。西北方面對此項要求業經實行，我們應該全國各地實現政治犯的開釋。

5.開放民衆愛國運動——民衆運動是救國行動的主要骨幹，過去南京政府的遏止摧殘民衆運動，正無異於自壞長城，解除自身的武裝。我們的最大力量在民衆身上，也只有全國民衆都武裝起來，行動起來，我們才能在抗敵戰爭中操必勝之算。

6.保障人民集會結社一切政治自由——人民的政治動向是政府施政的指針；過去政府不但不知尊重民意，而且把人民一切集會結社的政治自由都剝奪淨盡。結果下情壅塞，不能上達；政府當局為所欲為；在獨裁統制之下造出無數的罪惡，陷國家民族於危殆。所以我們要求開放民權，予人以最大的政治自由，使政府與人民融為一體，在救亡禦侮途徑上邁進。

7.確實遵行總理遺囑——我們的救國領袖孫先生在最後的遺囑上諄諄囑咐要喚起民衆及聯合以平等待我之民族共同奮鬥；還和孫先生生前親自發定的聯俄容共工農三大政策，同是中國的救亡要圖。不幸蔣介石氏及其左右不只有意予以曲解，並且把孫先生政策置之腦後，一味實行獨裁摧殘民權，進行內戰，對外屈辱，使孫先生蒙冤地下。我們要貫徹孫先生救國眞精神，當自遵行孫先生遺囑及三大政策始。

8.立即召開救國會議——張楊兩將軍及西北軍民已發動義舉於先，而禦侮救亡的大計應該決於全國的公意。這一聚集全國軍民的救國會議，實即此後一切政府行動的最高指標，應該立即促其實現，以應付當前艱鉅的局面。

九、以上各項主張都是全國民衆熱烈呼號的要求，過去南京政府，因為蔑視民衆，視人民如寇讎，致為全國所共棄。張楊兩將軍及西北軍民的行動完全執行全國民衆的意旨，希望蔣介石氏及南京政府能够翻然悔悟，棄絕過去的錯誤路線，與全國民衆站在一起。除卻漢奸賣國賊之外，西北軍民對於任何人沒有畛域成見與好惡，凡肯接受民衆要求的都是我們的同志和友軍；反對這些主張以及只知擁護個人，不顧民族利害者都是全國的公敵。

十、西北各將領為了實現集中力量一致對外，纔有此次的義舉，絕不肯因而再爆發內戰。雖然南京方面擁有多數的部隊，精良的武器，而大多數的將領和士兵在內心仍舊和全國民衆站在一條戰線，不過因為職務上的隸屬關係，不得不奉行南京政府的命令而已。全國民衆應該促起他們的決心，堅定他們的意志，使他們堅決與民衆站在一起。在這一前途之下，只有全國團結一致抗敵，絕不會再發生自相殘殺的內戰。南京部隊都為全國民衆血汗所供養，各種軍實武器也都是民衆血汗所換來，如果有少數怙惡不悛之輩，不惜違背公意殘民以逞，不肯努力抗敵，只知槍口向內，那時僅全國民衆的偉大力量已足將此輩鎮壓下去。

十一、一二一二的義舉僅是抗戰救亡的一個序幕，目前應當積極準備抗戰救亡之實施。張楊兩將軍已組抗日聯軍即日出發援綏，民衆應該一致奮起，努力從事個人應盡的任務，實現民衆與武力相結合，這是抗敵致勝的唯一條件。

十二、工人們！農民們！學生婦女商人以及從事各種職業的同胞們！現在中國已屆生死存亡的重要關頭，每一個國民對於救亡禦侮都負有非常重大的使命。軍人武裝衛國，責無旁貸；每一個國民，都應該奮起救亡，武裝自己，與前方的軍事行動相配合。我們切實相信中國斷不會亡，復土明恥一定能够實現，但一定需要全國軍民付出血的代價去換取！

擁護張楊兩將軍及西北軍民的救國主張！

接受全國民衆的救亡要求！

開放民權！停止內戰！

援助綏遠前方抗戰將士！

速召救國會議實現抗戰救亡！

中華民族解放萬歲！

《为奴隶的母亲》

纵18厘米　横12.9厘米

柔石的短篇小说，创作于1930年。这是1943年桂林市远方书店出版的英汉对照版本，由史诺英译，柳无垢编注。32开，正文98页。在此之前这本书还有1941年香港齿轮编译社出版的英汉对照版本，署“爱特伽·斯诺译”。

•英漢對照文藝叢書•

爲奴隸的母親

JOUSHIH: SLAVE MOTHER

柔　石原著

史　諾英譯

遠方書店印行

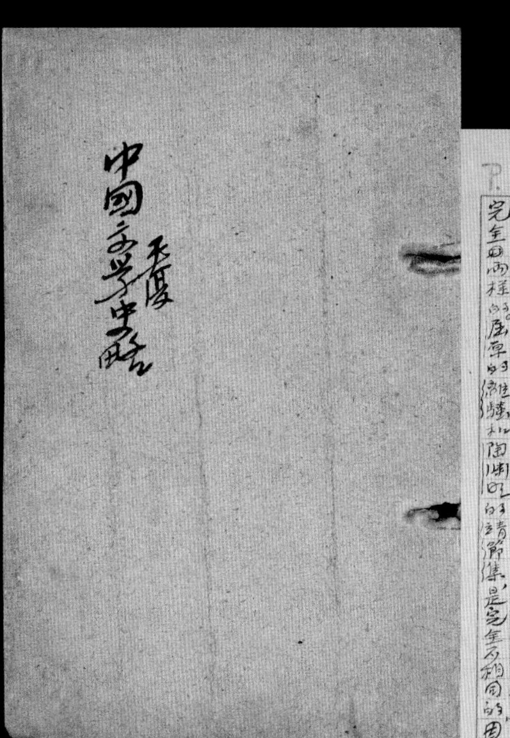

柔石烈士遗物《中国文学史略》稿本

纵19.3厘米　横29.3厘米

国家一级文物。稿本内有文稿50页。行书，蓝色水印。《中国文学史略》稿本对于研究现代中国文学理论，研究著名左联烈士之一的柔石具有极高的史料价值。柔石（1902—1931），原名赵平福（平复），又名赵少雄，浙江宁海人。中国无产阶级文学运动的优秀战士，左联五烈士之一。

前哨

月刊 · 中國左翼作家聯盟機關雜誌 · 前哨編緝委員會編

第一卷 第一期 1931 4 25 出版

——紀念戰死者專號——

零售：每份大洋八分 訂閱：全年八角半年四角 寄費：國外照加國內不加

血的教訓
——悼二月七日的我們的死者——
梅孫

《前哨》第一卷第一期

纵26厘米 横18.6厘米

1931年柔石、冯铿、李伟森等左联五位作家惨遭杀害，为纪念五烈士，1931年4月25日左联秘密发行纪念文刊《前哨》（后改名为《文学导报》），命之为“纪念战死者专号”。该刊刊登了鲁迅的《中国无产阶级革命文学和前驱的血》，向全国和全世界揭露、控诉国民党法西斯的野蛮行径，号召作家们“集中到左翼文学文化运动的营垒中来”。

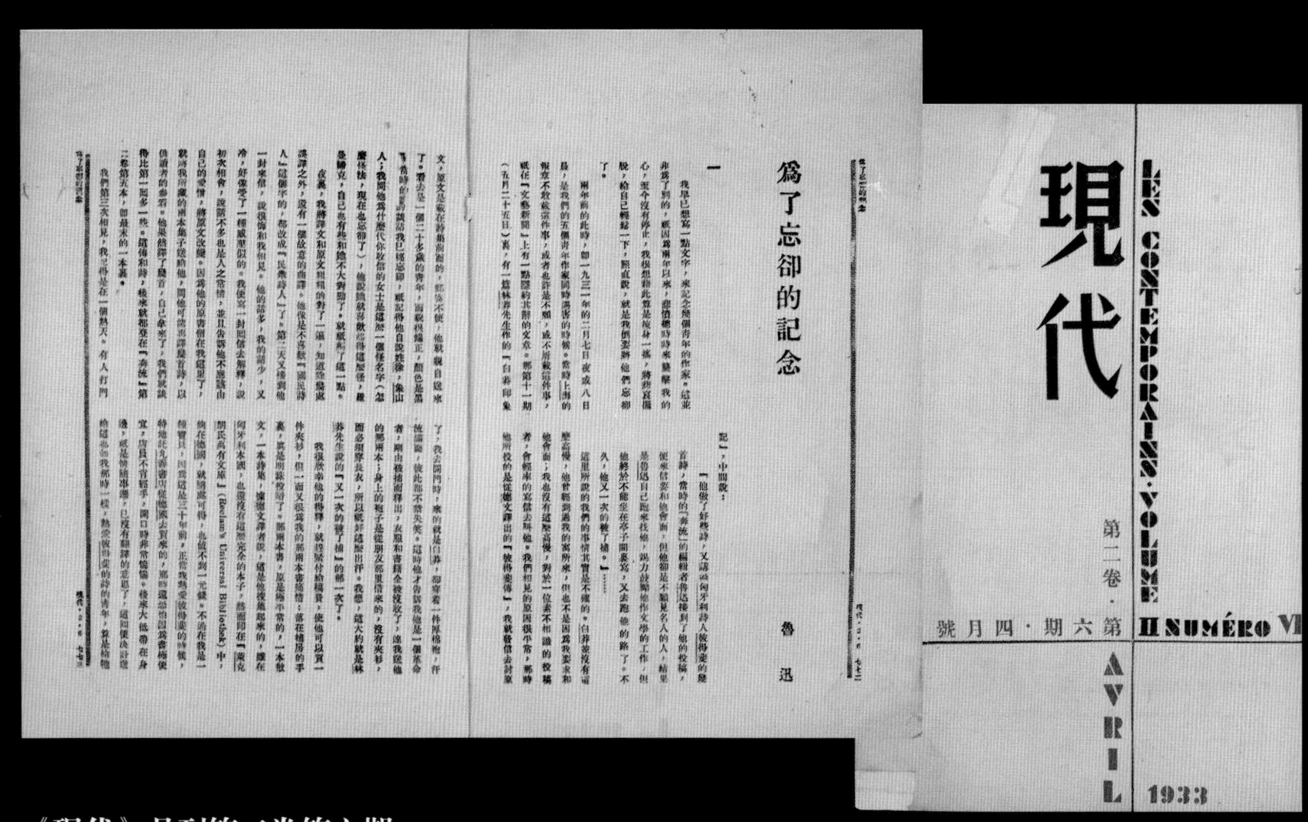

《现代》月刊第二卷第六期

纵26.3厘米 横19厘米

1933年2月7日至8日，在左联五烈士牺牲两周年之时，鲁迅写下了《为了忘却的记念》这篇悼文 ，由于当时左联主办的刊物以及外围刊物已被扫荡一光，只好在施蛰存主编的《现代》月刊上发表。这就是刊载了这篇文章的《现代》月刊，1933年4月现代书局印行。

《救亡进行曲》

纵33.6厘米　横28.5厘米

《救亡进行曲》是一二·九运动后，作曲家孙慎和诗人周钢鸣根据抗日救亡运动中斗争生活和群众歌咏活动的体验与需要而创作的，表达了全国人民奋起救亡，收复失地的坚定决心，是具有代表性的抗日救亡歌曲之一。

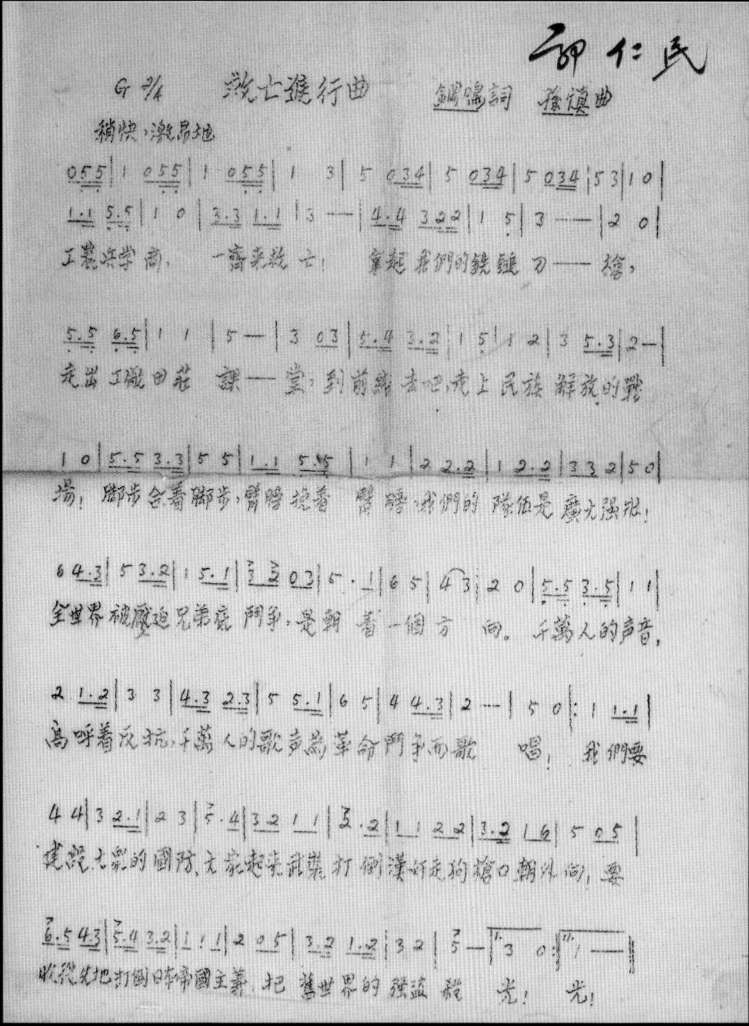

《离家》

纵33.8厘米　横28.4厘米

即歌曲《松花江上》，创作于1936年11月，张寒晖词曲。抗战初期，作曲家刘雪庵将这首歌编入《流亡三部曲》（《离家》、《流亡》、《上战场》），并作为三部曲的第一部分《离家》。

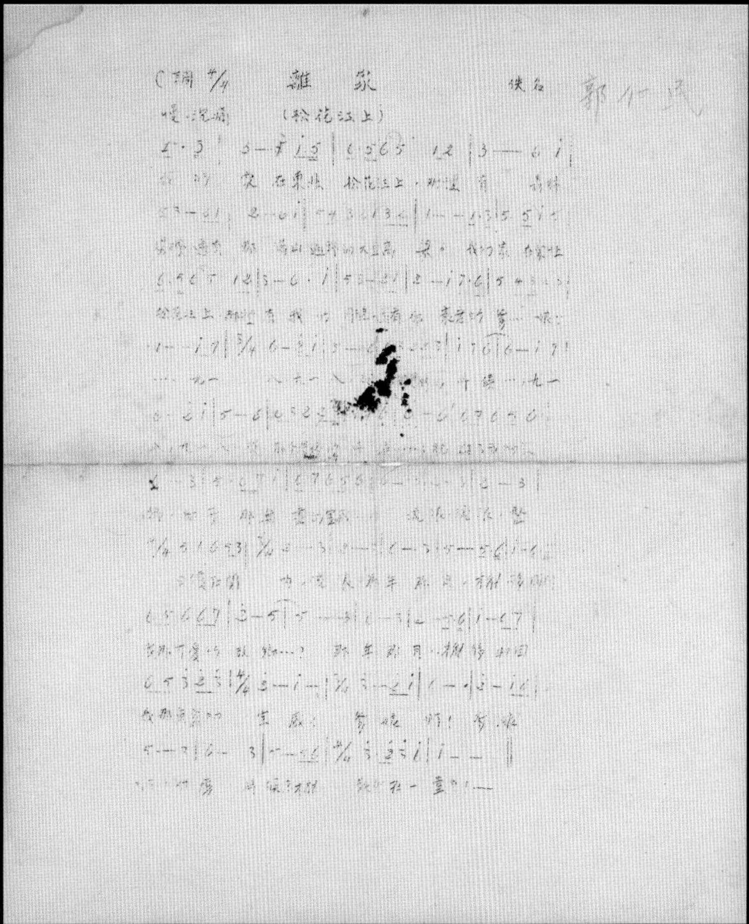

我們對蘆溝橋事件的主張

中國共產黨爲日軍進攻蘆溝橋通電

全國各報館，各團體，各軍隊，中國國民黨，國民政府，軍事委員會，暨全國同胞們！

本月七日夜十時，日本在蘆溝橋，向中國駐軍馮治安部隊進攻，要求馮部退至長辛店，因馮部不允，發生衝突，現雙方尚在對戰中。

不管日寇在蘆溝橋這一挑戰行動的結局，卽將擴大成爲大規模的侵略戰爭，或者造成外交壓迫的條件，以期導入於將來的侵略戰爭，平津與華北被日寇武裝侵略的危險，是極端嚴重了。這一危險形勢告訴我們：過去日本帝國主義對華『新認識』，『新政策』的空談，不過是準備對於中國新進攻的烟幕。中國共產黨早已向全國同胞指明了這一點，現在烟幕揭開了。日本帝國主義武力侵佔平津與華北的危險，已經放在每一個中國人的面前。

全中國的同胞們！平津危急！華北危急！中華民族危急！只有全民族實行抗戰，才是我們的出路！我們要求立刻給進攻的日軍以堅決的反攻，並立刻準備應付新的大事變。全國上下應該立刻放棄任何與日寇和平苟安的希望與估計。

全中國同胞們！我們應該讚揚與擁護馮治安部的英勇抗戰！我們應該讚揚與擁護華北當局與國土共存亡的宣言！我們要求宋哲元將軍立刻動員全部廿九軍，開赴前線應戰！我們要求南京中央政府立刻切實援助廿九軍，並立卽開放全國民衆愛國運動，發揚抗戰的民氣，立卽動員全國海陸空軍，準備應戰，立卽肅清潛藏在中國境內的漢奸賣國賊份子，及一切日寇偵探，鞏固後方。我們要求全國人民，用全力援助神聖的抗日自衞戰爭！

我們的口號是：

武裝保衛平津，保衛華北！

不讓日本帝國主義佔領中國寸土！

爲保衛國土流最後一滴血！

全中國同胞，政府，與軍隊，團結起來，築成民族統一戰線的堅固長城，抵抗日寇的侵掠！

國共兩黨親密合作抵抗日寇的新進攻！

驅逐日寇出中國！

中國共產黨中央委員會

《中国共产党为日军进攻卢沟桥通电》

纵22.4厘米　横19.4厘米

七七事变后，中国共产党发表通电，号召全中国同胞和军队团结起来，筑成民族统一战线的坚固长城，抵抗日本的侵略。

《中国共产党抗日救国十大纲领》（右页下）

纵31.8厘米　横55.5厘米

为动员一切力量争取抗战胜利，1937年8月，中共中央发布了这一纲领，“为争取一切力量争取抗战胜利而斗争”，把实行抗日同实现民主、改善民生紧密结合起来，主张采取全国人民总动员的全面抗战路线。中国共产党闽浙省委会1937年10月7日翻印。

《中国共产党为公布国共合作宣言》

纵24.6厘米　横30.7厘米

1937年7月15日，由周恩来起草，中国共产党中央委员会制订。同年9月22日国民党中央通讯社予以发表，次日蒋介石发表谈话，宣告国共两党重新合作和中国抗日民族统一战线的形成。

中國共產黨爲公佈國共合作宣言

解放報記者以共產黨中央最近由南京中央社廣播發表之宣言，影響中國時局甚爲廣大，特請共產黨中央負責人發表意見如下：——

「關於國共兩黨聯合救國之偉大事業，已在九月二十二日經過中央通訊社所發表的中國共產黨宣言及九月二十三日該社繼續發表的蔣介石氏的談話，建立起必要的基礎了。蔣氏的談話，指出了團結救國的深切意義，發出了與全國國民澈底更始的諾言，承認了共產黨在全國的合法地位，這是値得贊許的。但是在蔣氏談話中尚沒有拋棄國民黨自大主義的精神，尙沒有能坦白的承認國民黨過去十年來在民族危機中自己所應負的責任，不免遺憾！共產黨的宣言及蔣氏的談話，宣佈了中國抗日民族統一戰線的成功。今後的問題，是如何實行民主政治，改善人民生活，啓發全國人民的抗日運動，用以極大的增強抗日戰爭的力量。這個宣言是一個公佈國共合作的宣言，本應早日發表，還是在七月四日起草，七月十五日就交付國民黨了的，可是推遲了兩個多月才發表，然而宣言的基本精神是沒有損失的，這個宣言不但將成爲兩黨團結的方針，而且將成爲全國人民大團結的根本方針。中華民族之復興，日本帝國主義之打倒，將於今後的兩黨團結與全國團結得到其基礎。宣言全文如下：

親愛的同胞們！中國共產黨中央委員會謹以極大的熱忱向我全國父老兄弟諸姑姊妹宣言：當此國難極端嚴重民族生命存亡絕續之時，我們爲着挽救祖國的危亡，在和平統一團結禦侮的基礎上，已經與中國國民黨獲得了諒解，而共赴國難了，這對於我們偉大的中華民族前途有着怎樣重大的意義啊！因爲大家都知道，在民族生命危急萬狀的現在，只有我們民族內部的團結，才能戰勝日本帝國主義的侵略。現在民族團結的基礎已經定下了，我們民族獨立自由解放的前提也已創設了，中共中央特爲我們民族的光明燦爛的前途慶賀。

不過我們知道，要把這個民族的光耀前途，變爲實現的獨立自由幸福的新中國，仍需要全國同胞，每一個熱血的黃帝子孫，堅韌不拔的努力奮鬥。中國共產黨願當此時機，向全國同胞提出我們奮鬥之總的目標，這就是：

（一）爭取中華民族之獨立自由與解放。首先須切實的迅速的準備與發動民族革命抗戰，以收復失地和恢復領土主權之完整。（二）實現民權政治，召開國民大會，以制定憲法與規定救國方針。（三）實現中國人民之幸福與愉快的生活。首先須切實救濟災荒，安定民生，發展國防經濟，解除人民痛苦，與改善人民生活。

凡此諸項，均爲中國的急需，以此懸爲奮鬥之鵠的，我們相信必須獲得全國同胞之熱烈的贊助，中共願在這個總綱領的目標下，與全國同胞手攜手的一致努力。

中共深切知道，在實現這個崇高目標的前進路上，須要克服許多的障礙和困難，首先將遇到日本帝國主義的阻礙和破壞。爲着取消敵人的陰謀之藉口，爲着解除一切善意的懷疑者之誤會，中國共產黨中央委員會，有披瀝自己對於民族解放事業的赤忱之必要。因此，中共中央再鄭重向全國宣言：

（一）孫中山先生的三民主義爲中國今日之必需，本黨願爲其澈底的實現而奮鬥。

（二）取消一切推翻國民黨政權的暴動政策，及赤化運動，停止以暴力沒收地主土地的政策。

（三）取消現在的蘇維埃政府，實行民權政治，以期全國政權之統一。

（四）取消紅軍名義及番號，改編爲國民革命軍，受國民政府軍事委員會之統轄，並待命出動，担任抗日前線之職責。

親愛的同胞們！本黨這種光明磊落大公無私與委曲求全的態度，早已向全國同胞在言論行動上明白表示出來，並且已獲得同胞們的贊許。現在爲求得與國民黨的精誠團結，鞏固全國的和平統一，實行抗日的民族革命戰爭，我們準備把這些諾言中在形式上尙未實行的部份，如蘇區取消，紅軍改編等，立卽實行，以便用統一團結的全國力量，抵抗外敵的侵略。

寇深矣！禍亟矣！同胞們，起來，一致的團結啊！我們偉大悠久的中華民族是不可屈服的。起來，爲鞏固民族的團結而奮鬥，爲推翻日本帝國主義的壓迫而奮鬥，勝利是屬於中華民族的。

抗日戰爭勝利萬歲！

獨立自由幸福的新中國萬歲！

中國共產黨中央委員會

中國共産党抗日救國十大綱領

為動員一切力量爭取抗战勝利而斗争！

一、打倒日本帝國主義：对日絶交，驅逐日本官吏，逮捕日本侦探，没收日本帝國主義在華財産，否認日本外債，廢除中日条约，為保五華北与沿海各地而血战到底，為爭取平津与東北而血战到底，驅逐日本帝國主義出中國，反对任何的动搖与妥協。

二、全國軍隊的總動員：動員全國海陸空軍，实行抗战，反对单純防禦作战方針，採取独立自主的積極作战方針，武装人民，發展抗日的游击战争，配合主力軍作战，改革軍隊的政治工作，使指揮員与战斗員团結一致，軍隊与人民团結一致，发揚軍隊的積極性，援助東北人民革命軍及義勇軍，破坏敌的後方，实現一切抗战軍隊的平等待遇，建立各地军区，動員全民參战，以便健康兵役取消募兵役制。

三、全國人民總動員：全國人民除漢奸外，都有抗日救國的言論、出版、集会、結社及武裝抗日之自由，廢除一切束縛人民愛國運動的法令，釋放一切愛國的革命的政治犯，開放党禁，全國人民動員起来，武裝起来，參加抗战，实行有力出力，有錢出錢，有槍出槍，有知識出知識，動員蒙民回民及其他一切少数民族在民族的自决和自治的原則下共同抗日。

四、改革政治机構：召集真正人民代表大会，通过真正的民主憲法，决定抗日救國方針，選举國防政府，國防政府必須吸收各党各派的人民团体的革命份子，驅逐親日份子，國防政府採取民主集中制，他是民主的，但又是集中的，國防政府执行抗日救國的主要政策，实行地方自治，剷除貪官污吏，建立廉潔政府。

五、抗日的外交政策：在不丧失領土主权的範围内，与一切反对日本侵略主义的國家，訂立反侵略同盟及抗日軍事互助協定，拥护和平陣线，反对德日意侵略陣线，聯合朝鮮与台湾及日本國内的工農人民，反对日本帝國主義。

六、战時財政經济政策：財政政策以有錢出錢及没收漢奸財產作抗日經費為原則，經济政策是：整頓与扩大國内生產，發展農村經济，保証战時農產品的自給，提倡國貨，改良土產，禁止日貨，取締奸商，反投机操縱。

七、改良人民生活：改良工人、職員、教員及抗日軍人的待遇，优待抗日軍人的家属，廢除苛捐杂税，减租减息，救济失業，調節粮食，賑濟灾荒。

八、抗日的教育政策：改变教育的旧制度、旧課程，实行以抗日救國為目標的新制度新課程，实施普遍的義務的免费教育方案，提高人民民族觉悟的程度，实行全國学生武装的訓练。

九、肅清漢奸賣國賊親日派，鞏固後方。

十、抗日的民族团結：在國共两党徹底合作的基礎上，建立全國各党各派各界各軍的抗日民族統一战綫，領導抗日战争，精誠团結，共赴國难。

中國共産党中央委員會　一九三七、八、一五、

中國共産党闽浙省委會　一九三七、十二、七、翻印

《为巩固和平坚决抗敌告全国各界男女同胞书》

纵29.9厘米　横61.8厘米

国家一级文物。1937年8月，中共闽浙边临时省委与浙江国民党地方当局在温州进行合作抗日的和平谈判，达成协议，促成浙江省第二次国共合作的初步形成。8月28日，中共闽浙边临时省委、中华抗日人民红闽浙军区司令部为此印发了这一历史性文告，指出“民族危机已临最后关头”，“只有彻底地执行着这个‘抗日民族统一战线’的任务，才能获得抗战的最后胜利”！

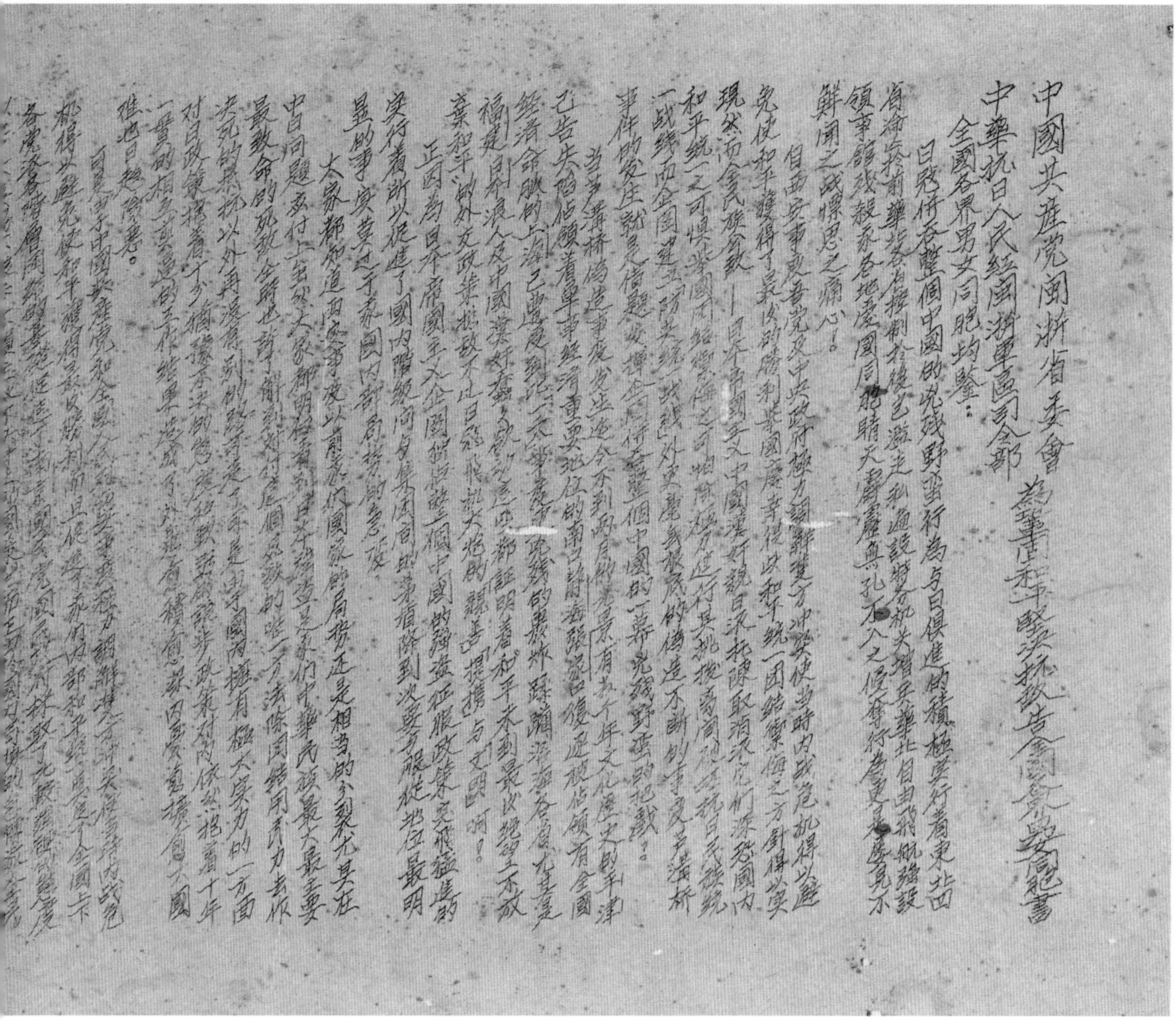

中國共產黨閩浙省委會
中華抗日人民紅軍閩浙軍區司令部
全國各界男女同胞均鑒：

《抗战总动员》

纵18.5厘米　横13厘米

战时出版社1937—1938年出版。邹韬奋等著。本书是中国各界著名专家学者在抗日战争初期进行系统性政治、经济、外交、文化、教育、新闻、艺术动员的论文结集。

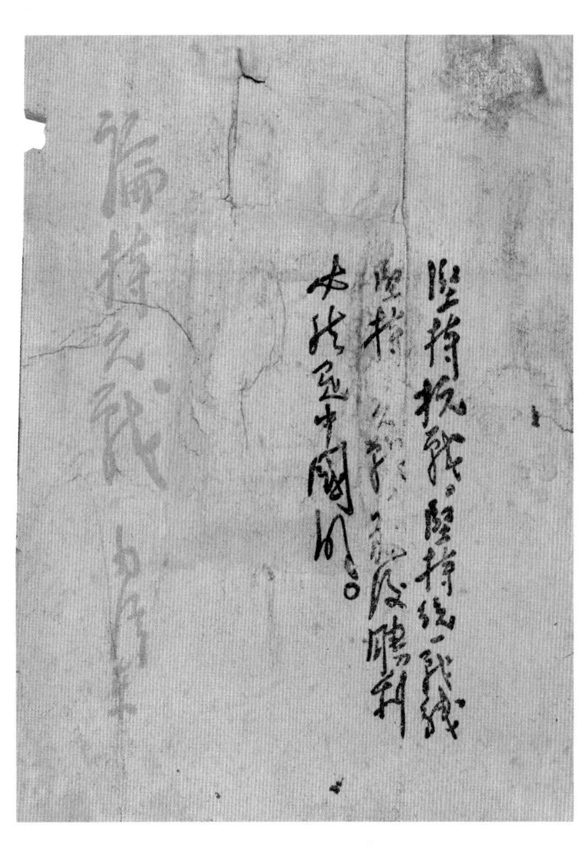

《论持久战》

纵17.2厘米　横12.3厘米

这是毛泽东1938年5月26日至6月3日在延安抗日战争研究会上的讲演。后收入《毛泽东选集》第二卷。讲演共21个问题，分为两个部分。第一部分（包括前八个问题）主要分析了中日两国的基本特点，揭示了抗日战争发展的客观规律；第二部分（包括后13个问题）主要论述了在抗日战争中发挥自觉的能动性，实行人民战争的极端重要性。毛泽东的这篇讲演出色地运用马克思主义的唯物辩证法和历史唯物论，科学地论证了抗日战争的发展规律，阐明了持久战的总方针，粉碎了“速胜论”和“亡国论”，从而在思想上武装了全党、全军和全国人民。

《抗日民族统一战线教程》

纵18.5厘米　横13厘米

1938年出版，凯丰著。主要刊载“民族危机下之中国”、“抗日民族统一战线的产生、发展和形成”、“抗日民族统一战线的意义、内容与前途”、“争取中国抗日战争的胜利”等内容。

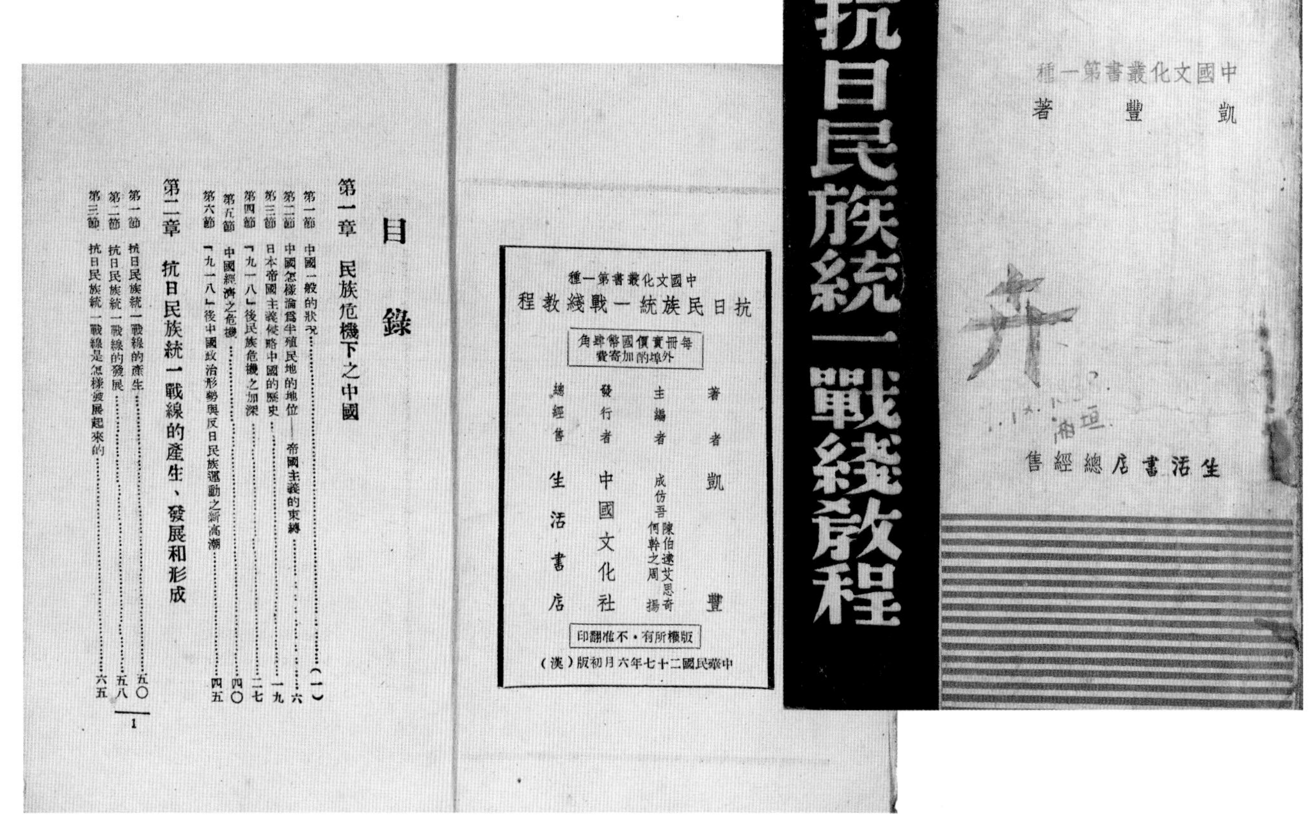

目錄

1

中國文化叢書第一種
抗日民族統一戰綫教程
每冊實價國幣肆角
外埠酌加寄費
著者　凱豐
主編者　陳伯達　艾思奇　成仿吾　何幹之　周揚
發行者　中國文化社
總經售　生活書店
版權所有・不准翻印
中華民國二十七年六月初版（漢）

中國文化叢書第一種
凱豐著
抗日民族統一戰綫教程
生活書店總經售

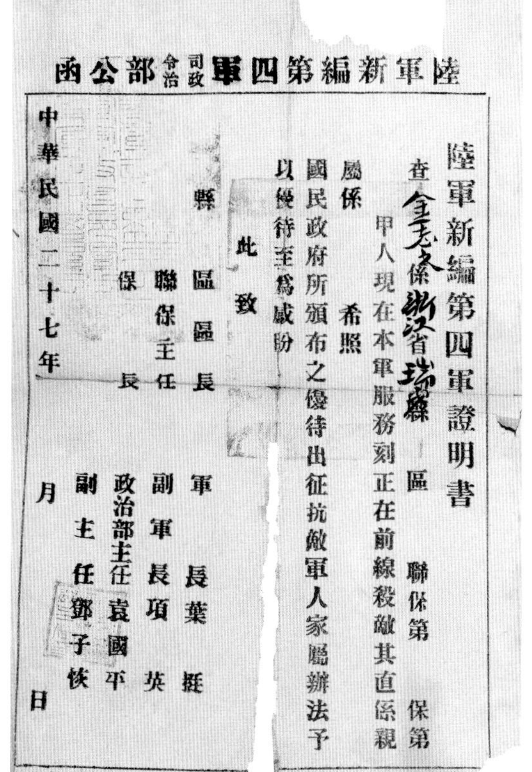

陸軍新編第四軍司令政治部公函

陸軍新編第四軍證明書

查金志文係浙江省瑞安縣　　區　　聯保第　　保第

甲人現在本軍服務刻正在前線殺敵其直係親

屬係　　希照

國民政府所頒布之優待出征抗敵軍人家屬辦法予

以優待至為感盼

此　致

縣　　區區長

聯保主任

保　長

軍　長　葉　挺

副軍長　項　英

政治部主任　袁國平

副主任　鄧子恢

中華民國二十七年　　月　　日

陆军新编第四军证明书

纵25.8厘米　横16.9厘米

1937年10月2日，共产党同国民党谈判达成协议，将湘、赣、闽、粤、浙、鄂、豫、皖八省边界十三个地区的红军游击队改编为国民革命军陆军新编第四军。这份新四军证明书1938年颁发，钤“陆军新编第四军司令部政治部关防”朱文印。

“新四军教导队”证章

直径3.5厘米

铜质。证章以青天白日和红色背景中的新四军战士为图案，是国共合作之重要历史性标志。

陆军新编第四军教导队第二期学员毕业证书

纵13.2厘米　横9.5厘米

1939年3月16日颁发。

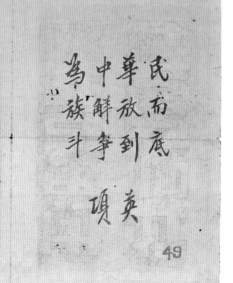

平阳抗日救亡后援会北港区山门分办事处门牌

纵114厘米　上横15.7厘米　下横13厘米

平阳县抗日救亡后援会北港区山门分办事处的门牌。国民党反动派残杀办事处12人后，当地群众将它藏在棺材下面才得以保存。

周恩来为曹天风先生书行书诗联（右页）

纵136厘米　横33.7厘米

国家一级文物。1939年3月30日，中共中央军委副主席周恩来以国民政府军事委员会政治部副部长的身份视察浙江抗战，这是他在绍兴时，书赠绍兴《战旗》杂志主编曹天风的七律诗联，表达了“中华终竟属炎黄”的抗战必胜信念。

山中岁月纪春王，须记何孙辨鲁唐
此日中兵楼越地，相期铙渡吹钱塘
檄传英雄军威远，势压抗嘉士气
扬。战攻逼々君莫问，中华终究
炎黄。

因抗战树缘，得来故乡扫墓，承曾先生远迎，复得聆谠论，极感奋，爰录吾绍沈复生先生近作
应
大风先生雅属并留纪念！
周恩来

民国廿八年
廿日于绍兴城

站穩自己的立場
把握住事件的真
理，任何麻醉欺騙
與利誘均不能絲
毫動搖我們的鬥
志與決心！

魁梅戰友

英題 於廿八年北歸

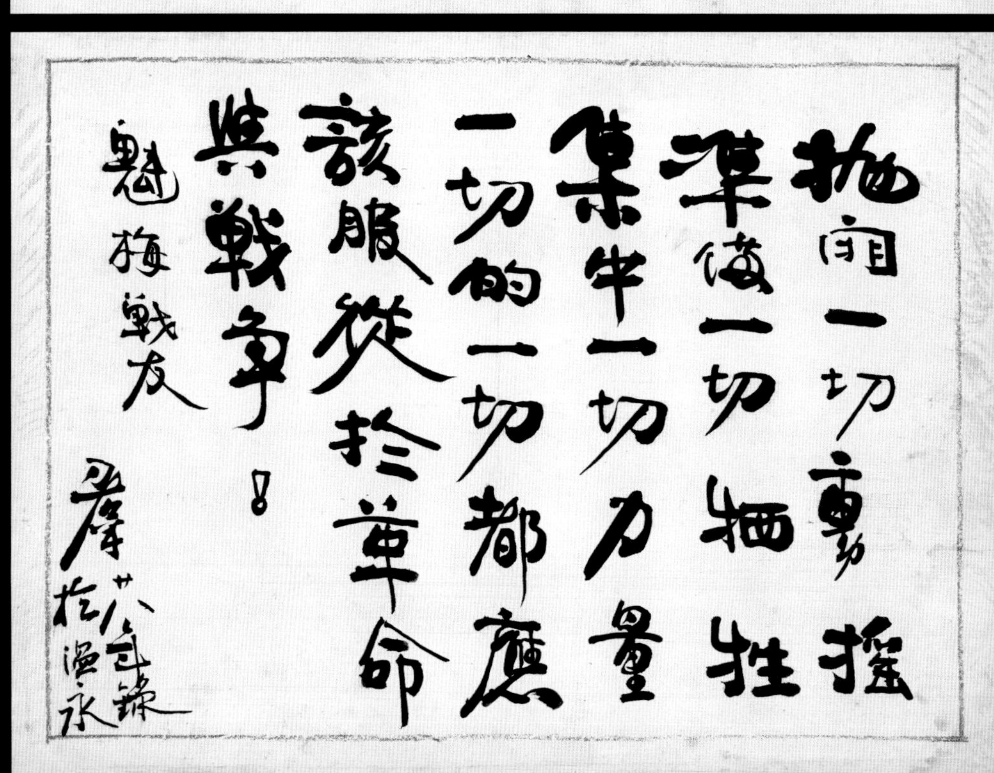

抛開一切動搖
準備一切犧牲
集中一切力量
一切的一切都應
該服從於革命
與戰爭！

魁梅戰友

英 廿八年錄 於溫永

刘英给丁魁梅题词

上：纵34.6厘米　横25.8厘米

下：纵35.9厘米　横26.1厘米

国家一级文物。绘图纸，墨笔行书。刘英（1903—1942），江西瑞金人。曾任抗日先遣队政治部主任、挺进师政委等职，1938年5月起先后任中共浙江临时省委书记、省委书记、华中局委员等。这是刘英任中共浙江省委书记时在温州永嘉写给妻子丁魁梅的赠言。

《浙江潮》第39期

纵25厘米　横18.3厘米

抗日战争时期国民党浙江省政府主办的进步刊物，严北溟主编。1938年2月24日在金华创刊，至1940年10月被迫停刊。本刊对宣传团结抗日起了重大作用。

余姚县战时政治工作队队员证明书

纵20厘米　横24.5厘米

战时政治工作队是抗战时期浙江国共合作的产物，由中共组织建议和倡导，并在国民党浙江省主席黄绍竑的支持下建立，以开展抗日救亡运动为宗旨。

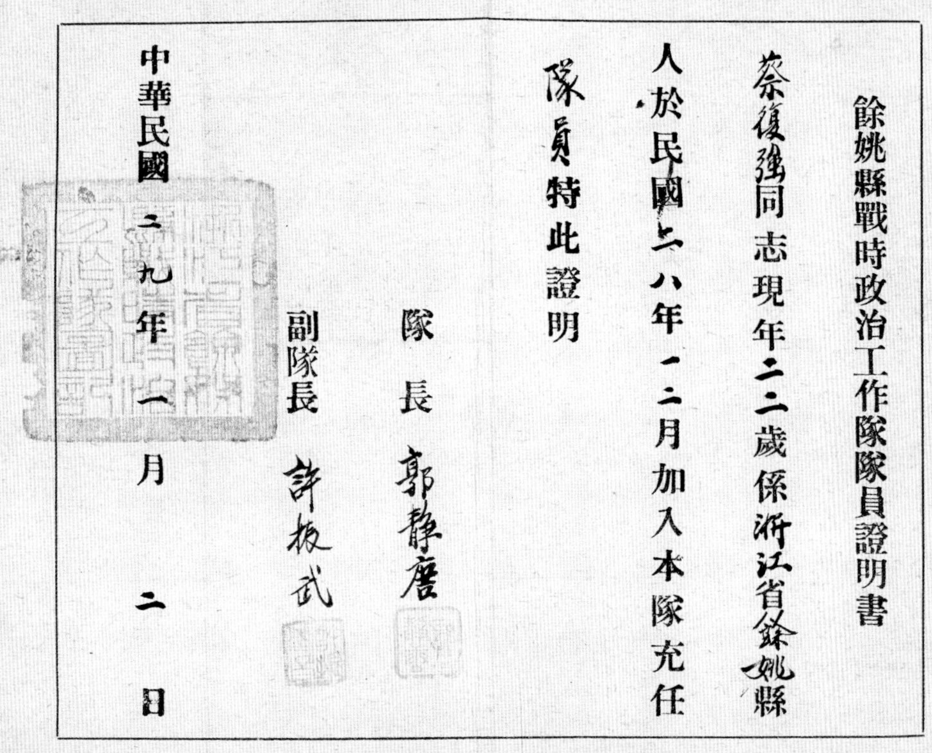

餘姚縣戰時政治工作隊隊員證明書

蔡復強同志現年二二歲係浙江省餘姚縣人於民國二八年一二月加入本隊充任隊員特此證明

隊長　郭靜唐

副隊長　許振武

中華民國二九年一月二日

《东南战线》

纵25.8厘米　横18.5厘米

抗日战争时期中共浙江省委文委主办的综合性刊物，主编骆耕漠、邵荃麟。1939年1月在金华创刊。本刊一开始就担负起抨击和揭露投降主义，打击卖国及一切反共活动的重任，影响遍及东南及西南各省。

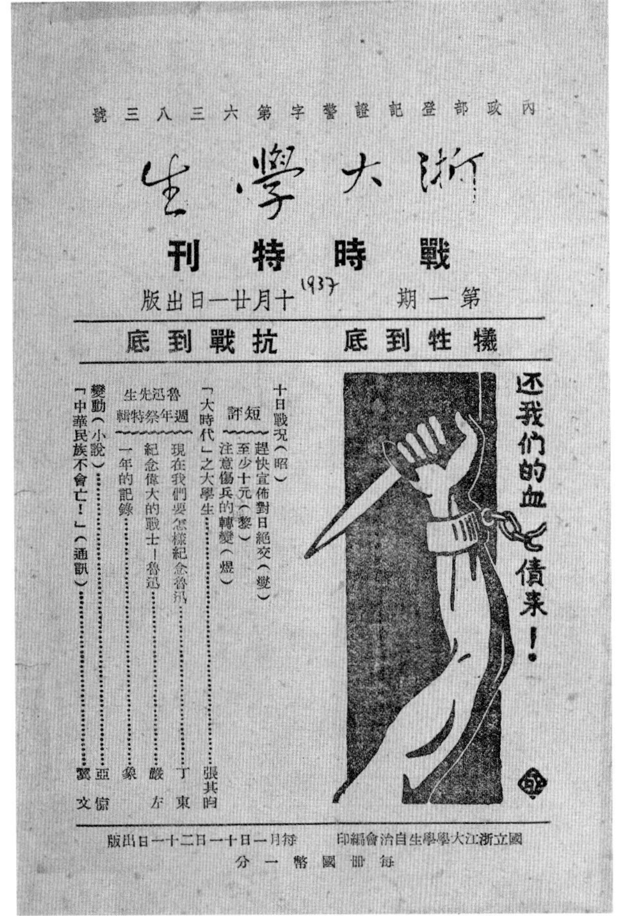

內政部登記證警字第六三八三號

浙大學生

戰時特刊

第一期　十月廿一日出版　1937

犧牲到底　抗戰到底

十日戰況(昭)

短評

趕快宣佈對日絕交(燮)

至少十元(黎)

注意傷兵的轉變(煜)

「大時代」之大學生……張其昀

魯迅先生週年祭特輯

現在我們要怎樣紀念魯迅……丁東

紀念偉大的戰士—魯迅……嚴左

一年的記錄……象

變動(小說)……亞儕

「中華民族不會亡!」(通訊)……鷺文

國立浙江大學學生自治會編印　每月一日十一日二十一日出版

每冊國幣一分

《浙大学生战时特刊》第一期

纵20.1厘米　横13.3厘米

国立浙江大学学生自治会1937年10月21日创刊出版。抗战爆发后，浙江大学师生本着“读书不忘救国”的精神，在课余开展了各种抗战活动。《浙大学生战时特刊》正是在这样的情形下创刊的。

抗日战争时期，为了动员广大群众投身抗日救亡运动，文化界创作了大量抗战作品，包括歌曲、漫画、剧本等，这些作品洋溢着中国人民反抗日寇侵略的大无畏精神，极大地鼓舞了广大群众的抗战决心。

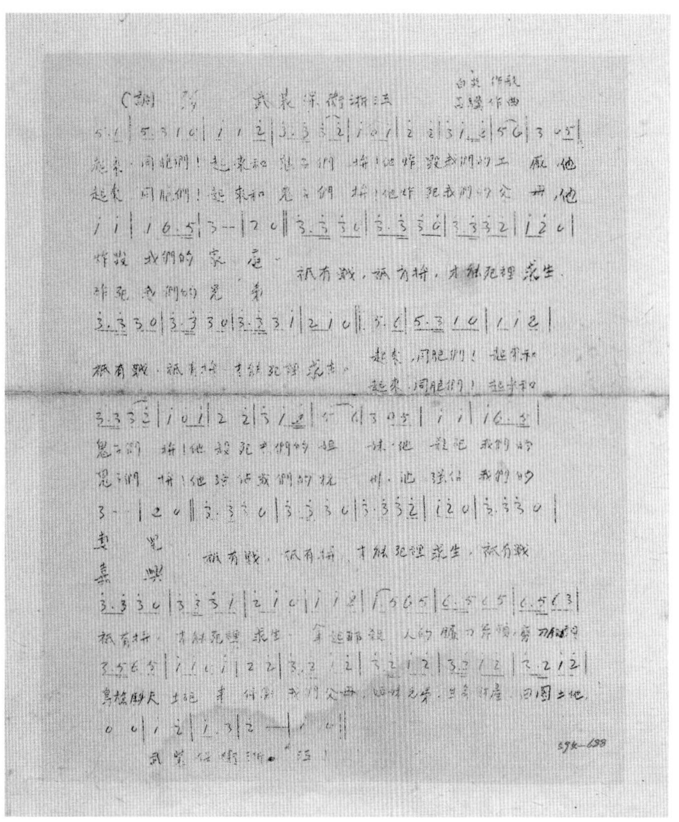

《武装保卫浙江》歌曲油印件

纵28.5厘米　横23厘米

《浙江第六师范学校救国歌》

纵23.8厘米　横17.8厘米

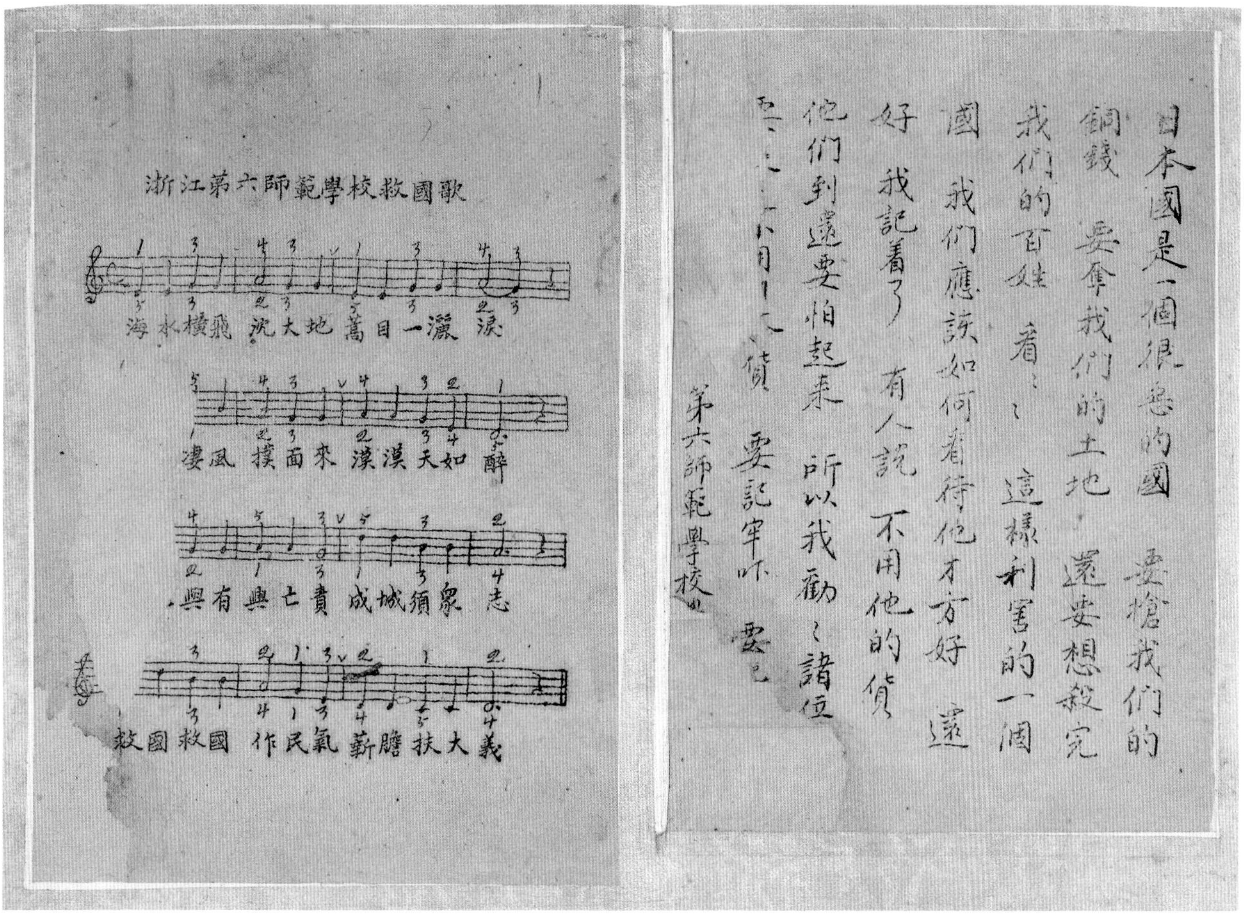

《姆妈》剧本

纵18.5厘米　横12.9厘米

王朝闻绘编，描绘一位平凡而伟大的母亲转变观念，支持儿子当兵抗日的故事。龙泉县政府1938年印行。

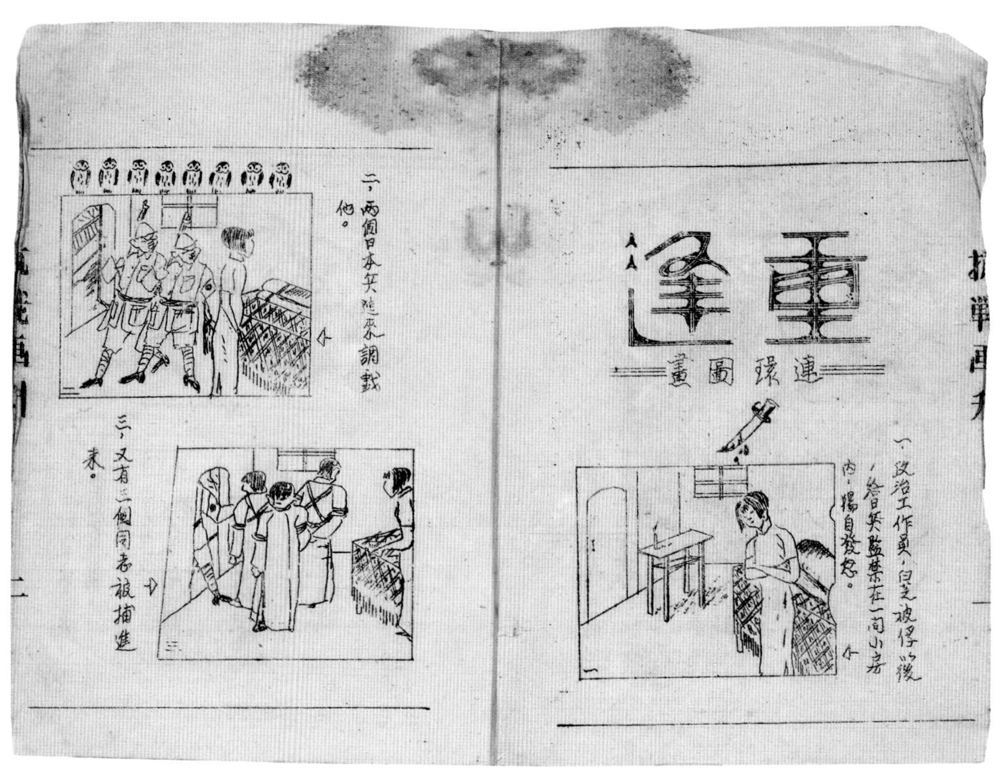

《抗战画刊》

纵18.7厘米　横15厘米

封二起印载连环图画《重逢》，描绘抗日战争时期政治工作员白芝被俘后与爱人马科长重逢，潜伏在日寇中的马科长被白芝误杀，临终前掩护她逃出虎口的故事。

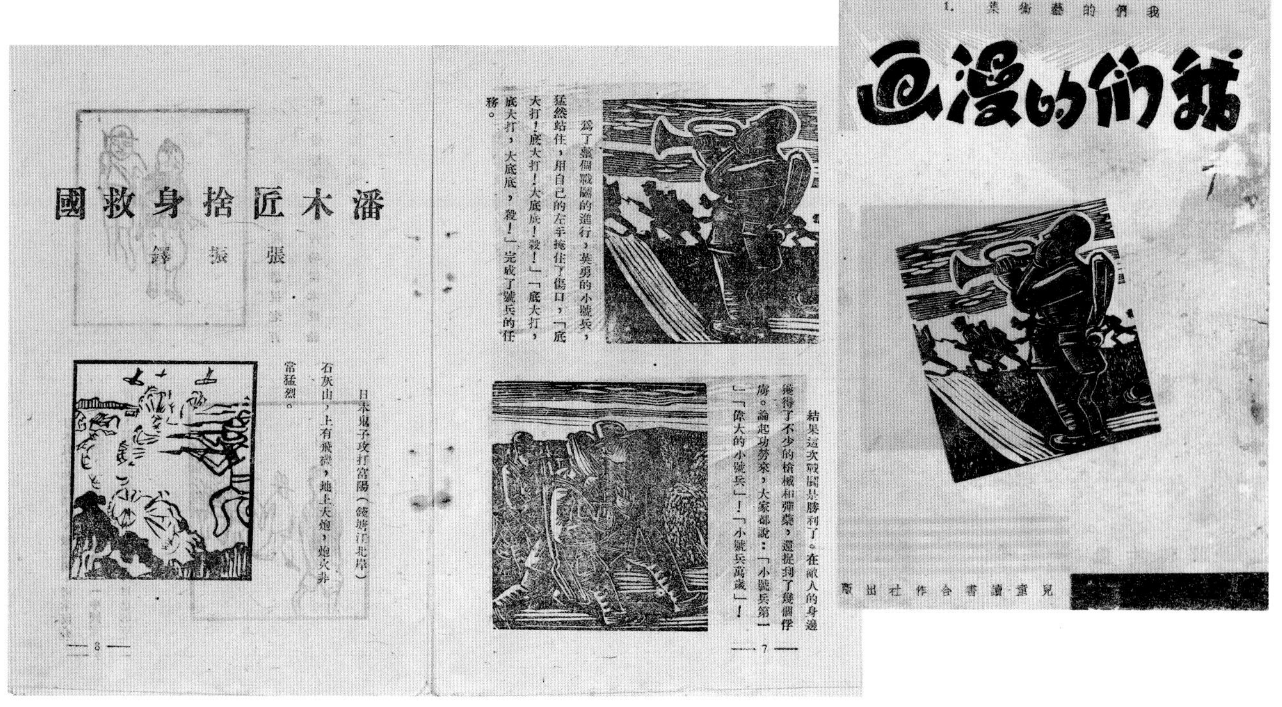

《我们的漫画》

纵18.8厘米 横13厘米

1940年由儿童读书合作社出版印行。

救亡连环图画第一集《老子军》

纵18.9厘米 横13.1厘米

木刻版画，共11幅。描绘了70岁的老人——华民组织城里两百多个老人组成老子军抵抗日本侵略军的故事。温中附小学生绘刻，美术科1938年印行。

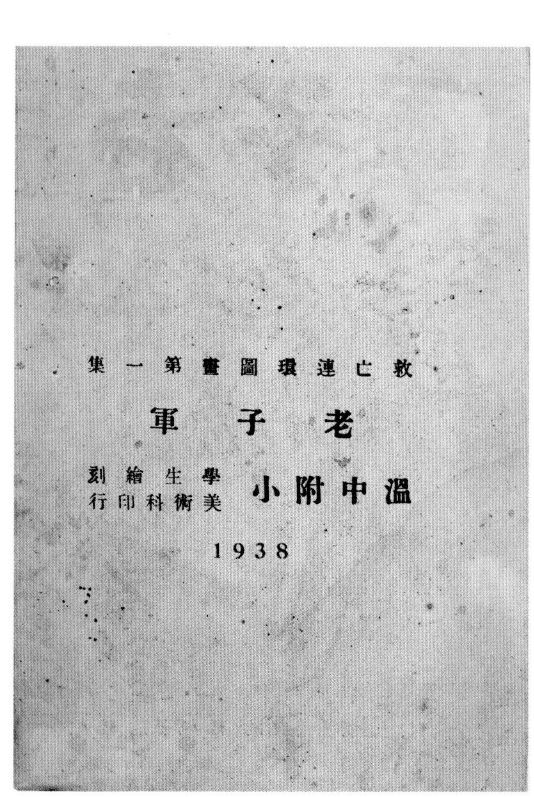

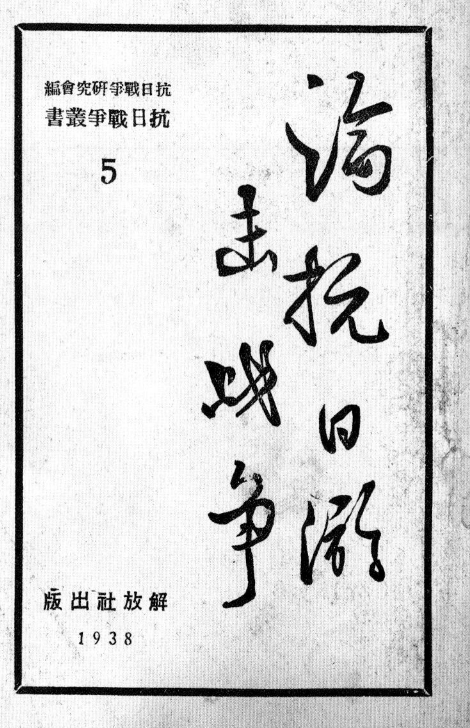

朱德著《论抗日游击战争》

纵20.1厘米　横14.5厘米

抗战初期朱德的著作，最早发表于1938年2月25日和3月25日八路军总部出版的《前线》周刊，延安解放社1938年11月初全文出版。这是馆藏1938年延安解放社版。

《血战大渔岛》连环图画

纵17.6厘米　横14厘米

1944年8月25日，新四军浙东游击纵队海防大队七十余人与日军在舟山的大渔山岛展开激战，此战在当时产生了极大影响，被称为“海上狼牙山之战”。这本连环画由新四军浙东纵队政治部战斗报社编绘，1945年6月出版。

浙東行政區行政公署組织法草案

第一條 浙東行政公署(以下简称行署)為浙東地區暨附近解放區之最高政府，綜理全地區政务及地方抗日自衛事宜。

第二條 行署遵照革命的三民主义即新民主主义之精神暨浙東各界臨時代表会通过之施政綱領及議決案，行使职权。

第三條 行署之职掌如左：

一、依据本法第二條之規定，綜理全地區行政司法及地方抗日自卫事宜。

二、依据本法第二條之規定，得制定法令及頒佈命令。

三、依据本法第二條之規定，对于所屬各机关頒佈之命令或處分，如有违背法令，逾越权限，或其他不当情形時，得停止或撤銷之。

第四條 行署設委員九人至十一人，組织浙東行政公署委員会(以下簡称行署委員会)，委員人选由浙東各界臨時代表会産生之。

行署設主任一人，副主任一人，由行署委員会委員互推産生之。

行署委員会委員任期一年，連选或連任，但如遇有特殊情形時，其任期得縮短或延長之。

第五條 行署委員会每月開会一次，必要時应召集臨時会。

行署委員会開会時，委員不得派代表出席，如因特殊事故，出席委員不足法定人数時，应尽量召集就近委員举行談話会，商討決定必須議決之事項，并將此項決定提交下次正式会議追認之。

左列事項須經行署委員会之議決：

一、关于執行浙東各界臨時代表会議決議案事項。

二、关于本法第三條第二三項規定事項。

三、关于本地區政府全面性工作之指示與總結事項

四、关于增加或变更人民負担事項。

五、关于地方行政區域之確定及变更事項。

六、关于全地區預算決算事項。

七、关于處分或籌划全地區性公産及公營事業事項

八、关于所屬地區地方自治之建設事項。

九、关于全地區行政設施及变更事項。

十、关于全地區縣政以上官吏之任免事項。

十一、关于全地區行政人員之保障培养訓練及審定事項

十二、关于以命令頒佈之事項。

十三、其他認為应議決事項。

第六條 行署主任之职权如左：

《浙东行政区行政公署组织法草案》

纵19.4厘米　横27.1厘米

皖南事变后，中共中央于1941年2月作出开辟浙东战略基地的决策。浙东抗日根据地的政权建设，经历了初创、发展巩固和正式建政阶段。在各地纷纷建立办事处和县级政权的基础上，1945年1月，浙东敌后各界临时代表大会在余姚梁弄召开，会议成立了浙东行政公署，连柏生任主任。这使浙东地区有了统一的政权组织，推动了浙东抗日根据地的各项建设。

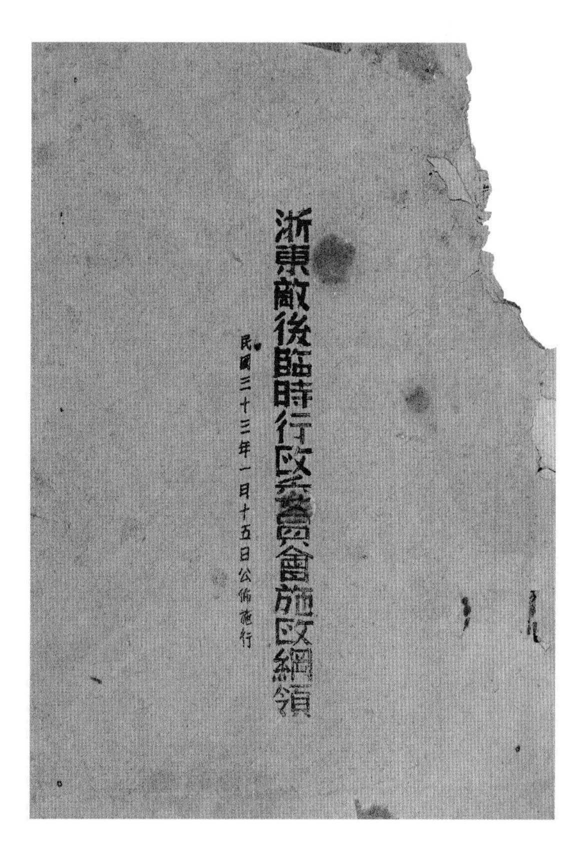

《浙东敌后临时行政委员会施政纲领》

纵19厘米　横13.4厘米

国家一级文物。1944年1月15日，浙东敌后临时行政委员会在余姚县茭湖成立。同时还制定和颁布了《浙东敌后临时行政委员会施政纲领（草案）》。《浙东敌后临时行政委员会施政纲领》共20条。正文中指明拟订纲领的目的：“为进一步加强浙东敌后抗战力量，以达到坚持浙东敌后抗战、粉碎敌寇侵略阴谋、增进人民福利，与最后收复失地之目的”，“拟订本施政纲领，自即日起坚决实施之”。

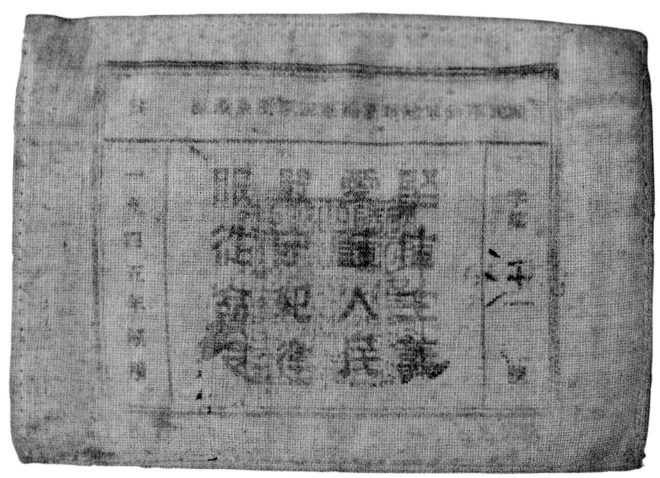

国民革命军新编第四军浙东纵队臂章

纵6.8厘米　横9.8厘米

1943年12月22日，新四军军部电令三北游击司令部改名为新四军浙东游击纵队。何克希任司令，谭启龙为政委。这是纵队指战员佩戴的标志，1945年配用。

何克希给余、邱两位同志的信

邱清华捐赠

纵12.3厘米　横12.1厘米

何克希（1906—1982），四川峨眉人。中共浙东区委员会委员，新四军浙东游击纵队司令员。信中主要记载关于形势与武装斗争问题、经济问题及干部问题。

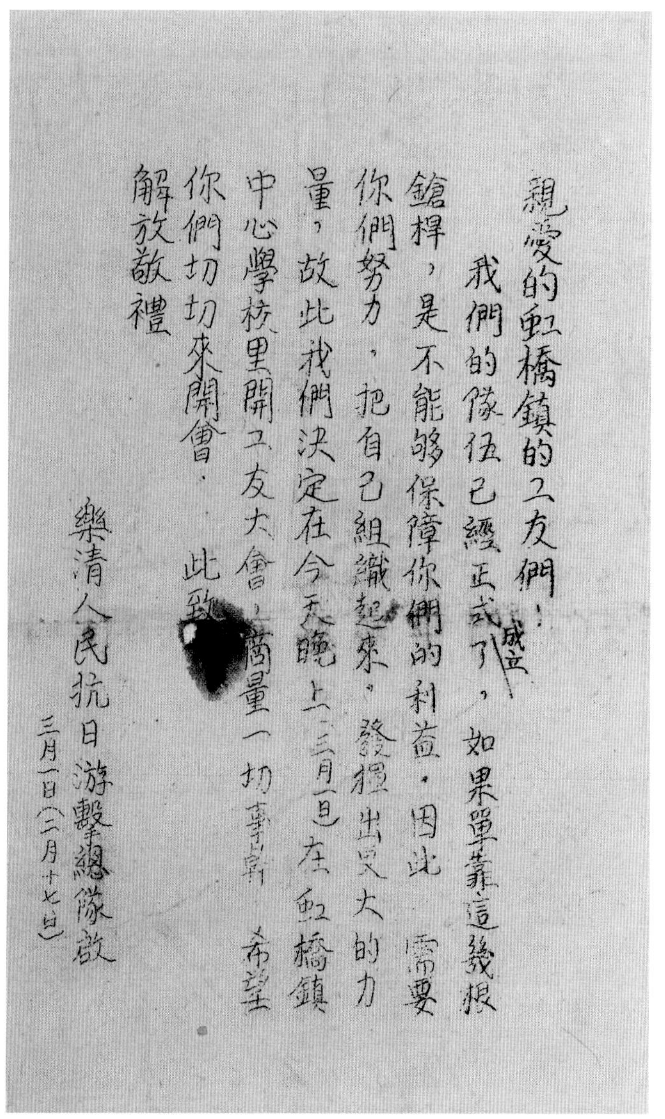

親愛的虹橋鎮的工友們！
我們的隊伍已經正式成立了，如果單靠這幾根鎗桿，是不能夠保障你們的利益，因此需要你們努力，把自己組織起來，發揮出更大的力量，故此我們決定在今天晚上(三月一日)在虹橋鎮中心學校里開工友大會，商量一切事宜 希望你們切切來開會． 此致
解放敬禮
樂清人民抗日游擊總隊啟
三月一日(二月十七日)

乐清人民抗日游击总队的通知

纵22.9厘米　横14.1厘米

1944年10月邱清华、周丕振等人在浙南组织了乐清人民抗日武装基干队，随后扩大为乐清人民抗日游击总队。游击队积极开展游击战争，巩固和扩大了浙南根据地。

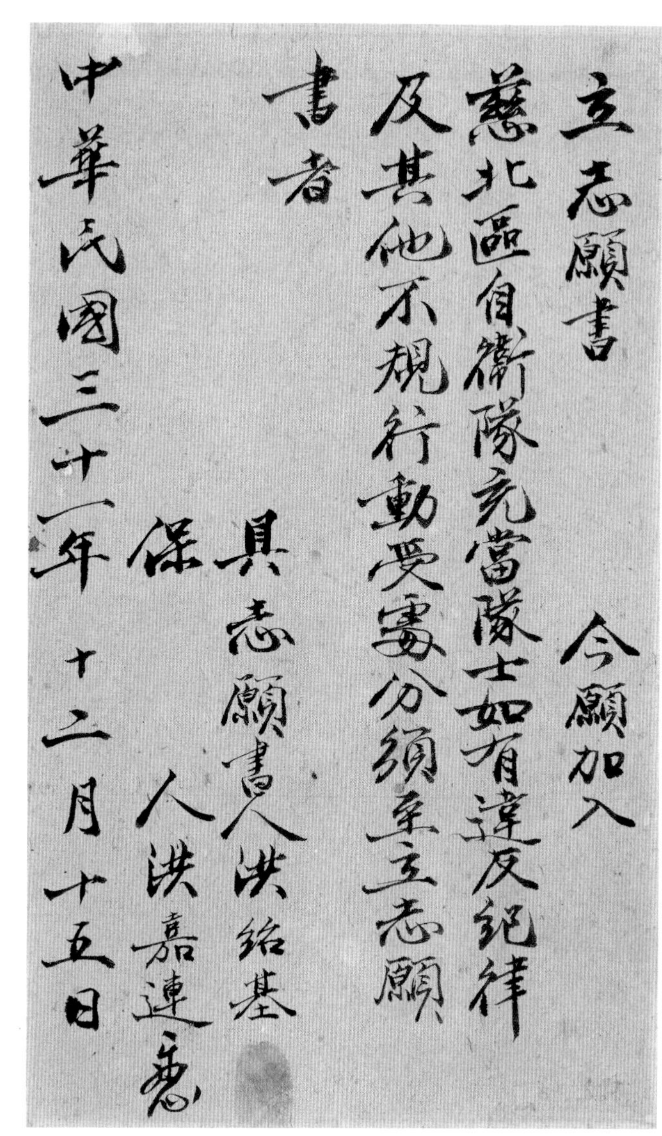

立志願書
今願加入
慈北區自衛隊充當隊士如有違反紀律及其他不規行動要處分須本立志願書者
具志願書人洪綌基
保人洪嘉連
中華民國三十一年十二月十五日

慈北区自卫队志愿书

纵23.3厘米　横14厘米

在浙东抗日游击根据地，农民自卫队组织不断壮大。这是1942年的一份申请加入慈北区自卫队的志愿书。

为了发展经济，保障根据地供给，浙江敌后抗日根据地根据中共中央关于发展经济的总方针，从各地实际出发，采取了一系列可行的经济政策。

新四军浙东游击纵队金萧支队食米兑换券一百斤

纵11.5厘米　横8.4厘米

为适应战时环境，各根据地政府发放了多种多样的粮食票证，持票即可领粮、借粮。该券于1945年发行，流通于金萧游击区。

第三战区三北游击司令部金库粮票食米一百市斤

纵14.6厘米　横10厘米

1943年发行，流通于三北游击区。

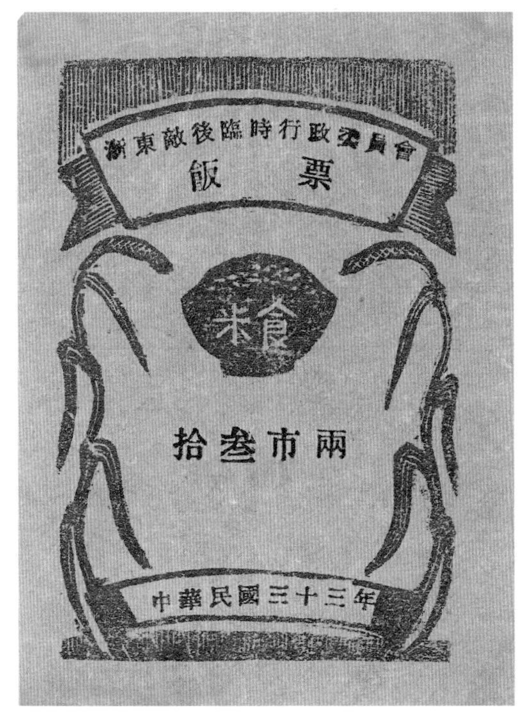

浙东敌后临时行政委员会饭票十三市两

纵9.9厘米　横7.7厘米

1944年发行。

第三战区三北游击司令部发给童维仁缴纳抗卫经费收据

纵13.3厘米　横9.4厘米

1943年8月，三北游击司令部为使征粮纳税有章可循，颁布了《抗卫军粮、抗日经费并征暂行征收条例》，规定抗卫军粮和抗卫经费以按照田亩数合并征收为原则。本收据是当时税收制度的实物见证。

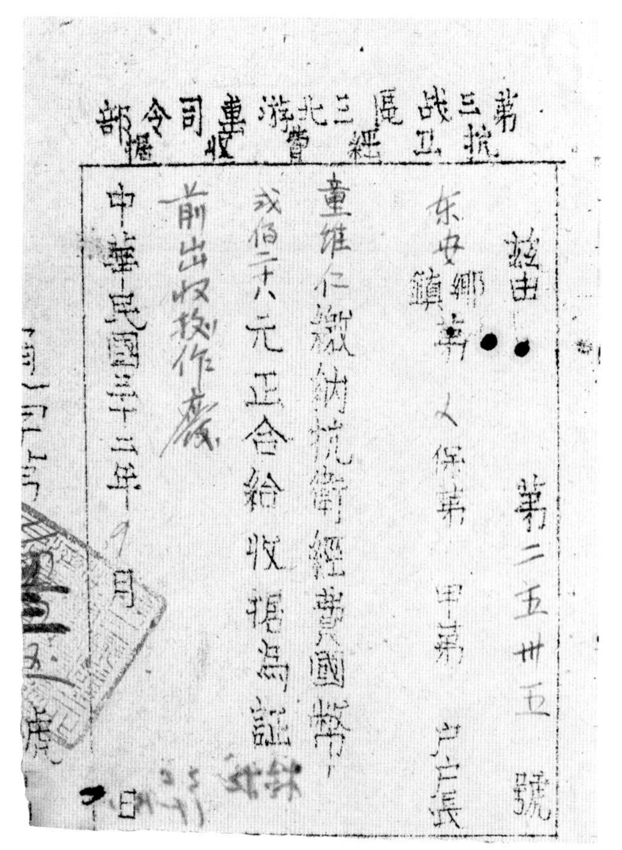

第三战區三北游擊司令部抗卫經費收據

第二五卅五號

兹由东安鄉鎮第　保第　甲第　户户長

童维仁繳納抗衛經費國幣

贰佰二十六元正合給收據為証

前出收據作廢

中華民國三十二年9月　日

新四军浙东游击纵队供给证

纵9.5厘米　横13.5厘米

抗日根据地实行实物供给制，一般是人均一份，不用自己请领，实物按时直接分发到个人手中。特殊情况下，要实行发证领物办法，于是出现由部门设计印发的“供给证”小册子。

新四軍浙東游擊縱隊

供給證

職別＿＿＿＿　姓名＿＿＿＿

＿＿＿＿年度 No.

中華民國　年　月　日發

每季應發應繳被服裝具及津貼費說明表

季	應領 月	應領				應領	應繳 月	應繳			
春季	一月	鞋子	毛巾	布襪	飯碗	津貼費	一月	飯碗			
	二月	彈帶	彈袋	飯包袋	米袋	津貼費	二月	彈帶	彈袋	飯包袋	米袋
	三月	鞋子	襯衣			津貼費	三月	襯衣			
夏季	四月	毛巾	紗襪子	單制服	單帽	津貼費	四月	棉制服	棉帽	棉大衣	
	五月	鞋子	綁腿			津貼費	五月	綁腿	棉背心	棉絮被	
	六月	襯衣	雨傘	傘袋		津貼費	六月	襯衣	雨傘	傘袋	
秋季	七月	鞋子	毛巾	紗襪	單制服	津貼費	七月	單制服			
	八月	夾被	米袋			津貼費	八月	夾被	米袋		
	九月	鞋子	棉背心	棉絮被		津貼費	九月				
冬季	十月	棉制服	毛巾	布襪		津貼費	十月	單制服			
	十一月	鞋子	棉帽	綁腿		津貼費	十一月	單軍帽	綁腿		
	十二月	棉大衣	雨傘			津貼費	十二月	雨傘			
備註	布鞋每二月一雙、偵察員特務員便衣通訊員每月一雙、武裝通訊員每月半一雙。										

被服裝具及津貼費登記表

機關或部隊名稱	級別	月/日	種類或物名	金額或數量	經發人	繳回月日	數量	經手人	備考
	12	2人	料粮	5 40	[illegible]				

浙东银行余姚支行印

纵2.6厘米　横2.6厘米　高4厘米

牛角质。印面镌刻篆体阳文。1945年4月，浙东行政公署建立了浙东银行，总行下设分行、支行、办事处等机构，调剂金融，发行抗币，促进了浙东抗日根据地财政经济的发展。

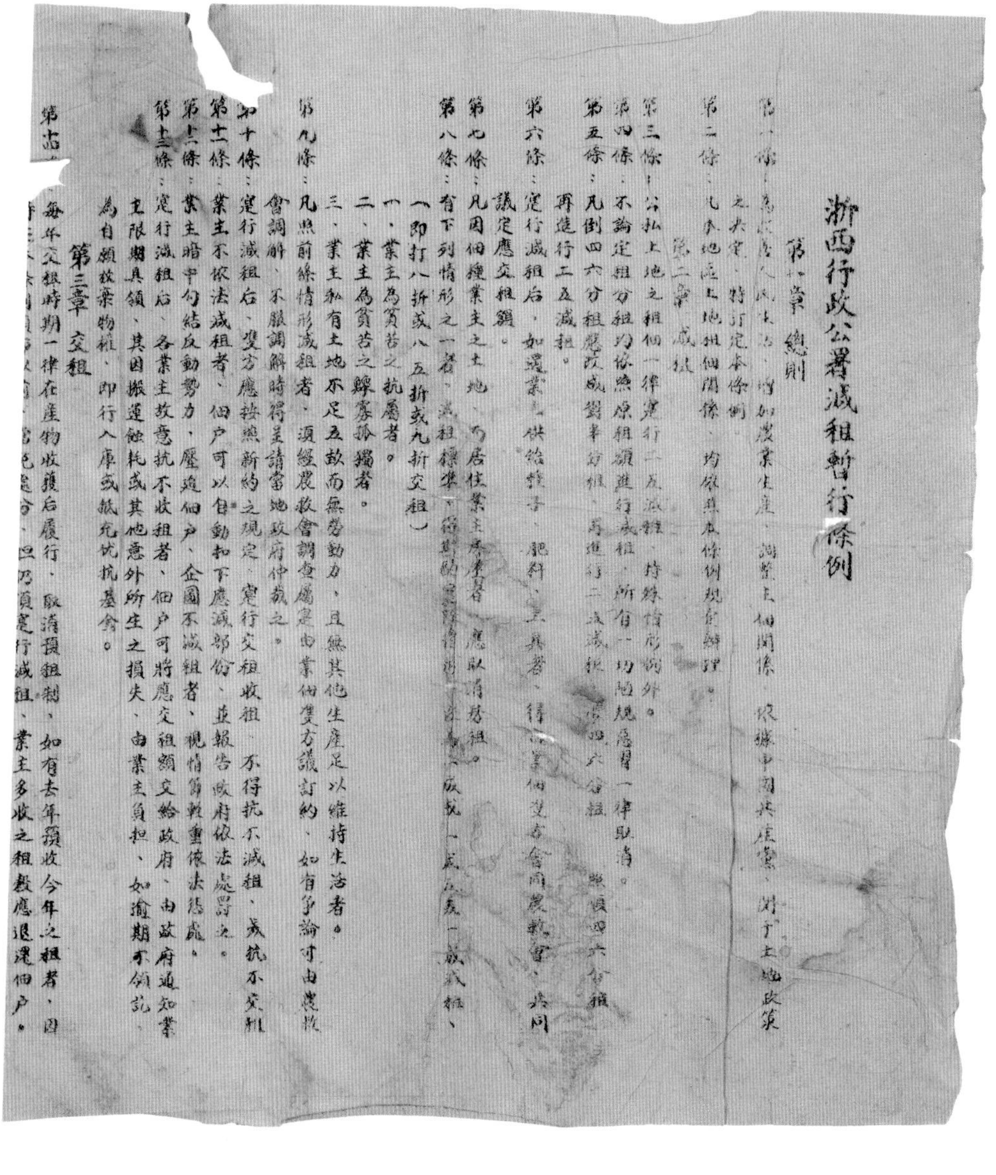

浙西行政公署減租暫行條例

第一章 總則

第一條：為[illegible]、增加農業生產、調整主佃關係，依據中國共產黨關于土地政策之決定，特訂定本條例。

第二條：凡本地區土地租佃關係，均依照本條例規定辦理。

第二章 減租

第三條：公私土地之租佃一律實行二五減租，特殊情形例外。

第四條：不論定租分租均依照原租額進行減租，所有一切陋規應予一律取消。

第五條：凡倒四六分租應改成對半分租、再進行二五減租、[illegible]四六分租

再進行二五減租。

第六條：實行減租后，如遇業主供給種子、肥料、工具者，得由業佃雙方會同農救會共同議定應交租額。

第七條：凡因佃種業主之土地，而居住業主房屋者，應取消房租。

第八條：有下列情形之一者，減租標準[illegible]或一成五至一成減租、（即打八折或八五折或九折交租）

一、業主為貧苦之抗屬者。

二、業主為貧苦之鰥寡孤獨者。

三、業主私有土地不足五畝而無勞動力，且無其他生產足以維持生活者。

第九條：凡照前條情形減租者，須經農救會調查屬實由業佃雙方議訂約，如有爭論可由農救會調解，不服調解時得呈請當地政府仲裁之。

第十條：實行減租后，雙方應按照新約之規定，實行交租收租，不得抗不減租，或抗不交租。

第十一條：業主不依法減租者，佃戶可以自動扣下應減部份，並報告政府依法處罰之。

第十二條：業主暗中勾結反動勢力，壓迫佃戶，企圖不減租者，視情節輕重依法懲處。

第十三條：實行減租后，各業主故意抗不收租者，佃戶可將應交租額交給政府，由政府通知業主限期具領，其因搬運蝕耗或其他意外所生之損失，由業主負担，如逾期不領訖，為自願放棄物權，即行入庫或撥充抗基金。

第三章 交租

第十四條：每年交租時期一律在產物收獲后履行，取消預租制，如有去年預收今年之租者，因[illegible]，但仍須實行減租，業主多收之租數應退還佃戶。

《浙西行政公署减租暂行条例》

纵25.8厘米　横42厘米

1945年5月浙西行政公署成立，标志着浙西抗日根据地的正式形成。行署颁布这一条例，决定在根据地内普遍实行二五减租。减租减息提高了农民的抗日积极性，也推动了农业生产的发展。后因新四军北撤，浙西的二五减租除长兴外，其他地方均未实行。

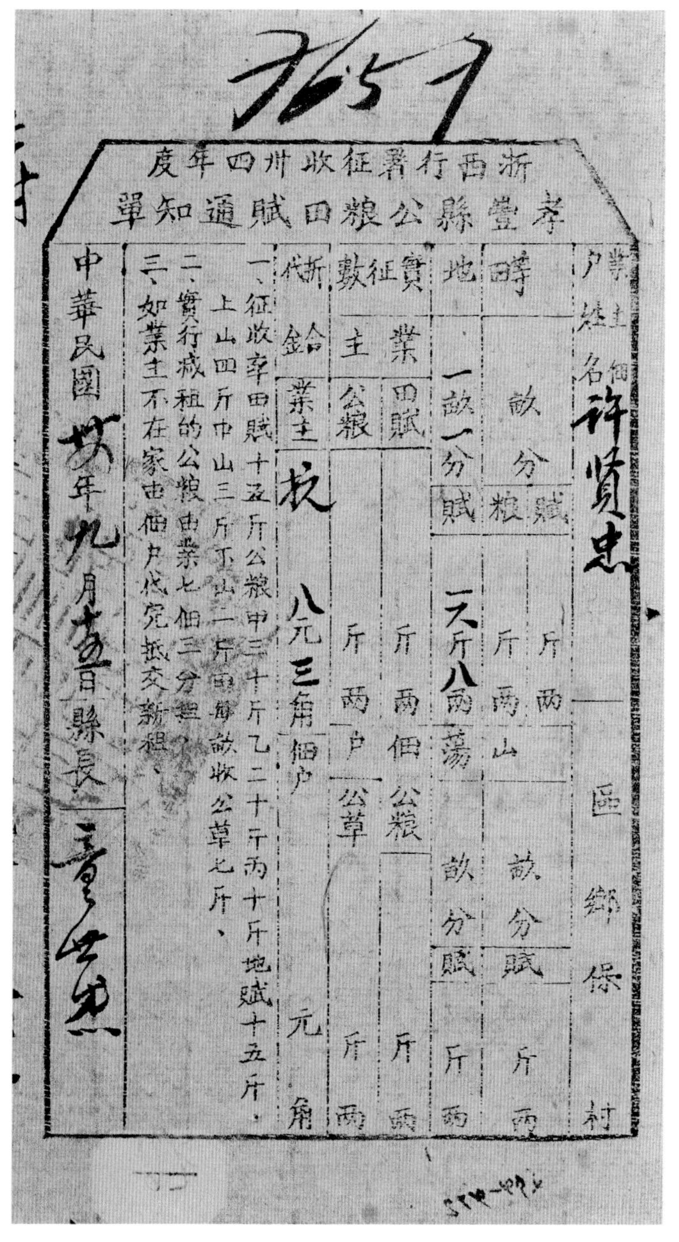

浙西行署征收卅四年度
孝豐縣公糧田賦通知單

業主佃户姓名　許賢忠　區　鄉　保　村

地　一畝一分　賦　一六斤八兩

實征數　業主

折代金　業主　抗　八元三角　佃户　元　角

一、征收辛田賦十五斤公糧中三十斤乙二十斤丙十斤地賦十五斤、上山四斤中山三斤下山一斤田每畝收公草七斤、

二、實行減租的公糧由業七佃三分担、

三、如業主不在家由佃户代完抵交新租、

中華民國卅年九月十五日　縣長

浙西行署发给业户许贤忠征收1945年度孝丰县公粮田赋通知单

纵19厘米　横10.6厘米

这份征收田赋的通知单中载："业主佃户姓名　许贤忠　地一亩一分　赋十六斤八两　折合代金抗（币）八元三角。"当时浙西根据地已禁止伪币流通，根据地发行的抗币成为根据地内的流通货币。

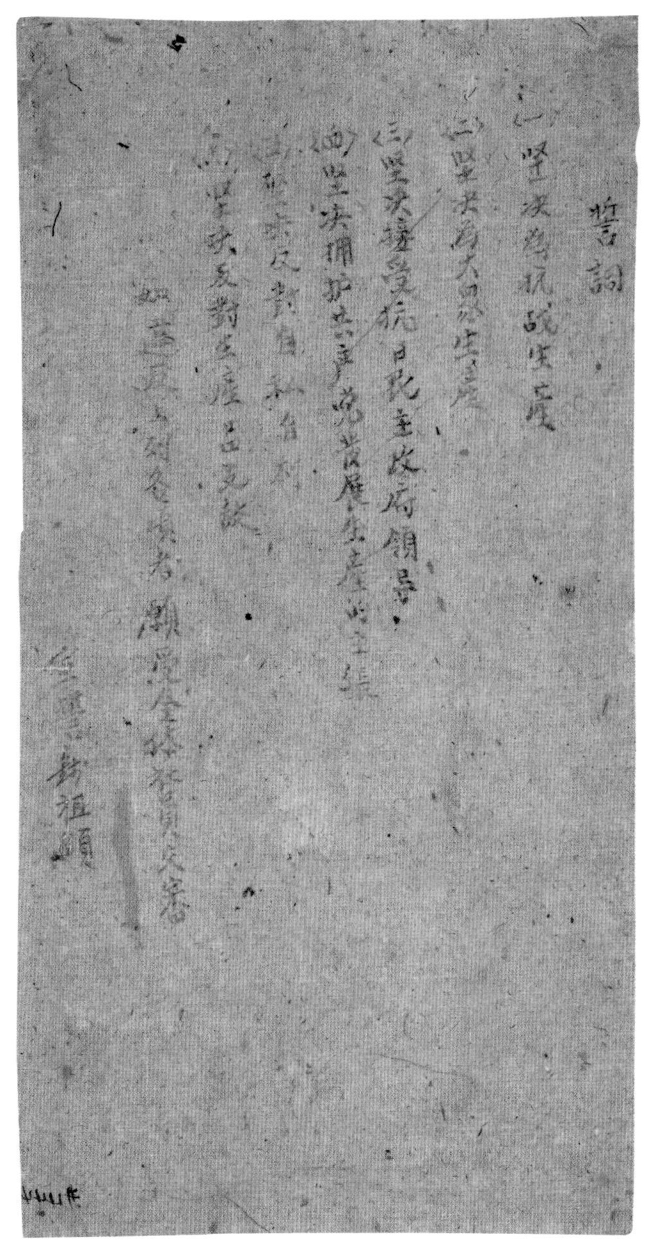

誓詞

浙东抗日根据地农会会员抗战誓词

纵25.7厘米　横13.5厘米

浙江各抗日根据地十分重视群众工作，根据地内纷纷建立农会、妇女会等群众组织。这是农会会员的抗战誓词。

为了加强文化教育，根据地创办学校，并出版发行各种刊物与教育读本。我馆不仅保存了一部分当时的刊物，还收藏了当时用于出版印刷的各种工具。

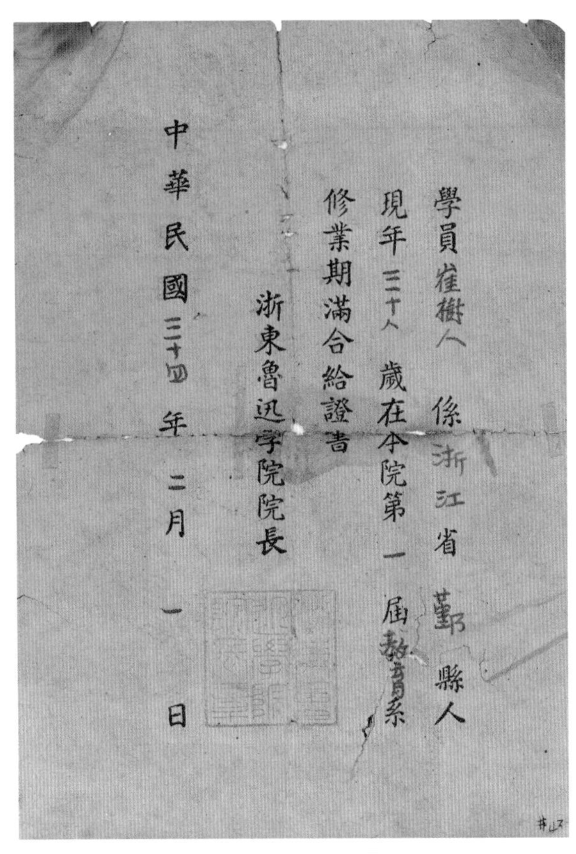

學員崔樹人　係浙江省鄞縣人
現年二十八歲在本院第一屆教育系
修業期滿合給證書
浙東魯迅學院院長
中華民國三十四年二月一日

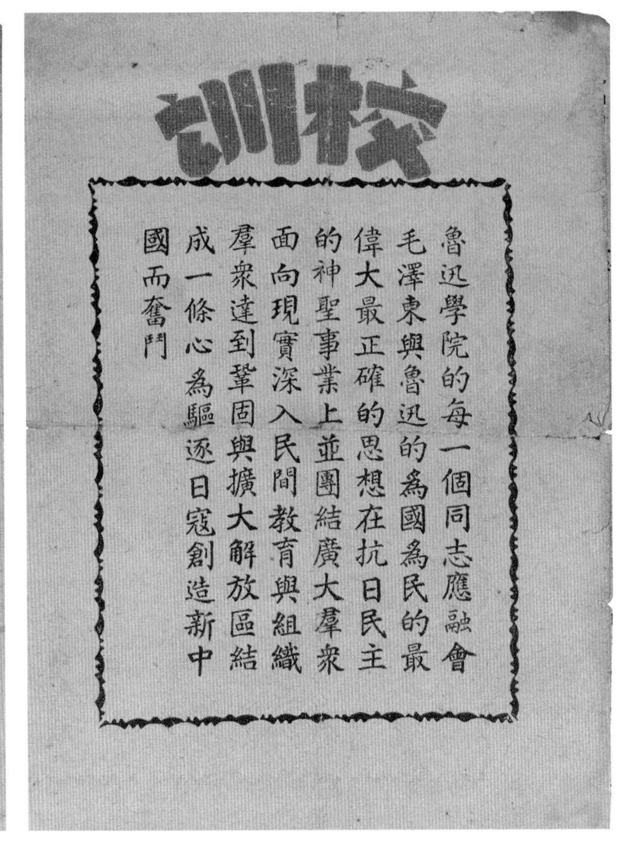

浙东鲁迅学院学员修业证书

纵13.4厘米　横9.5厘米

1944年9月浙东行政公署在余姚县梁弄创办了浙东鲁迅学院，学院共办三期，培养教师、知识青年五百多人。这是崔树人在浙东鲁迅学院的毕业证书。

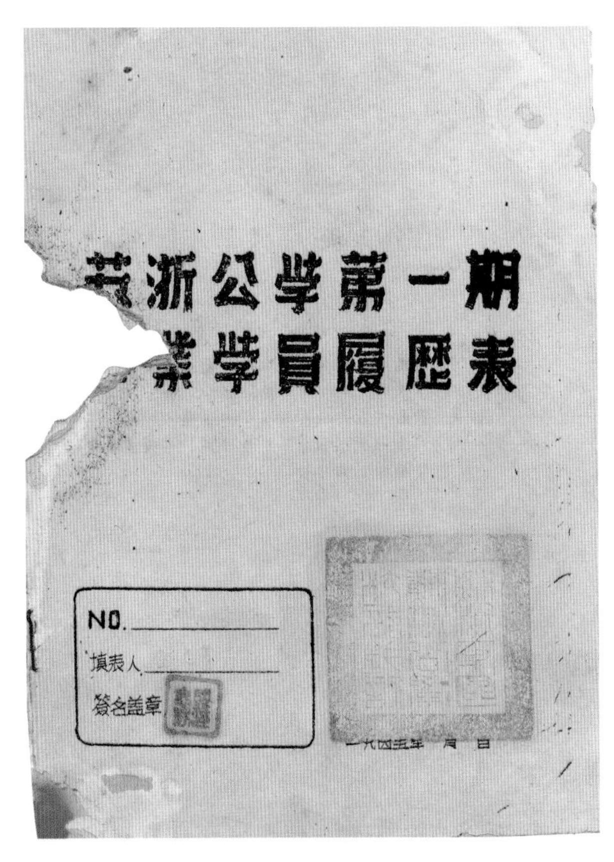

苏浙公学第一期毕业学员履历表

纵18厘米　横13厘米

1945年2月新四军苏浙军区在长兴县槐坎乡台基村创办了被誉为“江南抗大”的苏浙公学，以培养训练抗战建国专门人才等为目的，苏浙军区司令员粟裕兼任校长。

戰鬥報

新四軍浙東游擊縱隊政治部印

社論 發揚連續戰鬥的精神

破壞敵偽交通 軍民一夜突擊 進行全面大破襲戰

鄞西望春山 第七兵團繳槍十五枝

反對軍事上的左右傾 何克希

《战斗报》

纵26.6厘米 横38.4厘米

浙东区党委机关报，1944年3月创刊，1945年10月停刊。

識字讀本

第四冊

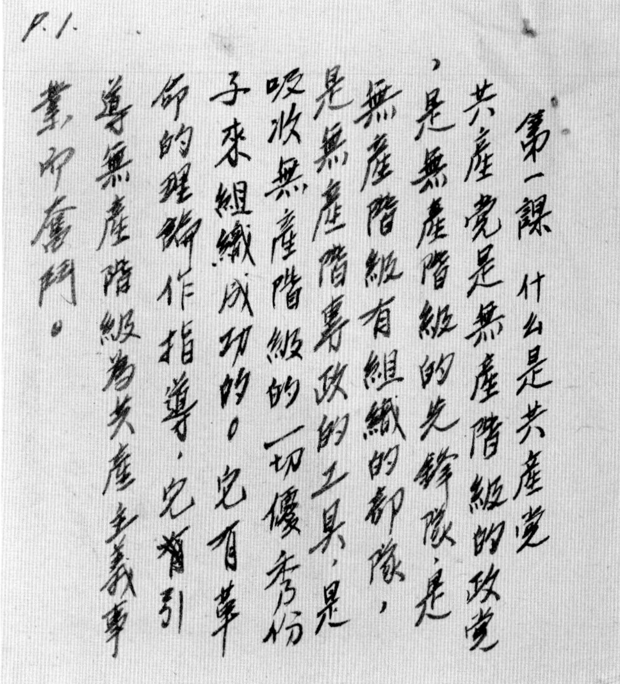

P.1.

第一課 什么是共產党

共產党是無產階級的政党，是無產階級的先鋒隊，是無產階級有組織的部隊，是無產階級專政的工具，是吸收無產階級的一切優秀份子來組織成功的。它有革命的理論作指導，它引導無產階級為共產主義事業而奮鬥。

《识字读本》

纵13.4厘米 横12.4厘米

手抄本。主要内容包括“什么是共产党”、“党员资格”、“组织系统”等等。

印刷石板与刻刀

石板：纵17.1厘米　横11.8厘米
刻刀：长12.6厘米

油印机

长44厘米　宽32.6厘米
高13厘米　推把长23厘米

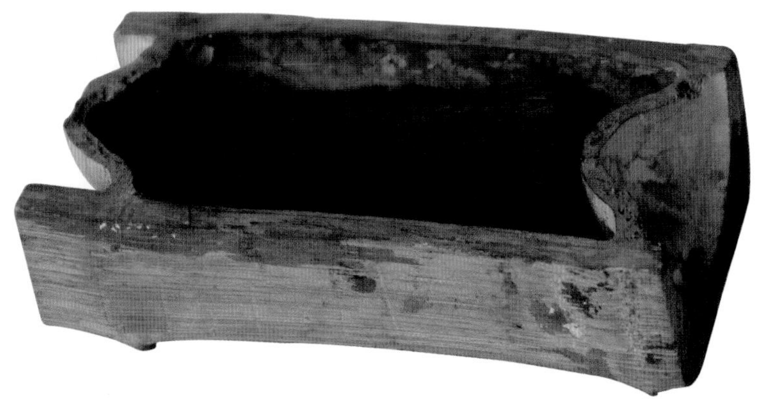

竹制印盒

纵12.4厘米　横6.1厘米　高3.4厘米

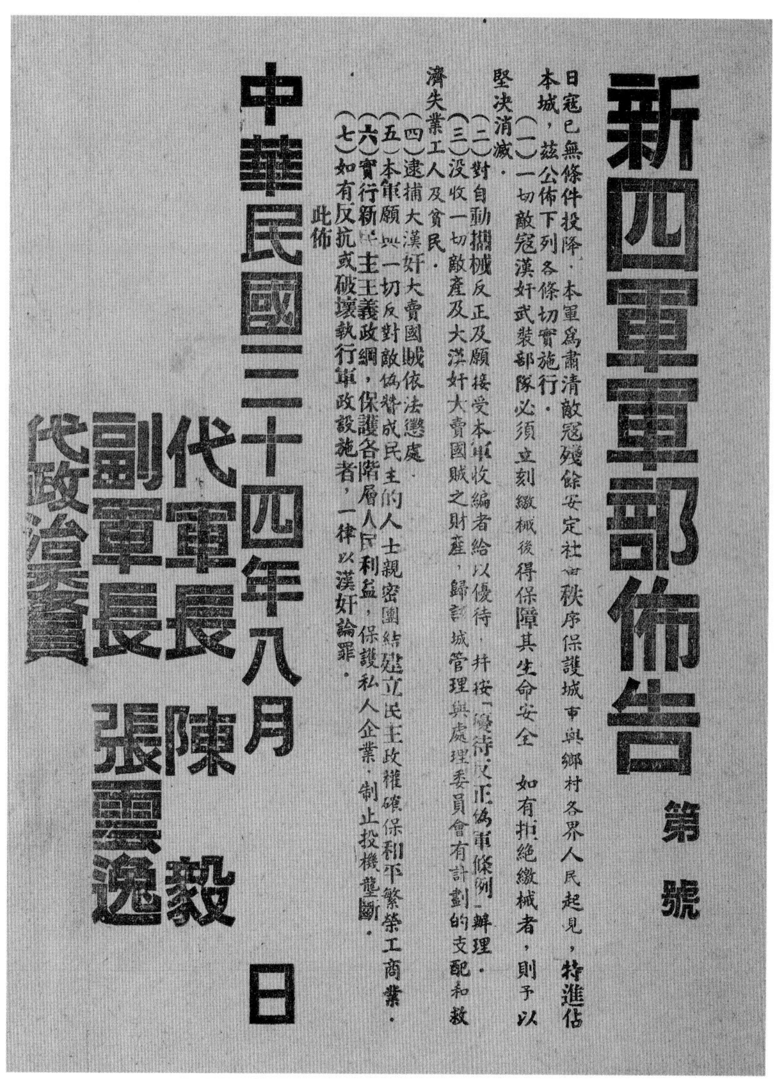

新四軍軍部佈告 第　號

日寇已無條件投降，本軍爲肅清敵寇殘餘安定社會秩序保護城市與鄉村各界人民起見，特進佔本城，茲公佈下列各條切實施行：

（一）一切敵寇漢奸武裝部隊必須立刻繳械後得保障其生命安全　如有拒絕繳械者，則予以堅決消滅。

（二）對自動攜械反正及願接受本軍收編者給以優待，并按「優待反正偽軍條例」辦理。

（三）沒收一切敵產及大漢奸大貪國賊之財產，歸該城管理與處理委員會有計劃的支配和救濟失業工人及貧民。

（四）逮捕大漢奸大貪國賊依法懲處。

（五）本軍願與一切反對敵偽贊成民主的人士親密團結建立民主政權確保和平繁榮工商業。

（六）實行新民主主義政綱，保護各階層人民利益，保護私人企業，制止投機壟斷。

（七）如有反抗或破壞執行軍政設施者，一律以漢奸論罪。

此佈

代軍長 陳毅

副軍長 張雲逸

代政治委員

中華民國三十四年八月　日

《新四军军部布告》

纵33.5厘米　横25.5厘米

1945年8月15日，朱德总司令命令南京日军最高指挥官冈村宁次及其所属一切部队，停止一切军事行动，听候中国解放区八路军、新四军及华南抗日纵队的命令，向我方投降（被国民党军队包围之日军在外）。新四军军部随即颁布了这一布告，规定“一切敌寇汉奸武装部队必须立刻缴械后得保障其生命安全，如有拒绝缴械者，则予以坚决消灭”。

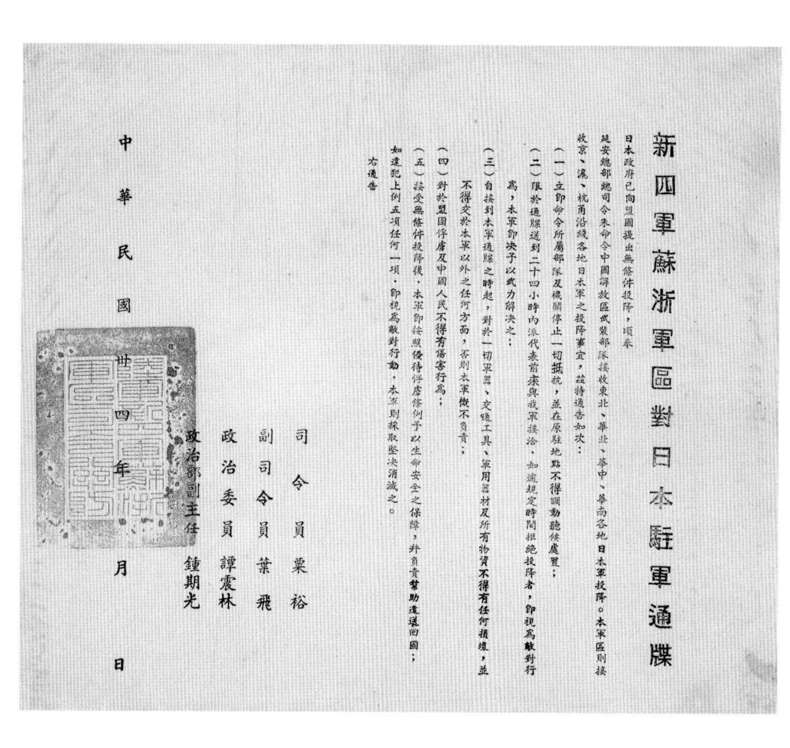

新四軍蘇浙軍區對日本駐軍通牒

日本政府已向盟國提出無條件投降，頃奉延安總部總司令朱命令中國解放區武裝部隊接收東北、華北、華中、華南各地日本軍投降。本軍區則接收京、滬、杭甬沿綫各地日本軍之投降事宜，茲特通告如次：

（一）立即命令所屬部隊及機關停止一切抵抗，並在原駐地點不得調動聽候處置；

（二）限於通牒送到二十四小時內派代表前來與我軍接洽，如逾規定時間拒絕投降者，即視爲敵對行爲，本軍即決予以武力解決之；

（三）自接到本軍通牒之時起，對於一切軍器、交通工具、軍用器材及所有物資不得有任何損壞，並不得交於本軍以外之任何方面，否則本軍概不負責；

（四）對於盟國俘虜及中國人民不得有傷害行爲；

（五）接受無條件投降後，本軍即按照優待俘虜條例予以生命安全之保障，并負責幫助遣送回國；

如違犯上例五項任何一項，即視爲敵對行動，本軍則採取堅決消滅之。

右通告

司令員 粟裕

副司令員 葉飛

政治委員 譚震林

政治部副主任 鍾期光

中華民國卅四年　月　日

《新四军苏浙军区对日本驻军通牒》

纵31.6厘米　横26.8厘米

国家一级文物。《通牒》命令京、沪、杭、甬沿线各地日军及所属机关，停止一切抵抗，不得调动，听候处置；如逾规定时间拒绝投降者，即视为敌对行为，予以武力解决之；对于一切武器、交通工具、军用器材及所有物资不得有任何损坏；对于盟军俘虏及中国人民不得有伤害行为；接受无条件投降后，按照优待条例予以生命安全之保障，并负责帮助遣送回国。新四军苏浙军区1945年颁布，钤“陆军新四军苏浙军区司令关防”朱文印。

《中国抗战全面图》（右页）

纵50厘米　横34厘米

本图是中国抗日战争反攻阶段初期军事形势图，约1944年印制。

《新四军苏浙军区对伪军伪警及一切伪组织紧急通告》

纵29.3厘米　横25.1厘米

国家一级文物。1945年颁布，通告所有伪军、伪警及一切伪组织立即率队反正。

新四軍蘇浙軍區

對僞軍僞警及一切僞組織緊急通告

案奉

延安總部總司令朱命令：『日本已無條件投降，一切僞軍僞組織限於日軍投降簽字前率部反正聽候編遣，逾期卽命全部繳出武器。』現本軍已向京滬杭甬各大小城鎮之日軍發出通牒，限期接受投降處置。特此通告所有僞軍僞警及一切僞組織，應立卽率隊反正，速派代表前來本軍區管轄之各部隊接洽反正事宜，並須切實保護一切軍器卷宗及資財，保護中國同胞，協助本軍行動，本軍當一本寬大政策予以戴罪圖功之機會，如有執迷不悟，拖延時間，或有隱匿破壞滋擾情事，以及未得本軍允許而向本軍以外任何方面接洽另有企圖或假借名義圖謀不軌者，卽視爲敵對行動，本軍卽决予以繳械。

切此通告

司　令　員　粟　裕

副司令員　葉　飛

政治委員　譚震林

政治部副主任　鍾期光

中華民國卅四年　月　日

中國抗戰全面圖
察哈尔
熱河
遼寧
東北抗日聯軍根據地
五原
寧夏
綏远
北平
冀察晋区
渤海
河北
山西
晋綏区
陝甘寧边區
延安
冀魯豫区
山東区
冀晋豫
山東
黄海
甘肅
陝西
第六戰區
西安
潼関
河南
第一戰区
淮北区
淮南区
皖中区
安徽
鄂豫皖區
第五戰区
四川
成都
重慶
盟國空運
湖南
江西
福建
浙江
東海
貴陽
廣西
廣東
雲南
昆明
香港
南海
安南
圖例
華北抗日根據地
華中抗日根據地
華南抗日根據地
東北抗日根據地
鐵路

赣浙皖边区略图

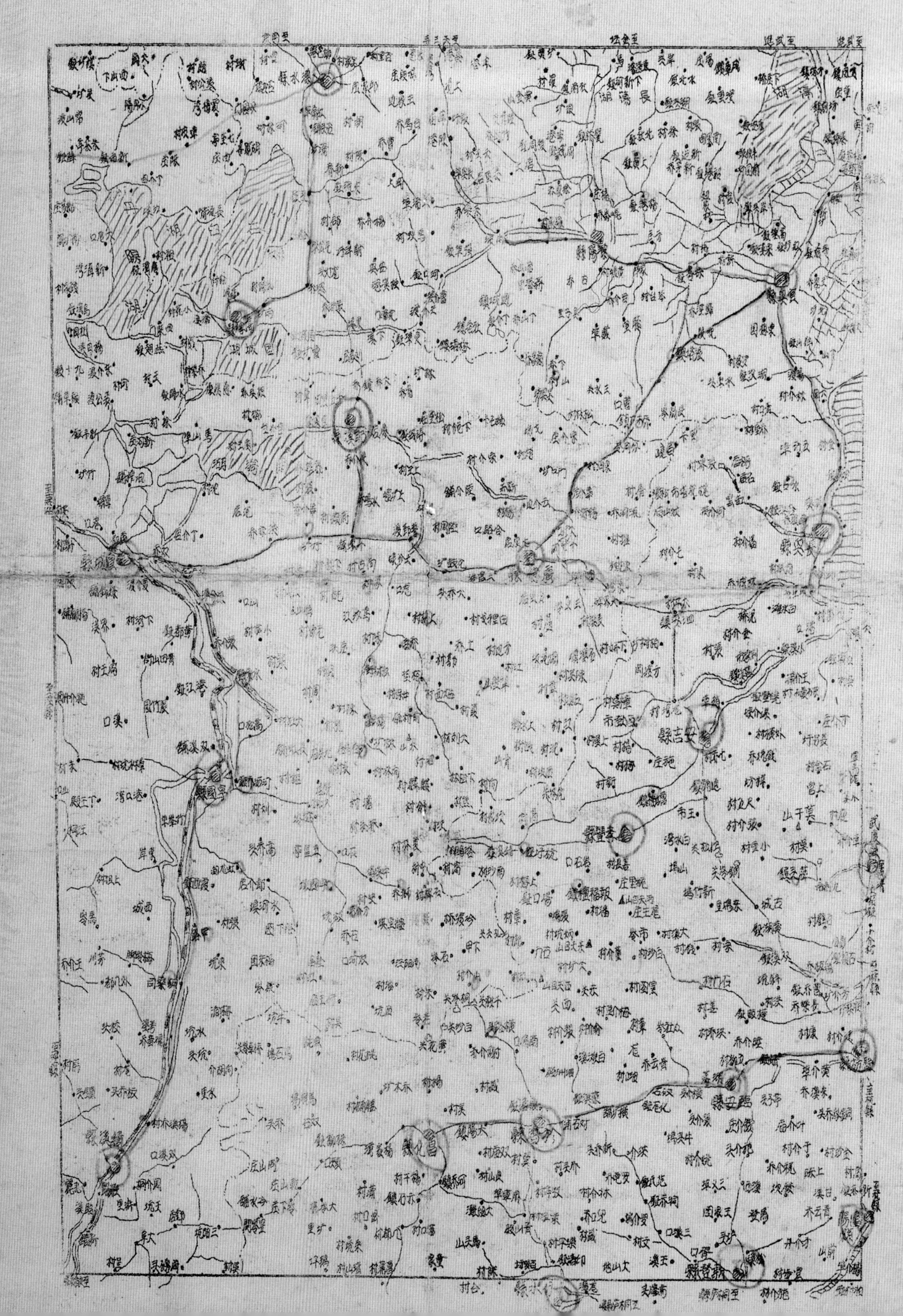

《苏浙皖边区略图》（左页）

纵48厘米　横29.9厘米

绘印浙江、江苏、安徽三省边区县、镇、乡、村等所在地，是实用的标有地形的行政区域图。抗日战争时期制作。

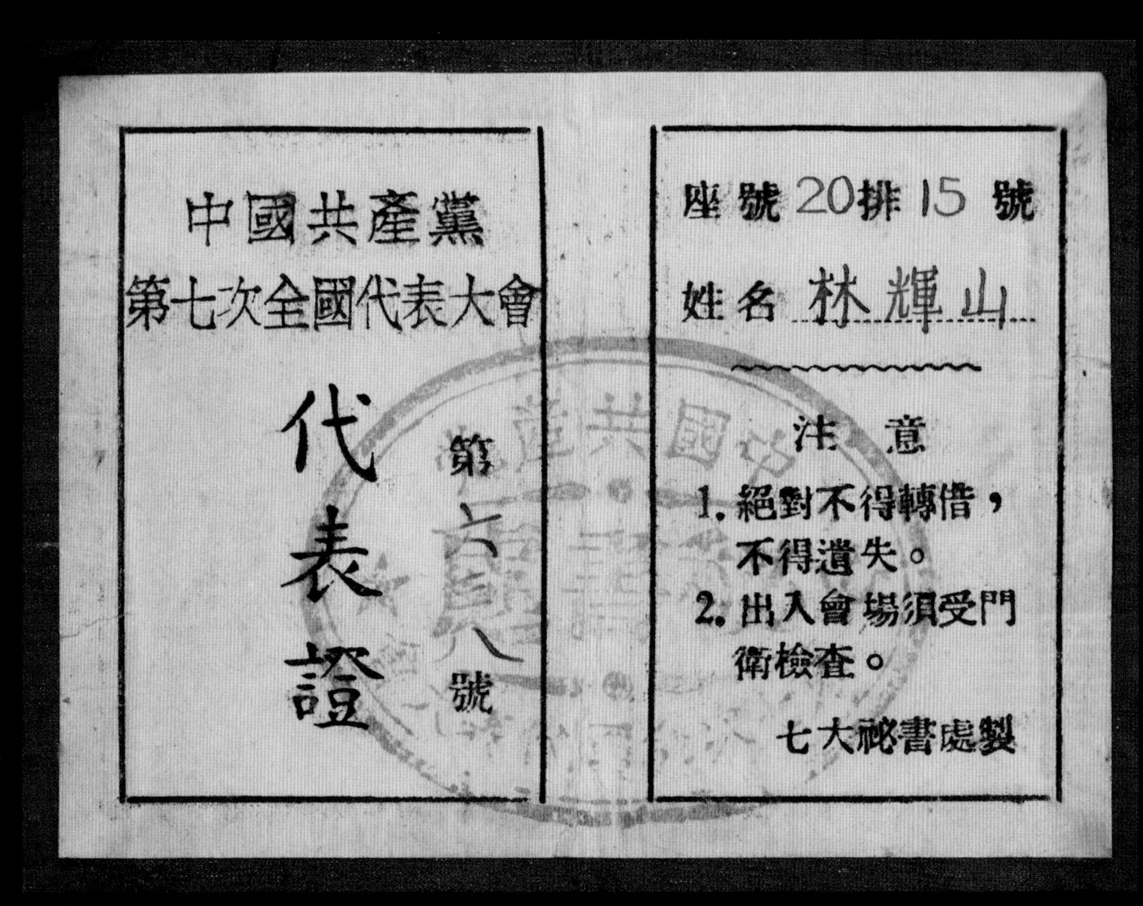

林辉山七大代表证

林辉山子女捐献

纵3.7厘米　横5厘米

1939年7月在浙江平阳县召开的中共浙江省第一次代表大会上，林辉山被选为出席中共七大的代表。由于时局紧张，中共七大一直到1945年5月4日才在延安召开。林辉山作为浙江省代表之一，光荣地出席了党的第七次代表大会。这是他的代表证，上面印有“二十排十五号”，是在艰苦的革命岁月中保存下来的，弥足珍贵。

浙南抗日游击队使用过的大刀

通长76.4厘米

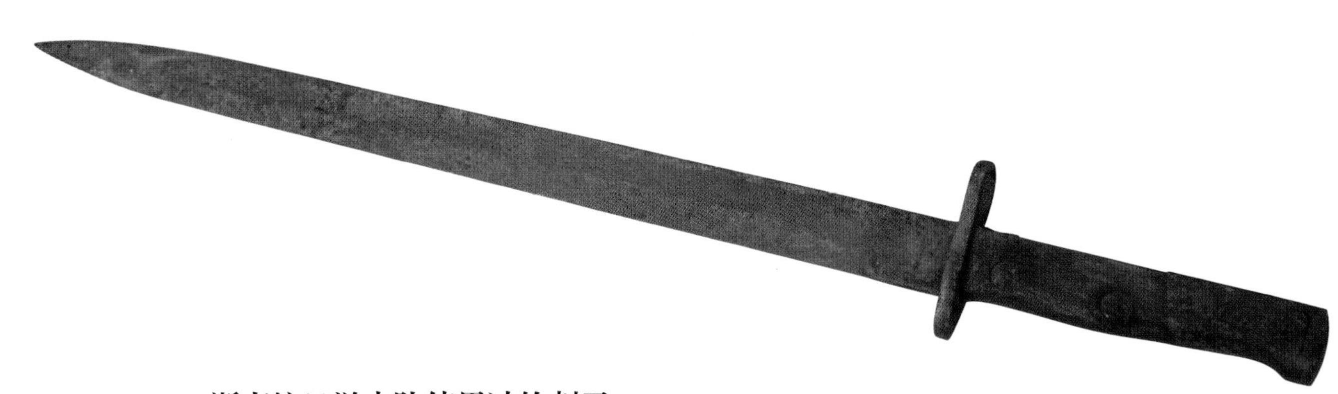

浙南抗日游击队使用过的刺刀

通长51.5厘米

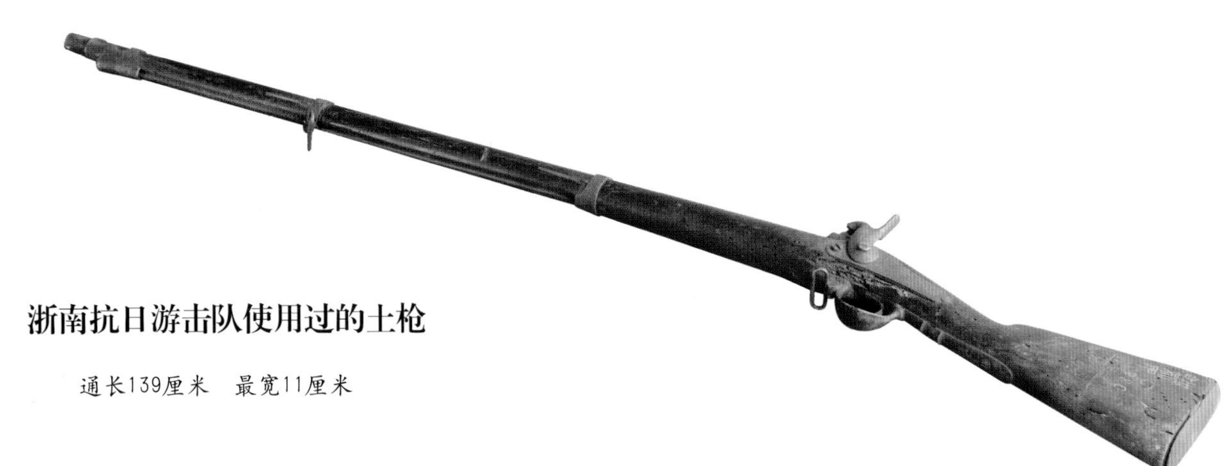

浙南抗日游击队使用过的土枪

通长139厘米　最宽11厘米

手杖刺刀

通长90厘米

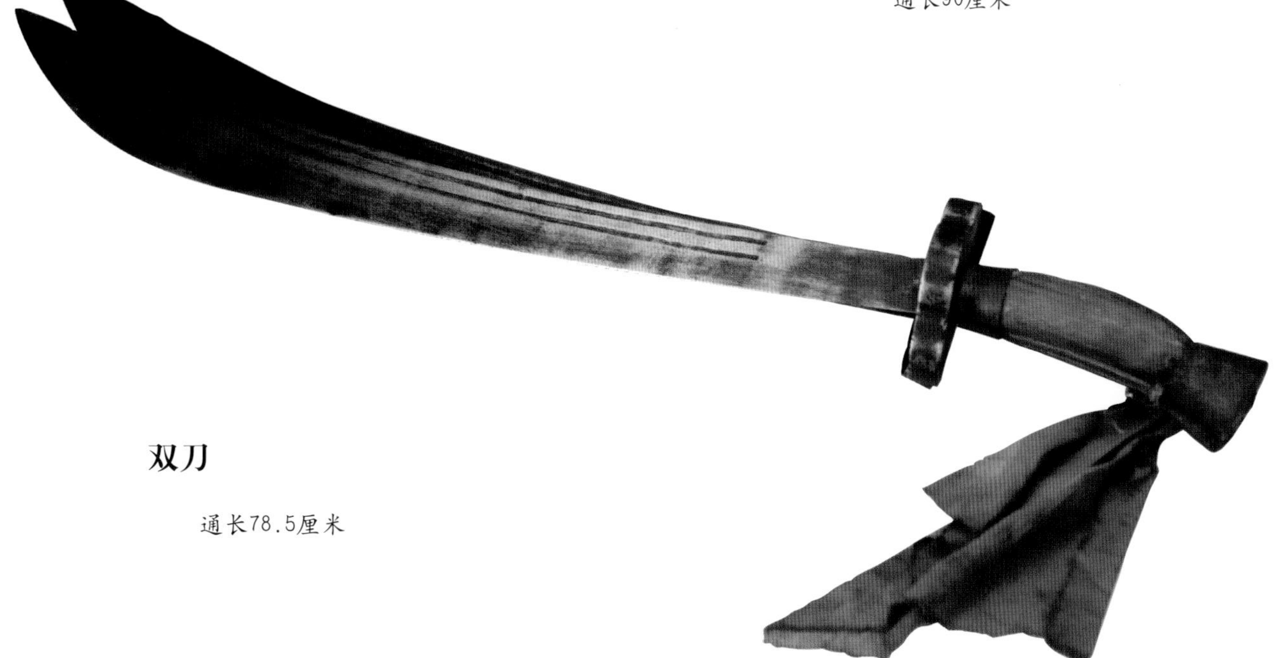

双刀

通长78.5厘米

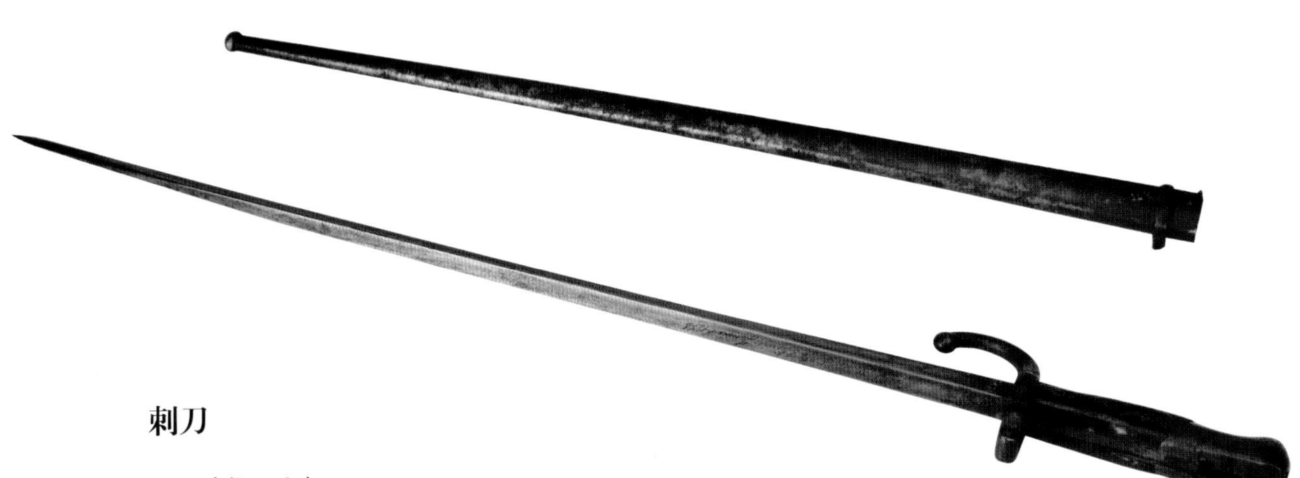

刺刀

通长66厘米

檀树大炮

长107.5 厘米

中共安吉县委领导群众抗日，组织自卫队，打击日伪，1938年制造了这门大炮。将檀木削成两个半圆炮筒，拼合而成，筒外原有竹箍固定，木质炮架。装火药、铁子，点火即可发射。

松树大炮

通长185厘米　口径2.5厘米

抗战时期制造并使用的土炮。炮筒由两个半圆中空的松树干拼合而成，外用铁箍固定。

82迫击炮

口径82毫米

用座钣承受后坐力，使用尾翼弹的前装滑膛曲射炮，轻型，口径82毫米，最大射程2850米。构造简单，重量较轻，运动方便，适合在各种地形上战斗，主要用以歼灭遮蔽物后的目标和摧毁野战防御工事。

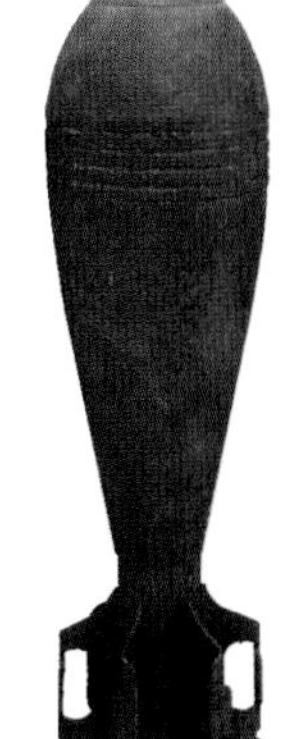

迫击炮弹

高30厘米

新四军兵工厂制造。

浙南游击队员使用过的望远镜

通长11.3厘米　宽9.8厘米

竹质油灯

通高29厘米　横11.1厘米

指南针

纵6.1厘米　横9.4厘米

水壶

横12.3厘米

抗战战利品：日军俸给支拂证票

纵12.7厘米　横9.5厘米

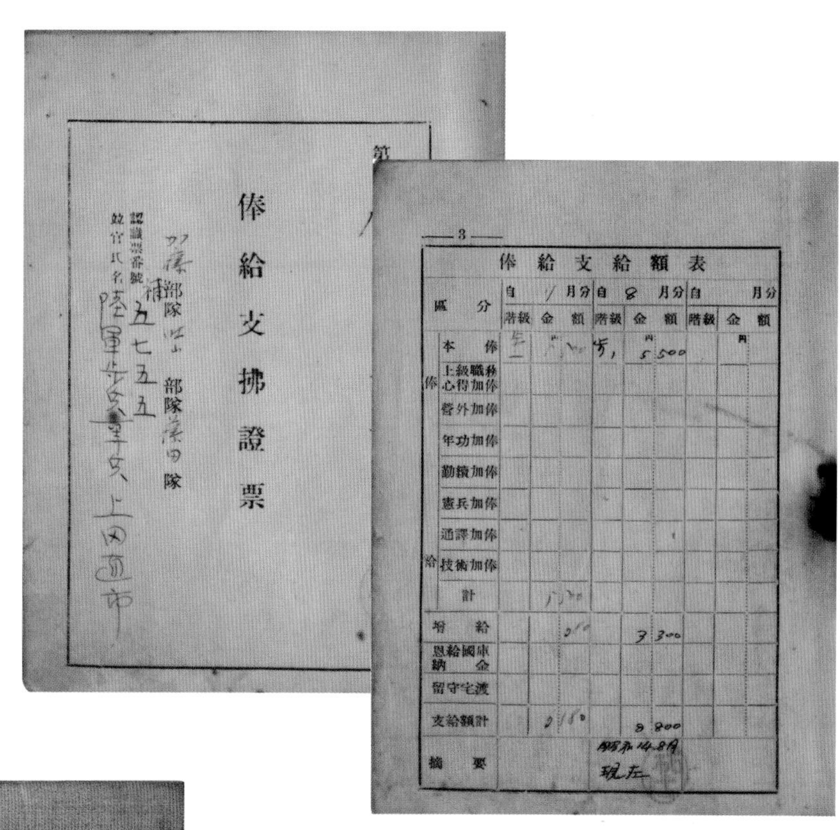

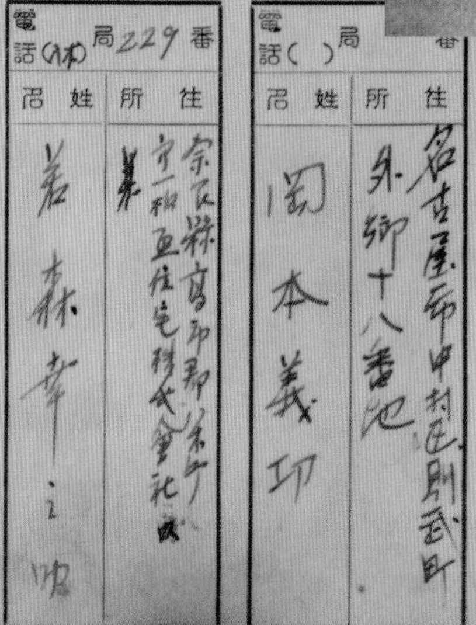

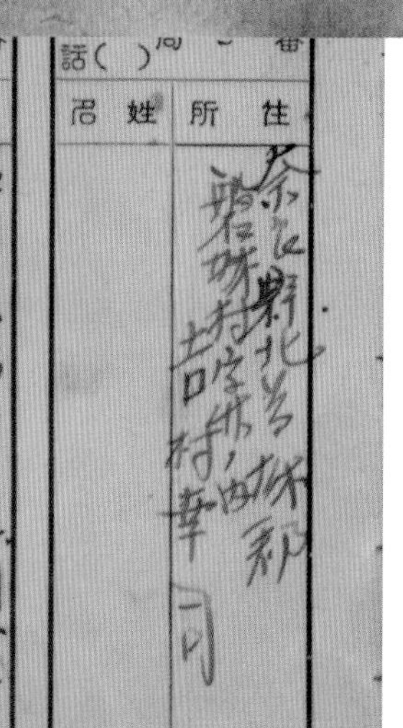

抗战战利品：日本人名簿

纵9厘米　横12.8厘米

渴望解放的時候，三十萬解放軍先頭部隊已於本月二十日午夜，在安徽之蕪湖、安慶間[illegible]南中廣大地區，並向京滬猛烈前進。各路南進大軍，也就要跟着源源渡江，並頭齊進，長驅直入，爲解放全中國而作戰。

自從去年九月解放軍發動秋季攻勢以來，經過遼瀋、淮海、平津三大戰役的作戰，國民黨的精銳主力兵團已被消滅殆盡；長江以北廣大地區，除西北與其他幾個孤立據點以外，業已完全解放。這指明着國民黨反動統治的力量在基本上已被人民的革命力量所打垮。目前國民黨內部混亂，士氣沮喪，民心向背，經濟破產，均已到了總崩潰的地步，他們非但無力抵擋解放軍主力的南進，同樣也無力阻止後方人民武裝與反抗運動的普遍展開。儘管國民黨反動派如何的掙扎及其主子美國帝國主義如何的援助，亦無法挽救其迅速走向死亡的命運。現在我們可以很清楚的看到，不需要很久的時間，國民黨的殘餘軍事力量就要被消滅乾淨，國民黨的反動統治就要根本垮台，全國革命勝利的局面就要出現。

此種形勢的發展很明顯的告訴我們：渡江南進的解放軍很快的就要長驅入浙，浙江全省解放已爲期不遠，浙南人民翻身的時機已經來到了。這對於長期處在國民黨統治區，備受國民黨反動派無止境的壓迫與摧殘，反覆與國民黨反動派進行嚴重鬥爭的我們浙南共產黨與浙南人民說來，現在我們最後勝利的前途，已照耀着萬丈光芒，我們應當歡欣鼓舞，我們更應進一步認識自己任務的重大，加倍努力的去爭取革命的最後勝利。今天擺在我們浙南共產黨與浙南人民面前的緊急任務就是一致動員起來，展開全面鬥爭，迎接與配合解放軍作戰，堅決消滅浙南一切殘餘蔣匪軍，徹底摧毀浙南國民黨反動統治，建立人民自己的民主政權，解放全浙南與全浙江。

我們浙南共產黨一貫堅決執行我黨中央的政策與路綫，與浙南全體人民站在一起，以爭取人民的解放爲自己的天職。十四年來，我們經歷過三年游擊戰爭，八年抗日戰爭以及最近三年的解放戰爭，我們數以千計的共產黨員抛頭顱、灑熱血，犧牲於國民黨反動派的屠刀之下；數以萬計的革命羣衆，在國民黨反動派連續不斷的殘酷進攻之下，慘遭殘殺，備受拷打，焚燬搶掠，傾家蕩產，流離失所。我們爲了求得浙南人民的解放，實現中國眞正的獨立和平與民主，已經付出了重大的代價，堅持了長期艱難的鬥爭。際此全國勝利即將實現之時，我們必更進一步與浙南人民站在一起，不失時機的殲滅一切敵人，完成解放浙南的偉大使命。

國民黨以蔣介石爲首的反動當權集團是一羣無恥賣國、貪婪腐敗、陰險殘忍的毒蛇野獸。當他們還有力量的時候，橫行霸道，不可一世，悍然違背全國人民的意志，發動全面內戰，更不惜出賣國家民族的利益換取美國的武器來屠殺中國人民；厲行征兵、征糧、征稅、濫發紙幣，無饜的搜刮人力物力來殘害中國同胞。但當他們在中國人民與人民解放軍的威力之下，遭受到致命打擊將要死亡的時候，便偽裝和平，施展陰謀，企圖保存其反動勢力，取得喘息機會，以便捲土重來絞殺中國革命。我們對於這羣毒蛇野獸，是不能絲毫加以憐憫的。除非他們接受毛主席的八項和平條件，向中國人民實行投降，否則，當堅決加以徹底消滅。對於浙南國民黨反動政府也是一樣。我們希望他們及時翻然悔悟，根據毛主席八項和平條件，向浙南人民實行投降，只有這樣，他們才能避免與蔣介石及其死黨同歸於盡，而受到人民的寬恕。

當一九四六年國民黨實行全面內戰，召開偽國大，制定偽憲法，製造全面破裂，我黨中央鑒於和平絕望，乃進行革命戰爭來達到中國人民和民族的解放。我們浙南共產黨遵照我黨中央的指示，亦轉變鬥爭方式，逐步展開武裝鬥爭。兩年餘來，我們已經建立起強大的武裝部隊，殲滅了大量的國民黨匪軍，在浙南廣大農村，普遍組織與武裝了農民，領導抗丁、抗糧、抗稅，摧毀了國民黨在農村中的反動統治，並實行減租減息，改善了農民的生活。這一切，使我們已經在農村中建立起鞏固的民主根據地，並爲解放全浙南奠定了強固的基礎。今天我們已有足夠的力量，可以達到解放全浙南，再加上解放大軍渡江南進，我們必能迅速完成解放全浙南的偉大任務。

但是我們必須注意：國民黨反動派是不甘自行死亡的。浙南國民黨反動政府還沒有悔禍之心，他們非但沒有向人民實行投降，反在千方百計的加強鎮壓與掠奪人民，圖作最後掙扎，以保持其罪惡的反動統治。爲了迎接與配合解放軍南進作戰，迅速的推翻國民黨反動政府的統治，達成解放全浙南全浙江的任務，我們必須以加倍的努力，向敵人展開全面的進攻，爭取勝利的早日到來。爲此特號召全浙南黨[illegible]爲實現當前的緊急任務而奮鬥。

走向解放

抗日战争胜利后，中国处在一个十字路口。共产党希望通过和平的道路来建设一个新中国，逐步改革中国的社会政治，发展民族经济。这是经历八年残酷战争后中国人民的普遍愿望。国民党蒋介石集团却坚持独裁和内战的方针，力图通过武力消灭共产党领导的革命力量。国民党在完成战争准备后，撕毁国共重庆和谈的协议，悍然发动全面内战。在这场决战中美国选择了国民党，但人民选择了共产党。从鸦片战争起，经历了110年的屈辱和内乱后，在中国共产党的领导下，中华人民共和国以崭新的姿态屹立在世界的东方。

抗战胜利后，中共中央制订了“向北发展，向南防御”的战略方针。驻守浙江的新四军执行中央的命令，先后北撤。国民党调集大批军队对浙江原抗日根据地和游击区发动残酷“清剿”，在极端困难的形势下中共浙江党组织执行隐蔽精干、长期埋伏、积蓄力量、以待时机的方针，坚持斗争，保存了革命力量。内战爆发后，浙江党组织重建革命武装，从隐蔽精干斗争转为公开武装斗争。在游击战争中，共产党领导的武装有了较大发展。1948年11月和1949年1月，先后成立了中国人民解放军浙南游击纵队和浙东人民解放军第二游击纵队。在共产党的领导下，国统区广大群众纷纷起来为生存而斗争，爱国民主运动迅速发展。1947年10月发生的于子三事件，影响扩展到北京、南京、上海等地，形成了全国性的反迫害运动。三大战役胜利后，迎接解放大军渡江南下成为浙江党组织的首要任务。党的浙江地方武装广泛出击，解放县城，有力地配合了解放军渡江南下。同时，浙江地下党开始进行接管城市的准备工作，组织群众开展护厂、护校、护桥的斗争，保护城市。1949年5月3日，第三野战军第七兵团解放杭州。8月18日，浙江省人民政府成立。浙江历史翻开了新的一页。

論聯合政府

★毛澤東著★

渤海新華書店出版

一九四五年五月

目錄

一、中國人民的基本要求

二、國際形勢與國內形勢

三、抗日戰爭中的兩條路線

中國問題的關鍵　走着曲折道路的歷史　人民戰爭　兩個戰場　中國解放區　國民黨統治區　比較　「破壞抗戰危害國家」的是誰？　所謂「不服從政令、軍令」　內戰危險　談判　兩個前途

四、中國共產黨的政策

我們的一般綱領　我們的具體綱領　消滅日本侵略者，不許中途妥協　廢止一黨專政，建立聯合政府　人民的自由　人民的統一　人民的軍隊　土地　工業　文化、教育、知識分子、少數民族　外交　中國國民黨統治區的任務　中國淪陷區的任務　中國解放區的任務

五、全黨團結起來，爲實現黨的任務而鬭爭

毛泽东：《论联合政府》

纵18厘米　横12.9厘米

铅印直排本，1945年5月渤海新华书店出版。1945年4月24日中国共产党第七次全国代表大会召开，毛泽东在会上作政治报告《论联合政府》，第一次从理论上高度概括了中国共产党的优良作风，以极其明确的语言完整地阐述了共产党领导的宗旨，以及人民军队的宗旨与其他各项建军原则之间的关系，并深刻论述了党内思想教育和党的组织原则问题。

《群众》周刊第十二卷第三期

纵26厘米　横18厘米

上海群众杂志社1946年8月10日发行。主要刊载周恩来“抗议国民党轰炸延安”。1946年8月2日，国民党飞机轰炸延安。这是国民党有计划地发动全面内战的信号。8月4日，周恩来就此事向国民政府提出严正抗议。《群众》周刊是在抗日战争时期和解放战争时期，中国共产党在国民党统治区和香港地区公开出版的唯一的党的理论刊物。1937年10月筹办于南京，同年创刊于汉口，1938年出版于重庆。抗日战争胜利后，1946年迁上海出版，1947年1月30日在香港出版，直至1949年10月停刊。在将近12年中，连续出版了405期。

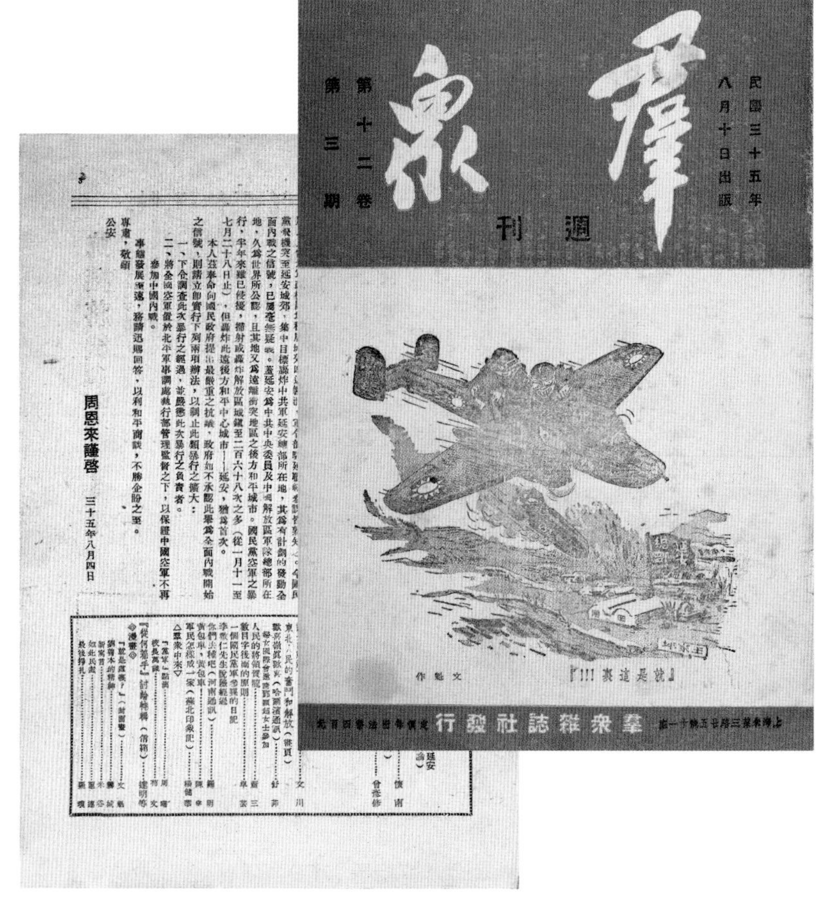

羣衆

週刊

民國三十五年八月十日出版

第十二卷　第三期

『說是這裏!!!』　文魁作

羣衆雜誌社發行

黨發機突至延安城郊，集中目標轟炸中共軍延安總部所在地，其爲有計劃的發動全面內戰之信號，已屬毫無疑義。蓋延安爲中共中央委員及中共解放區軍隊總部所在地，久爲世界所公認，且其地又爲遠離衝突地區之後方和平城市。國民黨空軍之暴行，半年來雖已侵擾，掃射或轟炸解放區城鎮至二百六十八次之多（從一月十一至七月二十八日止），但轟炸此遠後方和平中心城市——延安，猶爲首次。

本人茲奉命向國民政府提出最嚴重之抗議，政府如不承認此舉爲全面內戰開始之信號，則請立即實行下列兩項辦法，以制止此類暴行之擴大：

一、下令調查此次暴行之經過，並嚴懲此次暴行之負責者。

二、將全國空軍置於北平軍事調處執行部管理監督之下，以保證中國空軍不再參加中國內戰。

事態發展至速，務請迅賜回答，以利和平商談，不勝企盼之至。

專肅，敬頌

公安

周恩來謹啓　三十五年八月四日

《忍痛告别浙东父老兄弟姊妹书》

纵17.8厘米　横24.3厘米

国家一级文物。中国共产党为争取和平民主，避免内战，在国共两党重庆谈判期间，决定主动让出包括浙江在内的南方八个解放区，将部队撤至陇海路以北及苏北、皖北集中。中共浙东区党委和新四军浙东纵队遵命于1945年9月23日在浙江上虞县丰惠镇召开扩大会议，具体部署北撤事宜，决定由顾德欢起草《忍痛告别浙东父老兄弟姊妹书》，9月30日，浙东新四军散发这份真切的告别书，开始分批北撤。

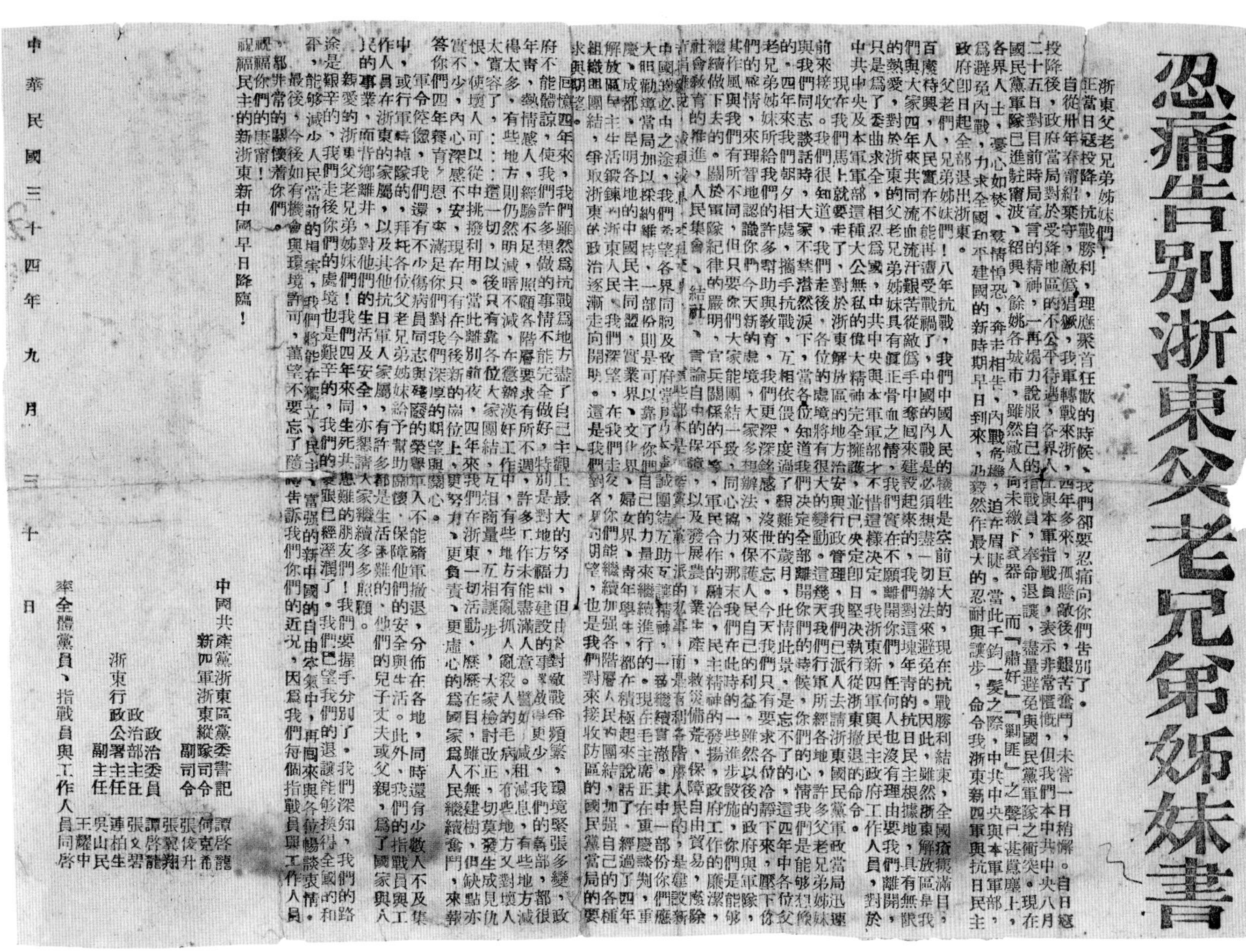

忍痛告別浙東父老兄弟姊妹書

……新中國早日降臨！

中國共產黨浙東區黨委書記　譚啓龍
新四軍浙東縱隊司令　何克希
副司令　張俊升
副司令　張翼翔
政治委員　譚啓龍
政治部主任　張文碧
浙東行政公署主任　連柏生
副主任　吳山民
王耀中
率全體黨員、指戰員與工作人員同啓

中華民國三十四年九月三十日

国民党反动派悍然对解放区发动全面进攻后，中共中央及时确定了以自卫战争粉碎国民党军事进攻的方针，开始了伟大的人民解放战争。

毛泽东：《中国人民解放军宣言》

纵37厘米　横48.8厘米

这是毛泽东为中国人民解放军总部起草的政治宣言，公布于1947年10月10日，被称为“双十宣言”。宣言中分析了当时的国内政治形势，提出了“解放全中国”的口号，宣布了中国人民解放军的八项基本政策。

中國人民解放軍宣言

中國人民解放軍在粉碎蔣介石的進攻之後，現已大舉反攻。南綫我軍已向長江流域進擊，北綫我軍已向中長、北寧兩路進擊。我軍所到之處，敵人望風披靡，人民歡聲震動，整個敵我形勢和一年前比較，業已起了基本上的變化。

本軍作戰目的，迭經宣告中外，是為了中國人民與中華民族的解放。而在今天，則是實現全國人民的迫切要求，打倒內戰禍首蔣介石，組織民主聯合政府，藉以達到解放人民與民族的總目標。

中國人民，為了自己的解放與民族的獨立，和日本帝國主義英勇奮戰了八年之久，日本投降後，人民渴望和平　蔣介石則破壞人民一切爭取和平的努力，而以空前的內戰災難壓在人民的頭上。這樣，就逼得全國各階層人民，除了團結起來打倒蔣介石以外，再無出路。

蔣介石現在的內戰政策不是偶然的，這是介蔣石及其反動集團一貫反人民政策的必然結果。早在民國十六年（一九二七年），蔣介石就忘恩負義地背叛了國共兩黨的革命聯盟、背叛了孫中山的革命的三民主義與三大政策，從此建立獨裁統治，投降帝國主義，打了十年內戰，造成日寇侵略。民國二十五年（一九三六年）西安事變時期，中國共產黨以德報怨，協同張學良、楊虎城兩將軍，釋放蔣介石，希望蔣介石悔過自新，共同抗日。但是蔣介石又一次忘恩負義，對於日寇則消極應戰，對於人民則積極鎮壓，對於共產黨則極端仇視。前年（一九四五年）日本投降，中國人民又一次寬恕蔣介石，要求蔣介石停止已經發動的內戰，實行民主政治，團結各黨派和平建國。但是毫無信義的蔣介石，在簽定停戰協定，通過政協決議、宣佈四項諾言以後，隨即將其全部推翻。人民方面，雖則再三忍讓求全，但是蔣介石在美帝國主義援助之下，決心不顧國家民族的死活，向人民作空前的全面的進攻。從去年（一九四六年）一月停戰協定宣佈到現在，蔣介石先後動員了二百二十多個正規旅及近百萬的雜色部隊，向中國人民從日本帝國主義手裏用血戰奪取過來的解放區，實行大舉進攻，先後侵佔瀋陽、撫順、本溪、四平、長春、永吉、承德、集寧、張家口、淮陰、菏澤、臨沂、延安、烟台等城市及廣大的鄉村。蔣軍所到之處，殺人放火，姦淫擄掠，實行三光政策，和日本强盜的行為完全一樣。去年十一月，蔣介石召集了偽國大，宣佈了偽憲法。今年三月　蔣介石驅逐了共產黨的代表。今年七月，蔣介石下了反人民的總動員令。對於全國各地反對內戰、反對飢餓、反對美帝國主義侵略的正義的人民動運，對於工人、農民、學生、市民及公教人員的爭生存的鬥爭，蔣介石的方針就是鎮壓、逮捕與屠殺。對於國內各少數民族，蔣介石的方針就是實施大漢族主義，摧殘鎮壓，無所不至。在一切蔣介石統治區域，貪污遍地、特務橫行、捐稅繁重、物價高漲、經濟破產、百業蕭條、徵兵徵糧、怨聲載道，這樣就使全國絕大多數人民處於水深火熱之中。而以蔣介石為首的金融寡頭、貪官污吏、土豪劣紳，則集中了巨大的財富；僅以蔣介石、宋子文、孔祥熙及陳立夫兄弟等四大家族而論，其所霸佔的公私產業，價值即達一百萬萬美元以上。這些財產，都是蔣介石利用其獨裁權利橫徵暴斂、假公濟私而來的。蔣介石為着維持獨裁、進行內戰，不惜出賣國家權利於外國帝國主義，勾結美國軍隊留駐青島等地；從美國招致顧問人員、參加內戰的指揮與軍隊的訓練，殘殺自己的同胞；內戰的飛機、坦克、槍砲、彈藥，則大批從美國運來；內戰的經費，則大批從美國借來；而以出賣軍事基地、出賣海空航權、簽訂奴役性商約等項比袁世凱賣國行為還要嚴重多培的條件，作為酬謝美國帝國主義的禮物。總而言之，蔣介石二十年的統治，就是賣國獨裁內戰的統治。到了今天，全國絕大多數人民，地無分南北，年無分老幼，都認識了蔣介石的滔天罪惡，盼望本軍從速反攻，打倒蔣介石，解放全中國。

本軍是中國人民的軍隊，一切以中國人民的意志為意志，本軍的政策，代表中國人民的迫切要求，主要的有如下各項：

（一）聯合工農兵學商各被壓迫階級、各人民團體、各民主黨派、各少數民族、各地華僑及其他愛國份子，組成民族統一戰綫，打倒蔣介石獨裁政府，成立民主聯合政府。

（二）逮捕、審判與懲辦以蔣介石為首的內戰罪犯。

（三）廢除蔣介石統治的獨裁制度，實行人民民主制度，保障人民言論、出版、集會、結社等項自由。

（四）廢除蔣介石統治的腐敗制度，肅清貪官污吏，建立廉潔政治。

（五）沒收蔣介石、宋子文、孔祥熙及陳立夫兄弟等四大家族及其他首要戰犯的財產，沒收官僚資本，發展民族工商業，改善職工生活，救濟災民貧民。

（六）廢除封建剝削制度，實行「耕者有其田」的制度，鄉村田地，由鄉村人民按照人口及田地之數量質量，平均分配使用，並歸其所有。

（七）承認中國境內各少數民族有平等自治及自由加入中國聯邦的權利。

（八）否認蔣介石獨裁政府的一切賣國外交，廢除一切賣國條約；否認內戰期間蔣介石所借的一切外債，要求美國政府撤退其威脅中國獨立的駐華軍隊，反對任何外國幫助蔣介石打內戰和使日本侵略勢力復興，和外國訂立平等互相通商友好條約，聯合世界上一切以平等待我之民族共同奮鬥。

上述各項，就是本軍的基本政策。本軍所到之處，立即實施這些政策，這些政策是適合全國百分之九十以上人民的要求的。

本軍對於蔣方人員，並不一樣排斥，而是採取分別對待的方針。這就是首惡者必辦，脅從者不問，立功者受獎。對於罪大惡極的內戰禍首蔣介石及一切堅決助蔣為惡、殘害人民、而為廣大人民所公認的戰爭罪犯，本軍必將追尋他們至天涯海角，務使歸案法辦。本軍警告一切蔣軍官兵、蔣政府官員、蔣黨黨員，凡是尚未沾染無辜人民鮮血的人們，切勿跟那些罪犯們同流合污；凡是已經做過壞事的人們，趕快停止作惡，悔過自新，脫離蔣介石，准其將功贖罪。本軍對於放下武器的蔣軍官兵，一律不殺不辱，願留者收容，願去者遣送。對於起義加入本軍的蔣軍部隊及公開或秘密為本軍工作的人們，則給予獎勵。

為了早日打倒蔣介石、建立民主聯合政府，我們號召全國各界同胞：在本軍到達之處，同我們積極合作，肅清反動勢力，建立民主秩序。在本軍未到之處，則自動拿起武器，實行抗丁抗糧、分田廢債，利用敵人空隙，發展游擊戰爭。

為了早日打倒蔣介石、建立民主聯合政府，我們號召解放區人民貫徹土地改革，鞏固民主基礎，發展生產，厲行節約，加强人民武裝，肅清敵人殘留據點，支援前綫作戰。

本軍全體指戰員、戰鬥員同志們，我們現在担負了我國革命歷史上最重要最光榮的任務，我們應當積極努力，完成自己的任務。我偉大祖國那一天能由黑暗轉入光明，我親愛同胞那一天能過人的生活，能按自己的願望，選擇自己的政府，依靠我們的努力來決定。我全軍將士必須提高軍事藝術，在必勝的戰爭中勇猛前進，堅決澈底乾淨全部地殲滅一切敵人。必須提高覺悟性，人人學會殲滅敵人、喚起民衆兩套本領，親密團結群衆，把新區迅速建設成為鞏固區。必須提高紀律性，堅決執行命令、執行政策、執行三大紀律八項注意，軍民一致，軍政一致，我友一致，官兵一致，不允許任何破壞紀律的現象存在。我全軍將士必須時刻牢記：我們是偉大的人民解放軍，是偉大的中國人民領袖毛澤東同志領導的隊伍！只要我們時刻遵守毛澤東同志的指示，我們就一定勝利。

打倒蔣介石！

新中國萬歲！

中國人民解放軍　總司令　朱德
副總司令　彭德懷

中華民國三十六年（一九四七年）十月十日

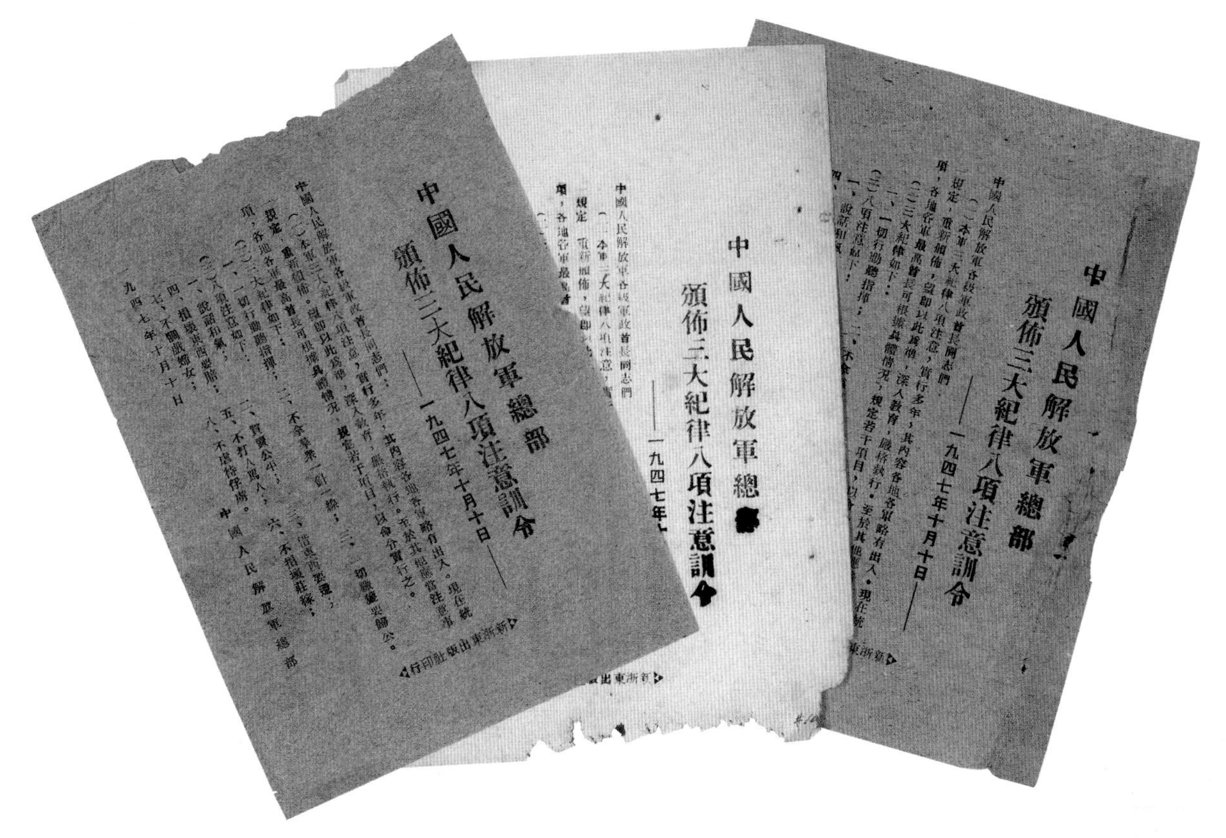
中國人民解放軍總部
頒佈三大紀律八項注意訓令
——一九四七年十月十日——

新浙東出版社印行

毛泽东：《中国人民解放军总部颁布三大纪律八项注意训令》

纵18.2厘米　横13.8厘米

新浙东出版社印行。1947年10月，毛主席亲自撰写、中国人民解放军总部重新颁布了关于“三大纪律八项注意”的训令，将“三大纪律八项注意”确定为中国人民解放军人人必须牢记和遵守的首要纪律，进一步推进人民军队的思想作风建设，为夺取全国胜利提供了强有力保证，同时也增进了人民军队与人民群众的血肉联系，有力地推进了人民军队革命化、正规化、现代化建设。

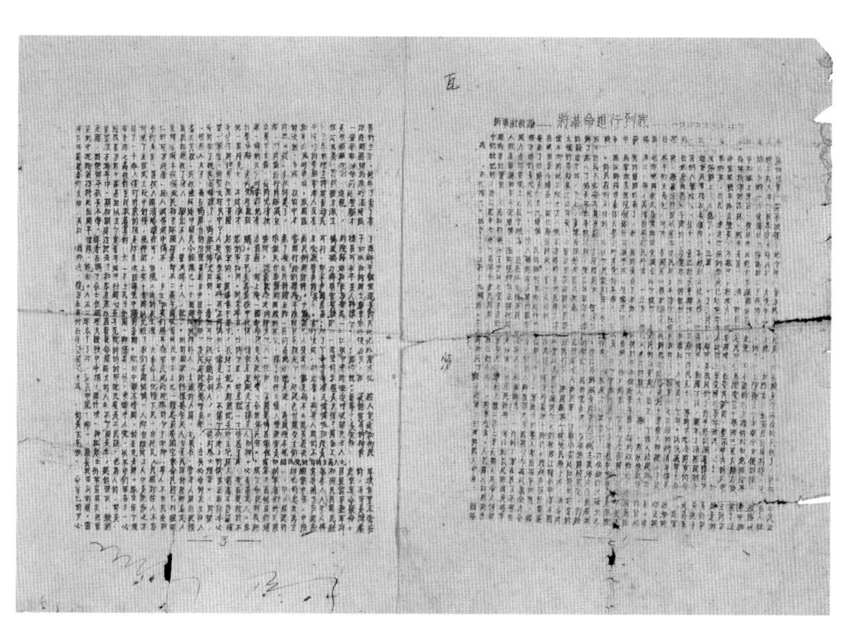

毛泽东：《将革命进行到底》

纵25.6厘米　横18.3厘米

1948年12月30日，毛泽东为新华社撰写了题为《将革命进行到底》的新年献词，号召全党、全军、全国人民坚决彻底干净全部地消灭一切反动势力，推翻国民党的反动统治，建立人民民主专政的共和国，绝不能使革命半途而废。新浙东出版社1949年1月5日印行。

《人民解放军大反攻略图》

纵28.7厘米　横40.8厘米

单面红蓝两色套印。地图左上、左下两角，分别标注地图标记和省名简称，地图右下角红色油印标注解放区、游击区等。绘制精要、明确。

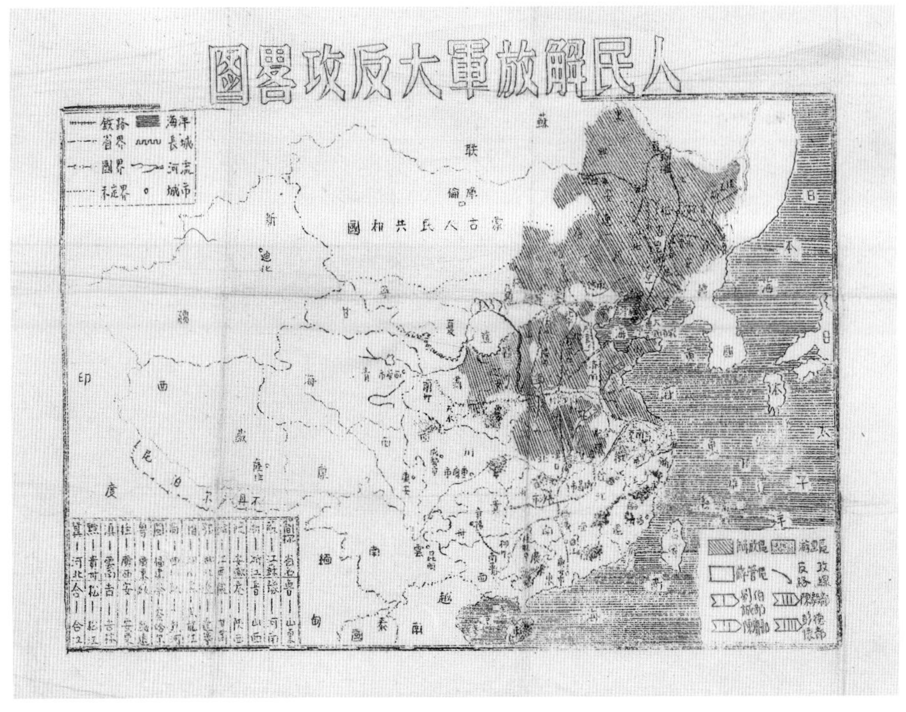

《中国人民解放军布告》

纵27.2厘米　横37.8厘米

在和平协定遭到国民党拒绝的情况下，1949年4月25日，毛泽东和朱德联合署名发布《中国人民解放军布告》，宣布中国人民解放军的八章约法，命令人民解放军奋勇前进，消灭一切敢于抵抗的国民党反动军队，逮捕一切怙恶不悛的战争罪犯，解放全国人民。

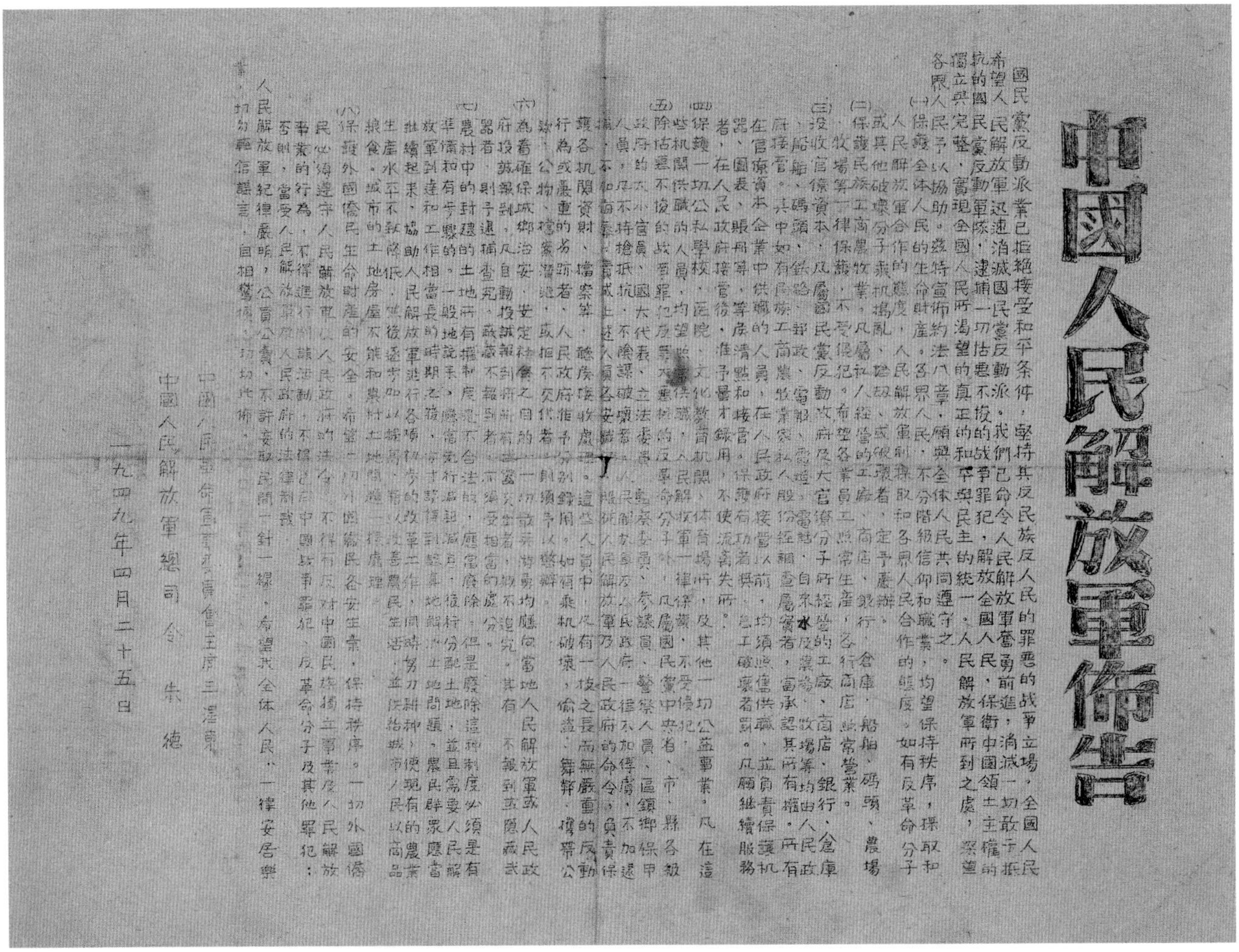

中國人民解放軍佈告

中國人民革命軍事委員會主席　毛澤東
中國人民解放軍總司令　朱德
一九四九年四月二十五日

國內和平協定
最後修正案

《国内和平协定最后修正案》

纵35.5厘米　横26.4厘米

1949年，人民解放战争接近尾声。为了早日结束战争，恢复和平，4月国共双方举行谈判，中共代表团向南京国民政府提交《国内和平协定最后修正案》，但遭到拒绝。

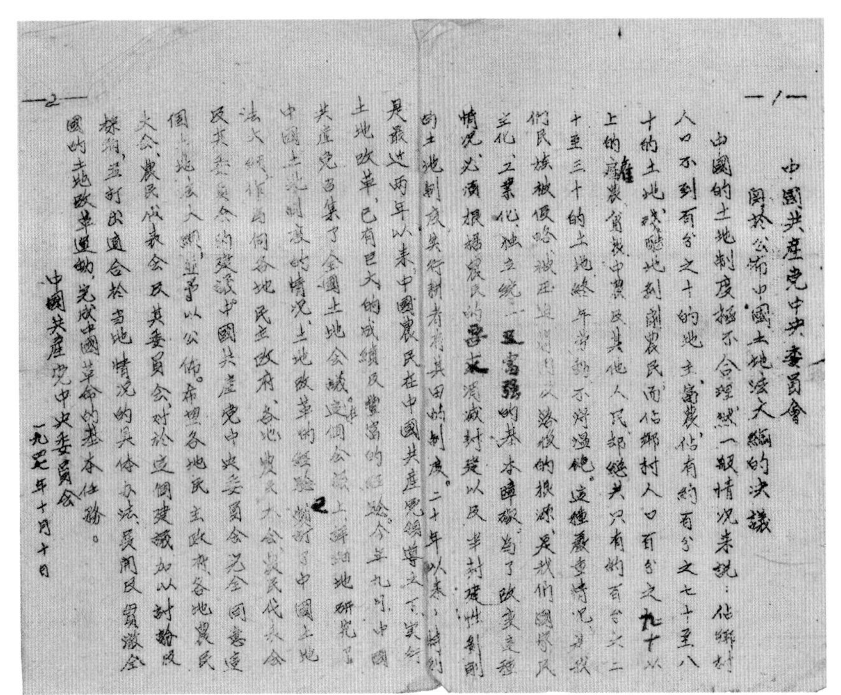

—1—

中國共產党中央委員會
關於公佈中國土地法大綱的決議

中國的土地制度極不合理。就一般情況來說：佔鄉村人口不到百分之十的地主富農，佔有約百分之七十至八十的土地，殘酷地剝削農民。而佔鄉村人口百分之九十以上的雇農貧農中農及其他人民，卻總共只有約百分之二十至三十的土地，終年勞動，不得溫飽。這種嚴重情況，是我們民族被侵略、被壓迫、窮困及落後的根源，是我們國家民主化、工業化、獨立、統一及富強的基本障礙。為了改變這種情況，必須根據農民的要求，消滅封建及半封建性剝削的土地制度，實行耕者有其田的制度。二十年以來，特別是最近兩年以來，中國農民在中國共產党領導之下，實行土地改革，已有巨大的成績及豐富的經驗。今年九月中國共產党召集了全國土地會議，在這個會議上詳細地研究了中國土地制度的情況及土地改革的經驗，制訂了中國土地法大綱，作為向各地民主政府、各地農民大會、農民代表會及其委員會的建議。中國共產党中央委員會完全同意這個土地法大綱，並予以公佈。希望各地民主政府、各地農民大會、農民代表會及其委員會，對於這個建議加以討論及採納，並訂出適合於當地情況的具體辦法，展開及貫徹全國的土地改革運動，完成中國革命的基本任務。

中國共產党中央委員會
一九四七年十月十日

—2—

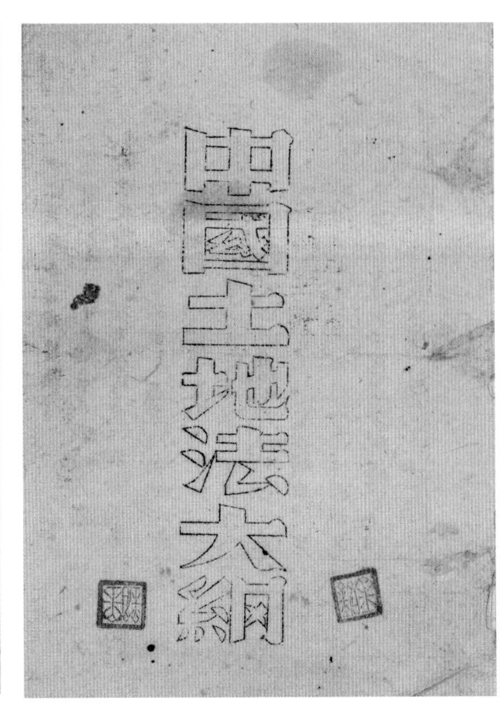

《中国土地法大纲》

纵16.4厘米　横11.6厘米

1947年7月中共中央工作委员会召开全国土地会议，9月通过了《中国土地法大纲》，10月10日由中共中央正式公布施行。《大纲》规定彻底废除封建性及半封建性剥削的土地制度；实行耕者有其田的土地制度；保护民族工商业的发展；设立人民法庭。

《土改工作文献》

纵18.4厘米　横12.4厘米

浙南特委宣传部1948年9月翻印。文献内容是1948年5月25日毛泽东起草的《中共中央关于一九四八年的土地改革工作和整党工作的指示》，要求把土地改革、整党建政和生产结合起来。

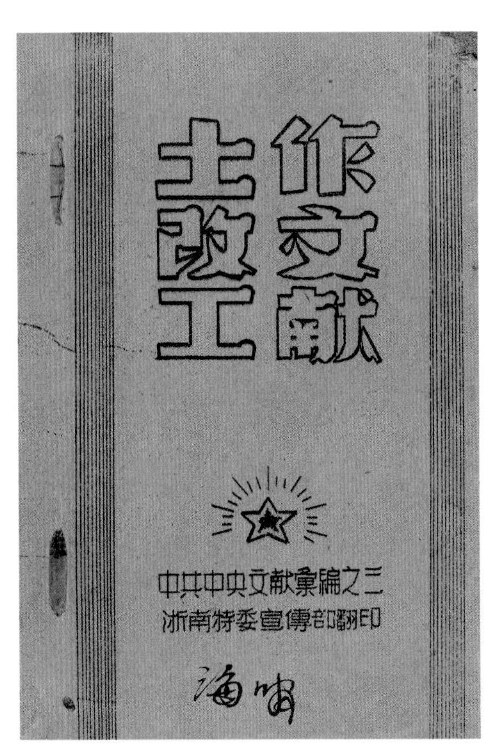

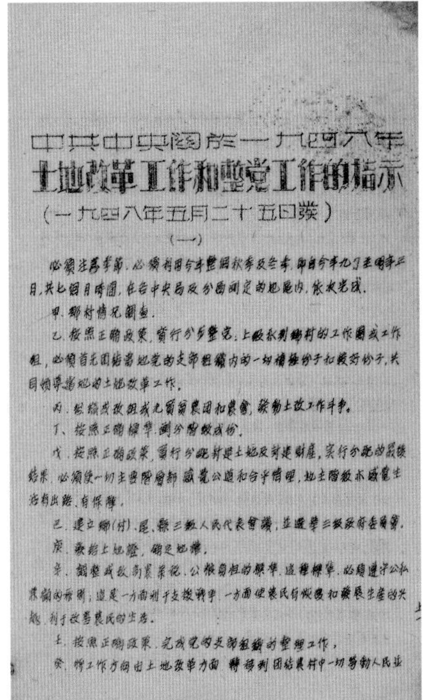

中共中央關於一九四八年
土地改革工作和整党工作的指示
（一九四八年五月二十五日發）

（一）

必須注意季節。必須利用今年農閑秋季及冬季，即自今年九月至明年三月，共七個月時間，在各中央局及分局劃定的地區內，依次完成：

甲、鄉村情況調查。

乙、按照正確政策，實行分步整党。上級派到鄉村的工作團或工作組，必須首先團結當地党的支部組織內的一切積極分子和較好分子，共同領導當地的土地改革工作。

丙、組織或改組貧農團和農會，發動土改工作斗爭。

丁、按照正確標準，劃分階級成份。

戊、按照正確政策，實行分配封建土地及封建財產，實行分配的最後結果，必須使一切主要階層都感覺公道和合乎情理，地主階級亦感覺生活有出路、有保障。

己、建立鄉（村）、區、縣三級人民代表會議，並選舉三級政府委員會。

庚、頒發土地證，確定地權。

辛、調整或改訂農業稅、公糧負担的標準，這種標準，必須遵守公私兼顧的原則；這是一方面利于支援戰爭，一方面使農民有恢復和發展生產的興趣，利于改善農民的生活。

壬、按照正確政策，完成党的支部組織的整理工作。

癸、將工作方向由土地改革方面轉移到團結農村中一切勞動人民並全面内战爆发后，浙江各级党组织根据中共中央的指示，积极组织革命武装，广泛开展游击战争，创建游击根据地。

路西县政府武装政治工作队木印

左：纵10.8厘米　横2厘米　高2.7厘米
右：纵10.6厘米　横1.9厘米　高2厘米

1946年10月底，中共浙东工委恢复建立了路西武工队，在诸、萧、富地区广泛发动群众开展抗粮、抗税、抗丁斗争。

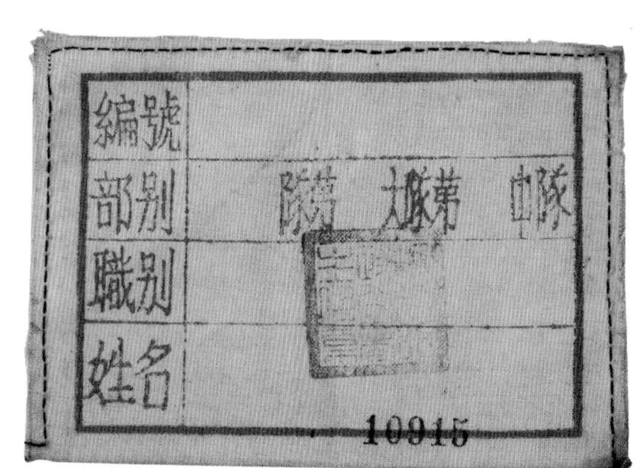

浙东人民解放军胸章

纵6厘米　横8.9厘米

在解放战争的新形势下，浙江各地党的武装也获得了进一步发展。1948年1月，中共浙东临委在浙东人民游击队第三支队的基础上，正式组建浙东人民解放军第三支队，作为浙东的主力武装。同时规定今后浙东各地区部队统一使用“浙东人民解放军第×支队”的番号。

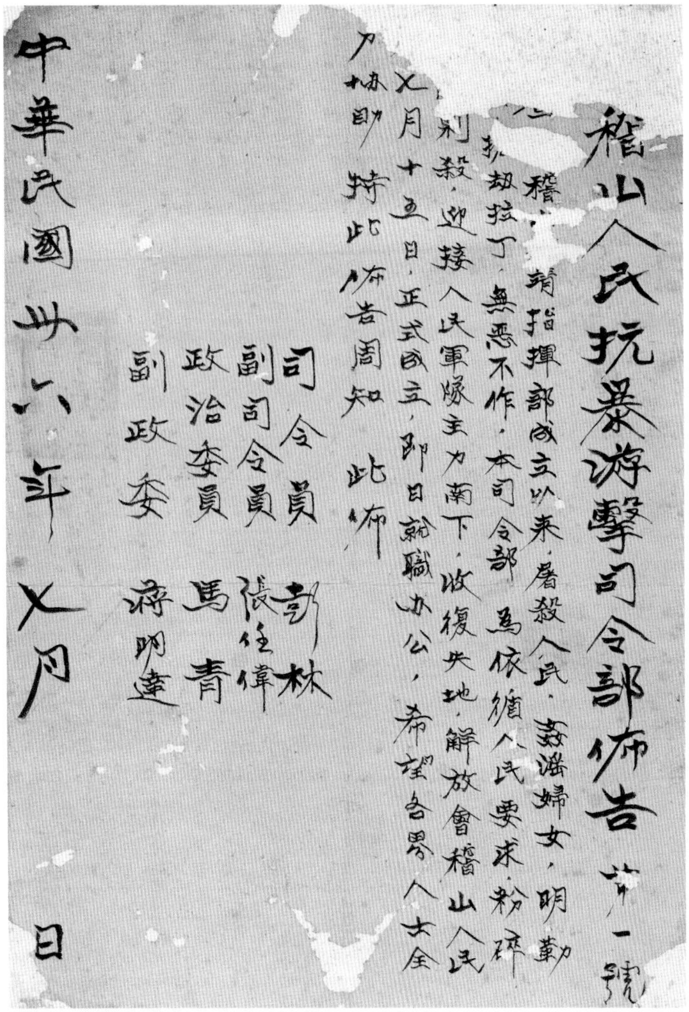

（會）稽山人民抗暴游擊司令部佈告 第一號

……蔣指揮部成立以來，屠殺人民，姦淫婦女，明勒……搶劫拉丁，無惡不作，本司令部為依循人民要求，粉碎……剿殺，迎接人民軍隊主力南下，收復失地，解放會稽山人民……七月十五日正式成立，即日就職办公，希望各界人士全力協助，特此佈告周知 此佈

司令員 彭林
副司令員 張任偉
政治委員 馬青
副政委 蔣明達

中華民國卅六年七月 日

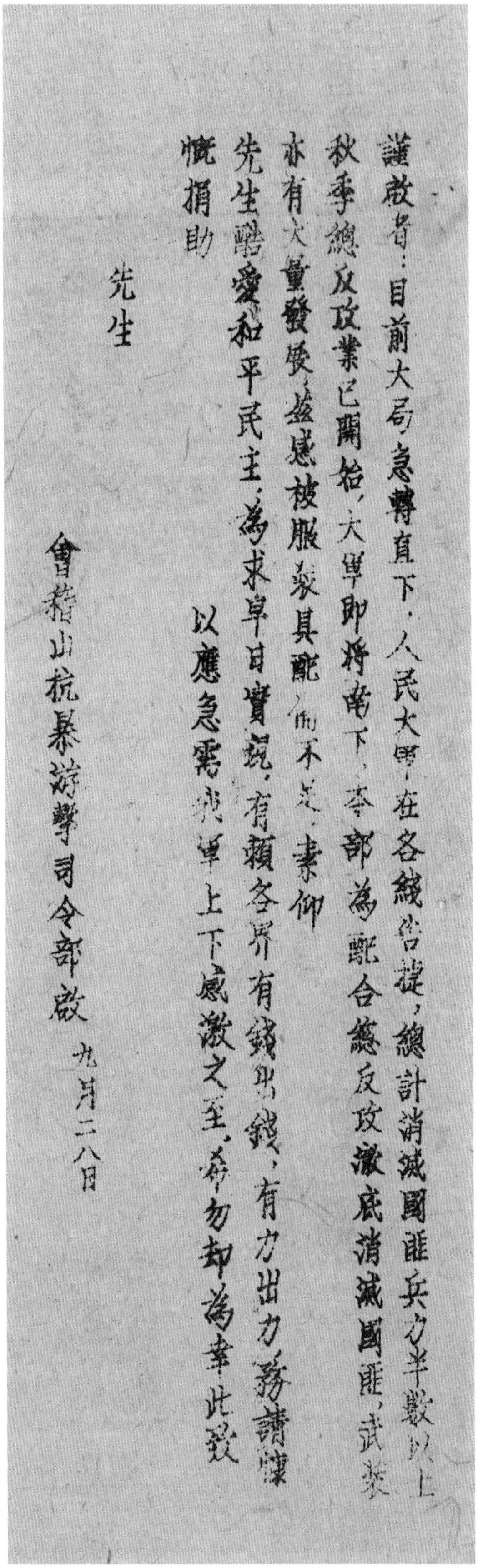

謹啟者：目前大局，急轉直下，人民大軍，在各線告捷，總計消滅國匪兵力半數以上，秋季總反攻業已開始，大軍即將南下，本部為配合總反攻，徹底消滅國匪，武裝亦有大量發展，茲感被服裝具配備不足，素仰
先生熱愛和平民主，為求早日實現，有賴各界有錢出錢，有力出力，務請慷慨捐助 以應急需，我軍上下感激之至，希勿卻為幸 此致
先生
會稽山抗暴游擊司令部啟 九月二八日

《会稽山人民抗暴游击司令部布告第一号》

纵60.5厘米　横42厘米

1947年7月15日，会稽山人民抗暴游击司令部在诸暨成立。自此，会稽山人民抗暴游击队在诸暨、嵊县、绍兴等地同国民党军队及地方反动武装开展针锋相对的斗争，粉碎了国民党会稽指挥部的“清剿”计划。这是1947年7月的会稽山人民抗暴游击司令部第一号布告。

会稽山抗暴游击司令部为捐助军饷通知

纵27.6厘米　横10.3厘米

通知号召各界人士捐助物资，以援助会稽山游击队做好协助人民解放军南进作战的准备。

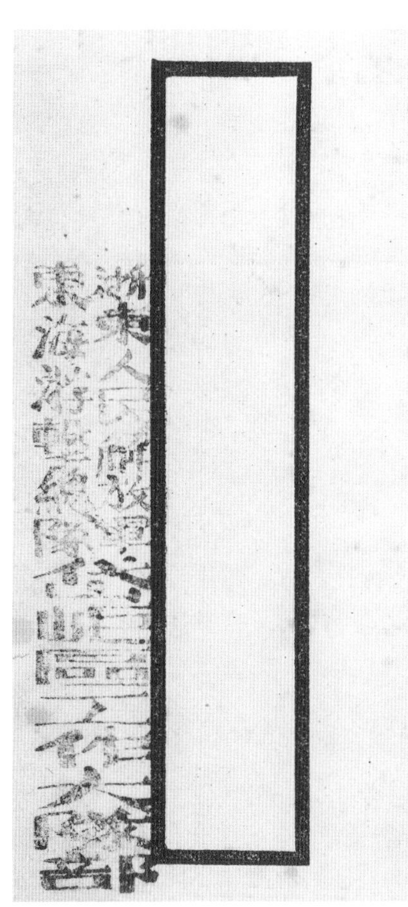

浙东人民解放军东海游击纵队工作大队信封

纵19.7厘米　横13.5厘米

1948年4月，浙东人民解放军东海游击纵队在定海建立，在舟山群岛开展游击活动。

《十大行动纲领》

纵20厘米　横13.2厘米

浙东人民解放军1948年10月10日公布，内容包括：要求浙东人民团结起来，武装反抗蒋介石，保护人民自己的生命财产与自由安全等十条。

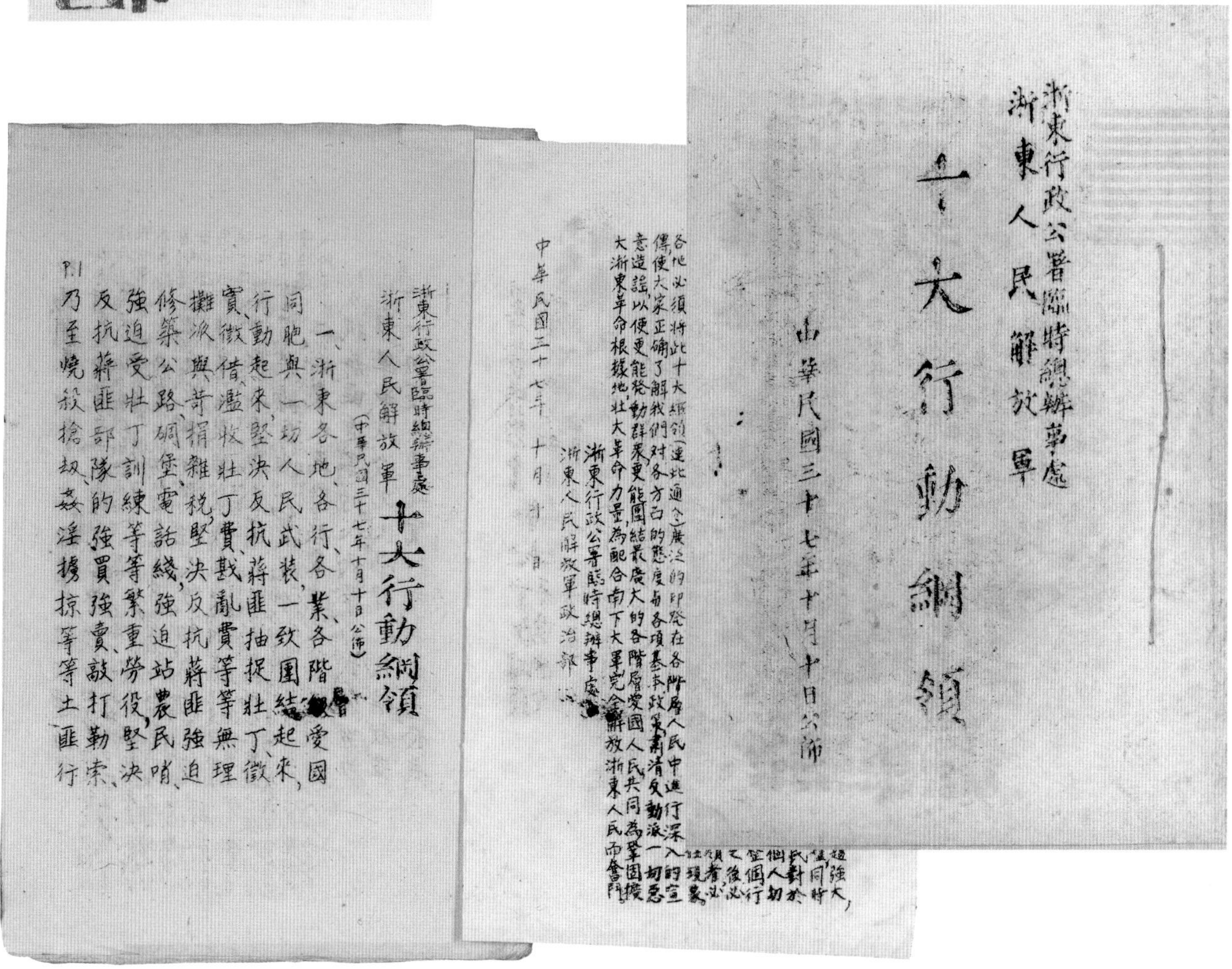

浙東行政公署臨時總辦事處
浙東人民解放軍
十大行動綱領
中華民國三十七年十月十日公佈

1948年9月，浙东人民解放军金萧支队在浙江浦江马剑镇石门村成立，蒋明达任支队长，张凡任政委。

金萧支队胸章

纵4.5厘米　横8.4厘米

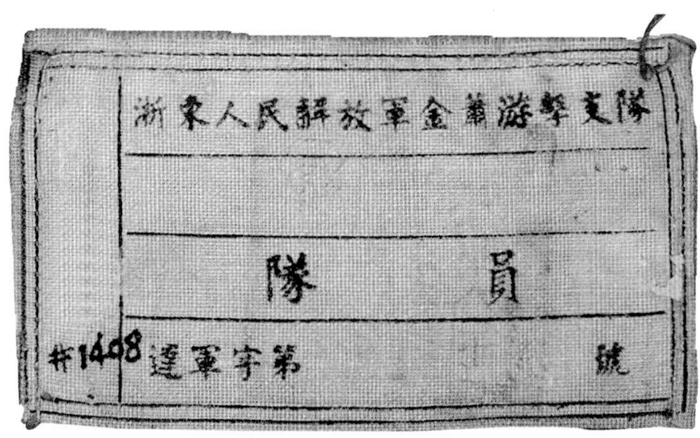

浙东人民解放军金萧游击支队桐庐办事处木印

纵8.8厘米　横2.7厘米　高1.1厘米

金萧支队诸义东边区办事处军谷组木印

边长3.5厘米　高4厘米

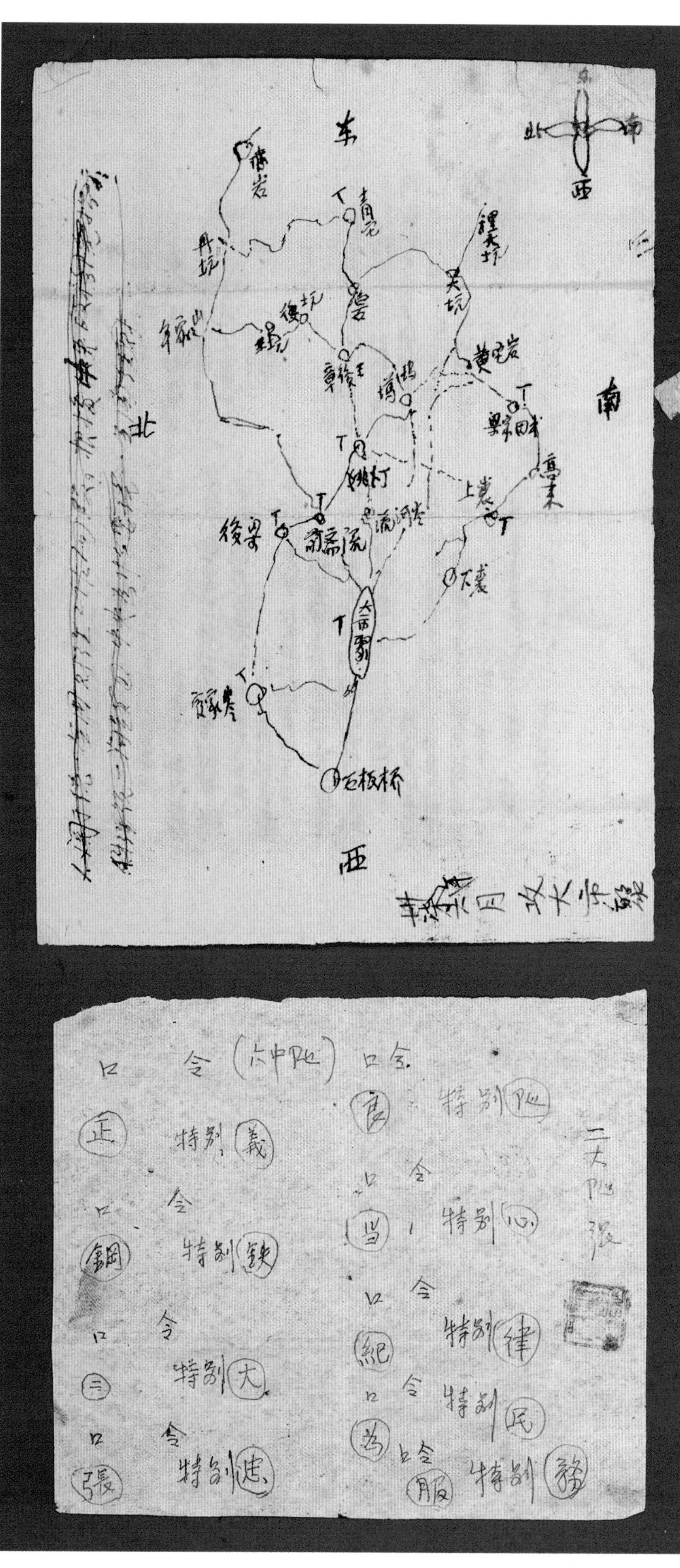

浙东人民解放军攻打新昌大市聚时的战斗图及部队口令

纵18.8厘米　横13.3厘米

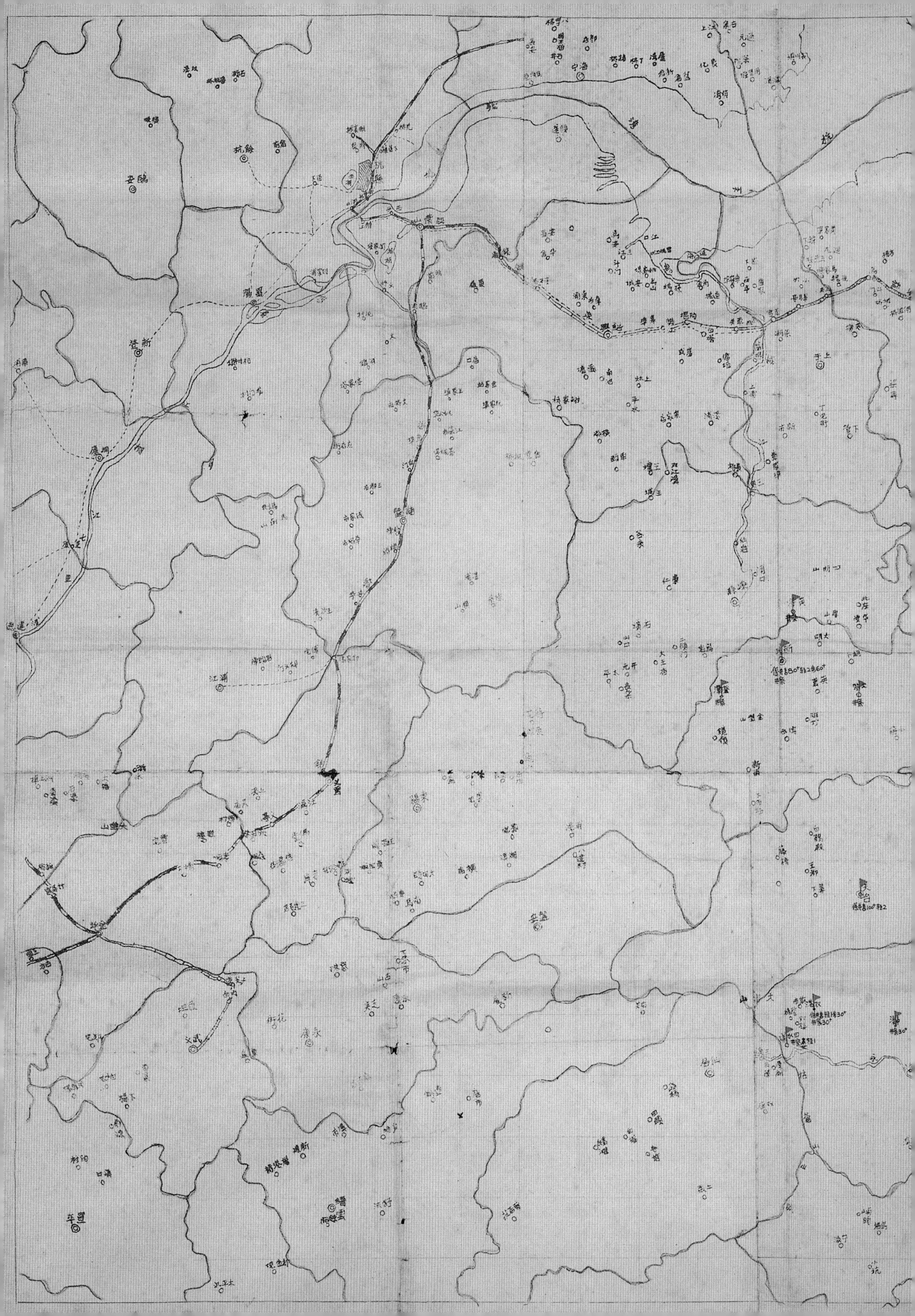

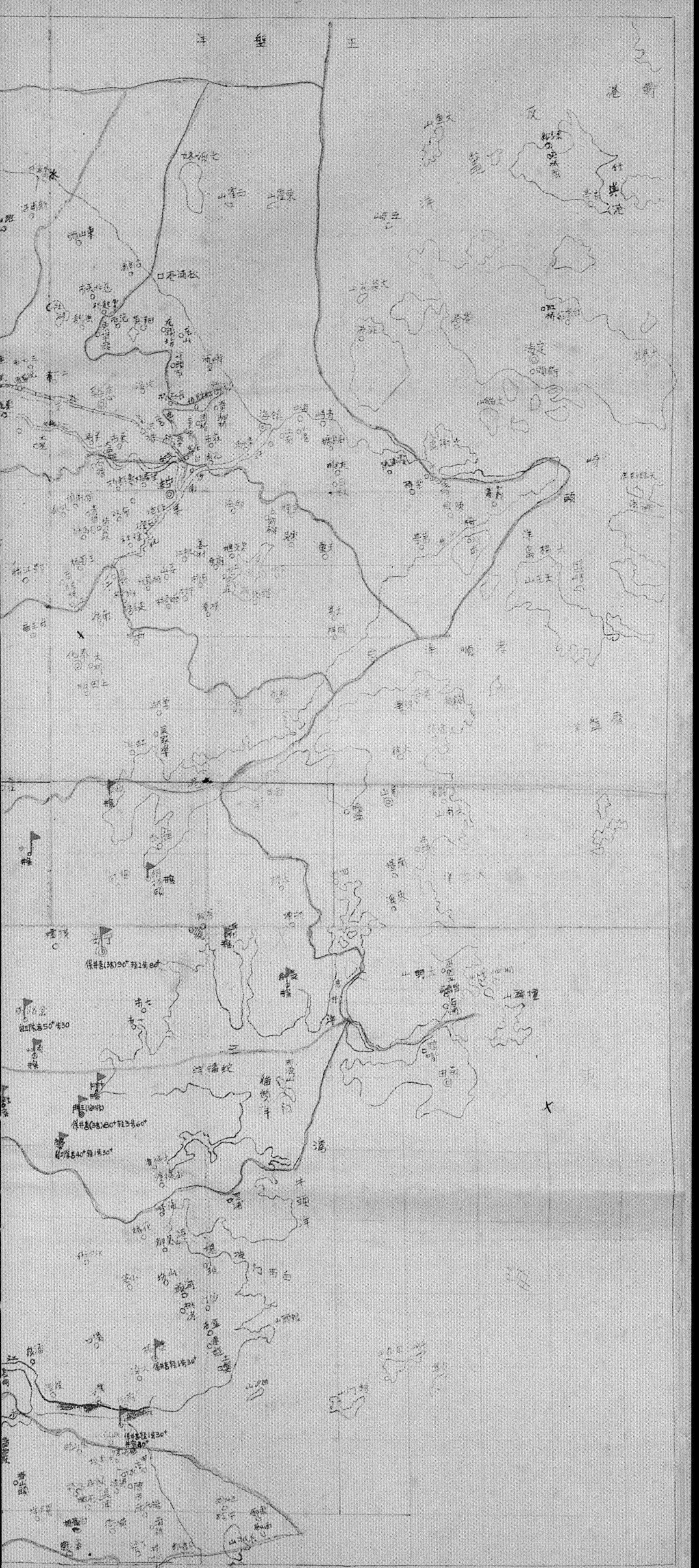

张任伟使用过的浙东敌情调查图

纵55厘米　横67.7厘米

1949年1月，张任伟任浙东人民解放军第二游击纵队参谋长兼三支队支队长，参与指挥了攻克天台及三门县城的战斗。1949年5月浙东临委决定解放绍兴，他作为军事指挥者之一，具体部署指挥了解放绍兴的战斗。

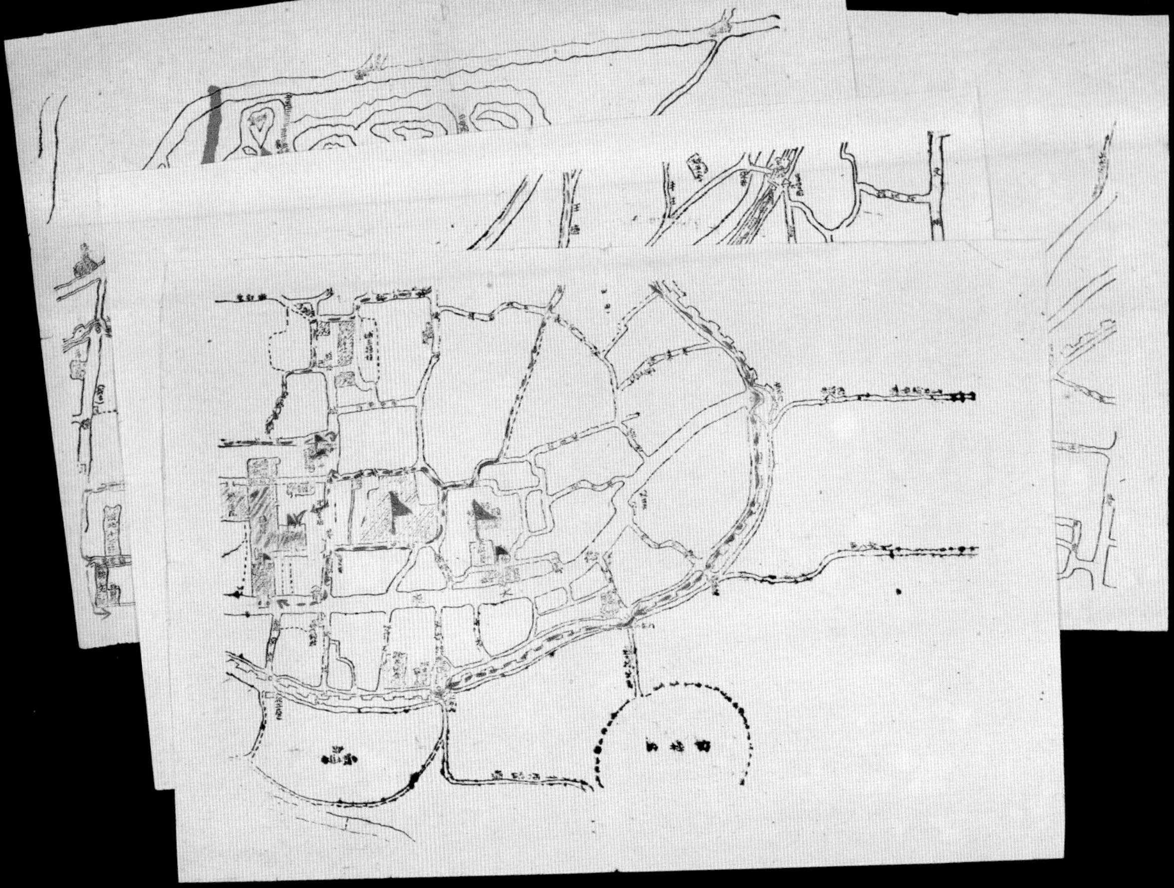

进攻天台县城图

张任伟捐赠

纵50厘米　横75.8厘米

黑色油印。县城府、警察局、地方法院等处都有明确标识，且有带有蓝色箭头的实线、虚线示意进攻路线。

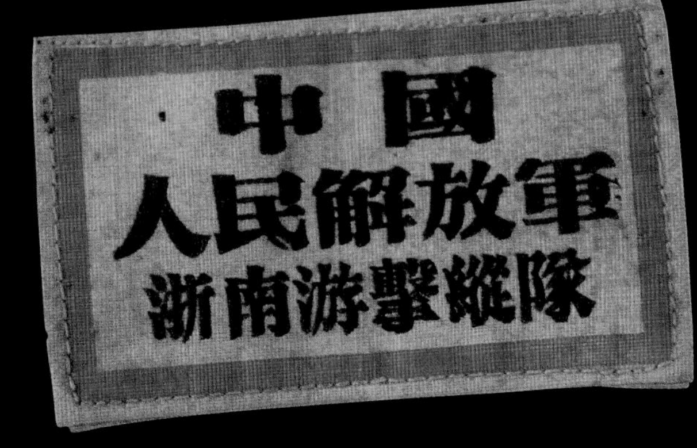

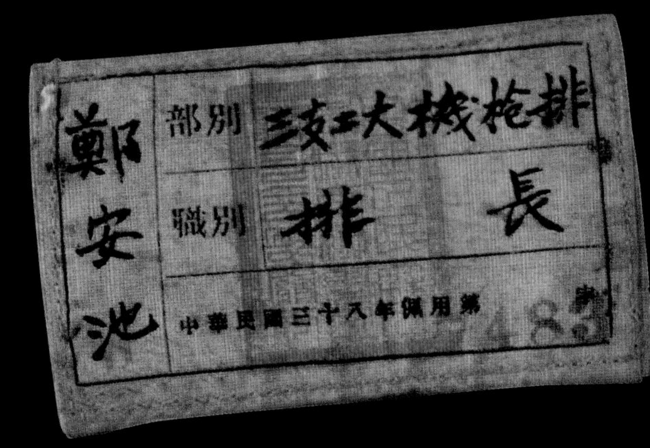

浙南游击纵队胸章

纵4.3厘米　横7.7厘米

1948年11月，中共浙南特委在瑞安板寮正式宣告成立中国人民解放军浙南游击纵队。浙南游击纵队和各县区武装及广大民兵在短短的三年中，进行了大小战斗200次，歼敌一万五千多人，部队发展到一万余人。在解放军主力渡江南下的胜利形势下，于1949年5月独立解放了浙南大陆全境，光荣地完成了党在南方革命战略支点的历史任务。

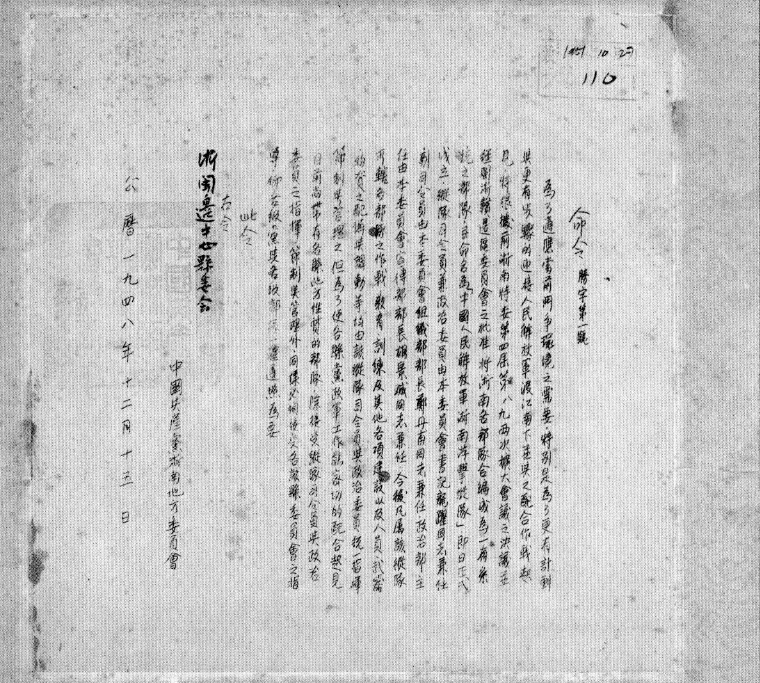

命令 勝字第一號

為了適應當前鬥爭環境之需要，特別是為了更有計劃與更有步驟的迎接人民解放軍渡江南下並與之配合作戰起見，特根據浙南特委第四屆第八九兩次擴大會議之決議並經閩浙贛邊區委員會之批准，將浙南各部隊合編成為一有系統之部隊，並命名為「中國人民解放軍浙南游擊縱隊」，即日正式成立。縱隊司令員兼政治委員由本委員會書記龍躍同志兼任，副司令員由本委員會組織部部長鄭丹甫同志兼任，政治部主任由本委員會宣傳部部長胡景瑊同志兼任。今後凡屬縱隊所轄各部隊之作戰、教育、訓練及其他各項建設以及人員、武器物資之配備與調動等均由縱隊司令員與政治委員統一指揮節制與管理之。但為了使各縣黨政軍工作能密切的配合起見，目前尚需存各縣地方性質的部隊，除接受縱隊司令員與政治委員之指揮、節制與管理外，同樣必須接受各該縣委員會之指導。仰各級黨與各級部隊一律遵照為要。

此令

右令

浙閩邊中心縣委會

中國共產黨浙南地方委員會

公曆一九四八年十二月十三日

作戰公報

一九四九年三月一日

我第一支隊等攻克泰順縣城 俘獲偽浙保二團第三營全部 繳獲六〇砲二門重機槍二挺輕機槍十七挺

(一)我第一支隊、第二縣隊、第三縣隊及地委警衛隊第三分隊，配合當地民兵，於二月十七日晚攻克泰順縣城，復於廿二日在泰順縣城附近筱村一帶伏擊前來增援之敵偽浙保第二團第三營，經二小時之劇烈戰鬥，將其全部打垮，我軍即分頭追擊，並將其全部殲滅。該敵偽第三營三個步兵連、一個機槍連、一個連部排與營部及偽第二團團部直屬之迫擊砲連與運輸連，共計三百餘名，全軍覆滅，無一漏網。據初步戰果統計，是役我軍斃敵機槍連連長陳儀照、第七連連長孟泰以下四十五名，傷敵十九名，生俘偽營長鄭春江、第八連連長賈福高、第九連連長楊慶庚以下二百名左右。繳獲六〇砲兩門、重機槍兩挺、輕機槍十七挺、步槍一百四十五支、槍榴彈筒六個、木殼槍五支、手槍三支、信號槍一支、砲彈九枚、子彈一萬七千餘發、手榴彈一百九十七枚、電台一部及其他軍用品甚多。泰順戰役乃我浙南武裝鬥爭發動以來之空前大勝利，並為我浙南解放戰爭中攻堅戰、殲滅戰及連續作戰之最好範例。

(二)瑞安警衛隊一部於二月廿五日攻下瑞安重要據點塘下，將偽匪署全部殲滅，繳獲步槍二十支、廿響木殼一支、十響木殼二支、左輪二支、手槍二支、手榴彈三十枚、鴉雀元書一箱及子彈一部。

浙南縱隊司令部

中共浙南地委命令与浙南游击纵队司令部作战公报

纵27.3厘米　横27.4厘米

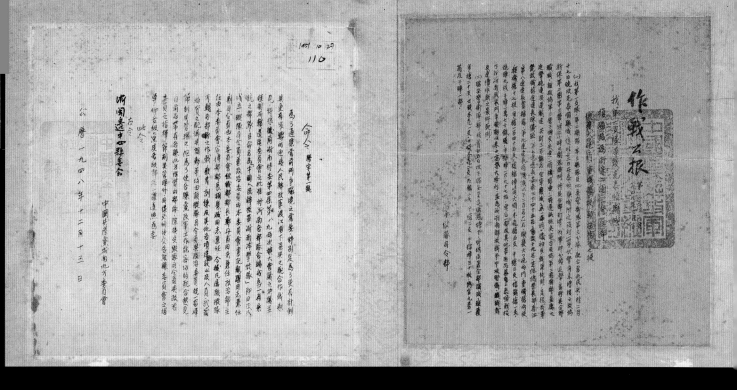

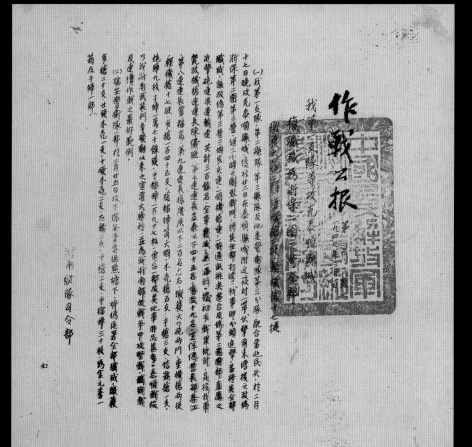

中共浙南地委关于成立中国人民解放军浙南游击纵队的命令，1948年12月15日印发。

中国人民解放军浙南游击纵队司令部作战公报

纵27.8厘米　横27厘米

人民解放军浙南游击纵队攻克泰顺县城的公报，1949年3月1日印制。

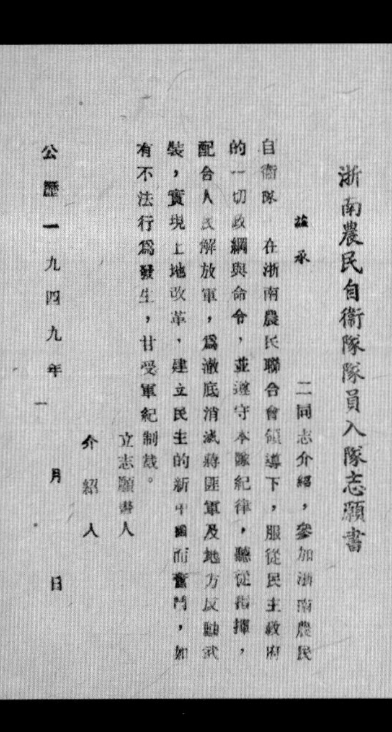

浙南農民自衛隊隊員入隊志願書

茲承　　二同志介紹，參加浙南農民自衛隊　在浙南農民聯合會領導下，服從民主政府的一切政綱與命令，並遵守本隊紀律，聽從指揮，配合人民解放軍，為澈底消滅蔣匪軍及地方反動武裝，實現土地改革，建立民主的新中國而奮鬥，如有不法行為發生，甘受軍紀制裁。

立志願書人

介紹人

公歷一九四九年　月　日

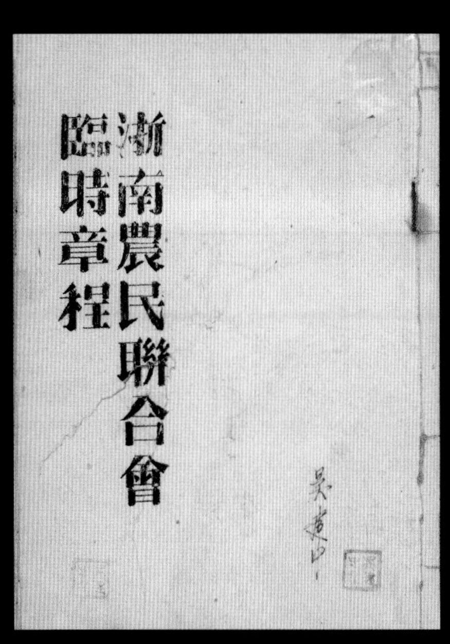

浙南農民聯合會臨時章程

浙南农民自卫队队员入队志愿书（左图）

纵17.1厘米　横11厘米

浙南农民自卫队是在浙南农民联合会的领导下建立的武装力量，革命目标是配合人民解放军，消灭国民党及地方反动武装，建立民主的新中国。

《浙南农民联合会临时章程》（右图）

纵16.7厘米　横12.2厘米

1948年5月中共浙南特委第二届第九次扩大会议上通过。主要刊载：总则，任务，会员，组织，经费，会员守则。

中共浙南地委紧急通知

纵25.3厘米　横36厘米

1949年4月22日印发，钤“中国共产党浙南地方委员会钤记”朱文印和“龙跃”印章。紧急通知共有四条，主要内容是全国即将解放，要求浙南各级党组织和人民做好准备迎接胜利到来。

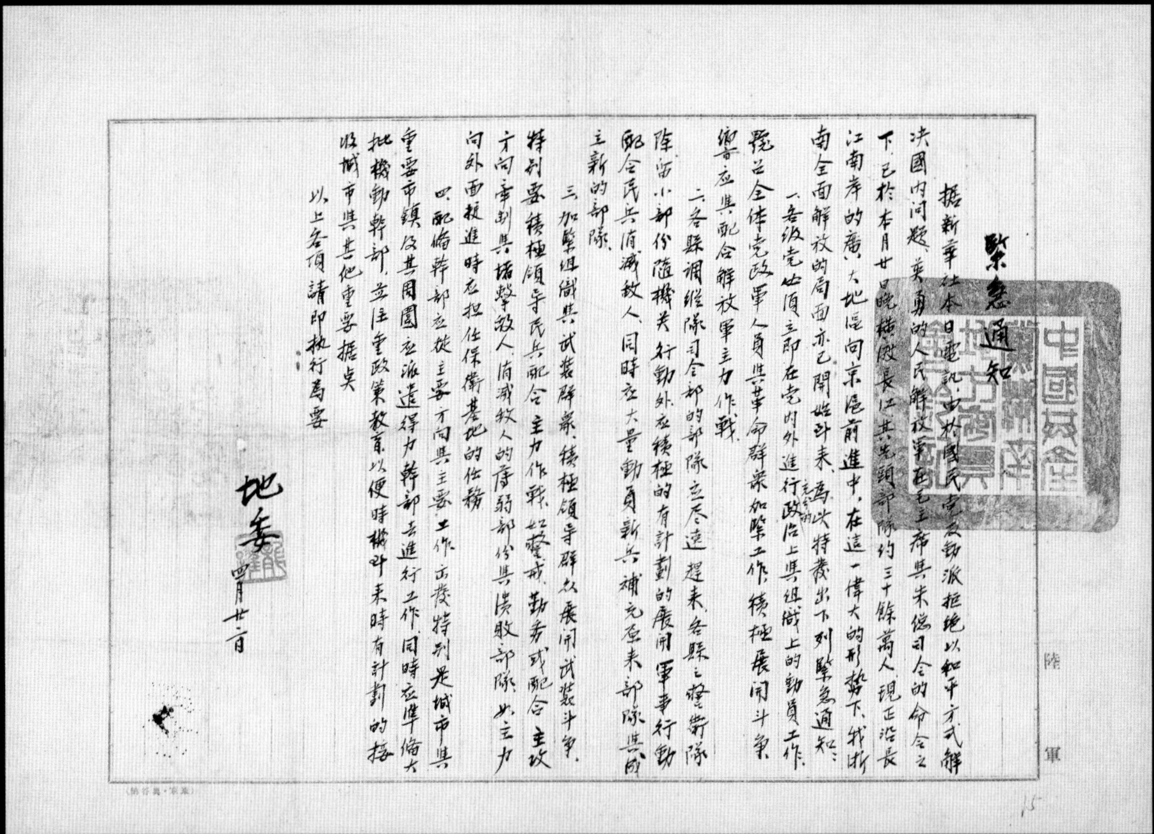

緊急通知

據新華社本日電訊：由於國民黨反動派拒絕以和平方式解決國內問題，英勇的人民解放軍在毛主席與朱總司令的命令之下，已於本月廿日晚橫渡長江，其先頭部隊約三十餘萬人，現正沿長江南岸的廣大地區向京滬前進中。在這一偉大的形勢下，我浙南全面解放的局面亦已開始到來，為此特發出下列緊急通知：

一、各級黨必須立即在黨內外進行政治上與組織上的動員工作，號召全體黨政軍人員與革命群衆加緊工作，積極展開斗爭，響應與配合解放軍主力作戰。

二、各縣調繼隊司令部的部隊應盡速趕來，各縣之警衛隊除留小部份隨機關行動外，應積極的有計劃的展開軍事行動，配合民兵消滅敵人，同時應大量動員新兵補充原來部隊與成立新的部隊。

三、加緊組織與武裝群衆，積極領導群衆展開武裝斗爭，特別要積極領導民兵配合主力作戰，如警戒、勤務或配合主攻方向爭到與堵擊敵人，消滅敵人的薄弱部份與潰敗部隊。如主力向外面推進時，應担任保衛基地的任務。

四、配備幹部應從主要方向與主要工作去發，特別是城市與重要市鎮及其周圍應派遣得力幹部去進行工作，同時應準備大批機動幹部，並注重政策教育，以便時機到來時有計劃的接收城市與其他重要據点。

以上各項請即執行為要

地委

四月廿二日

《金萧报》创刊号

纵37.6厘米　横25.6厘米

中共金萧工作委员会机关报，1949年1月14日创刊，至1949年5月17日终刊，共出版45期。报纸主要刊登新华社电讯、地方新闻、国际新闻以及军事消息等。

金萧报

创刊号

金萧报社出版

拿空前胜利庆祝新年

我军全歼寺前爵匪

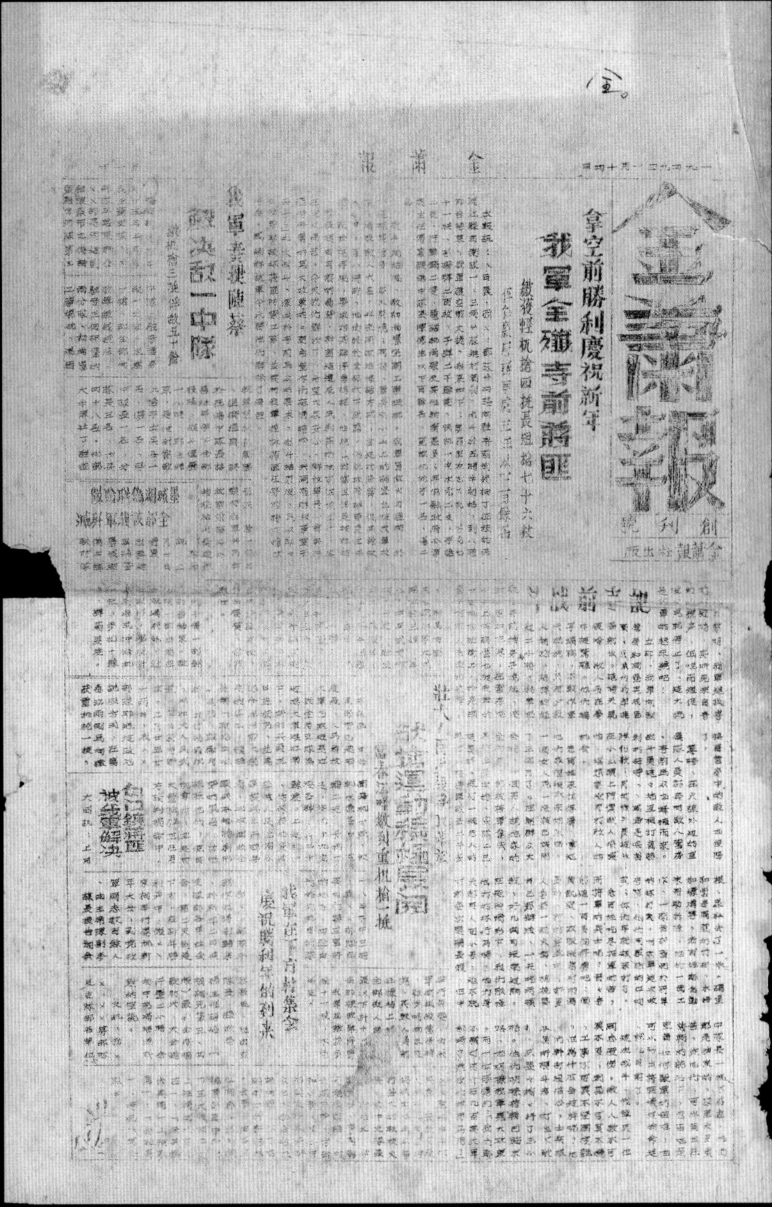

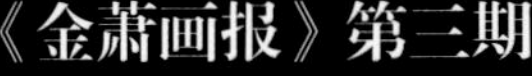

《金萧画报》第三期

纵26.4厘米　横37.4厘米

红黑两色套印。绘载《解放军战士学理论》、《各种人过年》等漫画，形象夸张，富有表现力。金萧报社编，1949年1月28日出版。该画报属于通俗类读物，不定期出版，共出版10期。

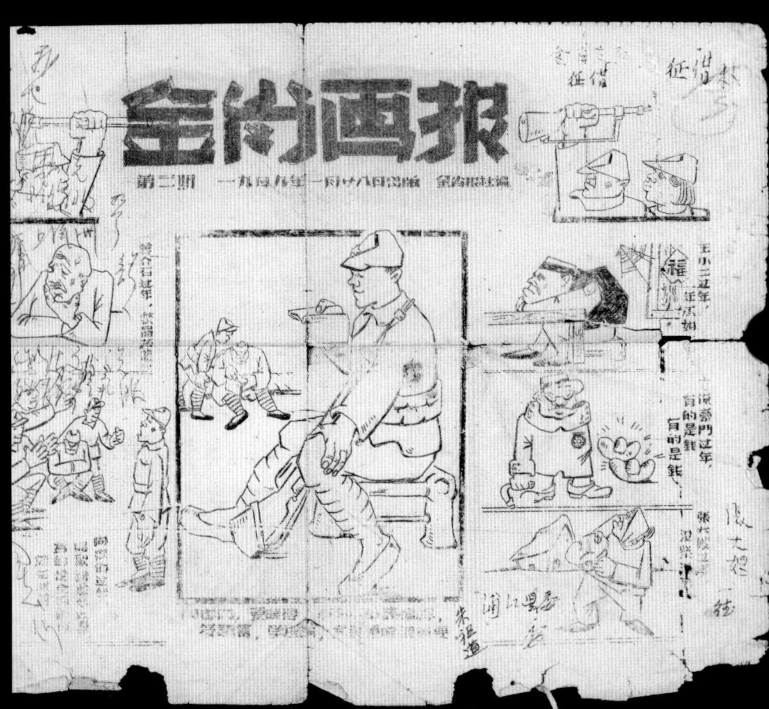

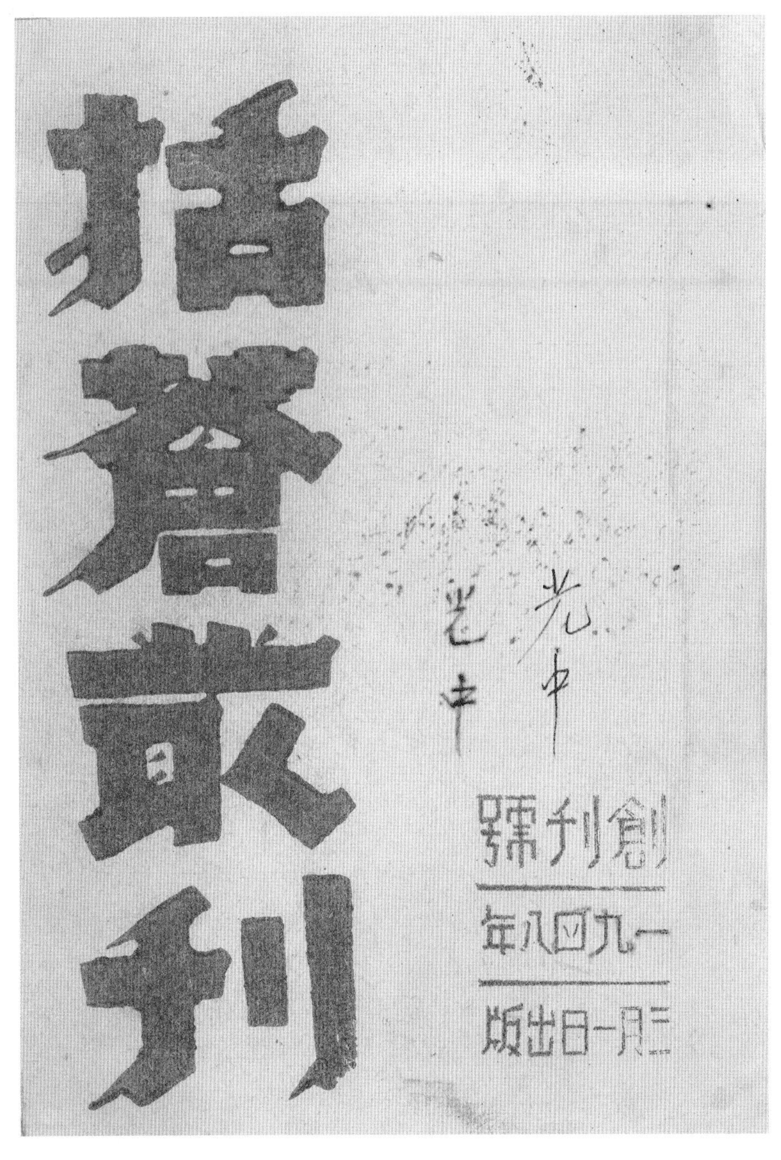

《括苍丛刊》创刊号

纵17.2厘米　横11.7厘米

1948年3月1日，中共括苍中心县委建立浙南周报社括苍分社，创办党内秘密刊物《括苍丛刊》，共出四期。

《括苍丛刊》刊头印

纵15.5厘米　横4.7厘米　高2.7厘米

木质，印面镌刻“括苍丛刊”，美术体，阳文。

《一二·一民主运动纪念集》

纵18厘米　横12.5厘米

1945年11月底，昆明三万余名学生举行罢课游行，反对内战。12月1日，国民党军特务暴徒数百人，围攻毒打学生，并投掷手榴弹，炸死李鲁连、于再等四人。酿成一二·一昆明惨案。事件发生后，重庆、成都、上海等地学生也集会游行，声援昆明学生。一个以学生运动为主的反内战运动，一时席卷国民党统治区。该书为纪念一二·一民主运动的文集。郭沫若为书作序。1946年于再先生纪念委员会编辑发行，镇华出版社出版。

四烈士遺像

于再烈士
原名于鑛華
昆明南菁中學教員
浙江杭縣人年二十五歲

李魯連烈士
西南聯合大學同學
浙江嵊縣人年十八歲

獻給死者和生者——沈鈞儒

血灑昆明市　心傷反戰年　座談詎有罪　飛禍竟從天
魑魅食人日　鴟梟毀室篇　防川終必潰　決勝在民權

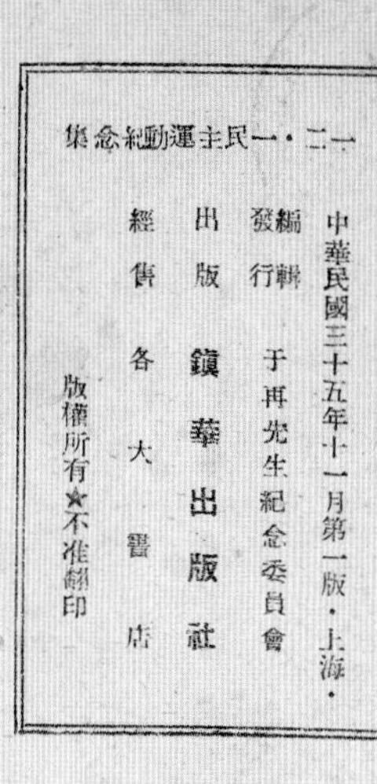

一二·一民主運動紀念集

中華民國三十五年十一月第一版·上海·
編輯 發行　于再先生紀念委員會
出版　鎮華出版社
經售　各大書店
版權所有★不准翻印

聯合晚報

聯合日報晚刊 LIEN HO JIH PAO Evening Edition

最近重版新書：中國經濟的道路　價值價格與利潤　內地農村　孔墨的思想　性教育新論　新人生觀講話　文學欣賞初步

生活書店　恭祝新年進步　元旦日起特價三天

最近出版新書：安娜·卡列尼娜　三人　列寧故事　曠野　學習的方法和經驗　反杜林論　舞的起源　國際現勢讀本

中華民國三十五年十二月三十一日　星期二　第二百六十二號

悲劇中的女主角

暨南交通復旦上法各大學 罷課抗議美軍暴行 各校學生午後開聯席會議

激起憤怒的狂潮 首都學生震動了 表明嚴正態度 中大金大等學生簽名，提出四大要求，不達目的，誓不甘休。

斥美軍暴行 盼美軍能自動撤退

中國婦女聯誼會 電北大學生聲援

教授們極表同情 這是純潔的合理的行動！

南通學院

蘇州女師 學生四出貼標語 反對美軍暴行

犯罪者的謊言 聯合社遮掩事實眞相 交大學生提出質詢

司徒大使談話 對此事件認爲可恥

民盟元旦發表聲明 對憲法表明態度 昨討論北平美軍暴行事件 決發動各界簽名聯合抗議

國府主席 今午簽署憲法

張群今抵滬

國軍大量增援保定 平津線楊村鐵橋被炸毀

恭賀新禧 上海大華火柴公司全體同人鞠躬

恭賀新禧 甜鄉酒 G.N.D. GOOD NIGHT DRINK 空前未有之安眠劑！ 中國特效藥成研究室

恭賀新禧 新年大貢獻 味最美 質最純 增食慾 助精神 上海恒豐化學工業廠出品

恭賀新禧 年釐 吉士時裝綢緞公司謝庚年暨全人鞠躬 明日元旦，照常營業，特價三天!!!

北大先修班沈崇遭美军强奸一事的消息报道

纵79厘米　横54.5厘米

1946年12月24日发生了美国士兵皮尔逊强奸北大女生沈崇的事件。这一事件点燃了中国人民反对美军暴行的烈火。12月30日，北平的北大、清华、燕京等高校万余名学生上街游行，抗议美军暴行，由此掀起了全国规模的抗暴运动。

中國學生聯合會成立宣言

我們在八年抗戰中，自願忍受了顛沛流離，飢寒交迫的生活，不辭勞苦，不怕流血汗，所希冀的所爭取的原是一個和平、民主、獨立、强盛的新中國。但勝利却帶給了我們內戰連綿，經濟破產，比抗戰期間更大的災害，飢餓、恐怖、死亡的種種桎梏。勝利的果實被少數在抗戰中拖戰觀戰甚至阻礙抗戰的反動份子偷食了，中國人民流血流汗所爭取到的國際地位和民主權利喪失殆盡了，新的不平等條約仍舊桎梏在我們頭上，中國仍舊是一個爲豪門巨僚的資本集團大權獨攬的封建法西斯統治的半殖民地，祖國仍舊在水深火熱之中。我們青年學生不能眼看着我們在抗戰中用自己血汗拯救過來的祖國被少數人偷偷地把它葬送了，我們更不願剛剛從日本帝國主義鐵蹄下解救出來而又受美國帝國主義者的侵略，我們更不能再忍受政治黑暗特務橫行人權毫無保障的專制獨裁統治繼續下去。

今天我們已體念到內戰所造成的全國經濟總崩潰的危機。教育首先遭受了最大的厄運，國家財政的百分之八十以上都拿去充作了內戰軍費，并且還不斷地用公開的與秘密的談判向美國借款賭注到同樣的慘酷內戰上去。全國教育經費僅佔預算百分之三·七，學校的儀器圖書設備殘缺不全，教授教員的待遇還不如一個國家銀行的普通職員，同學中有乞人殘食充飢的，也有當此盛夏仍穿着聯總救濟棉襖以蔽體的，公費生的伙食費，每天只能買三根半油條，學費隨物價上漲已超過戰前三四萬倍，大批失學失業青年掙扎在飢餓死亡的邊緣，尤其可恥可恨的是校內特務橫行，依仗權勢毆打捕殺我們，北大沈崇同學被美兵皮爾遜强姦後竟爲美國海軍部判處無罪，同學的學術思想自由，早已被剝奪得乾乾淨淨，師長們的講學行動自由亦蕩然無存——在如此情形下要安心讀書與教學怎樣可能呢？建設新中國，培育人才豈非成了空話嗎！爲什麼會造成如此嚴重現象呢？這顯然不是僅僅的教育問題，而是因爲國內沒有和平，沒有民主，因此搶救教育危機與搶救整個祖國的危機是分不開的，二者必須有機的結合起來！

同學們！爲了愛護祖國，挽救祖國危機，同時爲了愛護我們自己，拯救我們自己的厄運，我們必須立即起來參加這神聖的戰鬥！我們已經在前年的「一二·一」，今春的「抗暴」，以及最近的「反飢餓反內戰反壓迫」等幾次運動中，充分的表現了我們團結的力量，喊出了全國老百姓所要說的話。在這些運動中我們已取得了很大的成就，打退了反動份子大規模的進攻，使全國人民，尤其是全國同學更清楚的認識了欺騙者的猙獰面貌，放棄了一切幻想，堅强了我們緊密團結克服困難的信心，增加了與反動份子作百折不撓鬥爭的決心，而且我們更獲得了老師們的支持與領導，社會各界的同情與配合，我們是不孤立的，我們並沒有失敗，我們已經爲着愛國民主運動的偉大事業打下了一個鞏固基礎。

在五月的偉大運動中，武大的三位同學在達姆彈射擊下死於非命，許多同學被關到集中營去，他們的失去自由，他們的死，是光榮的，他們已經做了我們的榜範，我們該向這些英雄們致崇高的敬意。反動份子這一種手段不僅不會嚇退我們，却更加鼓舞了我們前進的勇氣，我們要堅決勇敢向前邁進，我們相信全國學生與全國人民的反飢餓反內戰反壓迫的愛國民主運動是一定能取得勝利的。中國近代歷史說明了這個眞理：「五四」運動喊出了民主與科學，提倡了新文化，爲新中國的建設指出了鬥爭的方向。「五卅」運動推翻了北洋軍閥。「一二·九」運動推動了與實現了全民一致要求的抗日戰爭。前年昆明的「一二·一」學生運動促成了政協的召開。今天爲了制止內戰，結束賣國獨裁　實現永久和平與民主，我們學生在全國範圍內又展開了新的運動！

同學們！爲了要勝利的進行這一鬥爭，就必須與全國各階層人民共同一起奮鬥，因爲只有這樣才能更有力量，更能加速勝利的到來。因此，我們必須學習「五四」「五卅」「一二九」運動的深入民間和深入社會的精神，爲老百姓服務的精神，來喚起廣大人民與我們並肩作戰！

同學們！我們爲了贏得全國各階層人民的大聯合，我們就必須做全國的模範，因此我們號召全國學生在反飢餓反內戰反壓迫的正義口號下，不分黨派信仰與地域，團結起來結成一道堅固的統一陣線，與國內的反動份子作戰到底！

記着！同學們！團結就是力量！團結就是勝利的保障。

因此爲了統一全國同學的步驟，加强全國同學的大團結，我們在上海集合了全國各地大中學校的同學代表經詳盡的討論之後，覺得目前有組織全國學生聯合會之必要。今天，全國學生聯合會成立了，它標誌着全國學生的空前大團結，標誌着我們運動的新的勝利。在此我們特於成立的時候宣示我們如下的奮鬥綱領：

（一）爲求獨立和平民主强盛的新中國早日實現而奮鬥。

（二）反對美國杜魯門主義，反對對華經濟侵略、政治干涉、軍事援助的侵略政策，駐華美軍立即全部撤退。

（三）立即制止內戰，結束專制獨裁，依照政協路線解決國內問題。

（四）反對摧殘人權，屠殺青年，人民有言論出版結社身體等基本自由。

（五）提高教育經費，至少佔全國財政總預算總額百分之十五，澈底改善學校設備。

（六）保障學生最低生存權利與學術思想之自由，增加公費名額，增加私校補助金，搶救失學青年。

（七）改善教職員待遇，月薪依照物價指數遞貼，教師有講學行動的自由。

（八）提高全國學校學術水準，反對黨化教育，思想統制，特務暴徒驅逐出校。

（九）求全國青年自身更好的團結，並推動社會各界人士，擴大愛國民主運動，共同奮鬥。

（十）聯合全世界青年，肅清世界法西斯殘餘，鞏固世界的永久和平與民主。

同學們！我們的事業是偉大而正義的，在我們面前反動份子一定會百般阻撓我們，但只要我們團結一致聯合全國人民，只要我們堅定勇敢，沉着靈活，勝利一定屬於我們，讓我們高呼：

反對飢餓，爭取生存！

反對內戰，爭取和平！

反對壓迫，爭取自由！

獨立民主和平强盛的新中國萬歲！

全國青年學生大團結萬歲！

中國學生聯合會謹啓

中華民國卅六年七月

《中国学生联合会成立宣言》

纵19.1厘米　横28.1厘米

内战爆发后，青年学生们继承以往斗争的光荣传统，为了统一斗争步骤，增强团结，于1947年7月在上海成立全国学生联合会，并发表宣言，提出了为独立民主、和平、强盛的新中国成立而奋斗，反对美国杜鲁门主义，要求美国从华撤军，停止内战，提高教育经费等项奋斗目标，并提出“反对饥饿，争取生存；反对内战，争取和平；反对压迫，争取自由”的口号。

《上海市国立学校学生联合会宣言》（右页）

纵19.9厘米　横14.1厘米

上海市国立学校学生联合会1947年5月19日印发。

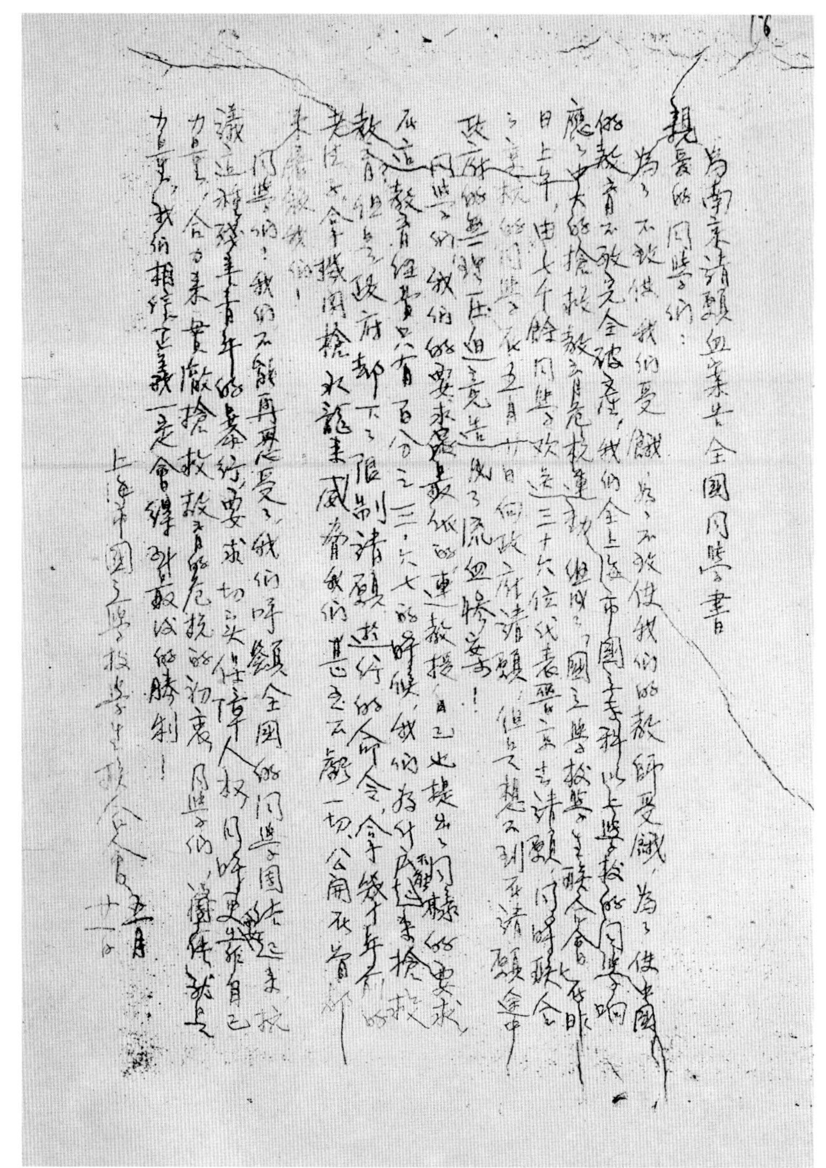

為南京請願血案告全國同學書

親愛的同學們：

上海市國立學校學生聯合會

五月廿一日

《为南京请愿血案告全国同学书》

纵36.5厘米　横18.5厘米

上海市国立学校学生联合会印发。《告全国同学书》呼吁“全国的同学团结起来，抗议这种残害青年的暴行，要求切实保障人权，同时更要靠自己力量，合力来贯彻抢救教育的危机的初衷”，“我们相信正义一定会得到最后的胜利”！

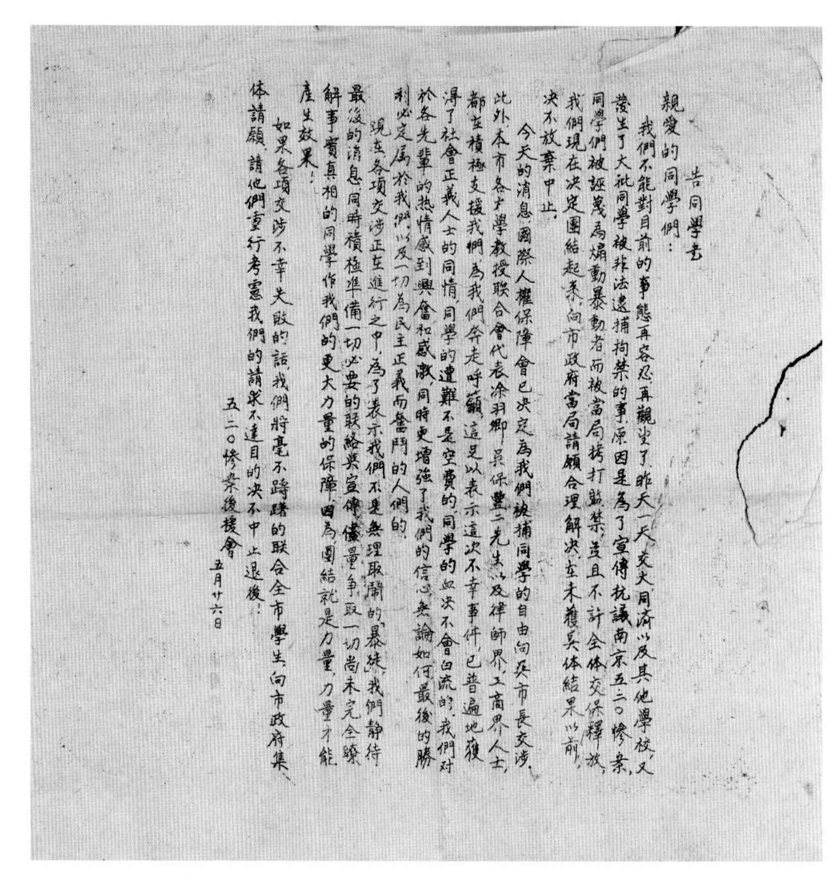

告同學書

親愛的同學們：

我們不能對目前的事態再容忍，再觀坐了，昨天一天，交大、同濟以及其他學校，又發生了大批同學被非法逮捕拘禁的事，原因是為了宣傳抗議南京五二〇慘案，同學們被誣蔑為煽動暴動者而被當局拷打監禁，並且不許全体交保釋放，我們現在決定團結起來，向市政府當局請願合理解決，在未獲具体結果以前，決不放棄中止。

今天的消息，國際人權保障會已決定為我們被捕同學的自由向吳市長交涉，此外，本市各大學教授聯合會代表涂羽卿、吳保豐二先生以及律師界、工商界人士，都在積極支援我們，為我們奔走呼籲，這足以表示這次不幸事件，已普遍地獲得了社會正義人士的同情，同學的遭難不是空費的，同學的血決不會白流的，我們对於各先輩的熱情感到興奮和感激，同時更增強了我們的信心，無論如何，最後的勝利必定屬於我們，以及一切為民主正義而奮鬥的人們的。

現在，各項交涉正在進行之中，為了表示我們不是無理取鬧的「暴徒」，我們靜待最後的消息，同時積極準備一切必要的联絡與宣傳，儘量爭取一切尚未完全瞭解事實真相的同學作我們的更大力量的保障，因為團結就是力量，力量才能產生效果！

如果各項交涉不幸失敗的話，我們將毫不躊躇的联合全市學生，向市政府集体請願，請他們重行考慮我們的請求，不達目的決不中止退後！

五二〇慘案後援會

五月廿六日

《告同学书》

纵27.5厘米　横26.5厘米

五二〇血案发生的当晚，中共中央上海局决定发动全市学生开展反饥饿、反内战、反迫害运动。21日，102所大、中学校学生代表集会，成立上海市学生抗议五二〇血案后援会。《告同学书》陈述了上海交通大学、同济大学等学校大批同学因宣传抗议五二〇血案而被拷打监禁的事件，“这次不幸事件已普遍地获得了社会正义人士的同情”，坚信最后的胜利必定属于“一切为民主正义而奋斗的人们”。1947年5月26日在上海印发。

五二〇血案特刊 第一版

國立北洋大學反內戰運動委員會編

五二〇血案特刊

中華民國三十六年六月二日出版

血的記錄

反饑餓！反內戰！

為民求命為國悲歌

北洋遊行大隊被兇毆

數百暴徒警察棍棒鐵石子等交加下

七人重傷四十二輕傷十七人遭逮捕

北洋大學反內戰運動的展開

我們的控訴

處理「五二〇」血案事件 本校各首長向杜市長抗議

窩頭改白麵 迫使學生行兇 —一部分打手來歷

遊行大隊出發

血案的始末 博得了民眾的同情 遭遇了暴徒的毒手

衝過兩道警察防線

本會一再致參政會電

《五二〇血案特刊》

纵38.5厘米 横25厘米

1947年5月20日，京沪苏杭地区16所学校学生五千余人在南京集会，为“挽救教育危机”举行联合大游行，向政府请愿，结果游行活动遭到了镇压，游行的学生遭到军警的毒打，造成震惊全国的五二〇血案。这是1947年6月2日国立北洋大学反内战运动委员会编辑的特刊。

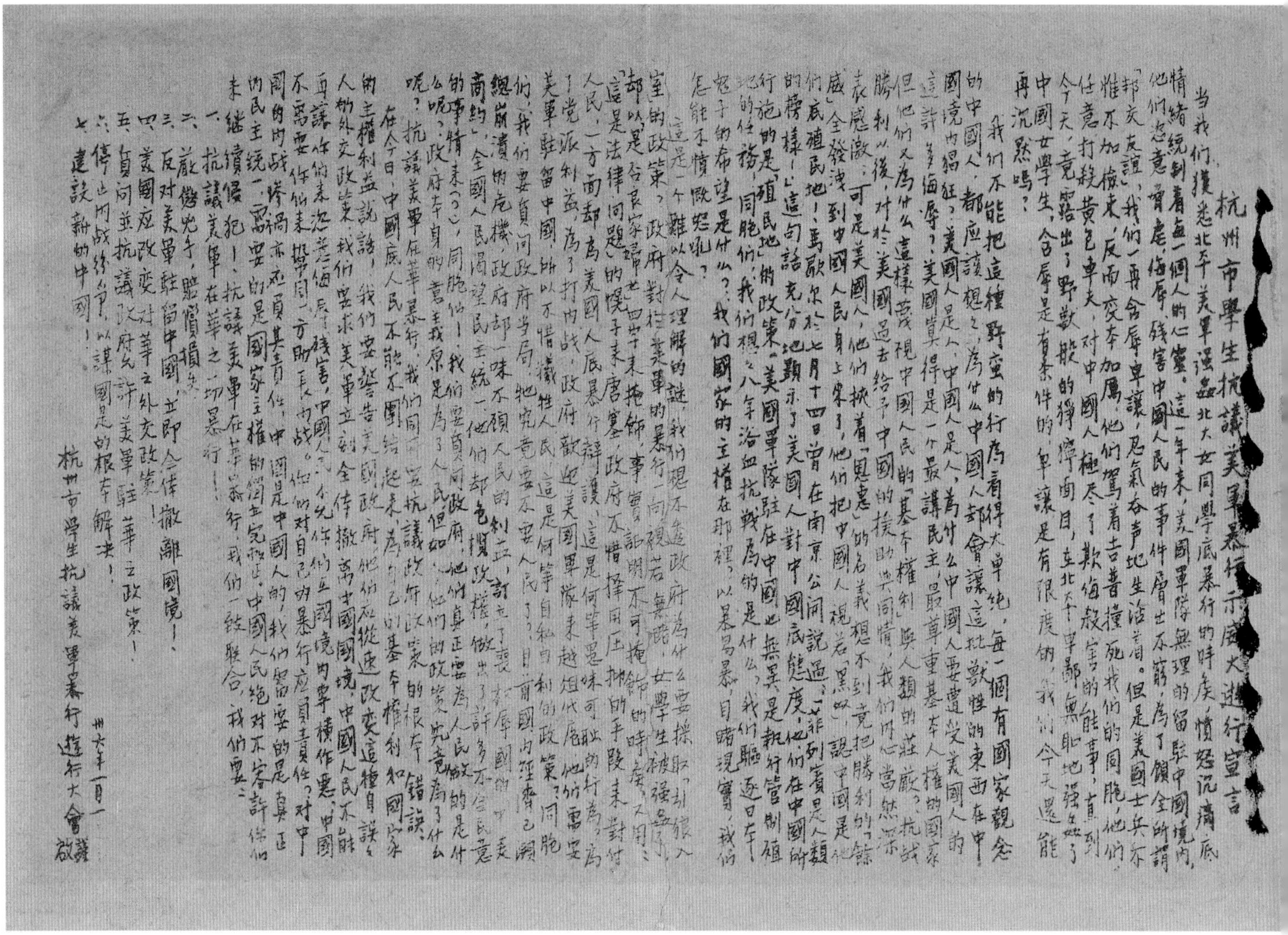

《杭州市学生抗议美军暴行示威大游行宣言》

纵23.3厘米　横34.3厘米

为声援北平学生发动的抗议美军暴行运动，1947年1月1日，浙大、杭高、医专、之大、艺专、杭师等学校两千余名学生进行集会和示威大游行。他们喊反美口号，唱反美歌曲，手持反美标语，并向沿街观望的群众宣讲时事。同日，杭州市学生抗议美军暴行游行大会印发这份《宣言》，提出“抗议美军在华之一切暴行”等七项严正要求。

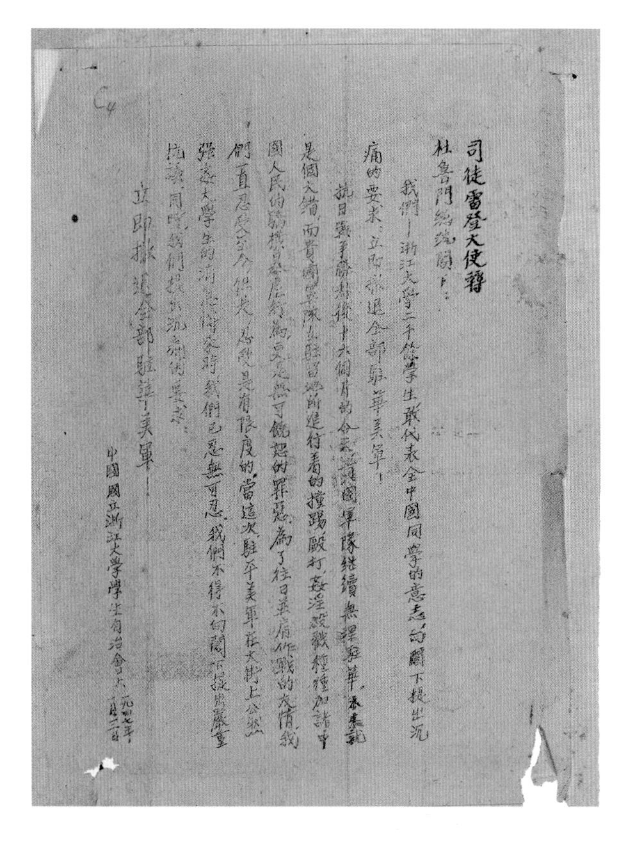

司徒雷登大使轉

杜魯門總統閣下：

我們——浙江大學二千餘學生敢代表全中國同學的意志，向閣下提出沉痛的要求：立即撤退全部駐華美軍！

抗日戰爭勝利後十六個月的今天，貴國軍隊繼續無理駐華，本來就是個大錯，而貴國軍隊在駐留地所進行着的撞踏毆打，姦淫殺戮種種加諸中國人民的驕橫暴虐行為，更是無可饒恕的罪惡。為了往日並肩作戰的友情，我們一直忍受至今，但是忍受是有限度的，當這次駐平美軍在大街上公然強姦大學生的消息傳來時，我們已忍無可忍，我們不得不向閣下提出嚴重抗議，同時我們提出沉痛的要求：

立即撤退全部駐華美軍——

中國國立浙江大學學生自治會　一九四七年一月二日

浙大自治会致美总统杜鲁门的抗议书

纵25.5厘米　横18.1厘米

“沈崇事件”发生后，国立浙江大学学生自治会通过驻华大使司徒雷登向美国总统杜鲁门发出抗议书，要求美国总统撤回驻华的全部军队。

上海市國立學校學生聯合會宣言

我們的要求

一、要求增加公費數額，按必需之營養標準，依照物價指數計算。

二、要求普遍增加公費生名額，全部大學生應享公費待遇。

三、要求增加教員待遇，依照物價指數支付。

四、要求提高全國教育經費至國家歲出預算百分之十五。

由於飢餓營養不夠和求知欲的不得滿足，我們向社會控訴。

在抗戰時期，為了保衛國家民族的生存，為了迎接勝利和平的到來，我們甘心地忍受一切物質生活的煎迫，和精神上的壓抑，到如今，抗戰結束快兩年了，國家的一切情形非惟不見好轉，混亂，動盪，恐怖的威脅，反而比戰爭時期更加嚴重，教育已面臨總崩潰的一日，為了國家元氣的保養，為了建設人材的儲育，我們不得不大聲疾呼了！

由於豪門政客操縱着國家金融經濟的命脈，教育經費在國家總歲出中所佔的比率，已低到不可想像的程度，同時由於官僚們的把持外匯，科學器材，圖書儀器的進口，已被奢移品消費品所代替，設備談不到充實，校舍談不到增添，我們懷疑政府是不是還想維持下一代的成長，艱鉅的「樹人」工程，是不是在炮火，權力，和享樂的間隙裏所能完成？不，決不，教育需要安定，需要免於「無有匱乏」的恐怖，所以我們呼籲提高教育經費至總預算的百分之十五。

教員是下一代的保姆，要作育人才，必先安定教員的生活，可是眼前的事實呢？教育工作者衣食不足，疾病無醫，勞心焦思，甚至死亡，終日惶惶於維持最低的生存，這樣如何談得上致力學術，如何談得上專心教育，這不是戕賊人才而是什麼？這是一個絕大的危機，不先安定保姆的生活，就不能保證幼嬰的養育，所以我們呼籲教育工作者的待遇，要按照物價的高漲而增加，使他們免於飢餓的恐怖。

十年的戰亂，使物質生活的水準，降低到僅夠維持奄奄一息的生命而已，今天學生的生活與十年前學生的生活相比，不啻天壤之別，現在甚至連這一點微弱的呼吸都快要保不住了，請問四萬八千元一個月的副食費，在物價如此高昂的今天，如何能維持，全國大學生患肺病的人數的比率已達到駭人聽聞的地步，難道衣食不週，面黃飢瘦的病夫，能做將來建國的棟樑嗎！我們不能再忍受了，我們要求發揮我們的力量，將我們的所有，全部貢獻給國家，但這必先維持最低的生活水準，我們要求將公費副食費增加至十萬元，以後按物價指數而調整。

一方面戰亂毀了我們的家，全國人民遭受普遍的打擊，從前富裕的，現在拮据了；從前勉強能維持的，現在已維持不了，除非是豪門，奸商，官僚，任何人都難維溫飽，都無力供給子女教育費，所以我們要求普遍增加公費名額。

全中國的教育工作者和青年學生，吃的是青草，擠出的是牛奶，現在連青草也吃不飽了，生理上我們感到飢餓和營養不足，精神上我們感到空虛和匱乏，中國的建國工作，患了嚴重的貧血症，我們需要健康，需要活力，我們向秉國鈞者提出控訴！

上海市國立學校學生聯合會

卅六年五月十九日

浙大学生自治会为于案告同胞同学书

纵25.2厘米　横35.7厘米

1947年10月，国民党逮捕了浙江大学学生自治会主席于子三等四位学生，于子三在狱中被迫害至死。事件发生后，浙江大学学生自治会发表《为限期政府当局严惩于案凶手及释放被捕同学再告全国同胞同学书》。要求政府释放被捕的同学，严惩涉案凶手，并赔偿一切损失，切实保障人权，并号召全国同学、全国同胞团结起来，反对非法行为。

《国立浙江大学学生自治会为抗议一月四日特务暴行事告同胞同学书》（右页）

纵25厘米　横20厘米

于子三被害后，浙江大学的学生围绕于子三的出殡也与国民党政府当局进行了长期的对峙和斗争。1948年1月4日，正当学生准备按原计划在于子三广场集会时，国民党特务雇用打手冲入会场大打出手，制造了“一四事件”。浙江大学学生自治会为此事件发表《告同胞同学书》。

國立浙江大學學生自治會為抗議一月四日特務暴行事告同胞同學書

各位同胞同學：

在這充滿着殘殺迫害的日子裡，我們又要來宣布一件我們所親身領受的無恥特務暴行。我們想不到在政府宣布行憲的今天，竟然會發生這樣毆打學生殘害人民的卑鄙下流的暴行，我們的身体安全毫無保障，我們不懂究竟要憲法何用？我們究竟要政府何用？

一月四日是我們準備替二月前慘死監獄裡的于故主席子三舉行迎灵安葬的日子，當我們集合在子三廣場上，聽取學生自治会向同學報告學校與地方當局對於墓地與迎灵路線交涉經过（因為我們是早已失去了安葬與送殯一個忠貞烈士的自由的啊！）大家正準備開始討論的時候，突然自校外衝進暴徒數十人，糾察前往勸阻不果，他們都手執鐵棒木棍，見人就打，一時秩序混亂，同學前推後擠，撲地無數，暴徒等將輓联、喪杖盡行撕毀，並高舉椅桌向避散同學擲去，接住撲地不起之同學繼續毒打，這会場被破毀殆盡後，始揚長而去，當時有警察二十餘人，毆打時袖手旁觀，事後則保護暴徒逸去。最後調查同學受傷者達數十人之多，其中二人重傷，一人肋骨折斷。

我們不知道一紙空言的憲法有什么用，我們更不知道這个政府是否還需要人民，我們不知道葬送一個已故的同學是犯了什么罪？我們不知道做今天中華民國的國民是否還像一個人？

同時我們今天嚴正地提出兩点抗議政府當局：一、我們正當討論出殯而未具体決定之前，為何進行搗亂？二、開会在校內舉行，並非校外行動，守衛警士數十人，何故任暴徒進来？

我們痛憤政府空喊实施憲政，而允許虐殺人民之陰謀卻明目張膽地執行，人权保障在那裡？人民自由在那裡？

但是我們知道于烈士的血决不白流，我們現在忍住自己今天所遭受遍身毒打的創痛，我們向全國同胞，我們向全世界正義人士高喊奮鬥！我們切齒控訴今天特務的暴行。

中國不应永遠在黑暗裡，暴徒的日子不会太長久的，自由民主不会太遠了，因為我們看見殺人者已经露出他的最猙獰的面目，已经施出最無恥的手段。

國立浙江大學學生自治会謹啓

卅七年一月四日

眼镜

通长12.5厘米

于子三遗物。

国立浙江大学学生注册证

纵11.6厘米　横7.9厘米

于子三遗物。

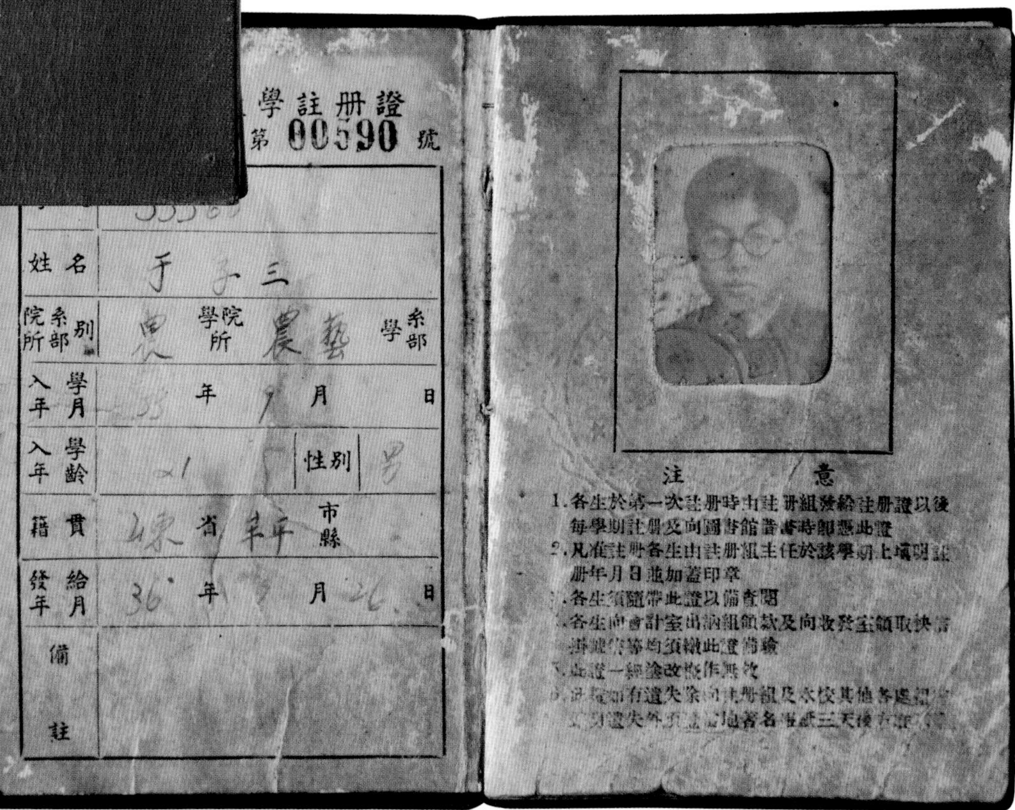

國立浙江大學學生註冊證

學註冊證
第 00590 號

姓名	于子三
院系所部別	農 學院所 農藝 學系部
入學年月	年 月 日
入學年齡	21 性別 男
籍貫	省 市縣
發給年月	36 年 月 26 日
備註	

注　意

1. 各生於第一次註冊時由註冊組發給註冊證以後每學期註冊及向圖書館借書時須憑此證
2. 凡准註冊各生由註冊組主任於該學期上填明註冊年月日並加蓋印章
3. 各生須隨帶此證以備查閱
4. 各生向會計室出納組繳款及向收發室領取快信掛號信等均須繳此證備驗
5. 此證一經塗改概作無效
6. [illegible]

华东人民解放军，全国解放战争时期中国人民解放军主力之一。前身是山东解放区和华中解放区的八路军、新四军，1947年1月至1949年春合编为华东野战军。此后整编为第三野战军，进军东南，同第二野战军一起，迅速突破国民党军的长江防线，直至解放华东。

华东人民解放军符号

上：纵6.1厘米　横10.1厘米

下：纵6.5厘米　横9.1厘米

人民英雄华东野战军奖章

纵7.7厘米　直径3.5厘米

华东人民解放军二等功奖章

直径2.9厘米

浙東人民解放軍金蕭游擊支隊：

告蔣軍官兵書

保警隊々長，自衛隊々長，常備隊々長及蔣軍的官長們，士兵們：

人民解放軍展開秋季大攻勢以來，已把蔣介石打得大敗；林彪將軍收復東北，聶榮臻將軍包圍平津，陳毅、陳賡、劉伯承諸部攻克徐州後揮師南下，進逼南京，逼使偽都紛紛逃難。卅一年末，蔣賊專制独裁，賣國害民，四萬々同胞淪入牛馬生活，人心所向，莫不指望消滅蔣匪，早日解放。大勢所趨，蔣賊內部亦已全面動搖，眾叛親離，官失信心，兵無鬥志。全面內戰僅々二年餘，喪兵二百多萬，降將三百餘員，濟南、錦州雄兵天塹，竟不能守。鄭洞國、范漢傑、靖親上將不戰而降，精銳盡失。徐州之戰，黃伯韜十餘萬眾全部覆滅，黃維、邱清泉等陷入重圍。蔣賊對解放軍前鋒之陳、劉[illegible]部尚無招架之功，而我主力雄師（林彪等部）整裝待發，兵精馬壯，無怪蔣賊驚惶萬狀，東藏西躲，[illegible]遷了！

即是金蕭我軍，在人民協助下，配合全國秋季攻勢，連戰皆捷。九龍寺[illegible]而後，在浦江墩頭，諸暨大橋，及戴村，坑口埠以至近日大江諸戰役，戰無不勝，攻無不克，[illegible]蔣胆，繳获机槍十餘挺，步槍二百餘枝，拔除偽匪據點，解放大塊地，粉碎清剿陰謀，擴大軍政影响。使我地區力量均增加數倍。急得反動特務[illegible]京調兩[illegible]，妄圖挽救頹勢，可是在我友軍的協同配合和全國戰場的緊急情勢之下，也[illegible]調走了，無可戰之兵。返观我軍，士氣旺盛，精益求精，正進一步作迎接大軍渡江的更大攻勢了。

官長們，士兵們：在這全國勝利[illegible]的前夕，你們還再甘心做蔣朝抽丁征糧壓榨人民的工具嗎？你們甘心再做地主、官僚、資本家四大家族的走狗嗎？你們還甘心為着途窮的蔣賊替死嗎？你們願意罪上加罪走进坟墓嗎？今天你們應當快々拔擇你們自己的出路了！今天已很明白，繼續替蔣賊服務壓迫人民是死路，是邪路，是一條斷頭路。[illegible]起義站在我們方面来是活路，是一條光明的出路！

我們——浙東人民解放軍金蕭游擊支隊——同情你們受了蔣匪欺騙蒙蔽而為害人民的，但是我們也要求你們及時覺悟，棄邪歸正。如果今天你們能反正起義，参加人民解放軍，還不失將功贖罪的良機，我們原諒你們過去任何過錯，和自己部隊一样尊重。吳化文、曾澤生將軍即是最好的例子。如果你們迫於種々事實上的困難，而一時不能行動，那麼你們應當與我們適當聯絡，供給情報、械彈，便利我們活動。待時机成熟我軍進攻時，配合起義，這也能不失為人民的功人。

萬一你們沒法找得適當机会而遇我軍進攻時，就應該趕快放下武器，停止抵抗，集体投降，我們当優待俘虜不殺不辱，願歸者歸，願留者留。但是你們如果頑強抵抗，故意損壞武器，那麼[illegible]必嚴厲懲罰，决不寬貸。

官長們！士兵們！識時務者為俊傑，望你們不要留戀死路，早識選擇。如果你們妄想保有實力，待到大軍到達或全國解放時再来擺身一变，冒充地下英雄，可是那時已経遲了，在大局底定之下，你們即是不肯投也只有投，試想做了俘虜，還有什麼功績可稱呢？還有什麼[illegible]呢？官長們！士兵們！不要錯过良机！起義愈早愈好！投降愈快愈好！快々做人民的功人，不要再做人民的罪人。祝各位

前途光明

支隊長 蔣明達

政治委員 張凡

率全体指戰工作人員公啟

十二月十五日

浙东人民解放军金萧游击支队《告蒋军官兵书》

纵26.1厘米　横29.1厘米

1948年12月15日印发，敦促蒋军官兵认清形势，弃暗投明，及早起义和投降。

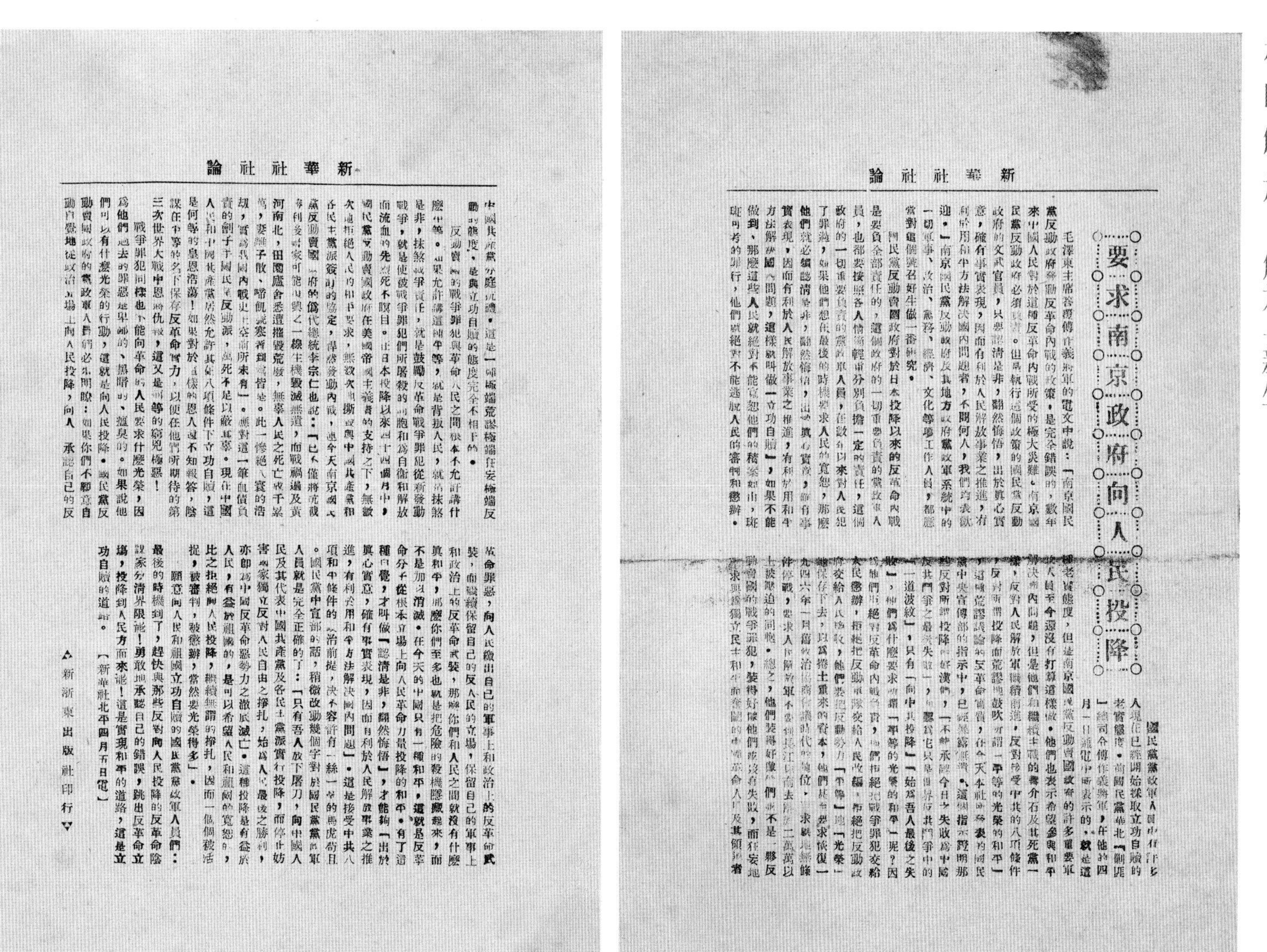

新華社社論

要求南京政府向人民投降

毛澤東主席答覆傅作義將軍的電文中說：「南京國民黨反動政府發動反革命內戰的政策，是完全錯誤的，數年來中國人民對於這種反革命內戰所受的極大災難，南京國民黨反動政府必須負責。但是執行這個政策的國民黨反動政府的文武官員，只要認清是非，翻然悔悟，出於真心實意，確有事實表現，因而有利於人民解放事業之推進，有利於用和平方法解決國內問題者，不問何人，我們均表歡迎。」南京國民黨反動政府及其地方政府黨政軍系統中的一切軍事、政治、黨務、經濟、文化等項工作人員，都應當對這個號召好生做一番研究。

國民黨反動賣國政府對於日本投降以來的反革命內戰是要負全部責任的，這個政府的一切重要負責的黨政軍人員，也都要按照各人情節輕重分別負擔一定的責任，這個政府的一切重要負責的黨政軍人員，在數年以來對人民犯了罪過，如果他們想在最後的時機要求人民的寬恕，那麼他們就必須認清是非，翻然悔悟，出於真心實意，確有事實表現，因而有利於人民解放事業之推進，有利於用和平方法解決國內問題，這樣就叫做「立功自贖」，如果不能做到，那麼這些人民就絕對不能寬恕他們的積案如山，斑斑可考的罪行，他們就絕對不能逃脫人民的審判和懲辦。

國民黨黨政軍人員中有許多人現在已經開始採取立功自贖的老實態度。前國民黨華北「剿匪」總司令傅作義將軍，在他於四月一日通電中所表示的，就是這種老實態度，但是南京國民黨反動賣國政府的許多重要軍政人員至今還沒有打算這樣做。他們也表示希望參與和平解決國內問題，但是他們和繼續主戰的蔣介石及其死黨一樣，反對人民解放軍繼續前進，反對接受中共的八項條件，反對所謂投降而荒謬地鼓吹所謂「平等的光榮的和平」，這種荒謬議論的反革命實質，在今天本社所發表的國民黨中央宣傳部的指示中，已經暴露無遺。這個指示證明那些反對所謂投降的好漢們，「不能承認今日之失敗為中國反共鬥爭之最後失敗」，而要將它只是世界反共鬥爭中的「一道波紋」，只有「向中共投降」「始為吾人最後之失敗」，他們為什麼要求所謂「平等的光榮的和平」呢？因為他們拒絕對反革命內戰負責，他們拒絕把戰爭罪犯交給人民懲辦，拒絕把反動軍隊交給人民改編，拒絕把反動政府交給人民接收，他們要把反動勢力「平等」地「光榮」地保存下去，以為捲土重來的資本，他們甚至要求恢復一九四六年一月舊政治協商會議時代的地位，要求就地無條件停戰，要求人民解放軍不要渡過長江向南去解放二萬萬以上被壓迫的同胞。總之，他們裝得好像他們並不是一夥反動賣國的戰爭罪犯，裝得好像他們並沒有失敗，而狂妄地要求與獨立民主和平而奮鬥的中國革命人民及其領導者中國共產黨分庭抗禮。這是一種極端荒謬極端狂妄極端反動的態度，是與立功自贖的態度完全不相干的。

反動賣國的戰爭罪犯與革命人民之間根本不允許講什麼平等。如果允許講這種平等，就是背叛人民，就是抹煞是非，抹煞戰爭責任，就是鼓勵反革命戰爭罪犯從新發動戰爭，就是使被戰爭罪犯們所屠殺的同胞和為自衛和解放而流血的先烈死不瞑目。自日本投降以來四十四個月中，國民黨反動賣國政府在美國帝國主義者的支持之下，無數次地拒絕人民的和平要求，無數次地撕毀與中國共產黨和各民主黨派簽訂的協定，悍然發動內戰，迄今天南京國民黨反動賣國政府的偽代總統李宗仁也說：「已不僅將抗戰勝利後國家可能復興之一線生機毀滅無遺，而戰禍遍及黃河南北，田園廬舍悉遭摧毀荒廢，無辜人民之死亡成千累萬，妻離子散、啼飢號寒者到處皆是。此一慘絕人寰的浩劫，實為我國內戰史上空前所未有」。應對這一筆血債負責的劊子手國民黨反動派，萬死不足以蔽其辜。現在中國人民和中國共產黨居然允許其在八項條件下立功自贖，這是何等的皇恩浩蕩！如果對於這樣的恩人還不知報答，陰謀在平等的名下保存反革命實力，以便在他們所期待的第三次世界大戰中恩將仇報，這又是何等的窮兇極惡！

戰爭罪犯同樣也不能向革命的人民要求什麼光榮，因為他們過去的罪惡是卑鄙的、黑暗的、腥臭的。如果說他們可以有什麼光榮的行動，這就是向人民投降。國民黨反動賣國政府的黨政軍人員們必須明瞭：如果你們不願意自動自覺地從政治立場上向人民投降，向人民承認自己的反革命罪惡，向人民繳出自己的軍事上和政治上的反革命武裝，而繼續保留自己的反人民的立場，保留自己的軍事上和政治上的反革命武裝，那麼你們和人民之間就沒有什麼真和平，那麼你們至多也就是把危險的殺機隱藏起來，而不是加以消滅。在今天的中國只有一種和平，這就是反革命分子從根本立場上向人民革命力量投降的和平。有了這種自覺，才叫做「認清是非，翻然悔悟」，才能夠「出於真心實意，確有事實表現，因而有利於人民解放事業之推進，有利於用和平方法解決國內問題」。這是接受中共八項和平條件的政治前提，決不容許有一絲一毫的馬虎苟且。國民黨中宣部的話，稍微改動幾個字對於國民黨黨政軍人員就是完全正確的了：「只有吾人放下屠刀，向中國人民及其代表中國共產黨及各民主黨派實行投降，而停止妨害國家獨立反對人民自由之掙扎，始為人民最後之勝利，亦即為中國反革命惡勢力之徹底滅亡。這種投降是有益於人民，有益於祖國的，是可以希望人民和祖國的寬恕的，比之拒絕向人民投降，繼續無謂的掙扎，因而一個個被活捉，被審判，被懲辦，當然要光榮得多」。

願意向人民和祖國立功自贖的國民黨黨政軍人員們：最後的時機到了，趕快與那些反對向人民投降的反革命陰謀家分清界限罷！勇敢地承認自己的錯誤，跳出反革命立場，投降到人民方面來罷！這是實現和平的道路，這是立功自贖的道路。

〔新華社北平四月五日電〕

△新浙東出版社印行▽

新华社社论：《要求南京政府向人民投降》

纵27厘米　横18.5厘米

这是新华社1949年4月5日电。

1949年4月20日晚至21日晚，第二、第三野战军百万大军，发起中国历史上规模空前的渡江战役。在西起湖口东至江阴的千里战线上，人民解放军以排山倒海之势，一举突破国民党军陆、海、空军组成的长江防线。

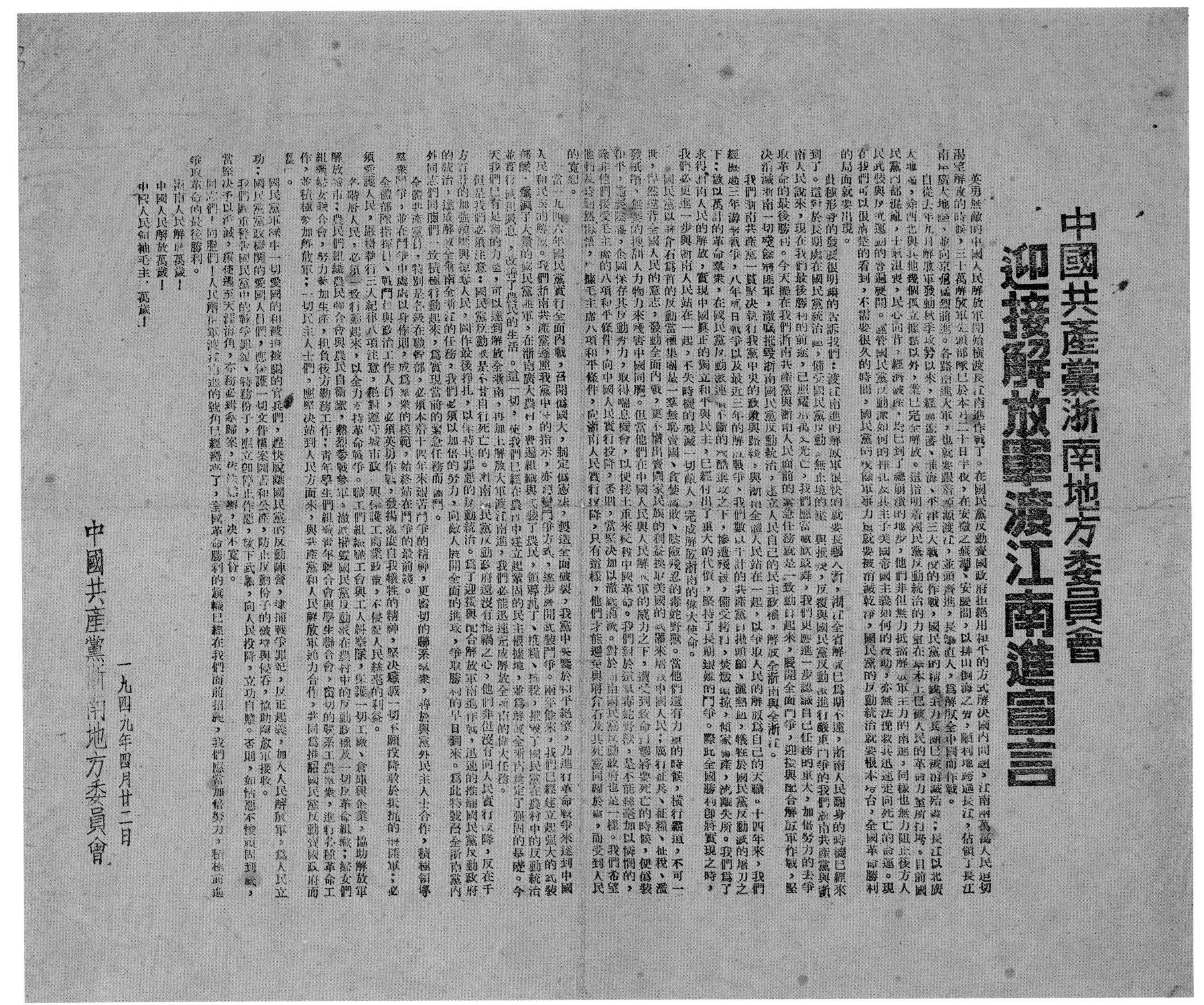

中國共產黨浙南地方委員會
迎接解放軍渡江南進宣言

英勇無敵的中國人民解放軍開始橫渡長江南進作戰了。在國民黨反動賣國政府拒絕用和平的方式解决國內問題，江南兩萬萬人民迫切渴望解放的時候，三十萬解放軍先頭部隊已於本月二十日半夜，在安徽之蕪湖、安慶間，以排山倒海之勢，順利地勝過長江，佔領了長江南岸廣大地區，並向京滬猛烈前進。各路南進大軍，也就要跟着源源渡江，並頭齊進，長驅直入，為解放全中國而作戰。

自從去年九月解放軍發動秋季攻勢以來，經過遼瀋、淮海、平津三大戰役的作戰，國民黨的精銳主力兵團已被消滅殆盡；長江以北廣大地區，除西北與其他幾個孤立據點以外，業已完全解放。這指明着國民黨反動統治的力量在基本上已被人民的革命力量所打垮。目前國民黨內部混亂，士氣沮喪，民心向背，經濟破產，均已到了總崩潰的地步，他們非但無力抵擋解放軍主力的南進，同樣也無力阻止後方人民武裝與反抗運動的普遍展開。儘管國民黨反動派如何的掙扎及其主子美國帝國主義如何的援助，亦無法挽救其迅速走向死亡的命運。現在我們可以很清楚的看到，不需要很久的時間，國民黨的殘餘軍事力量就要被消滅乾淨，國民黨的反動統治就要根本垮台，全國革命勝利的局面就要出現。

此種形勢的發展很明顯的告訴我們：渡江南進的解放軍很快的就要長驅入浙，浙江全省解放已為期不遠，浙南人民翻身的時機已經來到了。這對於長期處在國民黨統治區，備受國民黨反動派無止境的壓榨與摧殘，反覆與國民黨反動派進行嚴重鬥爭的我們浙南共產黨與浙南人民說來，現在我們最後勝利的前途，已照耀在萬丈光芒，我們應當歡欣鼓舞，我們更應進一步認識自己任務的重大，加倍努力的去爭取革命的最後勝利。今天擺在我們浙南共產黨與浙南人民面前的緊急任務就是一致動員起來，展開全面鬥爭，迎接與配合解放軍作戰，堅決消滅浙南一切殘餘蔣匪軍，徹底摧毀浙南國民黨反動統治，建立人民自己的民主政權，解放全浙南與全浙江。

我們浙南共產黨一貫堅決執行我黨中央的政策與路線，與浙南全體人民站在一起，以爭取人民的解放為自己的天職。十四年來，我們經歷過三年游擊戰爭，八年抗日戰爭以及最近三年的解放戰爭，我們數以千計的共產黨員拋頭顱、灑熱血，犧牲於國民黨反動派的屠刀之下；數以萬計的革命群眾，在國民黨反動派連續不斷的殘酷進攻之下，慘遭殘殺，備受拷打，焚燬搶掠，傾家蕩產，流離失所。我們為了求得浙南人民的解放，實現中國真正的獨立和平與民主，已經付出了重大的代價，堅持了長期艱難的鬥爭。際此全國勝利即將實現之時，我們必更進一步與浙南人民站在一起，不失時機的殲滅一切敵人，完成解放浙南的偉大使命。

國民黨以蔣介石為首的反動當權集團是一群無恥賣國、貪婪腐敗、陰險殘忍的毒蛇野獸。當他們還有力量的時候，橫行霸道，不可一世，悍然違背全國人民的意志，發動全面內戰，更不惜出賣國家民族的利益換取美國的武器來屠殺中國人民；厲行征兵、征糧、征稅、濫發紙幣，無盡的搜刮人力物力來殘害中國同胞。但當他們在中國人民與人民解放軍的威力之下，遭受到致命打擊將要死亡的時候，便偽裝和平，施展陰謀，企圖保存其反動勢力，取得喘息機會，以便捲土重來繼續中興革命。我們對於這些毒蛇野獸，是不能絲毫加以憐憫的，除非他們接受毛主席的八項和平條件，向中國人民實行投降，否則，當堅決加以徹底消滅。對於浙南國民黨反動政府也是一樣。我們希望他們及時翻然悔悟，根據毛主席八項和平條件，向浙南人民實行投降，只有這樣，他們才能避免與蔣介石及其死黨同歸於盡，而受到人民的寬恕。

當一九四六年國民黨實行全面內戰，召開偽國大，制定偽憲法，製造全面破裂，我黨中央鑒於和平絕望，乃進行革命戰爭來達到中國人民和民族的解放。我們浙南共產黨遵照我黨中央的指示，亦轉變鬥爭方式，逐步展開武裝鬥爭。兩年餘來，我們已經建立起強大的武裝部隊，殲滅了大量的國民黨匪軍，在浙南廣大農村，普遍組織與武裝了農民，領導抗丁、抗糧、抗稅，摧毀了國民黨在農村中的反動統治並實行減租減息，改善了農民的生活。這一切，使我們已經在農村中建立起鞏固的民主根據地，並為解放全浙南奠定了強固的基礎。今天我們已有足夠的力量，可以達到解放全浙南，再加上解放大軍渡江南進，我們必能迅速完成解放全浙南的偉大任務。

但是我們必須注意：國民黨反動派是不甘自行死亡的。浙南國民黨反動政府還沒有悔禍之心，他們非但沒有向人民實行投降，反在千方百計的加強鎮壓與掠奪人民，圖作最後掙扎，以保持其罪惡的反動統治。為了迎接與配合解放軍南進作戰，迅速的推翻國民黨反動政府的統治，達成解放全浙南全浙江的任務，我們必須以加倍的努力，向敵人展開全面的進攻，爭取勝利的早日到來。為此特號召全浙南黨內外同志們同胞們一致積極行動起來，為實現當前的緊急任務而奮鬥。

全體共產黨員，特別是各級在職幹部，必須本着十四年來艱苦鬥爭的精神，更密切的聯系群眾，善於與黨外民主人士合作，積極領導群眾鬥爭，並在鬥爭中處處以身作則，成為群眾的模範，始終站在鬥爭的最前線。

全體部隊指揮員、戰鬥員與政治工作人員，必須英勇作戰，發揚高度自我犧牲的精神，堅決殲滅一切不顧投降敢於抵抗的匪軍；必須愛護人民，嚴格執行三大紀律八項注意，絕對遵守城市政策與保護工商業政策，不侵犯人民絲毫的利益。

各階層人民，必須一致行動起來，以全力支持革命戰爭。職工們組織職工會與工人糾察隊，保護一切工廠、倉庫與企業，協助解放軍解放城市；農民們組織農民協合會與農民自衛隊，熱烈參戰參軍，徹底摧毀國民黨反動派在農村中的反動機構及一切反革命組織；婦女們組織婦女聯合會，努力參加生產，擔負後方勤務工作；青年學生們組織青年聯合會與學生聯合會，密切的聯系工農群眾，進行各種革命工作，並積極參加解放軍；一切民主人士們，應堅決站到人民方面來，與共產黨和人民解放軍通力合作，共同為推翻國民黨反動賣國政府而奮鬥。

國民黨軍隊中一切愛國的和被迫被騙的官兵們，趕快脫離國民黨的反動陣營，逮捕戰爭罪犯，反正起義，加入人民解放軍，為人民立功；國民黨黨政機關的愛國人員們，應保護一切文件檔案圖書和公產，防止反動份子的破壞與侵吞，協助解放軍接收。

我們鄭重警告國民黨中的戰爭罪犯、特務份子，應立即停止作惡，放下武器，向人民投降，立功自贖。否則，如怙惡不悛頑固到底，當堅決予以消滅，縱使逃至天涯海角，亦務必緝拿歸案，依法懲辦，決不寬貸。

同志們！同胞們！人民解放軍渡江南進的號角已經響亮了，全國革命勝利的旗幟已經在我們面前招展，我們應當加倍努力，積極前進爭取革命的最後勝利。

浙南人民解放萬歲！

中國人民解放萬歲！

中國人民領袖毛主席，萬歲！

中國共產黨浙南地方委員會

一九四九年四月廿二日

中共浙南地委《迎接解放军渡江南进宣言》

纵27厘米　横37.5厘米

国家一级文物。为迎接解放大军南下，中国共产党浙南地方委员会于1949年4月22日颁发了《迎接解放军渡江南进宣言》，号召浙南党政军民一致动员起来，开展全面斗争，迎接与配合解放军作战，坚决消灭国民党军残部，彻底摧毁国民党反动统治，建立人民自己的民主政权，解放全浙南与全浙江。

捷报：《百万大军渡过长江，切断京沪路，控制江阴要塞》

纵36.5厘米　横25.4厘米

1949年5月印发。

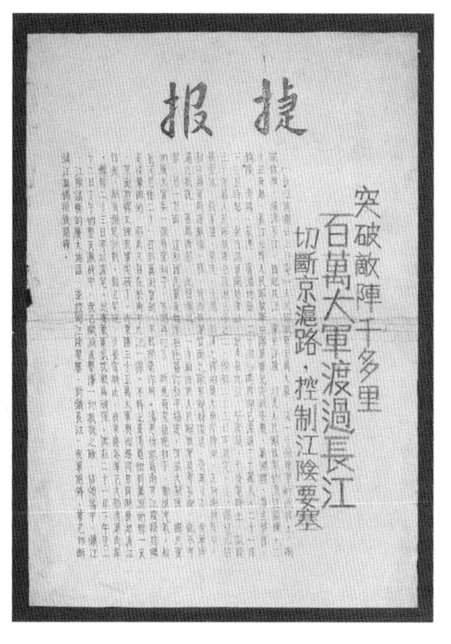

捷報

突破敵陣千多里

百萬大軍渡過長江

切斷京滬路，控制江陰要塞

捷报：《过江大军分头猛进》

纵26.3厘米　横27.3厘米

1949年4月26日浙南周报括苍分社印。

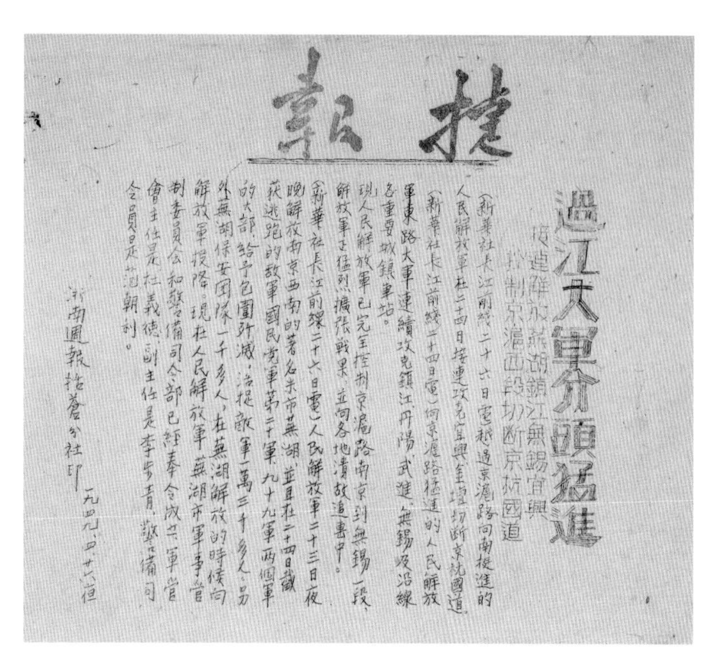

捷報

過江大軍分頭猛進

挺進解放蕪湖鎮江無錫宜興

控制京滬西段切斷京杭國道

（新華社大江前線二十六日電）越過京滬路向南挺進的人民解放軍在二十四日接連攻克宜興金壇，切斷京杭國道。

（新華社長江前線二十四日電）向京滬路猛進的人民解放軍東路大軍連續攻克鎮江、丹陽、武進、無錫及沿線各重要城鎮車站。現人民解放軍已完全控制京滬路南京到無錫一段，解放軍正猛烈擴張戰果，並向各地潰敵追擊中。

（新華社長江前線二十六日電）人民解放軍二十三日夜晚解放南京西南的著名米市蕪湖，並且在二十四日截获逃跑的敵軍國民党軍第二十軍、九十九軍兩個軍的大部，給予包圍殲滅，活捉敵軍一萬三千多人。另外蕪湖保安团隊一千多人，在蕪湖解放的時候向解放軍投降。現在人民解放軍蕪湖市軍事管制委員会和警備司令部已經奉令成立，軍事管制委員会主任是杜義德，副主任是李步青，警備司令員是[illegible]朝利。

浙南週報括蒼分社印　一九四九、四、廿六日

捷报：《三十万大军已渡过长江》

纵35.5厘米　横22.1厘米

1949年5月印发。

捷报：《南京解放》

纵38厘米　横27.3厘米

背面印载《大军渡江形势图》，浙南游击纵队政治部战斗报社1949年4月印发。

捷報

解放江南的偉大战鬥揭幕

三十萬大軍已渡過長江

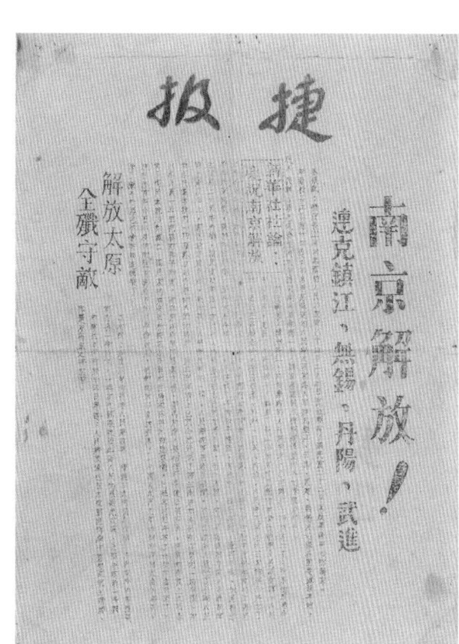

捷報

南京解放！

連克鎮江、無錫、丹陽、武進

解放太原 全殲守敵

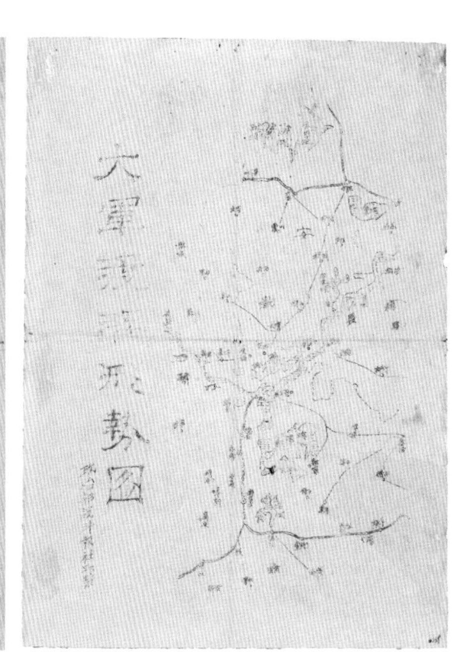

渡江胜利纪念章

直径3.1厘米

铜质，正面模印中国人民解放军百万雄师渡江图案，背面模印“一九四九年四月二十一日”是人民解放军强渡长江天堑纪念日，中国人民解放军华东军区颁发。参加渡江战役的纪念标志。

战斗报社号外——《杭州解放》

纵26厘米　横17厘米

1949年5月3日，中国人民解放军第六十一师与第六十二师会攻杭州，杭州守敌大部逃窜，残部被我扫清，杭州宣告解放。5月3日夜10时战斗报社印发。

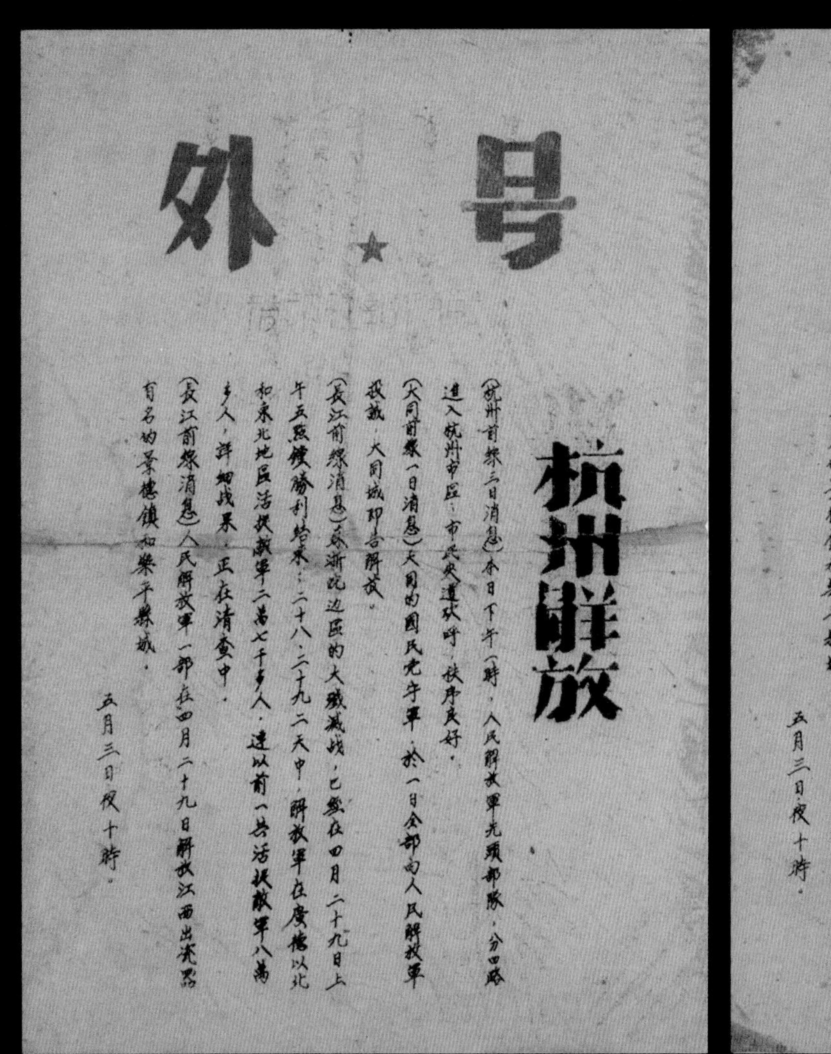

号外

杭州解放

(杭州前線三日消息)本日下午一時，人民解放軍先頭部隊，分四路進入杭州市區，市民夾道歡呼，秩序良好。

(大同前線一日消息)大同的國民党守軍，於一日全部向人民解放軍投誠，大同城即告解放。

(長江前線消息)蘇浙皖边區的大殲滅戰，已經在四月二十九日上午五點鐘勝利結束，二十八、二十九二天中，解放軍在廣德以北和東北地區活捉敵軍二萬七千多人，連以前一共活捉敵軍八萬多人，詳細战果，正在清查中。

(長江前線消息)人民解放軍一部在四月二十九日解放江西出瓷器有名的景德鎮和樂平縣城。

五月三日夜十時。

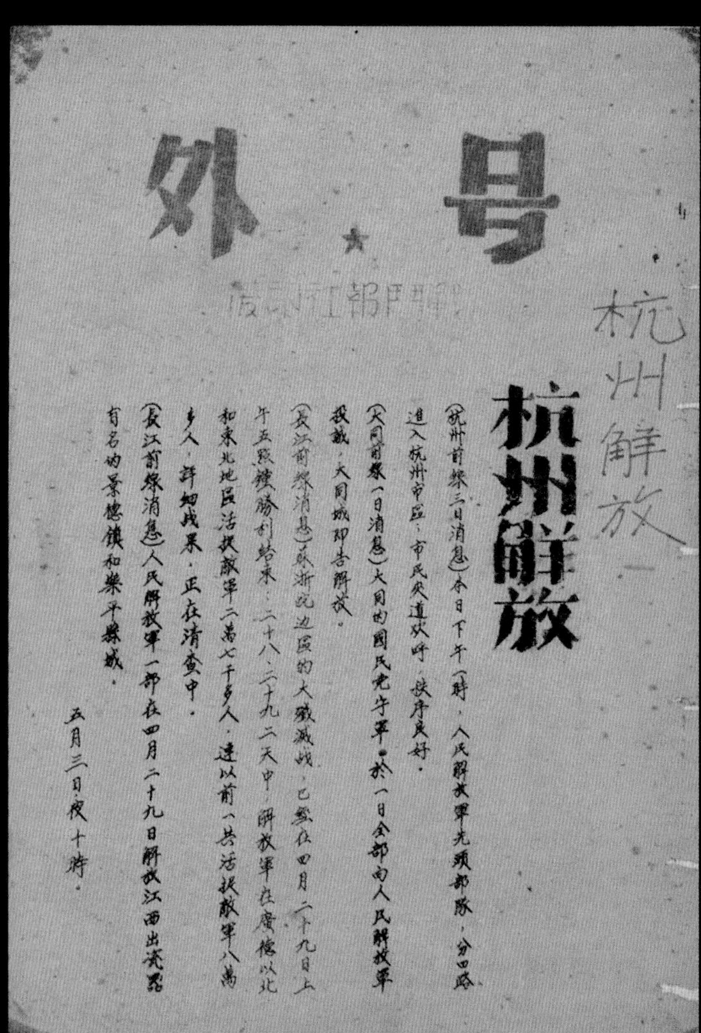

号外

杭州解放

(杭州前線三日消息)本日下午一時，人民解放軍先頭部隊，分四路進入杭州市區，市民夾道歡呼，秩序良好。

(大同前線一日消息)大同的國民党守軍，於一日全部向人民解放軍投誠，大同城即告解放。

(長江前線消息)蘇浙皖边區的大殲滅戰，已經在四月二十九日上午五點鐘勝利結束，二十八、二十九二天中，解放軍在廣德以北和東北地區活捉敵軍二萬七千多人，連以前一共活捉敵軍八萬多人，詳細战果，正在清查中。

(長江前線消息)人民解放軍一部在四月二十九日解放江西出瓷器有名的景德鎮和樂平縣城。

五月三日夜十時。

杭州解放

浙南週報 號外

浙南人民解放軍

一舉解放溫州

守敵兩個團一個總隊光榮起義

（本報永嘉前線急電）我人民解放軍浙南游擊縱隊於本月七日早晨四時三十分解放溫州市（永嘉），前專員葉芳將軍及其所部保安第五團、二百師六百團（即新兵團）、永嘉自衛總隊等全部反正起義。偽專員周琦被我生俘，戰果正在清查中。

九四九年五月七日

浙南人民武装起来迎接

解放軍主力渡江南下！

《浙南周报》号外——《浙南人民解放军一举解放温州》

纵26.5厘米　横18.9厘米

经浙南游击纵队与驻温国民党军签订和平协议，1949年5月7日，温州宣告和平解放。《浙南周报》1949年5月7日印发。温州的解放，为解放大军进军浙南创造了有利条件，并粉碎了国民党溃兵从温州撤逃的企图。

标语：浙南人民武装起来迎接解放军主力渡江南下

纵60.5厘米　横12.6厘米

这是人民解放军渡江南下前夕温州永嘉群众印发的标语。

随着全国解放战争形势的发展，中共中央七届二中全会作出彻底摧毁国民党统治，夺取全国胜利，把党的工作重心从乡村转到城市的决议。解放大军在解放各城市时，为了稳定秩序，恢复生产，开展了有条不紊的接收工作。

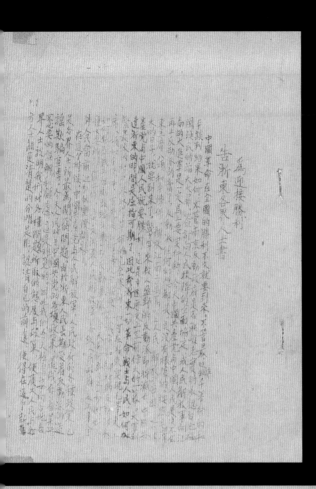

為迎接勝利告浙東各界人士書

《为迎接胜利告浙东各界人士书》

纵19.6厘米　横13.2厘米

国家一级文物。为使浙东地区广大群众了解党的政策，减少城市接管工作的阻力，1949年4月15日，浙东临时工作委员会等党、政、军机关发布了《为迎接胜利告浙东各界人士书》，就保护与接收城市，保障职工生活及工商业政策等等方面宣传了党的政策。

《入城三大公约十项守则》

纵12.9厘米　横20.1厘米

1949年4月1日颁发，“作为全军指战员工作人员进入城市生活行动的准绳”。

入城三大公約十項守則

命令

四月一日於本部

茲頒發「入城三大公約十項守則」，作為全軍指戰員工作人員進入城市生活行動的準繩。各級軍政機關須據此深入教育所屬部隊，務使人人了解個個熟記。各級軍政幹部須以身作則，督率全體切實遵行。並須獎勵自覺遵守的模範行為，批評與制止違反的現象，對有意違反或屢教不改者，應予以必要的紀律制裁，以期貫澈執行，而達到正確執行黨的城市政策的目的。

此令

司令員兼政治委員　陳毅
副司令員兼第二副政委　粟裕
副政治委員　譚震林
主任　唐亮
副主任　鍾期光

入城三大公約

一、遵守軍管會及人民政府的一切法令和各種規定。
二、遵守城市政策，愛護市政建設。
三、保持革命軍人艱苦樸素的傳統作風。

入城十項守則

一、無故不打槍。
二、不住民房店舖，不准打擾戲院及一切娛樂場所。
三、無事不上街，外出要請假。
四、騎馬不得在街上亂跑。
五、不准在街上吃東西，不得扶肩搭背，不准擁擠街頭。
六、買賣要公平。
七、駐地打掃清潔，大小便上廁所。
八、不准卜卦算命賭博宿娼。
九、不准封建結合，徇私舞弊。
十、不准在牆壁上亂寫亂畫。
（附註：全軍所有人員每人一份）

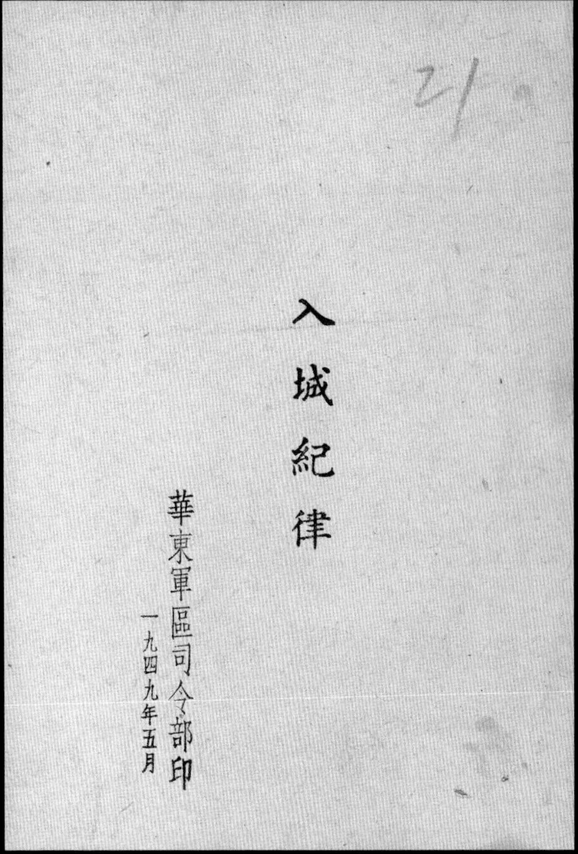

《入城纪律》

纵12.9厘米　横9.1厘米

华东军区司令部1949年5月印发。

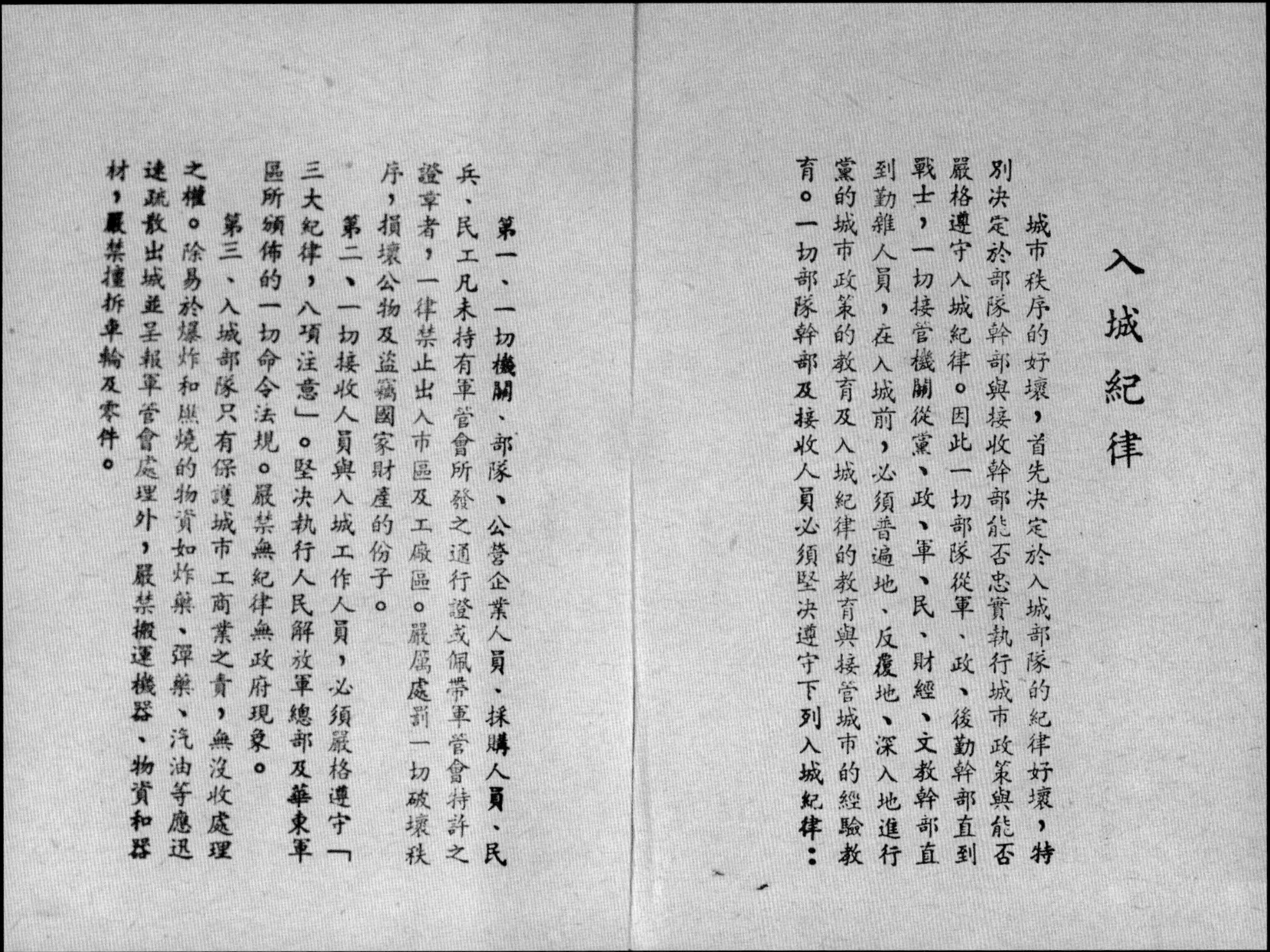

21

入城紀律

華東軍區司令部印

一九四九年五月

入城紀律

城市秩序的好壞，首先決定於入城部隊的紀律好壞，特別決定於部隊幹部與接收幹部能否忠實執行城市政策與能否嚴格遵守入城紀律。因此一切部隊從軍、政、後勤幹部直到戰士，一切接管機關從黨、政、軍、民、財經、文教幹部直到勤雜人員，在入城前，必須普遍地、反覆地、深入地進行黨的城市政策的教育及入城紀律的教育與接管城市的經驗教育。一切部隊幹部及接收人員必須堅決遵守下列入城紀律：

第一、一切機關、部隊、公營企業人員、採購人員、民兵、民工凡未持有軍管會所發之通行證或佩帶軍管會特許之證章者，一律禁止出入市區及工廠區。嚴屬處罰一切破壞秩序，損壞公物及盜竊國家財產的份子。

第二、一切接收人員與入城工作人員，必須嚴格遵守「三大紀律，八項注意」。堅決執行人民解放軍總部及華東軍區所頒佈的一切命令法規。嚴禁無紀律無政府現象。

第三、入城部隊只有保護城市工商業之責，無沒收處理之權。除易於爆炸和燃燒的物資如炸彈、彈藥、汽油等應迅速疏散出城並呈報軍管會處理外，嚴禁搬運機器、物資和器材，嚴禁擅拆車輪及零件。

纵15.6厘米　横20.2厘米

1949年5月7日，人民解放军华东军区杭州市军事管制委员会成立，谭震林任主任。它是军管时期的最高权力机构，统一领导全市及全省的军事、民政等事宜。

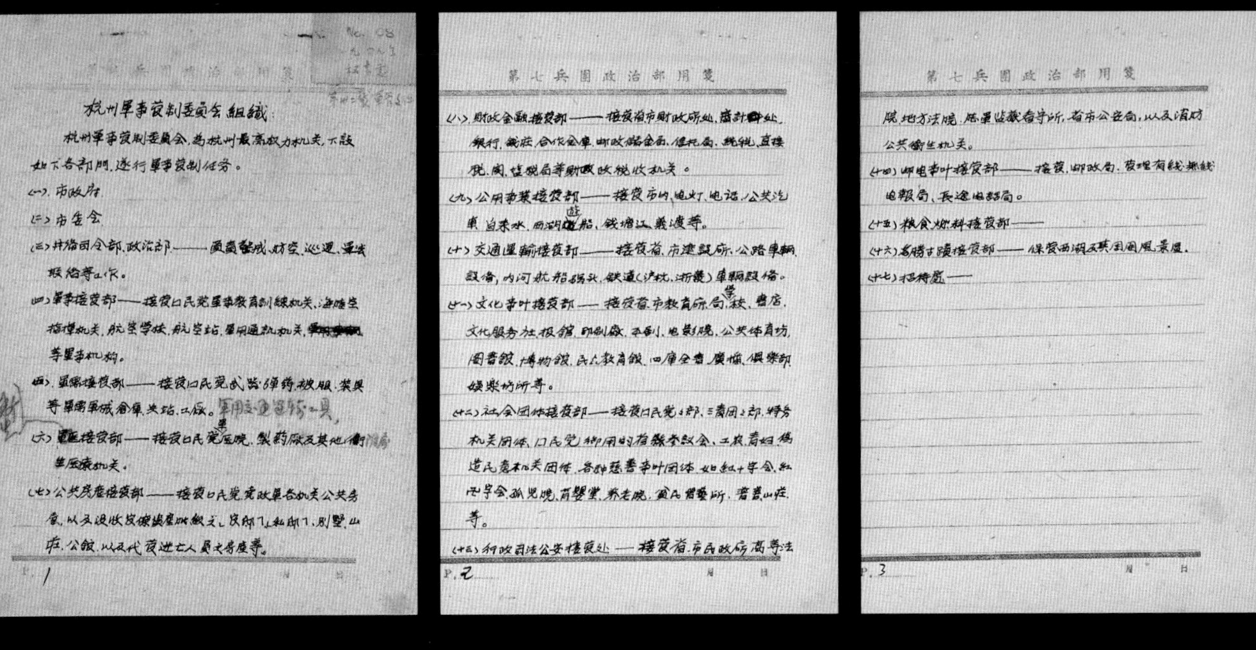

第七兵團政治部用箋

杭州軍事管制委員会組織：

杭州軍事管制委員会，為杭州最高权力机关，下設如下各部門，進行軍事管制任务。

(一)市政府

(二)市委会

(三)警備司令部、政治部——负責警戒、防空、巡邏、軍法……等工作。

(四)軍事接管部——接管国民党軍事教育訓練机关、海陸空指揮机关、航空学校、航空站、軍用通訊机关……等軍事机构。

(五)軍需接管部——接管国民党武器、彈药、被服、装具等軍需軍械倉庫、兵站、工厰。軍用交通運輸工具，

(六)軍医接管部——接管国民党軍医院、製药厰及其他衛生医療机关。

(七)公共房產接管部——接管国民党党政軍各机关公共房舍，以及没收反動官僚……官邸、私邸、別墅、山莊、公館，以及代管逃亡人員之房產等。

P.1

第七兵團政治部用箋

(八)財政金融接管部——接管省市財政廳處、審計處、銀行、錢莊、合作金庫、郵政儲金局、信託局、統税、直接税、關、貨税局等財政税收机关。

(九)公用事業接管部——接管市内電灯、電話、公共汽車、自来水、西湖遊船、錢塘江義渡等。

(十)交通運輸接管部——接管省、市建設廳、公路車輛設備，内河航船碼头、鉄道(沪杭、浙贛)車輛設備。

(十一)文化事业接管部——接管省、市教育廳局、學校、書店、文化服务社、报館、印刷厰、……、电影院、公共体育场、图書館、博物館、民众教育館、四庫全書、廣播、俱樂部、娛樂场所等。

(十二)社会团体接管部——接管国民党之部、三青团之部、特务机关团体、国民党御用的……会、工農青妇偽造民意机关团体、各种慈善事业团体，如紅十字会、紅卍字会、孤兒院、育嬰堂、养老院、貧民習藝所……等。

(十三)行政司法公安接管处——接管省、市民政廳、高等法

P.2

第七兵團政治部用箋

院、地方法院、監獄、看守所，省市公安局，以及消防、公共衛生机关。

(十四)郵电事业接管部——接管郵政局、管理有綫、無綫电報局、長途电話局。

(十五)粮食燃料接管部——

(十六)名勝古蹟接管部——保管西湖及其周圍風景區。

(十七)招待處——

P.3

《杭州市军事管制委员会布告》第八号（底稿）

纵19.7厘米　横12.8厘米

《布告》第八号底稿记载了杭州市总工会筹委会提请审查批准的《关于劳资关系暂行处理办法》等三个文件的批复。杭州市军事管制委员会1949年12月颁布。

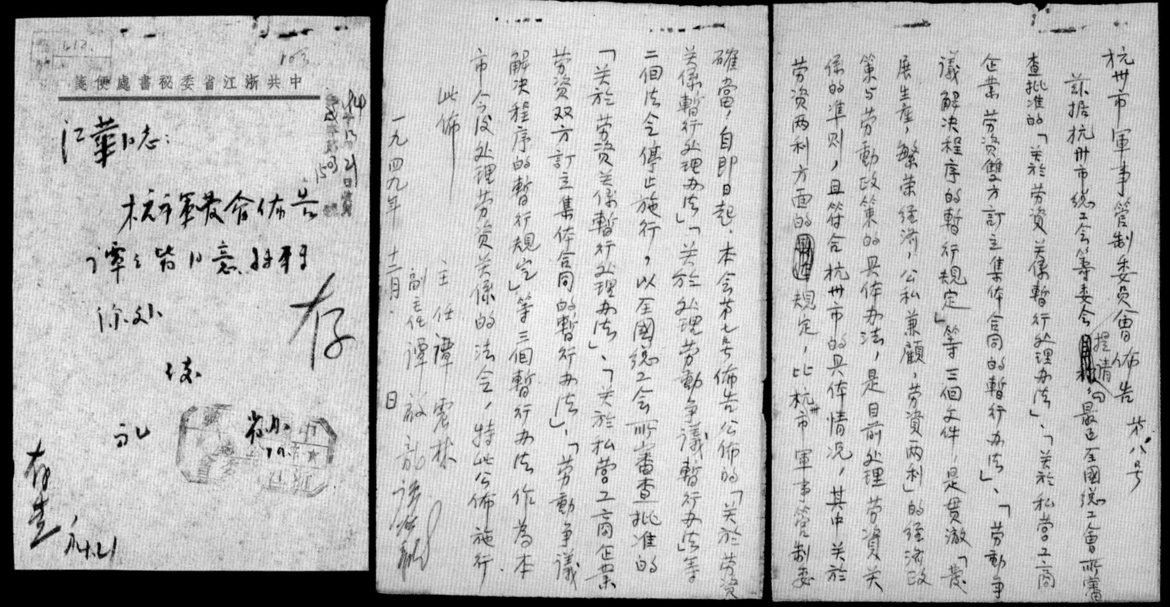

中共浙江省委秘書處便箋

江華同志：

杭市軍管會佈告

存

杭州市軍事管制委员會布告　字第八号

茲据杭州市總工会筹委会提请最近全国總工會所審查批准的「关於劳資关係暫行处理办法」、「关於私营工商企業劳資雙方訂立集体合同的暫行办法」、「劳動爭議解决程序的暫行規定」等三個文件，是貫澈「發展生產，繁荣經济，公私兼顧，劳資兩利」的經济政策与劳動政策的具体办法，是目前处理劳資关係的準則，且符合杭州市的具体情况，其中关於劳資兩利方面的規定，比杭州市軍事管制委

確當，自即日起，本会第七号佈告公佈的「关於劳資关係暫行处理办法」「关於处理劳動爭議暫行办法」等二個法令停止施行，以全国總工会所審查批准的「关於劳資关係暫行处理办法」、「关於私營工商企業劳資双方訂立集体合同的暫行办法」、「劳動爭議解决程序的暫行規定」等三個暫行办法作為本市今後处理劳資关係的法令，特此公佈施行。

此佈

主任　譚震林

副主任　譚启龍

一九四九年十二月　日

杭州军管会胸章

兰晓捐赠
纵6.2厘米　横9.5厘米

布质。

“翻身作主”代表证

纵7.5厘米

红布质，黑色石印。

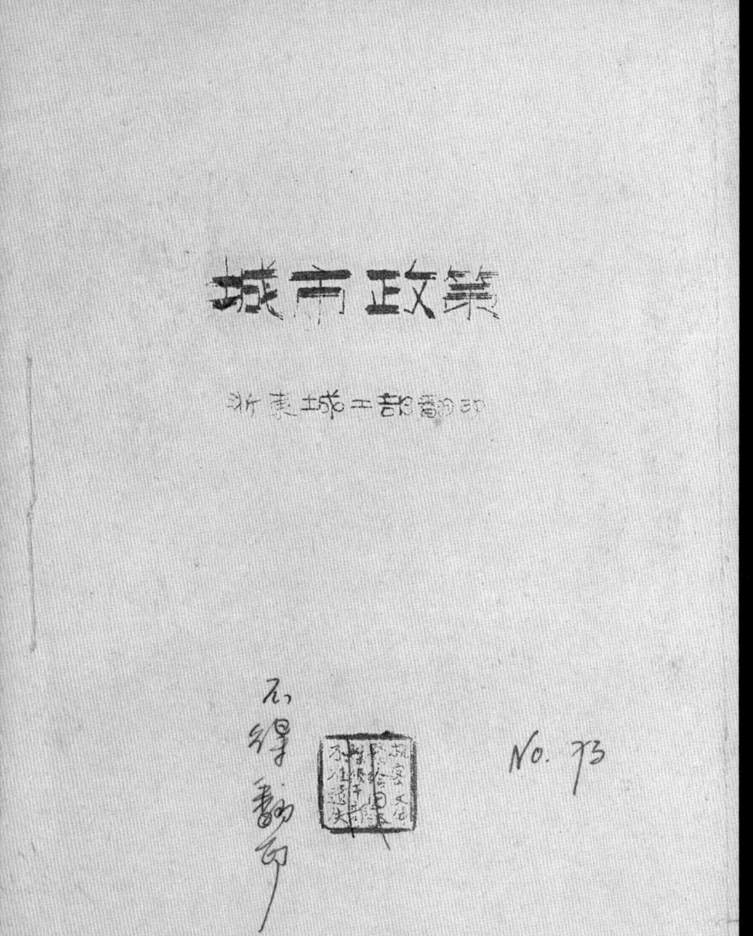

《城市政策》

纵19.5厘米　横14厘米

浙东城工部翻印。内容包括“保护新收复城市指示”、“济南入城守则”等等。

戒严时期特别通行证

纵7.3厘米　横9.7厘米

布质。为了顺利做好接管杭州的工作，杭州市军事管制委员会1949年6月3日编号发放。

浙江省人民政府印

纵7厘米　横7厘米　印身高2.2厘米　柄长6.3厘米　柄直径2.6厘米

国家一级文物。铜质，印面镌刻“浙江省人民政府印”，老宋体，阳文。印背錾刻“一九四九年十二月　日”，“第陆捌号”等字样。奉中国人民革命军事委员会电令，1949年8月18日，浙江省人民政府正式宣告成立，主席谭震林。这是浙江省人民政府第一枚正式启用的铜质大印。

图 版 目 录

风雷激荡

反抗西方侵略

太平天国运动

维新变法思潮

民主革命的勃兴

世纪曙光

“五四”与新文化运动

衙前农民运动

国民革命运动

星火燎原

农民武装暴动兴起

红十三军的创建

抗日先遣队的斗争

红军挺进师的游击战争

抗日烽烟

九一八事变

七七事变

群众性的抗日救亡运动

敌后抗战与根据地建设

浙江抗战的胜利

走向解放

抗战胜利后的形势

解放战争的胜利发展

国统区的爱国民主运动

解放与新生

后　记

经过一年多的努力，浙江省博物馆典藏大系近代文物卷——《长夜破晓》终于付梓出版了。这是浙江省博物馆馆藏近代文物第一次系统结集出版，也是一本馆藏近代文物中的精品图集。

著名的中国近代史专家、浙江湖州籍人士章开沅先生常言："历史是画上句号的过去，史学是永无止境的远航。"对历史的探寻是人类永恒的话题。中国近代史作为整个中华民族重要的历史时期，历来被称为百年屈辱史，而这一时期，也是中国打开国门重新融入世界、获得民族新生的关键时期。其间，中华民族艰难抗争，优秀中华儿女浴血探寻，使这段历史呈现出一幅波澜壮阔的画卷，留给后人许多宝贵的经验与教训。这本近代文物图集从实物的角度展现了恢弘与壮阔的中国近代历史，可以看作一本图说中国近代史，希望能给读者带来强烈的视觉冲击与有益的思考。

本书由集体编著而成。倪毅、晏东在本书主题确立、结构安排、文物选取等方面作了总体筹划与设计。晏东完成了绪论及部分文物条目的撰写。倪毅制订了本书的大纲及写作计划，完成了大部分文物条目的撰写。熊彤、从嶷参与了部分文字工作，修改、校对了书稿。

本书的出版，得到了馆领导及各部门同志的大力支持与帮助。蔡琴研究员审读了书稿，并提出了有益的修改意见。副馆长李刚研究员在繁忙的工作间隙，两次对书稿进行了细致的修改与润色，其深厚的文字功底，使本书避免了不少遗漏与失误。高玲承担了本书所有文物的摄影工作。刘海琴、何秋雨、陆易为文物的拍摄提供了大力协助。浙江古籍出版社的编辑付出了辛勤的劳动。在此一并致以衷心的感谢！

编者

2009年3月

图书在版编目(CIP)数据

长夜破晓/浙江省博物馆编.—杭州:浙江古籍出版社,
2009.3
(浙江省博物馆典藏大系)
ISBN 978-7-80715-446-4

Ⅰ.长… Ⅱ.浙… Ⅲ.①文物—简介—中国—近代
②文物—简介—中国—现代 Ⅳ.K871

中国版本图书馆CIP数据核字(2009)第028139号

浙江省博物馆典藏大系
长夜破晓

浙江省博物馆 编

出版发行 浙江古籍出版社
(杭州体育场路347号)
责任编辑 朱艳萍 张 姣 方 靓 杨少锋
艺术总监 朱艳萍
美术编辑 刘 欣
激光照排 杭州兴邦电子印务有限公司
印　　刷 北京华联印刷有限公司
开　　本 889×1194 1/16
印　　张 13
版　　次 2009年3月第1版
印　　次 2009年3月第1次印刷
书　　号 ISBN 978-7-80715-446-4
定　　价 188.00元(平)